一派时光

阮以敏 著

海峡出版发行集团 | 海峡文艺出版社

图书在版编目(CIP)数据

一纸时光/阮以敏著. －福州:海峡文艺出版社,2023.
11

ISBN 978-7-5550-3405-6

Ⅰ.①一… Ⅱ.①阮… Ⅲ.①散文集－中国－当代
Ⅳ.①I267

中国国家版本馆 CIP 数据核字(2023)第 169989 号

一纸时光

阮以敏 著

出 版 人　林　滨

责任编辑　刘徐霖

出版发行　海峡文艺出版社

经　　销　福建新华发行(集团)有限责任公司

社　　址　福州市东水路 76 号 14 层

发 行 部　0591－87536797

印　　刷　福建东南彩色印刷有限公司

厂　　址　福州市金山浦上工业区冠浦路 144 号

开　　本　787 毫米×1092 毫米　1/16

字　　数　300 千字

印　　张　22.75

版　　次　2023 年 11 月第 1 版

印　　次　2023 年 11 月第 1 次印刷

书　　号　ISBN 978-7-5550-3405-6

定　　价　66.00 元

如发现印装质量问题,请寄承印厂调换

序

游友基

以敏发来书稿《一纸时光》电子版，请我作序。我非名家，作序不够格，但浏览之余，禁不住欣然命笔。是他书中深深的乡情与浓浓的乡土气息拨动了我的心弦，其文化底蕴又给我以启示与睿智。

新时期以来，社会巨变，思想解放，极大地激发了大众的文艺创作热情，诗人诗作叠见于报刊、网络、纸质出版物。散文是最自由的文体，创作主体的"大众化"成为令人瞩目的文化现象，涌现了众多的散文作者与散文作品。以敏曾合作主编散文集《故园深深情满怀》，几十位文化程度不同、从事不同工作的大甲老乡聚集在乡情的主题下，抒写故土情怀，每一篇都写得情真意切、有声有色，该书2015年由中国文联出版社出版发行，获得好评。而以敏则是他们中的佼佼者。

文化大散文、大散文、小女子散文、新新散文、在场散文。小说变种、非虚构写作……散文创作思潮与走向丰富多样，它们之间并非"非此即彼""相争不让"的二元对立模式，而是"各自为政""并行不悖"的共生器皿。它们各有所长，亦有所短，深刻影响着文坛的价值取向、情感偏至、题材类型、意蕴内涵、行文方式。以敏早年就读于中文专业，算是科班出身，他懂得"博采众长，自成一格"的道理，他不属于上述各派或范型，但其散文或多或少，都沾染了它们的某些元素与特征，也许三个短语可以概括他的散文的总体特色，那便是故园深情、地域色彩、文化内涵。

三者有机结合，融为一体，而故园深情是其散文之魂。作者以"情"统领，贯穿全书，章节分类也带"情"字。把时光记忆，镌刻在一张张白纸上，留给读者美的享受与思考。既轻声细语娓娓而谈，又如叙家常蕴含无限深情。特别是对故土亲人的爱恋至情至性，又隐含一种淡淡的忧伤，令人感动，又令人难忘。在他身上留着大户人家后裔的贵气、现代文人随遇而安的境界，是一个很有家国情怀的人。其侄女婿陈航有过一句评价："二叔念着吾国吾民，草木苍生，宗祠故旧，仁理道义。心怀天下，乃儒家之养浩然正气。叔叔是真了得！"正如作者自言："一介书生常忧国，半个文人时怀乡。"

第一部分"情愫缱绻"，写的都是家乡的故事。作者常常从儿时的艰辛与忘忧入手，感受当今的幸福，感恩遇见的美好。如《家乡的老屋》，是一个全景式的有故事的老屋，展示一个大家族的融洽温馨、真情流淌，"寻找儿时记忆，只为梦里常回故乡。"对老屋的鲜活记忆，承载着一代人多么美好的情感，全文洋溢着儿时的无忧与快乐。简直没有一个字是多余的，似乎可入教材做范本。假如说《家乡的老屋》只写了一个家族，那《花桥故里》就扩展到一个村庄，在童趣中展示乡村的纯朴、乡人的情义，还有作者自身的生活感受。正如文章结尾所述："故里总有许多叙述不完的故事，抒发不尽的情怀。酸甜苦辣咸，有艰辛，也有温馨。那远去的村庄，流逝的故事，多情的花桥，伴随着岁月的斗转星移，酿成了一坛沉香的老酒，恒久弥珍，回味无穷……"这篇文章被中国作家网收录于《大地上的灯盏——中国作家网精品文选·2018》和《宁德文丛·散文卷》。《大地上的灯盏——中国作家网精品文选·2018》是对中国网络文学20周年的一份纪念，由作家出版社出版发行。选集分上下两册，收录散文、诗歌、小说作品共85篇，其中上、下册收录散文各22篇，都是精选2018年全国作家发表在中国作家网的精品，能够名列其中，排在上册第6篇，全凭实力，非常难得。《宁德文丛》共收录宁德籍和曾在宁德工作、学习或生活过的作家154人作品，比较全面地呈现出宁德百年文学发展的历程和成果。

第二部分"情长纸短"，以人物为主，有父母，有师长，有儿女情长，有名家印象，也有拍卖场的小人物。

书名《一纸时光》取自回忆母亲的文章《想你，在一纸时光里》，它如诉如泣，把对母亲的爱恋与不舍之情表达得淋漓尽致，很多人都是在泪光中读完。据以敏说，这篇文章整整酝酿了五年，目的就是为了写好，能够打动人。其间有几次提笔，总是潸然泪下而作罢，在母亲逝世五周年之际才完稿并公开发表。作者把母亲生活中的细枝末节用一根"爱"的红线串联起来，展示母亲的聪慧、勤劳、能干、大爱，让读者感同身受。默默辗转奔走在乡间小路的父亲，当了一辈子的乡村教师，没有轰轰烈烈的伟绩，和许许多多人的父亲一样，是一位极为普通的人。作者在《一张沉甸甸的账单》中，对父亲的内心世界进行了深刻剖析，展示了一个真实的父亲，深深感染了读者。借此摘录几段我的学生，也是以敏大学时代同班同学非常中肯的评价："以敏这篇账单，虽琐碎，但读之令人心酸。以私人化的写作折射的是一个时代的悲情。"（陈述）"家与国始终是命运共同体。个人史——家庭史，也是社会史的一部分。这份账单是从那个时代采样的活标本！"（蔡敏）"风花雪月类散文随笔多悦目，此类锥心。花瓣雨中吹来的一股清风，这是随笔该有的本质，于无声处听波澜。你的文风正是当今闽东文坛创作中的一股清流。"（郑承东）这些弟子，他们在闽东文坛都占有一席之地。亦如以敏一位学生读后感所言："很怕读这样的文字，因为真实地让你心疼。但又喜欢这样的文字，因为真实的让你心动。"《再上武夷山》，是作者30年前携女友第一次上武夷山旅游后，特意安排的重游之作，"岁月悠悠而过，红尘往事如风。当年的女友已成老妻，然不忘初心，故地重游、旧梦重温却也别有意味。"从女友到老妻，相濡以沫，一起走过了人生的第一个三十年。《那年，我陪女儿高考》是作者于某年高考当日出行，在动车上匆匆而作，字里行间流露着父亲对女儿无微不至的关爱与发自内心深处的自豪。

　　《我们的师长》写了在偏远故乡从小学到高中阶段，遇见的一个个终生难忘的老师，感恩成长过程中师长的教诲。他们当中有代课老师、有民办老师、有下放老师，还有上山下乡的知识青年，这是一个时代的缩影。正是他们，改变了一批批农村孩子的命运。《古田西山求学记》是大学时期的一段经历，有求学的艰辛，有老师、同学的情谊；在西山，作者奠定了良好的文学功底。

　　《柏洋湖情思》是一篇抒情散文，文字优美，情感细腻，有如一首散文诗。作者在雨中迷离，在风中沉思，在那棵颇具魏晋风骨显得有些清瘦和孤单的棕树下回想，一往情深，总在故乡山水中。那是对故乡山水深挚的情！

　　亲友之情、师生之情、同学之情、同乡之情……全书贮满了情，流淌着情，而情的核心只有一个字：爱。爱既是一种感情，也是一种美德，属于中华民族的优秀传统。爱出者爱返，福往者福来。在爱的氛围中长大，不仅以爱报答亲人、乡人，更以爱来回馈社会。大爱无疆！支撑着作者投入许多时间与精力的，正是这种无疆的大爱！

　　鲜明的地域色彩，是以敏散文的又一个"闪光点"。他的散文不但接地气，而且充满乡愁与人间烟火味。即便如土里土气的《"二师兄"的故事》，也饶有风趣，那是农村当年生活的真实写照。《古田的"圆圆环"与"三角尖"》不算作者的代表作，但在古田，却是作者的成名作，因为讲的是古田本土的历史故事。许多人因此知道，1958年为建设古田溪水电站旧城淹没，新建的新城中心"圆圆环"还有这么多故事，也知道了古田有这么一位会写、会讲故事的人。或许外乡人对此未必感兴趣，但古田人读此类文章则觉得特别有滋有味。

　　以余秋雨为代表的传统"文化大散文"，一般是站在正史的立场上，以主流历史观和价值观去评判历史。它篇幅长，题材大，重理性；而以李敬泽、祝勇、穆涛为代表的"新文化大散文"，虽然落笔点还是历史文化，却更重视站在民间的立场上，或从个人的视角，来品评历史。同是文化散文，却有很大不同，区别度突出。有一点相同，那就是都具有文化元素。

以敏诗文集的第三部分"陶情遣兴"，多是采风作品和旅游随感。写了许多历史遗存，多是名村名镇名建筑。作者喜欢历史，喜欢乡村，周末闲暇时间，大多是和友人同好流连于乡间的山水，仿佛回到了自己的童年。从旧时光里，挖掘闪光点，蓄积文化意蕴，不只留给读者一段又一段美化的记忆，而且从中领悟到某种人生哲理。《斜阳脉脉映古巷》的古朴宁静，《烟雨溪边》的烟雨迷蒙，《湖畔春色》的明媚春光……都给人以美的遐想。逛街一圈，也能把沿街商号商铺天衣无缝完美组合，写成《十字街随想》，感叹这花花世界，终不如世外桃源。

第四部分"诗情话意"，作者选取了部分最具个人情感和时代烙印的诗歌作品。虽然诗歌并非其专长，但年少轻狂，谁没有一个做诗人的梦？他的诗都是有感而发，都是生活感悟，从中可以读出作者亲历的生活体验。这部分作品时间跨度长，前后有40年时间。作者创作就是从写诗开始，还曾经是闽东青年诗歌协会初创时期会员。

《五分钟的梦》是他发表的第一首诗，写于20世纪80年代初。诗摄取的仅仅是"她回来了"与亲人相见的一刹那，这一刹那，可以创作出许多不同版本的故事，包含着十分丰富的内容。诗的张力就存在于她与他的"紧张"关系消弭于瞬间，诗的含蓄，蓄势待发，于此诗可见一斑。是现实，还是五分钟的梦？费猜想。诗意相当明晰，并不晦涩，也不朦胧，却让你琢磨、品味，因为它创造了一个广阔的想象空间。写于同期的《乡村唱晚》，选取、提炼了三个画面，反映了改革开放对农村的深刻影响。第一个画面：晚归一路欢唱；第二个画面：挑粮入仓笑翻；第三个画面：醉谈责任制进梦乡。三个画面有连续时序，充满动感，突出一个"乐"字，真"新农家乐"也。揭示农村承包责任制是"乐"的根源，从而热烈讴歌改革开放。年轻时代写作并发表于上海《解放日报》的《山路》，将攀登山路的场景与诗人主观感受的抒写结合起来，表现出一种积极向上的精神境界，充满乐观自信，表现方式新颖。

其他杂感，多是对人生匆匆的慨叹，对美好生活的留恋。七夕之夜的偶得："数点疏星传吉兆，一弯新月照松台。此去莲桥会织女，新丰河畔等你来。"把古田县城郊四个相邻村名吉兆、松台、莲桥、新丰融入其中，衔接自然。数点疏星、一弯新月之夜，诗人兴冲冲经过松台山，赶赴新丰河畔的莲桥，等待心上的意中人。那莲桥，不就是七夕之夜天上的鹊桥吗？

最后谈一谈《一纸时光》附录部分，题曰"闲情逸趣"，皆为作者闲暇时光夜间随笔。很简短，很随意，很随性，很有年代感，也有自己的思考，那里面包含了不少人生感悟，故在同龄人中很有共鸣。特别是庚子年（2020）春，新冠肺炎疫情期间，全民封闭居家，作者晚间连续一个月不间断写作，零点发布，所以称之为"子夜随笔"。别小看这样的文章，集成一册，便是文献，亦散文随笔也。很可惜，作者后来没能再坚持下去，只是偶然有感而发，写了几篇。也许是恢复正常上班后，忙于工作和其他事务吧！

以敏多才多艺。善于组织各类活动，业余偶有客串主持一下文艺演出节目，还会即兴唱上一两段京剧、黄梅戏。近年来，他在工作之余，勤于笔耕，佳作频频见诸报纸、杂志、网络，深受读者欢迎。不论是文学创作，还是地方文史挖掘，均颇有建树。作为主力干将，他参与了省民协、县政协、县委宣传部等单位编写出版了十余部地方文史著作，成绩可喜可贺！福建省政协秘书长陆开锦先生在我编的《玉田典籍选刊·序》中也给予高度肯定："……阮以敏等，也都以复兴乡土文化为使命，撰写发表了不少文章。"

以敏为人真诚实在。干一行爱一行，是位很有教育格局和教育情怀的人。教书育人尽心尽职，深得学生好评；做教科研也专心致志，深得同行敬重。不但兴趣爱好广泛，而且热心公益事业，积极参加各类社会组织活动，也受人欢迎。许多本土民间文史研究社团和公益社团都纷纷伸出橄榄枝，邀请他加盟参与工作。现在他从事教育系统关心下一代工作，特别重视弱势特殊群体的关爱工作，以爱心服务社会。以敏是一个充满热情且很有生活情趣的人，无论男女老幼，皆喜与之往来。熟悉的人说：这是一个有趣的灵魂。他也紧跟时代潮流，开了微信公众号，专门发布个人作品。现在又率先转轨玩起抖音，抖音号简介是："用镜头捕捉风景，用文字记述历史。"深入古田一个个偏远乡村，"用影像记录乡愁"（作者自语），深受游子欢迎。关注民生话题，引发强烈共鸣。此外，还出镜宣传地方历史文化，探索新途径，把自己的文章做成视听模式，亲身现场解说，在抖音发布，让更多的人了解古田。这种形式很值得借鉴，毕竟新媒体新形式受众面广、影响力大，本来只是文化圈内的人和事，走向了街头巷尾。其抖音号、微信视频号"网事随风505"以及"三剪客"组合，在古田很有影响力。在不经意间，把自己弄成了网红。

冀望以敏纯文学创作和挖掘地方历史文化的写作道路越走越宽广！

2023年4月于福州仓山花香园寓所

（本文作者游友基，福建省古田县人，福建师范大学文学院教授，享受国务院政府特殊津贴专家）

目录

一

情愫缱绻

家乡的老屋

　　家乡在大甲花桥头，老屋坐北朝南，静卧在小河边。虽曾雕梁画栋，但历经沧桑已是斑驳，犹如历史老人，见证了乡村的兴衰。唯有正厅上方，毁于"文革"时期的"书田"木刻留下的痕迹，显明这是个大户人家、书香门第。

　　小时候，老屋住着大家族。各家兄弟姐妹都多，虽然过得清贫，但充满了亲情，祖辈们即使是堂兄弟，也是按照大小排序称呼，妯娌们也取一个统一的排行。冬天里，太阳一出来便照到大厅，从西移到东，整个大厅暖洋洋。老人们晒太阳，女人们纳鞋底，小屁孩们则在其间嬉闹玩耍。小孩们有了矛盾，也是老人出面仲裁，维护公平正义。曾经，信奉基督教的乡人，都会集中到老屋做礼拜，唱诗祷告，祈福祈平安。于是，我们的老屋被乡人称为"教堂里"。

　　嵌入大门砖柱两边的雄狮和母子狮曾是我们的骄傲，因为整个乡村只有我们家门口独有，母狮子的口水流向小狮子，煞是可爱。我们时常会到家里偷沾些油，把它擦得油光发亮。

　　紧邻老屋的是"炮楼"，有四层楼，也住着两户族人。土墙上的窗户都是外面小里面大，居高临下，视野开阔，守护着老屋。

　　大门外是个大花园，虽然如今围墙只剩下断壁残垣，园内也是杂草丛生，但当年却是我们的乐园。园内小池塘边，清晨和傍晚都可以看见我们垂钓的身影，钓上的或是小鱼，或是青蛙。池塘边的橘子树上也曾掉下小伙伴，在不深的池塘里扑腾。围墙根下还会种上一排南瓜、丝瓜，往池塘上方搭个架，让藤蔓自由生长。南瓜开花的季节，引来许多蜜蜂采蜜，我们瞄着，盯住蜜蜂飞入雄花，便一把拧住，摘了整朵花，摁到水里，看蜜蜂在里面团团转。当时实在是不知道花儿要授粉，只知道雌花会长南瓜，是不能摘了玩的。

　　一株高大的分成两支的梨树，是小伙伴们展示上树技艺的平台，没有三两下是爬不上去的，虽然少不了挨骂甚至挨揍。围墙边上，一东一西的两棵枇杷树，让我们可以轻松地登上了围墙，在围墙顶上自如行走，胆小的只好趴着前行。站在围墙上，捉枇杷叶上的金甲虫，装满玻璃瓶，比赛谁的多，也不怕那臭烘烘的虫大便了，玩完了，拿去喂鸡喂鸭子。桃树虽然不是很高，但仍需仰望，阳春三月，虽是枝头浪漫，可我们实在是不解风情，只是盼望着快快结果。采摘水果的日子里，我们会关上溪边围墙的大门，用长长的竹竿挑落水果，用个竹篮子接住，但偶尔也有掉落地上，裂开的，便先尝尝了。

　　冬天里，到池塘边敲一块冰，用口气呵出个小窟窿，拿根稻草串起来玩，比谁的厚，玩得久。那时，虽然我们穿着都很单薄，但还是期盼下雪的日子，望着漫天雪花飞舞，可以不用上学了，伙伴们一起堆雪人，打雪仗。大伙排成一列向前进，走在前面的故意摇落一树雪花，让后面的伙伴变成了雪人。

　　夏日里，门前的小溪，便是我们的泳池了，有"牛潭""长潭""瓮潭""龙潭""鸡角潭"……小伙伴们脱光了，一个一个往下跳。稍大点的，穿条短裤下水，然后脱下短裤，放在石头上晒，上来就可以穿了。

　　秋天不太冷的日子，我们都会到小溪洗脚，没有擦脚布，都是在小石头上踩干了，然后穿上母亲为我们精心制作的布鞋。

　　就是大门边上的石臼，也给了我们无限的乐趣。逢年过节兴高采烈地看大人们做白粿、糍粑，有得看，还有的吃，大人们做得高兴，还会揉下一团，让我们先饱口福。平日里伙伴们围成一圈，在石臼里玩蚶壳等贝类，赢的兴高采烈提一袋回去，输的垂头丧气。家里"富裕"的，还可以

花一分两分钱去买，其他人就只好等家里下回吃贝壳类海鲜了。

屋里大厅与门口平地是我们玩"三角牌"(用香烟壳的纸折成三角形)的场所，家有熨斗的，还把它烫得结结实实，俨然胜券在握。厅堂前石阶旁的阶吧(斜面石板条)，是我们天天要滑几遍的滑滑梯。阶前的石板条则是我们玩泥巴的战场，揉搓一团泥巴，捏成凹状，用力摔到地上，谁的响声大，洞口大，谁就赢，输者要将对方的洞口补满，其乐也无穷。最经常玩的是"夺杆"游戏，花园里的平地划上一条线，分成两边，先选两个最强大的领头(如现代军事演习的红方蓝方司令)，然后击掌出指头，按大小挑选双方人马，伙伴们基本上就按大小、高矮、胖瘦均衡分成两拨，然后开始争夺对方插在后场的"杆"(意为旗帜)，派到敌方佯攻的侦察兵，被捉到就退出比赛，但最终是以夺到敌方的"杆"为胜者。

每年的中秋节，不论堂的表的兄弟姐妹，搬条小木凳，在大厅上团坐一圈，分得半块月饼，哼着母亲教我们的家乡方言童谣：月光光，照厅中；厅中暗，照罗汉；罗汉悬(高之意)，照大溪；大溪远，要食饭；饭没熟，要食肉；肉没来，要食糍；糍没造，火管(吹火用具)当头磨(敲之意)……方言童谣首尾相连，句句押韵，朗朗上口。遥望彩云追月，也是何等惬意！

最高兴的莫过于过年了，再困难的家庭，也要给孩子们做一件新衣裳，初一早上，穿戴起来显摆，大家比阔绰。每年的除夕，吃完了年夜饭，父亲都会拿出特意到银行兑换的崭新崭新的五角钱，给我们兄弟姐妹发压岁钱。于是就可以去买一挂鞭炮，拆了一个一个地放，埋土里，扔水中，看土飞扬，水溅花。调皮的，还会到围墙外，找堆牛粪，插根鞭炮，点上了，一起跑……

花园里还会种些蔬菜等，如黄瓜、苦瓜、玉米、向日葵……不但能吃，还是一道美丽的风景。和鲁迅先生笔下的百草园比，绝对是毫不逊色。只是当时无书可读，孤陋寡闻，不知道还有个百草园罢了。年初去了趟绍兴，在鲁迅故里，特意把三味书屋和百草园转个够，也是一片凄凉，不但人非，物也不是了。是夜，喝了绍兴老酒，感慨之余，顺口留章：

　　　　　蓦然回首五十秋，几多欢乐少许忧。
　　　　　乌篷船上品美酒，梦里水乡醉中游。

　　"玉树琪花香作锦，水光山色翠连云。""天近彩云连紫极，堂开东阁引青阳。"屋檐下挡雨墙上的题诗依在，而从老屋走出的小伙伴们为事业为生计已各奔东西，不知何时还能再聚首？寻找儿时的记忆，只为梦里常回故乡。一屋不扫，何以扫天下？家乡不爱，又谈何爱国？乡村还会复兴往日的繁华吗？我想，可能会在不远的将来吧。

　　（2013年11月9日《闽东日报》，收录《中国当代网络散文精选》）

花桥故里

　　故里花桥之名源自何由已无从考证，据村中多位耄耋老人讲述，曾闻长辈谈起，古桥为木廊桥，横跨东西，精雕细琢，工艺精美，花样百出，乃当年十里八村唯一大桥，遂有花桥之名。新娘路过，都要下轿步行。盖因此，自然村取名曰：花桥头。老人们所见，唯有三根水杉铺就的木桥，旧时花桥几时被拆毁，竟无记载，也无人知晓。20世纪60年代末，由于木桥出现腐烂，拆卸重修为石桥。

　　花桥之头地势平坦，良田肥沃，其形似蛇，沿院后山脉蜿蜒而下，头从山垱抬起，眺望远方。十里八村大户人家便动土迁居于此，自然成村，形成"富人区"，沿街两旁商铺林立，柜台连排。杂货店、裁缝店、小吃店、青草店、客栈、布庄、油行、茶行、面坊、豆腐坊、织布坊……一时商贾云集，当地乡绅名人齐聚，渐成闹市。主街雨亭从街头延伸至街尾，方便村人过客雨天往来不需打伞。溪石铺就的石子路，沟沟坎坎，见证了花桥故里的年代久远。村民姓氏繁多，以阮姓为主，还有彭、余、陈、林等姓氏，不如彭厝里、陈厝里、溪边里、董洋里等乡村姓氏之纯正。

　　随着时代的变迁和交通的发展，喧闹的乡村自然而然日渐式微，繁华已然不在。许多商铺或关门歇业，或改换门庭。高高的柜台，便成了乡人们饭后茶余聊天时的座椅。到我四五岁返乡定居之时，记起的只有杂货店、裁缝店、豆腐坊、面坊、油行之类。

　　祖先们在溪边择地建屋，择邻而居，既为方便生活，更希冀在有风有水的地方瓜瓞绵绵。母亲河——大甲溪，源头为院后山脉汇流而成，自溪边里自然村顺流而下，清澈见底，可见成群鱼儿游往。每日清晨，乡人们都会到溪边挑水，装满大水缸，准备一天的饮用、洗漱。因为经过一夜的沉淀，水质特好，没有污染。大大小小的石潭，依形状被命名为"牛潭""龙潭""鸡角潭"……因此，游泳的方言也俗称"游潭"。村妇村姑每天都会到溪边洗衣服，三五成群蹲在溪边，找块大石头，搓洗起来，其间不乏欢声笑语、嬉笑怒骂。20世纪80年代末期，水源渐渐枯竭，再加上环境污染，溪流便仅为排污了。每次返乡，对景徘徊，往事成风，总是感慨不已。好在现在开展新农村建设，计划全面改造溪岸，铺溪底、设管道，建设沿岸景观，恢复长流清水。

每年，油茶籽（俗称楂籽）和油菜籽收获的季节，油行便开始忙碌起来。老师傅提前清理卫生，然后坐等乡人们送货上门。收来的油茶籽和油菜籽晒干了，再放到锅里炒香，然后倒进巨大的圆形石砌凹槽里，由老黄牛拉动巨石，不断打转碾压成粉末，清扫出来装入蒸笼蒸上许久，热气腾腾倒出来用稻草包住，圈上三个铁箍，做成直径大约40厘米左右的圆形茶饼，然后拆下外围的两个铁箍，一块一块放入一棵大树凿成的凹形槽内，插上木尖，便开始榨油了。五六个大汉，推动着悬挂的树桩，在"把头"老师傅的吆喝下，齐齐喊着嘹亮或沉重的号子，或者家乡民谣，树桩撞击着木尖，清澈透明的油便汩汩而出，其情其景煞是令人心驰神往，叹为观止。榨油后的饼粕，即"茶枯"，俗称"楂枯"，内含丰富的茶皂素，是一种天然的优良表面活性剂，不但可以做洗涤剂，还具有洗发、护发等功效，是天然的绿色洗发剂。儿时的我们在这个季节总是天天到此游玩，除了好奇，还可以闻闻四溢的浓香，沁人心脾，气爽神怡。更是满怀期待快快长大，加入他们的劳动行列，一显身手。偶尔，大人们也会让我们扶上几把，推动几下，其景其情总是令人恒久难忘、兴奋不已。

面坊是爷爷的。他们早年在水尾桥下还有个磨坊，是个水磨坊，收购

的麦子都在这儿加工成面粉，或出售或自己加工做线面。每天夜里，爷爷总要起来几次，频看天象，判断第二天是晴是雨，是南风还是北风，以定翌日做线面。当晚要称好面粉，融化好盐水。第二天凌晨起床再看看天象，便开始和面。那可是体力活，硕大的面缸，倒入面粉，逐渐添加盐水，用双手不断搅拌，揉成面团后，还要不断抱起翻一面，再拳击，以达到均匀柔韧。若是隆冬，冰冷刺骨，寒气难当，但随着劳作强度的加大，也会大汗淋漓。真是不但学手艺，而且还练了武功。十来岁的大哥也曾跟着爷爷当了一段时间学徒，终因个小体弱、学艺不精而转作他行。面团发酵后，紧接着的工序就是搓条、粉条、串面等等了，待这些准备就绪，已是日上三竿，可以拉面了，厉害的师傅可以双手夹住五六根面杆，在稳步的进退、拉伸、抖动中，线面越拉越长，越拉越细。我们兄弟姐妹虽小，但也会打打下手，帮助做点简易的工序，因此从小养成了热爱劳动的好习惯。也有判断失误的日子，天公不作美，下起雨来，不要紧，有焙房（相当于现在的脱水厂、烘干房），未干的线面全部搬到焙房，烧起木炭，渐渐烘干，一些断了的线面掉到木炭上，烤得香脆可口，我们趁机吃起了"烧烤"。若是冬天，这焙房恰似空调间，暖洋洋，让人不舍离开。

说起这线面，由于面很长，所以又叫"长面"和"寿面"。按照乡村习俗，每年大年初一早上，乡人们都要吃一碗线面，两个鸡蛋，意为长寿圆满，好事成双。祝寿送线面，方言"长面"和"长命"谐音，长即为寿，意为长寿。待客吃线面加蛋，意为平平安安（在老家鸡蛋又俗称"太平"）。结婚当天，新娘接进新房，坐在床沿，先吃上一小碗"榉油面"（即茶油拌线面），俗称"床沿面"，意为夫妻和谐专一，绵绵长长。这线面，煮食简单方便，只要将线面投入烧开的水中，看着线面渐渐浮起，白色变成透明即捞起，倒入炖好的鸡肉、鸭肉或排骨汤中，添加些老酒、味精、葱花即可食用，柔韧滑润，香甜可口。茶油拌线面，还有治疗胃病和预防胆结石等功效，长期食用，还能有效降低胆固醇、防止动脉血管硬化和冠心病的发生。

每当夜幕降临,劳作了一天的乡人们吃饱喝足之后,都会固定集中到一两户农家,谈天说地"讲古典"(家乡方言,意为讲故事)。农家厅堂,排着长椅矮凳,男女老幼陆续就座,主人泡上一杯热茶,主讲清清嗓子便朗声开讲。村中几位有文化、口才好的长辈,常常轮流开讲,各领风骚。儿时的我们,对他们简直是佩服得五体投地。这是乡邻们在那个物质匮乏、精神空虚的年代,开心的精神生活。偶尔,我们这些小屁孩们,听着听着支撑不住,居然当场入睡了,散场时,被大人们叫醒,又在迷迷糊糊中被父母或哥姐牵回了家。

若是夏夜,乡邻们便会集中到花桥之上,在月色蒙蒙、凉风习习、流水潺潺中听讲《隋唐演义》《三国演义》《西游记》《水浒传》《封神榜》等等,什么隋唐十八好汉,诸葛亮借东风,三打白骨精,一百零八将,纣王妲己,牛郎织女,孟姜女哭长城,狸猫换太子,包公铡陈世美,唐伯虎点秋香……曲折离奇惊心动魄温婉凄美的故事,我们听得如醉如痴,忘乎所以,仿佛穿越时空置身其中,而不忍曲终人散。有时,主讲人也会在听众的请求下,开讲《聊斋》之类的鬼故事,在惊悚恐怖的故事情节中,听得我们不敢独自摸黑回家。也曾在七夕之夜,好奇地跟在老太太身后,悄悄躲在葡萄架下想偷听牛郎织女都窃窃私语些什么,遗憾的是从来都没有听到过只言片语。

前些年,在花桥头村,为了修建宁古路,家家户户几乎是无偿献出了部分田地。为了工业园区的发展,又支持政府征田征地,甚至祖先们的坟墓都无怨地迁出了园区规划范围。乡人们真的是淳朴善良,深明大义!

如今的花桥头,已然换了不少新面孔。原住民中的年轻人大多融入了新城市,长辈们也渐渐老去。更偏远山村的村民,为生计或为儿孙上学搬来租住,成了花桥头的新居民。乡人们重情重义,从不排斥外村外姓人,婚丧喜庆都有了往来,俨然本家本族。

故里总有许多叙述不完的故事，抒发不尽的情怀。酸甜苦辣咸，有艰辛，也有温馨。那远去的村庄，流逝的故事，多情的花桥，伴随着岁月的斗转星移，酿成了一坛沉香的老酒，恒久弥珍，回味无穷……

（2015 年 3 月 22 日《闽东日报》，分别入选《大地上的灯盏——中国作家网精品文选·2018》《宁德文丛·散文卷》）

柏洋湖情思

雨中的柏洋湖 ① 静谧而迷离。

风中的芦苇轻盈地起舞，湖边的翠竹多姿地摇曳。静坐在大坝上，凝视着这一泓青山倒影的碧水，倾听雨的细语，风的呼唤，叶的呢喃，真正体验了心如止水，宠辱皆忘，整个身心陶醉般融入了这大自然之中。

那柏洋村袅袅的炊烟依稀还在眼前，那先锋洞打凿的锤声仿佛还在耳际。招展的红旗和鼎沸的人声，是我们全校师生在参加热火朝天的生产建设劳动，高音喇叭里播放着进行曲和劳动场面的表扬稿，我们这些学校文艺宣传队的骨干分子，时不时还要集中起来，唱歌、说快板，给大伙儿鼓劲。山皮被一层层剥去，水渠在一米米延伸。遇上坚硬的岩石，便叫来专业师傅，打几个洞，待大家收工了，埋上炸药、雷管，随着一声闷响，炸开了。干劲冲天的我们，都相信人定胜天，靠锄头、洋镐、土箕战天斗地，改造世界，都在憧憬着水库建成后的美好未来……

远处，三两声的鸟鸣，划破了天际。把我的思绪从 20 世纪 70 年代拉回到了现实，想当初我们还只是初中学生。

多年之后，和友人再上柏洋，已是回到故乡为人师表了。虽尚青涩，但风华正茂，朝气蓬勃，充满了梦想，迷恋着这世间美好的一切。沿着蜿蜒崎岖的小路，一路向上，村口风水林的几棵松柏、柳杉郁郁葱葱、高耸云霄，但坐其下，清风徐来，倦意顿消。古老的村庄已经淹没，沉睡在母

---

① 柏洋湖原为古田大甲镇水库，始建于1974年，1978年竣工，灌溉大甲村农田，现为居民饮用水源。

亲湖的怀抱，安详而恬静。柏洋的村民，多已迁居。波光艳影的柏洋湖清澈明亮，在阳光的照射下，闪着阵阵银光。虽说是第一次看见蓄水后的样子，有点儿心动，但已经没有了当年的心潮澎湃，豪情万丈。小学校还在，为留守儿童，一个民办教师在坚守，她热情地挽留我们吃了中饭。应该感谢她们，那个时代的符号——"民办教师"，为我们国家的基础教育事业做出重大贡献的教育工作者们，是她们一直坚持在最偏远、最贫穷的山村（多是单人校）默默耕耘，撑起了一片蓝天。

午后，漫步在湖边小径，看蝶儿双飞，蜻蜓点水，时时惊起林中小鸟，知名不知名的山花，点缀着湖光山色，令人心旷神怡、流连忘返。山涧、大坝、草丛、小树、稻田、牧童处处都是背景，留下了一张张或沉思或灿烂的脸，定格了青春年华。那一张张黑白照，一直保留在相册里，成了永久的记忆。时时翻起，都是一段甜蜜的回忆。

一别经年，今次再访，是为由中国文联出版社出版发行的乡土文学作品集《故园深深情满怀》配图，和学生一起穿上雨鞋，撑起雨伞，挎着相机，登上了柏洋湖。故地重游，触景生情，总是不免让人感慨万千。

柏洋的村民为大家舍小家，早已全部迁居山下的幸福新村，国家为他们易地搬迁，进行了集中安置，还出台了一系列帮扶政策，让他们在新村安居乐业。

群山环抱之中，少了人间烟火味的柏洋湖一尘不染，更显宁静，犹如天上一块碧玉掉落凡间，更似豆蔻年华的少女清纯可人、灵动圣洁，堪称"圣女湖"。那棵颇具魏晋风骨的棕树，依然如故，独立在湖边，显得有些清瘦和孤单，岁月虽然销蚀了它的容颜，但它不改初衷，一往情深地脉脉注视着湖面，也许是在冥思苦想：伙伴们都哪儿去了呢？也许是在站岗放哨，守卫着一方故土；也许是还在痴情地等待着圣女的归来……

这故乡的山水总是饱含着无限的深情！

（2016 年 1 月 24 日《闽东日报》）

巍巍院后山

多年不登院后山了，缘由一是回乡少且短暂，二是山路荒芜，艰险难行，三是看山多了，感觉这山太小了，有点儿不屑一顾。这次呼朋引伴故地重游，便又重拾往日记忆。

不知道这院后山最早名叫什么，但肯定几万年前就默默存在，却因了山下一座始建于北宋建隆二年（961）的寺院——保福寺，而得名"院后山"。这千年古刹名气不小，是素有"南方丛林第一"之称的雪峰崇圣寺之廨院。

小时候，站在故乡桥头，仰望巍峨的院后山，总觉得高不可攀神秘莫测，山那边有无法企及的远方。常常在云遮雾罩的日子里，幻想着这山中是否有神仙居住或是有豺狼虎豹出没，甚至于期盼天上真的有玉皇大帝，搬走这座挡住山里人视线的大山，可以看到繁华的大都市和无际的大海。终是人小胆小，不敢前往，只能在梦中神游。

直到回故乡当了中学语文教师，带领学生秋游，才第一次攀登这座无数次萦绕儿时梦中的大山，领略大山的雄伟，体会着"一览众山小"的境界。山里的孩子灵活得很，从学校出发，一个多小时便全部到达山顶。稍事休息，就开始表演节目，唱歌、跳舞、诗朗诵、口琴、笛子、小魔术，实在拿不出手的，只好就地打几个滚或学几声狗叫，引来阵阵掌声笑声尖叫声。最体现斗智斗勇的是团队合作节目"打野战"，用军棋代表职务，因为不知道对方职务大小，被抓到了就到班主任那儿评判，小的被淘汰。那些分到大职务的，便趾高气扬，横冲直撞抓对手；分到小职务的，遇到

对手只好拼命跑了；也有机智勇敢的，分到小职务，居然也敢闯荡江湖，吓唬对方；分个炸弹的，就要不动声色仔细观察，瞅准了找官大的炸；分到军旗的，早就寻了个隐秘处躲起来了，因为军旗一旦被扛走，己方就算输了，不管你还剩多少精兵强将。"混战"几个回合，已是黄昏，便可鸣金收兵打道回府啦。

记得有一年春游，在群山之巅，我仰望云天，声情并茂地引吭高歌一曲："天边飘过故乡的云 / 它不停地向我召唤 / 当身边的微风轻轻吹起 / 有个声音在对我呼唤 / 归来吧归来哟 / 浪迹天涯的游子……"在这明媚春光下，演唱当时最流行的《故乡的云》，俯视山下炊烟袅袅的家园，念想亲人，触景生情，师生们都禁不住泪光点点，仿佛游子远离家园，也有了别离的伤感。

母亲八十大寿的那年，我们兄弟姐妹带着子孙后代回家乡过年给母亲拜寿，并计划正月初一集体登院后山。高兴得忙前忙后的母亲，在办酒席祝寿的年三十晚上，收拾杂物时，体力不支被门槛绊倒，摔断了肩胛骨，计划因此搁置，不再提起。母亲的身体状态却从此每况愈下，而后每次回故乡，看山，看水，看母亲，总不免黯然神伤。青山依旧在，绿水永长流，母亲却已是日渐枯萎。出身名门知书达礼的母亲，颇具大家闺秀气质，继承外祖父母、祖父母衣钵信奉基督，曾经常常在星期天给信徒们讲圣经，领着他们唱诗、祷告、祈平安……从前回故乡，她总是依依不舍送我到桥头。后来啊，迈不动双腿，她只能送我到门口。再后来，躺在床上的她，只能挥挥孱弱的手，轻声说"再见！"她总是勉励我刻苦学习、努力工作、天天向上，不负家国不负亲人不负故土。我也深深知道，回望是最好的告别，情至深则爱无言，目送与回望是爱心的交流。但总在转身的一刹那，无法抑制情感的波涛而潸然泪下。每次挥别故乡和亲人，除了神伤，时时总能感觉到有一股慈爱的光芒笼罩着我，给我勇气，给我力量，让我充满必胜的坚定信心，快乐健康走四方……因为大山是坚强的后盾，母爱之光与日月同辉，心中有爱，处处有爱！

今日再登院后山，虽然依旧师生同行，但多了同学、朋友为伴。行程中的话题已不再有太多的憧憬，而多是人生感悟。登山也不再争先恐后，而是多了恬淡与自如。偶尔也吼上一两声，无非就是透透气，舒缓调节一下。打着"大成由德，甲第云开"的红旗，真诚祝愿故乡充满生机活力，蒸蒸日上。怀着故乡情结，近30人的"回乡团"队伍，陆陆续续还是都登上了山顶，一览臣服的绵绵群山，赞叹故乡山河的秀美。

俯瞰山下家园，已不见袅袅炊烟，牧童短笛也已消失，城镇化进程改变了家乡面貌。因为由"乡"升格为"镇"，省政府又赋予享受省级小城镇综合改革建设试点镇的相关扶持政策，在管理服务、财税、土地、基础设施投资、房地产、户籍和就业，以及金融方面获得一定的政策倾斜和扶持。整个镇区进行了全面规划，一座座新楼拔地而起，一排排厂房鳞次栉比，大甲溪溪岸的景观工程也即将完工。工业园区建设的逐步推进，也解决了一大批农村富余劳动力就业。

登完院后山，顺便还可以去看看全国有名的"树王"，岩富村根植于商周时期，有3000年树龄的罗汉松，老树虬枝，傲视天地，尽显沧桑。返回邹洋村，在夕阳的余晖中，漫步古村落，游览古民居，看鸳鸯谷鸳鸯戏水，晚上到"邹陵人家"吃农家菜肴，品家酿老酒，听一曲乡贤、中央歌剧院歌唱家阮余群演唱，荣膺2016年全国村歌大赛十大金曲榜首的《美丽的邹洋，我的家》，兴之所至，疲惫顿消。

一方水土养一方人，故乡的山水滋养了我们一代又一代人，即使走出了大山，情怀也永远难以忘却。那山，那水，那乡音，那永远无法割断的亲情。

（2016年12月25日《闽东日报》）

家乡的水晶肉

在古田大东地区，水晶肉是一道酒席必上佳肴。香脆可口，含嘴即化。不仅高热量，还健脾开胃。如水晶般晶莹，以"水晶肉"称之，名副其实。

幼时家贫，缺衣少食。猪更没有什么饲料吃，拔点猪草，撒点米糠就相当不错了。农村人一年养头猪，难得上一百斤。称赞人家猪养得好的，都是说："你家的猪上担了吧？""一担"即"一百斤"之意。假如家里要筹备来年办喜事，必定要养一头猪。家有高龄老人的，还要常年备一头猪，养大了卖掉，再买一头中大的养，以备不时之需。因为在那物资匮乏的年代，又没有其他经济来源，酒席上的大餐基本上是自产自销的食品。有一头猪，就可以操办了。从猪头肉到猪耳朵、猪肝、猪心、猪肺、猪肠、猪血、猪排、猪皮、猪蹄、猪尾巴，可谓从头吃到尾。那白花花的肥肉呢？除了熬油，便是做"水晶肉"。但平日里是不做的，那可是奢侈品，只有宴席才上。

小时候，一直等着喝喜酒，能吃上让人垂涎欲滴的水晶肉。"白酒"（丧事）是不敢去的，咿咿哑哑，唢呐声悲，家里布置得绿的、黄的、白的，气氛吓死人。即使轮不上去，也要等到家人喝酒回来，带回用手帕裹着的一小包水晶肉，兄弟姐妹们分一个，甚至只有半个。酥酥的、油油的、甜甜的、香香的，含在嘴里是那么的回味无穷，简直舍不得一口吞咽下去。

记得大哥结婚那年，我还在念高中。筹办婚宴，要提前做水晶肉。那个年代，肥猪肉也不好买，要积累，一批一批做。做好的水晶肉，藏在楼上的粮仓里。我每次上楼路过，心里总是惦着。偶尔实在忍不住，便悄悄地开门，偷偷吃上一个半个。囫囵吞枣根本来不及咀嚼回味，无法享受那满嘴生香，还要用手把嘴巴擦得干干净净，以防被父母发觉挨训。粮仓没有窗户，黑不溜秋，储藏稻谷、番薯米及其他一些干货。但凭着感觉和嗅觉，也能找到水晶肉。不知道我的兄弟姐妹们是否也如我般贪吃，也去偷吃过，但肯定不敢多吃，明显少了，大家都过不了关，母亲的严厉不是没有领教过。也不知道父母是否知道我们偷吃，也许因怜爱而默不作声。一直没有问过，而今却永远没有了机会。

水晶肉材料简单：肥猪肉、油、鸡蛋、淀粉、白糖、水。制作过程并不复杂，但要求高，火候的掌握至关重要，都是有名的大厨才拿得出手这道菜。配方比例是：一斤肥肉，半斤糖，三个鸡蛋，二两淀粉。先挑厚厚的肥肉，去皮去瘦肉，切成约2—3厘米厚，3—4厘米长大小，拌以鸡蛋、淀粉，放入烧开的油锅中，油够炸就行，看肥肉数量而定，而且肥肉中的油也会被炸出来，油炸至微黄即捞起。接着开始煎（熬）白糖，这一步很关键，水只能加到刚好没过白糖，慢火煎（熬）到用筷子试试，能像一面旗子、一道瀑布展开，可以轻捏成团，就要熄火了。这时，把油炸好的肥肉倒入锅中糖水里，均匀搅拌，让每一块肥肉都沾上糖水，捞起晾干。一会儿，白糖结晶，一个个晶莹的水晶肉便展示在我们面前，真的是色香味俱全。有的师傅还拌以葱花、芝麻，又多了一道风味。

前些年，也曾试着做过一回，终是功夫不行，实在难吃而作罢。大凡去大东喝酒的朋友，都会带一小袋回家，分给亲友们尝尝鲜。热情好客的大东人，宴席上准备这道菜，就是为了给客人带回家，所以都是备足了货。客人吃饱喝足，还满载而归，主人面子也足，可谓宾主皆大欢喜。不过，这美食只能浅尝辄止，不可大量食用，吃多了太油腻，甜得你受不了。渐渐喜欢上它的朋友，还通过农村淘宝网购，当作探亲访友的伴手礼。

（2017年7月30日《闽东日报》）

年　味

年关越来越近，年味也渐渐浓了起来。

城里的年似乎来得早，去得也早。商家早早地炒作起来，满大街都是形形色色的年货，红红火火，灯笼、春联、鞭炮和人流搅得人心惶惶，没了做事的心绪。刚出年，便开始打折甩卖清仓，吆喝着跳楼价，回笼资金，又吸引了不少顾客，几天工夫，清理完毕，市面便复旧如初。

农村的年味，也渐渐变了。小时候，一直期盼着过年，有新衣服穿，有白米饭吃，有压岁钱。家家户户是酿老酒、蒸年糕、做糍粑、煮猪蹄、炖酒鸭……备足了自产自销的年货，筹备合家团聚。即使千里迢迢，也要往回赶，围坐一桌吃上一顿年夜饭，因为家永远是漂泊游子的港湾。正月初一就开始走亲访友，表达问候和愿景。过了正月十五，吃了汤圆，闹完元宵，年才真正意义上结束。该上学的上学，该下田的下田。小孩子们自由自在无拘无束地玩了几天，又期待着一个新的来年。大人们像像样样吃喝玩乐了几天，便又铆足了劲，开始了新的一年劳作。

年底被称为年关，只因旧时一年辛苦，没有什么盈余，甚至还有欠债，寅吃卯粮，所以俗话说"好过的日子，难过的年"，物质和精神的双重压力，犹如过关般艰难。年幼无知时期盼过年，无非是想过几天吃得好、穿得好的日子，无法体谅当年父母的艰辛，而今想来，那父亲发的崭新崭新的五角压岁钱，那母亲一针一线纯手工制作的新布鞋……都永远是心中无法忘却的痛！

都说人生在世，吃穿二字。现如今的农村，温饱已不是大问题。在外工作的，逢年过节都会寄点钱回家。在家种田的、打工的，多多少少也能赚些钱贴补家用。由于青壮劳力大多外出，农村多是老人在家值守。儿童们有的跟着父母到城里，有的留在乡村由老人看管。有的忙于生计，顾不上回家看望父母孩子。有的接上孩子，到城里过年，开开眼界。老人们都不在世的，村口没有了期盼的眼光，家只是老屋的代称，便不再值得留恋。渐渐地，没了人气，回乡过年变得可有可无，农村的年就显得越发冷清，小街小巷难得看到人群。常见老屋挂着锈迹斑斑的铁锁，不知哪年哪月贴的已经褪色的对联，在寒风中飘零。一些无人居住，年久失修的老房子，便自然倒塌，成了一片废墟，满是衰草。往日的记忆，只能从梦中追寻，不禁悲从中来。这故乡的滋味，徒留伤感。

生于20世纪五六十年代的我们这一代人，一部分已带着独生子女融入大大小小的城市，又有了工作圈、生活圈、朋友圈。长大后的儿孙们又走向了更遥远的地方，对山村故土也就没有太多的印象。承受快节奏的城市生活重压，儿女们已是力不从心，实在无暇顾及家中长辈。而渐渐步入老年，头脑固化的我们这代人，也已无法重新再去适应那陌生的生活圈。面对一脸茫然的新环境，只能默默地走向孤独。

我们老家有句祖训："人生在世，两件大事。父母上山，子女出仕。"意思就是说，侍奉父母叶落归根，培养子女立业成家。算是承前启后，尽孝尽责，完成历史使命，这余生就是自己的了。于是，家乡情怀不改的过来人，又开始怀念起"甘其食，美其服，安其居，乐其俗"慢悠悠原生态的纯朴生活方式，希望重回那童年时不识愁滋味的快乐时光。然而，对我们这代的许多人来说，命中注定是去不了都市，回不去故乡，只能是守一城终老。如杨绛先生所言："我们曾如此渴望命运的波澜，到最后才发现，人生最曼妙的风景，竟是内心的淡定与从容。我们曾如此期盼外界的认可，到最后才知道，世界是自己的，与他人毫无关系。"这是历尽沧桑、饱尝风雨的百岁老人真切的人生感悟。唯愿我们能静听《最浪漫的事》，在岁岁年年中，慢慢回味年味。

（收录团结出版社《风清水绵陌上花》）

话 茶

讲真话我对喝茶没什么兴趣，偶尔坐下喝上两口，也无法品茗出什么感觉，出于礼貌说一声："嗯，好俊（方言，意'很好'）！"

我们福建方言习惯，不说喝茶，说"喫茶"。从造字来说，茶是会意字，上下结构。人在草木中，草木丛中站个人干什么？真的是在吃。茶字最早出于《尔雅·释木》："槚，苦荼也。"茶字是由"荼"字直接演变而来的，所以，在"茶"字形成之前，荼、槚、设、茗、荈都曾用来表示茶。喝茶形成文化，大约始于汉，而成于唐，如今是风行于世界华人并有波及外国人趋势。饭后茶余，是一种物质和精神满足后的高级享受。至于看茶艺表演，醉翁之意不在茶，在乎欣赏美女的手法和身段。

没有喝过几种茶，也道不清茶的品种名称，只听说有绿茶、红茶、白茶、黑茶、黄茶之类，不知道各种茶如何归类，哪些茶是全发酵，那些茶是半发酵，又有哪些茶是不发酵？曾听说有个品茶高手，喝上一口，便知此茶产自哪里，价格多少？一些名茶，还知道是哪片茶园采摘。听得我云里雾里，将信将疑。倒是很欣赏绿茶的美，冲上一玻璃杯，看小巧、纤细、嫩绿的茶叶如"绿美人"浮浮沉沉、翩翩起舞。平静下来，如绿箭排列，整整齐齐。舒展开来，如蓓蕾初放，绿色满盈。一股清香沁人心脾，很是赏心悦目。温庭筠写道："疏香皓齿有余味，更觉鹤心通杳冥。"在他笔下茶的"疏香"使人飘然欲仙，透入肌骨。近几年还有个网络新词"绿茶婊"，泛指外貌清纯脱俗，其实心机比谁都厉害的女人。归根结底，对绿茶还是赞美的。

茶是古代人的必须生活用品，重要的战略物资，特别是在当时资源有限的时代，显得尤为重要。和盐一样，官方专设有管理机构。从宋代开始，朝廷设立专管茶叶贸易的机构茶马司，专司以茶易马的职能。从唐宋以来，中原人就用茶来交换藏民的马匹，促进了我国民族经济的交流与发展，也成为当时财政收入的主要来源。

平民百姓过日子，开门七件事，柴米油盐酱醋茶，可见茶在国人心中早就占有一席之地了。早年所见农家人几乎都自备茶叶，自产自用，存储在大锡壶里，因为锡壶具有抗氧化能力强，气密性好，透氧率低，传导性好，没有金属异味等特点，不易霉变。客人来了，抓一撮，泡杯茶，是最高礼节。古诗云："半壁山房待明月，一盏清茗酬知音。"君子之交也。说人走茶凉，是比喻世态炎凉，人情淡漠。出自京剧《沙家浜》，是著名作家汪曾祺先生为阿庆嫂的唱腔写的歌词。当年常常看样板戏《沙家浜》，倒是牢牢记住了这个成语，也学会了唱《智斗》："……来的都是客，全凭嘴一张。相逢开口笑，过后不思量。人一走茶就凉，有什么周详不周详？"其实这也是正常现象，人情冷暖也是常情，大不了续水再烧呗！

小时候看到茶叶管理站工作人员很神气，农民自家采摘的茶叶或者制作的成品茶都要送那收购，一等二等三等……是评茶员说了算的，小农们都希望等级评高点，很是讨好他们。看着评茶员的手翻动茶叶，评论着，不时瞧瞧他的脸色，满脸堆着笑，因为这是农民们为数不多的现金收入重要来源。很多时候，农村人都是以物易物。

农村人上山下田，带一茶壶茶或一竹筒茶，既解渴又提神。家有军用水壶的，背着自是神气。都没带的，只好到山涧田头找清泉。当年和小伙伴上山砍柴，劳作疲惫，正是饥渴难耐之时，寻得清泉水源，赶紧俯下身子，撅起屁股，埋下头，嘴对着泉水一阵叽咕叽咕，一气呵成，喝个痛快，站起身来，顿觉酣畅淋漓、浑身通泰。遇上调皮的小伙伴，冷不防踢你一屁股，头栽倒水里，爬起来，一阵狂追，免不了要较量一番。所以每次趴着喝水，都是小心提防着。好在那时候的清泉没有什么污染，经常参

加生产劳动,身体好,抵抗力强,也都没听说有人喝水生病的。

老家人曾热衷于采摘"午时茶",小时候听着方言以为是"五四茶",暗自纳闷,明明不是五月四日,翻看日历,农历也不是。其实这是清明节当日午时采摘的茶叶,量不多,自己手工制作,据说有很多功效,延年益寿,都是留着自用。中医学认为茶味苦、甘,性凉,入心、肝、脾、肺、肾五经。苦能泻下、燥湿、降逆,甘能补益缓和,凉能清热、泻火、解毒。陆羽《茶经》论述,茶可治"热渴、凝闷、脑疼、目涩、四肢烦"和"百节不舒"。李时珍在《本草纲目》中认为:"茶体轻浮,采摘之时,芽蘖初萌,正得春升之气。味虽苦而气则薄,乃阴中之阳,可升可降。"这些特性说明了茶具有能攻能补、又能入五脏,对多种疾病都能发挥一定的防治作用。至于陈年过期旧茶可以利用来做茶叶蛋、干燥剂,还可用来消除异味。

凡夫俗子,提起茶壶,一阵猛灌,消渴之余,也会感叹英雄气短,儿女情长。文人墨客,清茶一杯,可以谈风论雅。李清照《鹧鸪天·寒日萧萧上琐窗》:"酒阑更喜团茶苦,梦断偏宜瑞脑香。"说的是酒后更喜欢品尝团茶的浓酽苦味,梦中醒来特别适宜嗅闻瑞脑那沁人余香。苏轼《望江南·超然台作》:"休对故人思故国,且将新火试新茶。"意为不要在老朋友面前思念故乡了,姑且点上新火来烹煮一杯刚采的新茶。看来茶挺重要,可以慰藉游子思乡之情。不知这茶是否也来自故乡?若是,那岂不"举杯消愁愁更愁"?

（2018 年 6 月 25 日《闽东日报》）

喝　酒

　　婚丧喜庆喝酒，亲朋好友相聚喝酒，送行接风喝酒，无所事事吆三喝五喝点小酒，国人是无酒不成席。大块吃肉，大碗喝酒，是英雄气概；灯红酒绿，谈天说地，是今人雅兴。说是喝酒，其实不一定，大多数人，讲究的还是吃菜。酒只是润滑剂，制造气氛。少部分人，对酒有特殊的爱好，有菜无菜无所谓，一碟花生亦可，摩拳擦掌猜拳，一个晚上不亦乐乎。

　　读小学五年级的时候，一个女同学回家订婚了，只是感到好奇。当时农村普遍存在重男轻女现象，女孩子读书多是断断续续，忙时在家帮工，闲时再送去上学，所以年龄都偏大。读初一的时候，又有一个女同学回家结婚了。这一次，我亲自赴宴，因为她嫁的我同村人，小乡村人不多，几乎是家家户户都有请。这位女同学长得挺漂亮的，很丰满，圆圆的、红扑扑的脸庞，就像那秋天的红苹果，只是当时不知道用"艳若桃花，静如处子"来形容。她倒是新潮，提出一定要坐轿，平生就一次嘛，难得。但在20世纪70年代中期，这还是不允许的，属于旧思想、旧文化、旧风俗、旧习惯"四旧"之一。男方家里还是同意了，娶房媳妇不容易呀，怎么能因此放弃了？那怎么办呢？万一被公社、大队抓了，轿子没收，还要被罚去做义务工。他们想出了个办法，傍晚时分出发，天黑到达，大路不走，走小路，走山路，前面还派人做探马。于是我第一次看到了大花轿，其实不花，挺简单的红红木箱子，四个人抬。没有高头大马，没有吹吹打打。如今想来，他们可能早就打过招呼，村干部碍于情面，乡里乡亲的，也是

睁只眼闭只眼，只要不是明目张胆。

听说，有的新娘子上轿前，会提出几项订婚时不曾约定的额外要求，因为这是最后一次机会了，当时家庭人口多，多要的彩礼金器银器可以归个人。男方接亲时多有准备，一般会带些钱，或金或银戒指，有的还是从新婚不久的人家那里借的，先把新娘讨回家再说吧。不过现场还是会讨价还价的，因为大家都困难，都有难言之处，不能怪女方的狠，也不能说男方的抠。假如要价太高，无法接受，只好耗着，还要派人回去向东家汇报，如何定夺？现场谈判就看接亲人的嘴皮功夫了。有的因为时间拖延太久，眼看就要日落西山了，好说歹说上了轿，这抬轿的年轻人便故意一路摇晃，让新娘子吐得一塌糊涂，有苦难言。所以常常有新娘子误时未到拜堂，无法开席，宾客饿着肚子而牢骚满腹。有的实在不知道要等到几点，只好先吃了。一般情况，娘家那边和接亲队伍都会算计好路程，估摸好时辰，傍晚时分接到家，然后拜堂成亲，等待晚上开席。太早了，会被人认为女孩子不孝顺，赶着去婆家了。那拜堂的场面很是壮观，不是新人的"一拜天地，二拜高堂，夫妻对拜"，而是围观村民挤满了宅院，争抢散发的喜糖。分喜糖的抓起一把一把喜糖，照着人群扔，人高马大的人直接接到了，掉地上的，大家挤着拼命抢，甚至于有人受伤，就为了抢一块喜糖。那气氛好热烈，那场面好恐怖。我也会随着人群挤来挤去，只是偶有小得，至于新娘子好看不好看，也顾不得了，物质胜过精神。

有一阵子禁止大操大办，村民都是偷偷摸摸办酒，我这女同学的婚宴就定在凌晨四点多，迷糊中被母亲叫醒，擦把脸，带上手电筒出门。冬天的凌晨，寒风瑟瑟，为了吃，也是拼了。才上了几道菜，望风的说，"开坡亭"方向有手电筒光照来，不知是不是干部、民兵来抓了？大人们赶紧把煤油灯、红烛都吹灭了（当时没有电灯），把菜收藏起来。胆小怕事的一溜烟跑了，和我一样嘴馋的，就悄悄地躲着，大家都不敢作声。几分钟后，警报解除，原来是早起的过路客。于是，又重新开席。主人清点一下各桌人数，派人去挨家挨户叫唤。重新聚拢的宾客们嬉笑怒骂了一番过路客，吓了大家一大跳。照样吃饱喝足，天将亮时回家睡觉。

前些年，拼酒成风，一对一，多对多，一对多，多对一，说什么"感情深，一口闷；感情浅，舔一舔；感情厚，喝不够；感情薄，喝不着；感情铁，喝出血。"如江湖好汉，恨不得喝死对方才肯罢休。若是真的躺倒了，不仅伤身误事，还会丢命。近些年，拼酒陋习已渐至消失，酒桌上多是量力而行，不再勉强，表现的谦谦君子儒雅多了，大家都深刻认识到了身体是革命的本钱。而且根据刑法第十六条之规定，劝酒致死要承担民事责任，对于法律法规大家还是遵守规则的。何必为了一时高兴，没事找事。

最近当地政府出台的婚丧喜庆管理办法，对办酒进行了规范，值得赞赏。这"人情面份"越来越大，越来越广，确实是个沉重的负担。特别是农村，一年酒礼万把块，不在少数。一次回农村老家喝酒，邻居说："今天的日子好大，我有十场酒。"一家子全出动，肯定还是顾不过来的，其实这办酒不一定是赚钱，浪费很多，大多是贴钱，大家都是碍于面子，不是有这么一句话吗？做人做名气，跟钱没干过（没关系）。我曾开玩笑说，酒可以放开办，但要像办寿酒一样，不收礼，还要给红包，也许能堵住滥办酒现象，去喝酒的人也高兴。除了婚丧，家有喜事，简简单单办几桌，不收礼，至爱亲朋来凑凑热闹，大家都怎么做，也许习惯也就成自然了。

2018 年 6 月

（2020 年 8 月 7 日《新宁德》）

苦辣微醺家乡味

举凡经历过艰难困苦的人，都倍加珍惜来之不易的国泰民丰的日子。

老家俗语说："鲜黄瓜会受得了吃，虾苗不会受得了吃。"意思是说，鲜黄瓜鱼再贵，一年也就吃一两次，吃就吃了，吃完就没有了，不再买。而"虾苗"（用虾的皮壳等下脚料研磨，加红糟、食盐腌制食品）是一日三餐都要配饭吃的，假如都大口大口地吃，就真的吃不起了。

早年的山区农村，农产品基本上是自产自销，海产品要从海边的宁德来。寒冷的冬天，临近年关，鱼贩子都会运一拖拉机黄瓜鱼送到乡村，农人们一拥而上，从冰块中掰下黄瓜鱼，买它三两斤，准备过年。能买五斤十斤的，那是"大户人家"有钱人了。当时的黄瓜鱼是纯天然海洋野生，肉质结实脆口，味道鲜美清甜。多放点水，第二天结成冰冻，那"冰冻"也是相当可口，可谓"无鱼冻亦可"。哪像现在人工养殖的黄瓜鱼，不管怎么加工，都做不出味道，都不好吃。

"虾苗"算是农家人吃的最主要海产品，一年四季基本不断。只是偏咸，夹多了也咽不下。每天装一小碗，放在蒸饭的木制饭甑中蒸，假如家有条件能加一勺子猪油，一股油香扑鼻，那就好吃多了。

至于"糟菜"，是我老家古田大东地区叫法，而且是专指芥菜腌制品，古田小东地区称为"腌菜"，范围相对比较广，包括其他品种蔬菜。叫"糟菜"是从配料角度称呼，"腌菜"则是从制作工艺角度称呼，都是早年农村常年备用的小菜。"糟菜"食材简单，仅芥菜、红糟、食盐三样。红糟即酒糟，是酿酒后筛滤剩下的糟粕，鲜艳浓香，可谓时间沉淀出的美味。芥菜晒至半干，拌以红糟、食盐揉搓，柔软后装入瓮中，瓮口再铺一层食盐、红糟，其味还可渗入菜中，然后撕几页旧书盖上，用塑料薄膜包住，绑上带子，用黏土封藏起来。一周后取食，清香可口。所以有俗语说：“好看莫比新女婿，好吃不如新糟菜。”

芥菜易种，整好畦，挖个穴，把菜苗挂靠在穴半边位置，埋上土即可，所以家乡人都称之为“挂菜”；芥菜生长周期短，几天浇一次尿水，即郁郁葱葱，一个月即可采收；芥菜个大，掰一两片叶子就可以炒一盘，余下的主干继续茁壮生长。只有到了霜冻来临时才全部采收，虽然经过霜冻的芥菜更脆嫩更香，但不宜腌制，不易保存，因而只留下部分现吃的任由霜冻雪压；芥菜价值高，蛋白质含量特别高，而且钙元素的含量也很高。李时珍《本草纲目》记载：“性辛热而散，故能通肺开胃，利气豁痰。”还可以治疗眼干燥症，或者是夜盲症。种子磨粉为调味料芥末，榨出的油称芥子油。农家人都有许多瓮瓮罐罐，装的都是腌制的“糟菜”，储备着可以吃上一年。劳动力上山下田干活有带午饭的，配的是“糟菜”，菜汤是米汤加糟菜叶，称之为“糟菜汤”。寄宿的学生，带去的也多是玻璃瓶子装的“糟菜”，节约点可以吃上一周。

小时候经常帮家人做点简单粗活，哥哥姐姐翻地种菜，我们小的协助浇菜。采收季节，选个晴好日子，几个兄弟一起去把一棵棵高大的芥菜砍倒，肩扛手抱弄回家，然后把芥菜倒插在门口菜园子篱笆上晒。高高低低，环绕一圈，如兵马列阵，简直可以称得上是手工艺术品。如是今日，肯定是摄影爱好者的绝佳题材。芥菜晒到半干后，又一棵棵取下叠起来抱回家，整齐堆放在老屋大堂边。母亲抓起一棵棵芥菜放入木桶，一叶叶一棵棵细细揉搓，把生活的艰辛揉得无声无息，因为每棵菜都是生活下去的希望。我们偶尔会帮助把红糟抹上，洒上大颗粒便宜食盐，这样子工作效率就会提高很多。半干芥菜堆放时间太久也会腐烂，因而常常要连续工作到下半夜。腰酸背痛手肿是常事，但从来没有听过出身名门的母亲对生活有半句怨言。有时把半干芥菜装入稻楻（大木桶），洒上食盐抑制腐

败微生物，压上石磨或巨石，在榨出的水分中浸泡，随时取食，称之为"酸菜"。

　　还记得小时候每年过生日，母亲总会问："喜欢吃什么？"其实也无非是线面、面条、米粉等几项中选择，我都是毫不犹豫地说："切面"。只因早年农村没有机器加工，多是自家收了小麦，磨成面粉人工制作，用刀切成条状，所以家乡人至今还是把面条叫"切面"。再煮两个蛋，便是最好的生日宴了。这一碗生日面，整整等了一年。兄弟姐妹们照样吃他们的番薯米、糟菜，没有条件一起享受生日的物质快乐。正因为经历过苦辣，我才对生活从不挑剔。所以至今每每看到一桌子琳琅满目的美味佳肴，总会忆起当年的日子，父辈、祖辈们每天的辛劳。总是想：假如都有今天如此富足的生活该多好！

（2019 年 4 月 27 日《闽东日报》）

刈 芒

老家是个偏僻的山村，人称古田的"西伯利亚"。小时候经常去砍柴火，俗称去山拾柴，实为刈芒。芒即芒萁，一种蕨类植物，晒干当柴烧，因为土地贫瘠，这里的山上无木柴可砍。也因此乡间有俚语云："有赢冇，担强驮，刈芒总赢耙松毛(指松针)。"

当年老家没电，也没见过煤球，更不用说液化天然气了。每天的吃喝都要靠烧芒萁，一餐饭烧掉半担甚至一担。于是，刈芒成了我们兄弟姐妹最主要的家务劳动，每个周末肯定都要全部出动，挑回来的芒萁准备着烧一个星期。假如不够烧，还要利用中午或傍晚放学了，加班去刈一担回来。

暑假时间很长，我们几乎每天都要去刈芒，晒干后堆放在厨房、僻舍，甚至把老屋半边大厅和旁边的暗弄都堆满了，层层叠叠，储备着新学期烧。酷热的天气，我们都是上午早出早归，下午晚出晚归。上得山去，大多要寻着背阳的方向，找到一片较长的芒萁，就埋下头来一鼓作气刈了起来。看着差不多有一担了，就拿出自己用稻草搓的绳子捆绑，没带草绳的就去砍两根枝条，拼接起来，把芒萁叠齐放在上面，然后两个人一起拼命地对拉枝条绑紧扭几圈扣上，用枪担（挑柴工具）串起，再用拄杖顶着架在山坡边，稍事休息，便启程回家。把一担芒萁挑回家是最累的，一则路途远，二则因为贪心，柴多担子重，三则肚子也饿了。常常是一路走走歇歇，硬撑着挑回家。那时真心期盼有个大人来接一程，就是最幸福的事了。大哥一年到头基本上都在生产队劳动，只有我们回的晚，他已收工

了，便偶有来接上一程。多是二姐走得快，挑回家后又返回接我们。于是我们就依次换了挑，如此一来便感觉一下子轻松了许多。回到家来，擦擦汗水，端上一碗番薯米饭，配着腌菜，狼吞虎咽，也不知道是什么味道？已经饿昏了头，只管填饱肚子就好了。

连续几天的劳动，对我们这些营养不良的孩子来说，渐渐地就有点吃不消了。于是就会盼望着下雨，那是老天叫我们休息啊！可是暑假时的天气，有的只有雷阵雨，顶多能够歇歇半天、一天。最高兴的是刮台风，来来去去要好几天，这样就有几天玩耍的日子。哪有整天窝在床上睡觉的，起不来的话就是感冒发烧生病了。

刈芒间隙，偶尔也会找点乐趣。放牛娃是我们巴结的对象，哄得他高兴了，牛背就可以让我们坐坐，仿佛骑上高头大马，学着电影里的将军，金戈铁马驰骋疆场，顿时精神抖擞，傲视群雄。记得一次骑上一头小牛犊，那"小子"居然往山下一路狂奔，吓得我心惊肉跳，牢牢夹住双腿，双手紧紧扯住牛脖子上的毛，还好牛犊子身上毛多且长，才没摔下来，不过从此以后就再也不敢去骑牛了。

有时候，我们伙伴人多势众，还会找对面山上刈芒的外村人"盘诗"，这是山村特有的文化活动方式，犹如少数民族地区唱山歌，曲调大致相同，诗词内容多是身边生活实景，或乡土掌故，或名著故事。有时候还夹杂些黄色小段，不过小孩子们"盘"归"盘"，不解风情，只是信口胡说。因为都是村里大人用方言口口相传，也算是一种启蒙教育。一开始多是挑衅，一直挑逗对方来"盘诗"。基本套路都是："撩你盘喽，撩你盘喽，撩你对面小团快来盘喽。贴你将军车马炮喽，卒子过河快来驮喽。"用方言吟唱，也是别有趣味。有时候对方没有应战，便一直冷嘲热讽，阵阵哄笑，逼着他们来一决高低。有时候旗鼓相当，盘到最后，便是开骂，骂到尽兴各自挑着芒萁回家。因为隔着山涧，两个山头实在太远，不能开打，不然就会有好戏看了。

到了 20 世纪 80 年代中期，家乡大兴种植香菇，原材料主要是灌木，经过切片、粉碎，拌以麦麸等辅料加工成筒状，接上菌种栽培香菇。由于资源匮乏，后来改进主要使用棉籽壳栽培。采摘后的香菇筒晒干可以当柴烧，于是刈芒的便少了，有的只是刈一两担起火用。再后来有了电饭煲、煤气灶、电磁炉，家里的灶就用得更少，基本上没有刈芒了。每次回乡，看到郁郁葱葱的芒萁，总会感叹几句："假如当年有这么多这么长的芒萁多好啊！"

近年来，随着宁古路的开通，一下子拉近了家乡与宁德中心城市的距离。工业园区的蓬勃发展，让家乡从小农经济走上了工业化道路。家乡渐渐富裕繁荣起来，如今不再称"西伯利亚"，而是古田的东大门，滨海乡镇了。

现代化改变了城市，城镇化也改变了农村。山上的植被保护好了，土壤也肥沃了许多，满山郁郁葱葱的芒萁已经无人问津，那一缕淡淡的乡愁，就让她留在青山绿水间吧！

（2018 年 12 月 8 日《闽东日报》）

木槿花谢花又开

居住小区有几株木槿，白花重瓣，开了一整个夏天。即便季节已经入秋，每天还是有那么几朵不甘寂寞，朝开暮落。

木槿有多种繁殖方法：播种、压条、扦插、分株均可。对环境的适应性很强，对土壤的要求也不高。每天路过小区楼下的花圃，并不特别留意。一天，我告诉清之姑娘（从上海回古田过暑假的外孙女）说："这花可以吃。"她很兴奋，说："我也要吃！"自此，就时常一块儿你一朵我一朵顺手摘上一捧，分拣、浸泡，煮上一碗美美的汤，小姑娘吃得津津有味，说："这花儿真好吃！"

老家后门的池塘边，大哥也种了两株白木槿。老母亲健在时很是精心养护，每天清晨带露采摘，部分自己食用，大多是清洗干净，晒干，累积起来，然后分装成许多小袋，分寄给我们兄弟姐妹。虽然干木槿花吃起来粗糙干涩，没有鲜花的清淡味，但我们依然能够感受到母亲一份真情和浓浓的爱意，也为此而感怀不已。暑假里，我们兄弟姐妹偶有带着晚辈回乡看望老母亲，都会采上几朵小白花，扎成一束，敬献在从教30多年，退休几年就因病不幸去世的父亲坟前，表达一份无尽的哀思。

祖厝广大的花园里，祖母也曾种过一株牡丹木槿，小时候感觉很是高大，花开得极为艳丽。我们会留着观赏，傍晚时分才采摘。用淀粉勾芡做成汤，很是润滑爽口。红色木槿花煮熟后颜色褪变，但滴上几滴醋，便又鲜红起来，很是好奇，而不得其解。后来学了化学，才知道酸碱会改变颜色，细胞液呈酸性则偏红，细胞液呈碱性则偏蓝，醋是酸性的，所以木槿花滴上醋会变红了。

母亲也常给我们讲木槿花的故事：曾经有个生养了九个儿子的母亲，晚年时儿子们互相推诿不想赡养老人，老母亲衣食无着，还好门前种了一株木槿，靠采几朵木槿花糊口。所以老家有方言俗语说："九隻同铺仔，不如蜀兜饭匙花。"意思是说，九个男孩子，不如一株木槿花。从小教育我们，要讲孝道。这木槿是中文学名，还有多种别称，如木棉、荆条、喇叭花、朝开暮落花等等。旧时因常种植在厕所或堆放肥料的草寮旁，古田人多称之为"粪寮花"。有人根据方言，音译成"不了花"，还真是好有诗意。这"不了花"与韩国将木槿花叫作"无穷花"意思一样，都是因为木槿花花期长，从暮春到初秋，仿佛开得没完没了、无穷无尽。

老家人称木槿花为"饭匙花"，是因其叶形似装饭的饭铲（俗称"饭匙"）而得名。这与舀汤的小勺子称汤匙，开门的钥匙称锁匙同理。饶有趣味的是，早年老家方言，已婚妇女称呼别人家或自家的男人，都是说：汝同铺侬，我同铺侬。比起福州、古田方言区称已婚男人为"丈夫侬""唐摸人"，未婚男人为"丈夫仔""同铺侬"也许更为贴切，同一个床铺一起睡觉的人嘛！不过，方言进化，在老家"同铺侬"已经泛称为所有成年男人，"同铺仔"也成为未成年男孩的统称。方言俗语中的所谓"九隻同铺仔"，也只是相对于故事中的老母亲而言，都是他的儿子，与婚否无关。

现今的木槿，常作绿化篱笆，除了药用，多为观赏。木槿花偶见于酒楼，也多是上了年纪的人喜欢，回味回味往昔的年代，感叹一番时光荏苒，细数细数沧桑的岁月，惊叹一下生活巨变。

木槿花谢花又开，一天天，一年年，一代代，生生不息。

（2018年9月24日《闽东日报》）

那些年，我们唱过的歌

流行歌曲大多带有时代特征，一首首歌汇成了历史的长河，细细品读，低吟浅唱，别有一番滋味在心头。新中国成立以来，50 年代深情豪迈的《歌唱祖国》，60 年代意气风发的《我们走在大路上》，70 年代满怀喜悦的《祝酒歌》，80 年代精神振奋的《在希望的田野上》，90 年代难以忘怀的《春天的故事》，新世纪斗志昂扬的《走进新时代》等等，这些最具有年代代表性的歌曲，无不切合时代主题并广为传颂。

一

我最早会哼唱的是语录歌，那时虽然尚未上学不识字，但耳濡目染，还是会那么几首，因为比较简短且朗朗上口。比如《领导我们事业的核心力量》《世界是你们的，也是我们的》《下定决心》，特别是《东风吹，战鼓擂》，当时唱得很纳闷，怎么不是"人民打美帝"，而是"美帝打人民"？好久好久以后才明白，原来是把方言和国语搞混了，方言"怕"与国语"打"同音，正确的是"不是人民怕美帝，而是美帝怕人民"。再如《东方红》《国际歌》那就更不用说了，每天早、午、晚三次广播，开头曲和结尾曲都是这两首歌，当时家家户户都有小广播，天天听，早就听会了，虽然不明白歌词什么意思，甚至歌词不记得是什么哗啦一下就跳过去了。上了小学，学唱的是《学习雷锋好榜样》《三大纪律八项注意》，雷锋作为新时代的榜样，可谓家喻户晓，而这八项注意，从第一到第八，常常是把顺序搞乱了，笨笨的我没少挨老师批评。老师还要求我们像当年红军一样遵守"三大纪律八项注意"，当毛主席的好学生。接着就是样板戏，反反复复看那几部电影，老师一教就会，京剧唱段也学习了几段，比如《穷人的孩子早当家》(《红灯记》唱段)，《我们是工农子弟兵》(《智取威虎山》唱段)，《智斗》(《沙家浜》唱段)，《北风吹》(《白毛女》唱段)等等。那个时候是八个样板戏最火红的年代，也不知道看了多少遍。当时看《白毛女》只觉得怎么有两种不一样的电影？一种不说话，只有一圈灯光照着舞来舞去，看着犯困，后来的后来才知道，原来一种是歌剧，一种是舞剧。那时每周都有参加社会实践生产劳动，有时老师会组织我们到学校广播室或者田间地头唱歌鼓劲，有的歌唱不来，也就跟着别人假哼哼，滥竽充数。

　　曾跟随父亲去读了一阵子书，住在生产大队部，与同住的"福清哥"(福清知青)混得熟，感觉他们这些大人好厉害，琴棋书画都会。一次父亲周六下午回家，煮了两碗饭，傍晚时我就开始吃饭，然后跟小伙伴们去玩。晚上回来肚子饿，就把第二天早上的那碗饭又吃了。早上"福清哥"看我没饭吃，就叫我跟他们一起吃，有多余的饭，这件事我一直念念不忘。其实他们当时也就十几岁，正是青春年少。有时，我也看到他们吵架，但更多的时候是欢快的歌声，那歌声也深深地感染了我，激励我去学更多的歌曲。

　　小学快毕业了，老师组织我们登台演出，表演维吾尔族风格的歌舞《大寨真是亚克西》，"我参观大寨回家乡啊，说不尽的高兴话心里装啊，心里面装呀，我到了这个的好地方，怎么能叫我不歌唱啊？""亚克西"是维吾尔语音译，好、棒、优秀之意。当时全国工业学大庆，农业学大寨，在我们的心目中那真是令人神往的地方，和北京、延安一样的崇高神圣。多年后的80年代，全国食用菌机械现场会在老家大甲举行，我当时恰好受聘在大甲食用菌公司兼职，帮助做些文字工作，在《食用菌》杂志发了两条简讯。心想这下可好了，全国食用菌大会到这边开，这食用菌学

大甲，家乡将来也会像大庆、大寨一样红遍全国，面貌就会大变样。可惜好景不长，种种原因导致老家食用菌产业最终走下了坡路。

小学时最激动人心的是看电影《闪闪的红星》，帅气又可爱的潘冬子，给我们留下了永不磨灭的印象。老师要求我们写观后感，不记得当年会感触什么，但插曲《闪闪的红星》《小小竹排江中游》，却是至今记忆犹新。

上了中学，自我感觉长大了，确实也成熟了不少。除了上课，就是参加生产劳动，歌声少了。初二的时候曾参加学校的一个话剧《原形毕露》表演，饰演学生代表，当时不知道什么叫话剧，只是想怎么只有对白，没有唱歌？到了高中，邻座的女同学不知从哪儿拿来了手抄的歌曲《敖包相会》简谱，偷偷地跟着她学会了。"我等待着美丽的姑娘呀，你为什么还不到来哟嗬？……只要哥哥你耐心地等待哟，我心上的人儿就会跑过来哟嗬！"当时不知道那叫情歌，懵懂少年只觉得心里有点怪怪的，似乎有所期待，似乎又不知所以。后来又有同学拿来了俄罗斯民歌《三套车》，唱着唱着自以为也是那个忧郁的小伙子。

二

也算是人生之幸吧，1979 年应届参加了高考，上了大学，第一次走出了山村。在学校看电视风光片《三峡传说》，听插曲《乡恋》："……你的身影，你的歌声，永远映在我的心中，我的情爱，我的美梦，永远留在你的怀中，只有风儿送去我的深情。"旋律深沉舒缓，歌词细腻感人，李谷一温情甜美的演唱令人耳目一新。学长连夜搞来简谱，第二天就在校园传唱开了。当时这首歌也引起了争议，批评者称之缠绵悱恻，不入正统。但"青山遮不住，毕竟东流去"时代已经发生了变化，历史的潮流不可阻挡。

毕业那年，正是曲调优美动人、旋律欢快流畅的《年轻的朋友来相会》风行之时，"再过二十年我们重相会，伟大的祖国，该有多么美……

啊，亲爱的朋友们，创造这奇迹要靠谁？要靠你，要靠我，要靠我们八十年代的新一辈。"歌曲符合当时我们年轻新一辈的心境，大家还真的都充满豪情壮志。

学唱《在希望的田野上》时，已经回到家乡从教了。党的十一届三中全会后，改革开放给农村带来了巨大变化。词作者晓光深入农村生活，亲身感受到了农民发自心底的喜悦，深切体会到了祖国大地日新月异的活力，写下了歌词《在希望的田野上》，作曲家施光南同样饱含着对农村的热爱和对新时代的向往，只花了半天时间就完成了谱曲。通过中央电视台播出，这首旋律优美，极富感染力的歌曲很快流传开来。这首歌，对于我们农村人来说有特别亲切的感受。1984年春晚，张明敏演唱《我的中国心》："……长江长城，黄山黄河，在我心中重千斤"激起了全球华人爱国之情。那年一开学，我就刻写油印了简谱分发学生，教他们唱，也算是一种爱国主义教育。

平时上课，我喜欢引用古典诗词或者歌曲切入，容易产生共鸣，学生们很喜欢，所以备课时都要去认真筛选，后来有从教的学生也模仿我的教学风格。1984年首届学生毕业晚会上，我唱了一曲《我爱你，塞北的雪》，意象中轻盈的雪花漫天飘飘洒洒，纯洁的心灵在温情中悄悄融化，打动了他们的心。以至于后来每有学生大小聚会，他们总是说："老师，您唱《我爱你，塞北的雪》吧！"那歌声，那青春的身影已经融入了他们的心中。1987年春晚，费翔演唱的《故乡的云》又带来了一股新风，不但唱功好，而且歌词充满了感伤，深深打动了游子的心。那一年的秋游，带领班上学生登上了家乡高高的院后山，俯视山下炊烟袅袅的家园，我高歌一曲《故乡的云》："天边飘过故乡的云，它不停地向我召唤，当身边的微风轻轻吹起，有个声音在对我呼唤，归来吧，归来哟，浪迹天涯的游子，归来吧，归来哟，别再四处漂泊。"此情此景，感动得他们泪光盈盈。

当时还很流行台湾校园歌曲，如《童年》《乡间小路》《外婆的澎湖湾》等等，率真、朴实、明快，极富校园味道和浪漫气息。我也创作了一

《银屏歌声》《中外抒情歌曲 300 首》等歌本，二姐还送我一本《战地新歌》（第三集）。

有一年在村里过年，年轻人组织了一台"村晚"，大家围坐在生产队晒谷坪上，都是自编自导自演，我去观看，被邀演出，即兴唱了刚看的电视剧《木鱼石的传说》主题曲，充满民歌风味的《有一个美丽的传说》，迎来了阵阵掌声和喝彩。

1989 年，调离家乡，到另一所中学任团委书记，还组织全校师生团员大唱共青团团歌《光荣啊，中国共青团》，激励青年们继往开来，献身壮丽的事业。

四

第一次去歌厅唱歌是 20 世纪 90 年代初，到城关开会，一位当了领导干部的女同学饭后带我们去唱歌。在县政府门口围墙边上，歌厅很窄小，就一个小房间，挤得满满的。记得我就和她合唱了一首《敖包相会》，便离开了，人太多了，据说唱一首两块钱。

那一年我被调到一个很陌生的小乡镇中学，感觉很是孤单，一个学期就把工会放在我房间的一橱子书都看完了。每晚基本上都是一个人在电视室看到 12 点转播站关了信号。当时正在热播反映知青生活的电视剧《年轮》，北大荒的故事深深打动了我，自我感觉就像那些知青一样很无助，因为那地方的冬天真的很冷很冷。虽然只待了一年，但对那他乡还是留下了深厚感情。《年轮》主题曲《拉着你的手》："梦中冷却的故事，真的真的无法忘记，雪花飘飞的村庄，模糊又清晰，感谢那个岁月，让我认识了你……"一直难以忘怀。

后来我调任刚刚创办的一所中学，由于没有音乐老师，只好顶替着勉强教了一年。临时抱佛脚，看教参，讲点简单的乐理知识，多是教学生唱歌。用大大的白纸抄写简谱，贴在黑板上。提个"三用机"播放两遍音乐磁带，然后一句一句教唱《父老乡亲》《歌声与微笑》等等。晚上闲暇就在宿舍教那些刚毕业的年轻老师唱经典老歌，也是其乐无穷。我把静静的校园，想象成了美丽的《草原之夜》，享受那无忧无虑的时光。有时还会邀几个人去一家叫"老九"的歌厅，唱上几曲《真的好想你》："我在夜里呼唤着黎明，追月的彩云哟，也知道我的心，默默地为我送温馨。"《最浪漫的事》："我能想到最浪漫的事，就是和你一起慢慢变老……"

20世纪90年代有首歌非常流行，那就是《同桌的你》："从前的日子都远去，我也将有我的妻，我也会给她看相片，给她讲同桌的你。"我也是唱得深情款款，忘乎所以。可细细想来想去，就是想不起曾经有和哪个女同学同桌过，只是自作多情地哼唱。然后唱唱《你在他乡还好吗》《祝你平安》，自我解嘲。

随着年岁的增长，渐渐无法适应新潮歌曲，太快的节奏根本哼不过来。进入21世纪，新歌只有一曲《走进新时代》记得。现今出名的年轻歌手的歌，也懒得去听去学，倒是对戏曲有了更多的兴趣，经常唱唱黄梅戏《谁料皇榜中状元》《访英台》《戏凤》，京剧《红梅赞》《穿林海跨雪原》《梨花颂》等等。还有就是地方民歌，诸如湖南花鼓戏《刘海砍樵》，青海民歌《半个月亮爬上来》，陕北民歌《三十里铺》等等。

从前曾经常跟歌友们去歌厅K歌，唱得天昏地暗，声情并茂合唱《月亮代表我的心》《请跟我来》。也曾在2017年局机关新春卡拉OK比赛中，以一曲《江山无限》夺魁。还特别喜欢唱刘欢的歌曲，如《弯弯的月亮》《从头再来》《情怨》等等，他唱的酣畅淋漓，我也模仿得非常投入。还有布仁巴雅尔深沉、幽远、空旷的《天边》《呼伦贝尔大草原》，是经常唱的保留曲目。如今毕竟有点力不从心，常常是唱得上气不接下气，岁月不饶人啊。但业余时间还是有这点小爱好，偶尔与歌友上歌厅吼吼，偶尔上"唱吧"录上一曲。虽然水平不咋样，但可自娱自乐，聊做一种锻炼，增加肺活量，舒畅舒畅心情。《相逢是首歌》说："相逢是首歌，同行是你和我，心儿是年轻的太阳，真诚也活泼。"何尝不是如此，还能一起唱唱歌，

说明还年轻还有活力。

母亲信奉基督教，在她晚年病重卧床的日子，我还专门学了几首基督教歌曲，陪她哼唱。

近些年受朋友之邀和推荐，也参加了一些老年社团活动，还曾担任过县大家音乐协会秘书长，做一点公益事。主持过元旦、七一、国庆、重阳节以及"纪念改革开放40周年"等演出活动，偶尔也上台合唱、对唱、联唱一两曲。

前些日子，夜色中和老同学步行到高头岭，这是古田地标之一，也是东部地区进城屏障，家喻户晓，居高临下，一岭之隔，一面是城，一面是湖。想起吕远先生作词作曲的《走上这高高的兴安岭》，回来后即兴填词《走上这高高的高头岭》。

萝卜青菜，各有所爱。有人喜欢阳春白雪，有人喜欢下里巴人。无数的经典歌曲，伴随我们走过了一个又一个春夏秋冬。那些年，唱过许许多多自己喜欢的歌，或因词感人，或因曲优美，或因那首歌本身就有一段难以忘怀的故事。《好人一生平安》唱得好："有过多少往事，仿佛就在昨天，有过多少朋友，仿佛还在身边，如今举杯祝愿，好人一生平安！"

往事只能回味！

（2020年3月22日，庚子年新冠疫情宅家而作）

端午记忆

中国食文化博大精深，几乎所有节日都与吃有关，不论人间、地狱、天堂。大概是因为几千年来生活贫困，物资匮乏所致。于是，总在等待着一个又一个节日，能够一饱口福。除夕北方人吃饺子，取"更岁交子"之意，"子"为"子时"，交与"饺"谐音，有"喜庆团圆"和"吉祥如意"的意思，南方人吃年糕，寓意年年高升。正月十五元宵节吃汤圆，立夏吃红糟肉，端午吃粽子。"七夕"比较浪漫，吃点水果，仰望星空，看牛郎织女相会，偷听他们窃窃私语。八月十五中秋节吃月饼，九九重阳节吃重阳糕、喝菊花茶。即便是清明节，扫墓祭祀，携带酒食果品等食物，叩头行礼祭拜之后，也是吃掉酒食才打道回府。

小时候，邻村亭下山畲族村有个乞食嬷（乞丐婆），大概五六十岁样子，当时而言算是比较老了，过去人到 50 岁，都称"上寿"了。大家都叫她"嫩花姆"，经常到我们村乞讨，虽然头发有点蓬松杂乱，缝补的衣服倒是干净，提着个竹篮子，走路很慢，言语不多。看到小孩子，她也会拿出篮子里讨来的食物，微笑着给他们吃，但小孩子们总是一哄而散，嫌脏。到我家时母亲总会抓上两把番薯米给她，那时候大家都没有钱，一分两分都是金贵，给的都是吃的，有生的，也有熟的。当然，也有人远远看见她来，就把大门关上，住大栋厝的，就把厨房门关起来。但她不愠也不恼，换一家上门，富有同情心的人还是多。讨满一篮子粮食和蔬菜后，她便返回，一个人可以吃上三两天，然后爬上山头再沿漈下路下山来乞讨。

每年端午节的时候，母亲总会问："嫩花姆来了吗？"母亲除了准备

几个粽子给她，还准备好一大串粽子与她交换。在农村老家，有"七主（户）米，千家粽"之说，属于旧时封建迷信产物。认为吃了"七主（户）米，千家粽"可以消灾免难，保佑平安。比如走在路上，小鸟粪便恰好落到头上身上，预示着有灾祸，赶紧要去讨"七主（户）米"，就是到七户人家各讨一撮米，回来煮粥吃，这样就没有灾祸了。至于"千家粽"，也只是泛指，来自各家各户。母亲当面算好自家一串粽子数量，又从嫩花姆篮子里拿出等量粽子交换。母亲包的粽子个大结实，都是买最大的粽叶包的。为了省钱，有时候是把去年包过粽子的大粽叶清洗后晾干今年再用。换来的粽子都比较小，我们兄弟姐妹就觉得很亏，但母亲不这么认为，她只寄望给我们兄弟姐妹们吃了运气好，平平安安。

最高兴的是，母亲煮熟了鸭蛋，用红纸泡水，给蛋壳上色，装在红线编织的网状蛋兜里，可以提着招摇，也可以挂在脖子上显摆。家境好的，是编织两个网兜连在一起，装上两个鸭蛋，让我们好生羡慕。大家都舍不得吃了，以至于玩了几天鸭蛋都臭了。有时候不小心，压扁了，会心疼不已，只好等明年端午节了。

作为山村教师的父亲，每年端午节都会收到很多村民、家长送的粽子、红蛋，吃不完要用担子挑回来，我们又可以大饱口福。但他又会买很多的本子和铅笔带到学校，回送给学生。

在我们山村，没有大而长的河流，从来没有见过端午节现场龙舟赛，以至于一直念念不忘，后来特意去水口和平湖看，但已经没有了儿时想象中的那种感觉。虽然场面热烈，选手们奋勇争先，观众们摇旗呐喊。只记得小时候大人们告诫我们："过了'节'（专指端午节），才可以下河游泳。不但水冰凉，而且还有毒。"吓得我们乖乖地，等过了端午节才敢去游泳。端午节这天午时，农夫、农妇还会上山拔草药，称"午时草"，据说这种青草药疗效特别好。小时候不知道什么"午时""子时"十二时辰，听着大人们说，一直误以为是"五四草"，明明是五月初五，怎么是"五四草"？难道是因为大家都是初四过节？在我们村确实是初四过端午节。

　　在闽东，民间把端午节称为"五月节"，但很多地方都是五月初四过节，被认为与闽王王审知的忌辰有关，据明万历《福宁州志·卷二·风俗》："端午节。相传闽王以五日薨，凡闽产者怀王之德，不忍是日为乐，故移于四日。"在老家，端午节还有"官三民四乞食（即乞丐）五"之说。老百姓特别敬爱忧国忧民的屈原，认为屈原初五投江，应该提前一天包好粽子，初五屈原投江时即可马上扔下粽子给鱼吃，以保护屈原遗体，初五再去包粽子就来不及了，表达了家乡民众的良好愿望。在古田的一些乡村，曾经还有把端午节当作纪念海瑞母亲习俗。传说海瑞母亲是熊母，后溺海身亡。孝子海瑞长大做官后，为了祭奠母亲，五月初五这天包粽子投入海中，这就有了端午节的来历。大概是觉得这种说法对清官海瑞及其母亲大为不敬，如今几乎没有这种习俗了。

　　端午的味道虽然远去，但儿时的记忆永不磨灭。

　　　　　　　　　　　　（2020 年 6 月 20 日《闽东日报》，有改动）

故 乡

有几年没回老家过夜了，父母过世后，曾经魂牵梦绕的故乡已渐行渐远，只成了心中的一个名词——故乡。

这次出差返程恰是周末，便顺道下车在故乡住一夜。晚饭后在学生的陪同下，绕镇区走了一圈。路经初中两年、高中两年，又任教八年的母校，看着大门紧锁，也就不想打扰他人没有步入。

宁古路开通，工业园区建设，撤乡建镇，一系列的变革，促进了镇区人口快速聚集，感觉故乡有了挺大变化。原来的水尾山挡下修了个小广场，跳广场舞的女人不少，也有男的。还有一批在练旗袍走秀，领队的是高中同学，走秀队伍里有熟悉的邻里，还有几个是当年的学生，便驻足欣赏一会儿，虽然她们的动作有点僵硬，但还是走的有模有样。一曲终了，她们围了过来，热情地问候。为不影响她们练习，我们只攀谈了几句便离开。乡村人物质生活提高了，也开始注重健身和精神生活。小时候在故乡，看到的女人们都是面朝黄土背朝天，起早摸黑劳作，忙完田里忙家里，真的是"妇女能顶半边天"，哪里还有这等闲情逸致？也想不明白她们都是那样的卖力，有的简直是拼了命了，为什么还是过得如此艰难？农闲的日子，偶尔也会看到街坊邻居女人们，因琐事，为情事，恶狠狠地吵架斗嘴，于是也学会许多脏话臭话下流话。

晚上九点过了，大街上的商店大多数还在开门营业，说明人气还是相当不错。沿街的民宿客栈不少，还有几家卡拉OK歌厅，一家足浴店，没有人气和经济基础的支撑，这些实体店是很难生存的。

　　离开故乡三十多年，走在老街，看到的多是陌生面孔。街弄里奔跑的小孩子们，也不知道到底是谁家的孩子？谁家的孙子？还好没有"笑问客从何处来？"即便是问了熟悉的邻里，讲到他们的父母，我也是一脸茫然。走到自己的老屋，看到一对小姐妹在吃饭，对我这个陌生人有点警觉。我对他们说："这是我的老家，就是来看看。"他们这才放松了警惕，笑了笑。村里有很多这样的小孩，都是一些小山村搬来租住的，为了上学。前些年，农村的"撤点并校"加速了小村庄的衰败。唯一相同的是，乡村的夜还是如此这般静悄悄的。每次回故乡总有千愁万绪，躺在床上，眼望着古老的袄橱、袄箱、驾椅，心情总是无法平静，总有一种揪心，揪得心疼。想起了过往，想起了幼年时的艰辛，想起了兄弟姐妹们在一起的热闹时光，想起了高堂慈爱又严厉的叫唤，如今都似云烟般游走了……

　　初秋乡村的夜已不仅仅是凉，睡在凉席上，穿着睡衣，盖着被单，还是在黎明前被冻醒，这城乡温差还是很大的。虽然有"秋老虎"之说，说明白天还是炎热，但在乡村，也只有正午阳光有点毒辣。查一下万年历，原来明天就是白露节气。家乡俗语说："白露白茫茫，没被难上床。"在乡村，依然是至理名言。真是不听老人言，吃亏在眼前。《诗经》云："蒹葭苍苍，白露为霜。所谓伊人，在水一方。"此"白露"虽非彼"白露"，是指清晨的露水变成霜。但到了这把年纪，发已花白鬓也微霜，感受所谓"伊人"，真的只能是"在水一方"，可望而不可即。难怪有人说男人三十岁有贼心没贼胆，四十岁有贼胆没贼心，五十岁贼心贼胆都有了，贼没有了。过往的岁月，只留下一声叹息。

　　一介书生常忧国，半个文人时怀乡。对于故乡，总是夹杂着复杂的感情。虽然写过《家乡的老屋》《花桥故里》《柏洋湖情思》等系列文章，忆及家乡的美好，但故乡曾经的落后贫穷，提起来还是令人汗颜。一直期望曾被当作"西伯利亚"发配的故乡能够崛起，人民富足安康。正如鲁迅先生《故乡》所说："我希望他们不再像我，又大家隔膜起来……然而我又不愿意他们因为要一气，都如我的辛苦辗转而生活，也不愿意他们都如闰

土的辛苦麻木而生活，也不愿意都如别人的辛苦恣睢而生活。"对于养育我的故乡，不管是人还是事，只要努力能做到的，我都尽力。

记起20世纪80年代初写过一首《乡村唱晚》诗歌，其中一节是："撒一路细语，诉一样情思，挑一担笑浪，涌入门槛，锁进了粮仓。"当时农村实行农田承包责任制，极大激发了农民劳动生产积极性。一天晚上我从家里去学校下班辅导学生，走便捷小路，夜色中迎面遇上一对才收工回家的夫妻，虽然看不清人，但听到了他们的轻声笑语，男人挑着担子声音大点，女人跟在后面轻声地嘻嘻笑着，夫唱妇随。能感受得到他们虽然辛苦，但幸福着。农村人天生朴实，很容易满足。当晚感触很深的我写下了一组小诗，感叹于时代的小美好。多年来，那一幕，一直深深地镌刻在我的脑海。

2019 年初秋

（2020 年 7 月 29 日《新宁德》）

乔　迁

对于绝大多数国人来说，建一栋房、买一套房都是相当不易，有的是穷尽一生积蓄，有的是后半生一直在还债，有的是靠几代人的共同努力。

早年的农村，很多农民盖房子都是互相帮工。即使你今年明年后年不盖房，将来总要盖房吧？所以都会科学安排时间，抽空去帮工。墙基石是请师傅垒的，土墙都是亲朋好友、邻里来筑。在墙基两边埋上几根柱子，夹上墙板，往其中填黏土，用木筑杵用力地一点点夯实，随着一阵阵"嘿——哟，嘿——哟"的筑墙声，土墙一寸寸升高，筑完一版把墙板上移，固定好再筑第二版。到了二楼以上的墙尾，要有"大力士"才能把一土箕的土扔上去，接土的人也要顺势而为，有的还要靠中途接力，一土箕的泥土经过两次接力抛送，到达墙尾所剩无几。站在墙尾筑墙，会有点晃动，不是技术工不敢上去，其情其景令人叹为观止。

然后选个黄道吉日佳时良辰，正栋主梁升起来，盖上瓦片，安门大吉。架主梁俗称"上梁"，很有仪式感，要请木工师傅讲好话，比如："柱顶乾坤家业盛，梁担日月福源长。""德门吉庆乔迁乐，仁里和谐居住安。""吉日上梁高楼起，良辰铸顶骏业兴"等等。师傅居高临下用方言念念有词，其余人等抬头仰望随声附和"好啊！"曾有一个笑话说，师傅看见一只狗叼走了放在后堂案板上的猪肉，说道："后堂猪肉被犬驮了！"大家也说"好啊"，现场太嘈杂，听不清师傅说什么，以为讲的都是好话。

厅堂还是要建的，供上祖宗牌位，挂上先人遗像，以示慎终追远，不忘承前启后。再贴上一副对联，寄托美好愿景。至于房间，有钱的人家一

次性都修好，缺钱的人家，修一两间，其他的就用晒番薯米的旧竹箅隔一隔先住下，来年积攒了钱再修。正因为盖房的艰辛，于是就有了颇为隆重的仪式——乔迁之喜。请师傅、亲朋好友和帮工的邻里吃酒，既为答谢，也为炫耀。

乔迁新居之日要根据男女主人的生辰八字看日子、选时辰，入宅之时生肖不合的亲朋好友还要暂时回避，过了这个点再进门，或者干脆就通知不要去了。"入宅"仪式很隆重，不论城乡，要准备好"五行"：金木水火土。做两个假的金砖（或直接带金器），挖两棵小松树苗、茶树苗，从老家或老宅带来清水、火种（炭火）、泥土，每一样都有其深刻寓意。煮一锅白米饭带去，也是必不可少的，国人讲究"以食为天"，吃饱饭为第一要紧事。亲友送发财树、摇钱树、盐巴、糕点、碗筷等等。于是或肩挑，或手提，或环抱，一众人等喜气洋洋，一路欢声笑语"入宅"去。此时的女主人尤显重要，要一手拿粪斗，一手拿扫把殿后，一路上装模作样这扫扫那扫扫，把一路上财气、喜气、平安扫回来。于是很多人就干脆从银行出发，那可真是有钱财的好地方。住银行附近的人可就烦死了，每逢"好日子"几乎是通宵放鞭炮，因为各家时辰不同。还有人干脆就带一张银行卡，直接从银行自动取款机里取钱，洒满一地扫回去。新房子里还要预先安排一个家族长者提前进门，等待大队伍吉时到达时开门迎接。一进门，女主人第一件事就是开了自来水龙头，细水长流，预示着家族源远流长、财运亨通。然后就开始炒稻谷（秫谷）爆米花，倒入锅中的秫谷随着女主人不断的炒动，劈啪劈啪爆开了，蹦满了灶台和地板，预示着大发大发啦！这所有的一切仪式，都寄望着开启美好的未来。

应运而生的"讲好话"给乔迁之喜更增添了喜气，什么"喜迁新居喜洋洋，福星高照福满堂。""一把火种进厨房，今旦搬家也春风，×家厝里风水好，×家火种代代传。二把火种进灶头，×家子孙有出头，子孙个个又本事，钱米多得泼泼流。三把火种进灶中，×家厝里多子孙，今旦搬家那（只）一栋，以后赢得一大村。"等等等等，都是喜庆吉利话。

但乔迁时辰多是下半夜或凌晨，夜深人静，正是劳作了一天的人们深睡时段，"讲好话"先生或女士刺耳的扩音器喇叭声，伴随着一众人等一声声"好啊！好啊！"给左邻右舍们带来了诸多困扰，也有了怨气和腹诽，有的还开声咒骂一通。有人甚至在楼梯口、房门前燃放鞭炮，在静夜里显得特别震耳欲聋，把酣睡中的人们惊醒，几乎要把人震下床。家有小小孩的，被吓得号啕大哭，更引来了强烈不满与抗议。我虽然理解乔迁户喜入新居的兴奋，但还是觉得要有所节制。况且这些不够文明的行为"犯众口"，毫不利人，也不利己。北京、上海等大城市，如今已禁放烟花爆竹，在我们小县城、小乡村虽然没有禁放，但是否可以自我约束一下？"讲好话"的不用扩音器大喇叭，因为你讲什么大家其实都不会太注意听，只觉得是好话而已；家人们回应"好啊！好啊！"压低点声音，不高声叫喊，不乱起哄，不侵扰邻里；鞭炮买小点的、短点的，讨个发财吉利彩头即可。习俗有各种各样，优秀的要传承，陋习就要加以改革。比如我老家有的乡村"入宅"习俗，要脚踏实地走楼梯，不能坐电梯，假如是几十层楼高，走楼梯还真是难为了前来帮忙的亲朋好友。

目前本地住宅小区，有不少已经规定只能在小区大门外燃放烟花爆竹，减少了近距离骚扰，新居民也非常配合，习惯也就成自然了。早些年政府倡导婚丧喜庆改革，城区内街道沿线禁放烟花爆竹，既简洁不浪费，也不扰民，还不制造污染。习俗习俗，习惯了也就成为风俗，成为新时代文明新风尚。

写于 2020 年国庆节期间

（2021 年 2 月 6 日《闽东日报》）

飘香的"大甑饭"

　　"大甑饭"即大饭甑蒸制的白米饭，饭甑以杉木制成，蒸制出来的白米饭清味可口，细嚼慢咽，满嘴生香，回味无穷。若是新砍杉木做的新"饭甑"，还带着淡淡的杉木香味，特别沁人心脾。"大甑饭"做法是：先把水烧开，将淘好的米倒入锅中，不时搅动，以防米饭粘锅。煮至六七成熟，用笊篱将半熟的米饭捞出滤干，再倒入饭甑，锅中剩下的米汤则部分做菜汤，剩余的倒入潲桶喂猪。蒸饭时锅底加水适量，以不超过饭甑底部垫板为准，所以在蒸制过程中要不断加热水。当蒸汽从饭甑盖的缝里开始冒出的时候，米饭也差不多熟了，此时还要继续添柴加火。然后用一双长筷子插入"饭甑"米饭中心，感觉比较松软，可以一插到底，说明饭熟透了。

　　过去，村妇天没亮就要起床，煮一"饭甑"的饭，是准备一家子一天三餐食用，因为大家都要忙于农活，没有时间顿顿去煮。不过，老家水田少，山地多，所以水稻也少，种的多是番薯，因此大多数人家平日里"炊饭"都是蒸番薯米。老家俗语说："初一白，初二阄（音），初三乌糟糟。"意思就是说，大年初一吃白米饭，初二吃白米和番薯米混搭的，到了初三就是纯粹吃黑乎乎的番薯米了。能经常吃到白米饭的，基本上是家里最小的孩子。传说有一户人家过年，奶奶年三十晚上就交代小孙子们说："明天正月初一要讲好话，不能说晦气不吉利的话，这样子一年才能平安顺利。"早上吃饭时，个子矮小的孙子坐在椅子上，看着桌子上一碗装得满满尖尖的白米饭挡住了视线，对着另一个兄弟高兴地说："你也看不见我，我也看不见你。"把老奶奶气个半死，却又打骂不得，正月头三天不打不骂是民俗，不然一年到头不是打就是骂，彩头不好。

　　每年"双抢"季节，是农民最忙最辛苦的时间，"双抢"即当年农村抢收抢种的简称，要赶在不到一个月时间里收割早稻，然后犁田，晚稻插秧，所以叫双抢。而且水稻收割季节，常常会遇上台风，要赶时间，不然风吹雨打稻秆倾倒，稻谷泡水就会发芽。没有好天气晒谷，也会发霉，一年就白忙乎了。晚稻插秧要抢在立秋节之前，节前和节后插的秧，长势会不一样，收成也不一样。这个时间点生产队都有办集体伙食，轮流做东，称作"饭头"。在生产队吃"大甑饭"也有技巧，老农会告诉你"头碗慈（音），二碗尖"，即第一碗要装平一点，快快吃完，然后就去装第二碗，可以装得尖尖的。假如第一碗装得满满尖尖的，吃完再去装，可能就没有饭了，大家为多吃点白米饭争先恐后，所以有民间俗语说："吃公家的汗吃溅出来，吃自家的目汁（眼泪）吃溅出来。""双抢"时是各家各户轮流煮饭，称"做饭头"，"饭头"也有一份定量大米，假如饭都被农民们吃光了，"饭头"就没得吃了，农村人称"杉树被砍倒了"，"饭甑"是杉木做的，被砍倒就是完了、没了。不过生产队长会考虑实际情况，另外补助一斤米给"饭头"。假如这一天出工的农民恰好不怎么会吃，剩下的就是"饭头"赚了，所以家乡又有俗语说："有食饭头坐（音），没食饭头饿。"轮到做"饭头"的一天，尽管很忙，我们还会很高兴，因为"饭头"的一份白米饭也是一斤一两大米，我们兄弟姐妹可以分着吃点。"做饭头"的前一天，要根据生产队长预估人数，到仓库保管员那里称回大米。母亲凌晨三四点就要起床煮饭，还要在我们兄弟姐妹中叫一个起来帮忙烧火，这一餐要烧去很多我们辛辛苦苦砍来的柴火。头一天还要准备好早上的菜，这是"饭头"负责提供。去供销社也就买点咸带鱼，再就是准备些农家菜，比如腌菜、面豆、黄豆、土豆、芋头、茄子干以及时令青菜等等。大家都爱面子，总要想方设法凑足几盘。能煮一碗红糟五花肉，那就是上好佳肴。当时村里一个老农说："这东西（指猪肉）就是好，柴爿加进去煮

了都可以吃。"菜汤基本上都是腌菜米粥汤，或者木槿花米粥汤。

抢种季节，要提前育好秧苗。在家乡，育秧叫"做秧尺"，要看好潮汐变化播种。长成秧苗后用竹夹挑着送到田里，由农民好手来插秧。家乡人插秧叫"布田"，大概因为正是布谷鸟叫唤"布谷、布谷"的季节，还因为插秧好手能做到横看竖看都整整齐齐，像织出的布匹，所以叫"布田"吧？农业生产"六字诀"："担、驮、捷、犁、耙、布"，是一个合格农民的标准，"担"是指挑担，"驮"是指肩扛，"捷"是指单肩一头挑物，"犁"是指犁田，"耙"是指耙田，"布"是指布田（即插秧），这些都是农民生产劳动主要技能，属于技术活，这几样精通就合格了。在古田，民间人士比试水平高低，提出挑战的一方常常说："担、驮、捷、犁、耙、布，凭你拣。"意思就是说，样样行，比什么都不怕。

当年生产队劳动，常常看到农民比赛插秧，请生产队长或老农为裁判，以快又齐者为胜，这也可以作为评定他们劳动工分的标准之一。我也曾在假期里去参加田里劳动，负责提秧苗，别以为这活轻松，两手提秧，在田埂上要快步如飞，来回奔跑，有时候插秧的农民故意插得很快，拿空田箩（装秧苗木桶）翻过来叩打水面，发出大大的声响，催着你在窄小的田埂上跑得上气不接下气，稍不小心，就会跌倒田里，浑身泥浆，引来大伙儿的哈哈大笑，他们就是要这种效果，算是给沉闷的劳动生活增添一点乐趣。五代梁时的契此和尚写有一首七言绝句《插秧诗》："手把青秧插满田，低头便见水中天。六根清净方为道，退步原来是向前。"插秧过程虽然是退着走，但事实是在前进。通过写插秧，悟透人生真谛：退一步海阔天空。若遇阴雨天，农民们穿着蓑衣，在蒙蒙细雨中插秧，倒也不失为一道风景线。读小学时，学校也有组织学生去生产队参加"布田"劳动，脚一直不停地踩来踩去动，把田里的泥浆踩得都是沟沟坎坎、凹凸不平，秧苗插下去歪歪斜斜、高高低低，一会儿就倒下浮起来了。老农都知道"站如松"，不动也不摇，前后左右插好了再后退，顺手把脚踩过的泥坑抹平，再补插上秧苗。秧苗慢慢成长，这时候需要薅草施肥。薅草在农村叫"薅田"，也是很累的活，弯着腰，顶着烈日暴晒，用双手拔除田里的杂草、稗子，田里蚊子、虫子也多，双腿常常被叮肿了。作为农家孩子，从小都要参加劳动锻炼，一是让他知道"粒粒皆辛苦"，劳动艰辛，要珍惜粮食；二是从中慢慢学会劳动技能，将来接班，可以养家糊口。有俗语说："薅田没薅草，布苗拔了直头走。"说的是小孩子去薅草，不懂得做，不是把杂草拔掉，而是把成长中的秧苗（方言称布苗）拔了就径直走了。但家长还是有耐心，细心调教，坚持把他培养成劳动好把式。

"砻砻谷，谷砻砻，糠饲猪，米饲侬（人），瘪谷饲鸭姆，鸭姆生卵（蛋）还主人。"这是一句在古田流传很广的民谣，告诉我们生物界是相济相生的。家乡的白米饭，给了我们太多的记忆。多少年过去，那谷香、饭香，一直在心头久久飘荡。

（2020 年 12 月 7 日《环球网》文旅频道发表）

冬天里的一"笼"火

小时候，老家山村的冬天特别长，特别冷。

立冬过后，农作物收成完毕，田野空空如也。傍晚时分太阳下山，一阵阵冷风袭面，有点刺骨，农人说："霜风起了！"第二天早上起来一看，果然，屋面瓦片上像撒了盐，原野也裹上一层淡淡的银装，田中的秆头（稻秆）蒂被霜冻得齐刷刷像卫兵列阵，在晨光下愈发挺拔。小溪的边沿也结了冰，村东头的井口，反倒是冒出来了些许暖气，在晨风中袅袅升腾。若是雨后初晴遇霜，瓦檐上的冰凌长长短短，造型优美，玲珑剔透，敲几根下来，可以玩到全部融化，有时候把它当冰棒舔上几口，冻得满嘴麻木。田野土壤里地下水结冰膨胀，把冻住的地表顶起，长出丝状冰花或者条状冰柱，一团一团如蘑菇花般拔地怒发，一脚一脚踩下去，嘎吱嘎吱作响，煞是好听，顾不得细看大自然如此精美杰作。稻田里的冰结得很厚，轻轻地用脚试试可行，小伙伴们都来走几步，也有掉水里的，只能回家接受"严刑拷打"。

农村人家家户户都备有御寒的火笼，外筐采用传统竹编技艺编制而成，里面放一块瓷碗装炭火，上面覆盖一层草木灰保温，火笼口再罩上一个铁丝盖，以防不小心烫伤手脚。一个火笼，就像一轮太阳，还可以提着行走，温暖了整个冬天。不过，并非每个人都有一个自己的火笼，没有木炭供不起，多是兄弟姐妹共有。大户人家有祖传锡器火笼，很精致很金贵，也让人很羡慕。堂叔娶了个浙江金华女人，按金华地方风俗结婚陪嫁火笼，当时只觉得这火笼五颜六色太好看了，都忘了去看新娘子漂不漂亮。现在想，应该是脱胎漆器的。也才知道，给出嫁的女儿送一对精制的火笼，寓意火种带到新家，香火不断，日子过得红火。家有小小孩的，都备有大火笼，俗称"火笼母"，那是烘尿布、围裙的，毕竟小小孩只懂得吃了拉、拉了吃，每天用量很大，阴雨天根本不够用。但于我们却是很享受，因为"火笼母"很大，火也大，可以围成一圈，呵着气，伸着冻得发紫的小手烘烤。那长冻疮的遇热奇痒，抓挠破了都出血了。那流着鼻涕的被热得也有点儿收拢，不用再一直不停地往回吸。火笼外筐旁边挂有一副银叉叫"火箸"，那是上等人家才有，用来翻动火笼里的炭火，还可以夹火笼子里的烤豆。我们不敢拿家里的筷子，都是折两根小枝丫当作筷子使用。上课时常常听到有谁火笼里豆子爆开的声音，一股香气扑鼻而来，强咽下贪婪的口水，又期待着这个"谁"被老师臭骂批评。遗憾的是很少，山村老师对这种现象已经是见多不怪。假如豆子爆开飞远了，就会被他人捡了快速吃掉。家中没有豆子的，就抓一把稻谷藏在口袋，不时抓一小撮撒在火笼里，爆米花开了，弹起来跳到地上，赶紧捡起来塞进嘴里，哪顾得上卫生不卫生，不然就被别人捡了。村里人规矩，火笼子里的是私产，不可侵犯，掉地上的，可以共有。有道是：黄金落地，拾来就是。所谓"拾来就是"，就是说，我捡来的，就是我的。虽不合法理，但却从小告诫我们：做事要小心，不可丢三落四。

夜来冰冷的床铺很难躺下，特别是光着的脚实在无法往下伸。稻草垫、草席都很冰冷，棉被也是硬邦邦的不暖和，哪还有什么棉被垫床，连一条铺床的线毯都没有。睡觉时常常是连外衣也不脱，这样可以暖和点。有个火笼是很幸福的，可以把被窝烘得热乎乎。冬夜读书，脚踩火笼，也是浑身上下暖烘烘。乡人说：一个火笼等于一件棉袄。那时候兄弟姐妹多，半夜里父母忘了拿走火笼，常常有把火笼踢翻的，弄得一床都是草木灰，甚至被烫伤。也有人家酿成火灾的，那是炭火加太多了。洗澡前，母亲会先把内衣放在火笼上烤一烤，穿上不冰冷。有的老奶奶可以把火笼夹在双腿中间，边走边打扫大院公共卫生。也曾试着学学，终究技不如人，

把火笼打翻在地。后来有了葡萄糖玻璃瓶子、塑料热水袋，装上开水暖手暖床就安全多了，可以抱着入睡，还可以捂在冰冷有点麻木的脸上热热，好舒服。

传说有卧床不起的有钱老人家，准备了一袋铜钱，每天来换火笼的人都可以摸到一块铜钱，于是有很多晚辈争着抢着来换火笼里的炭火。我也很期待，可惜都没有机会，家族里老人们都很健康。也有老人家叫小孩子另一头睡，当火笼暖脚，说是：小孩屁股三把火！每日里都在蹦蹦跳跳的小孩子，充满活力，确实是暖烘烘的。但也有封建迷信的人家，说老人家会吸走小孩子的阳气，不愿意让小孩子跟祖辈一起睡。听说旧时代有一位穷人，只有一床三斤破棉被，睡前都是脱光了站在床前冻一会儿，冷得瑟瑟发抖，然后上床盖上破棉被，就暖和多了。

最高兴的是大人们农忙结束，闲暇之余烧一堆火，围在一起，或坐或站，烤火"讲趴"，虽谈不上"围炉夜话"那般高雅，常是粗俗不堪的段子，但确确实实轻松自在，是农家之乐。有火烤，有故事听，还不要跟着大人上山、下田劳动，可谓我们童年的幸福时光。乡里人常骂人道：箍屎榾都有得看？这"屎榾"即农村装屎尿的大木桶，屎榾漏了，要用新竹篾重新箍紧，旧竹篾和坏掉的板有臭味，不能拿回家烧火做饭，只能放在屋外烧成灰做肥料，围一圈人一边烤火，一边看箍屎榾，还真是常有的事，也不管有无臭味。平日里小孩子是不能玩火的，一方面是没有木柴烧，另一方面更主要的是怕酿成火灾，大人不许。农民在田里烧稻秆做肥料，堆成高高的草垛后点火，我们兴高采烈围着，到半夜都舍不得回去。能拿几个番薯放到草垛里烧烤，第二天从稻草灰里挖出来热乎乎品尝，那便是人世间最甜美佳肴。

刚当教师那会儿，所在学校靠山下，冬天里教室门口都要九点多钟才能见到太阳。披一件草绿色棉军大衣，手还是冻得张不开捏粉笔，时常也是抱个火笼到班上，先在火笼上烤烤再板书。于是我也时常把学生带到室外，抬一块黑板，带上椅子，在有太阳的后操场上课，羡煞其他班的学生。

后来电热毯风行一时，睡前插上电源，先把床铺捂热。但睡着过于干燥，且存在安全隐患，就被淘汰了。曾有女同学教了一招，用电吹风把床铺吹热，上床睡觉还真确实管用。现如今的空调当然方便多了，而且床上是毛茸茸的床单、被套，何惧寒冬？于是乎也大言道：没有一个冬天不可逾越！

时代变迁，全球气候变暖，家乡现在很难得见到零度以下天气。社会进步，科技发达，人民富裕，保暖设备不断更新换代。那火笼，早已进入历史博物馆，只留下深深浅浅的回忆。而那冬天里的一"笼"火，始终温暖着我们的童年。

（2021年《福建乡土》第 3 期）

再回故乡看鸳鸯

2015 年的冬天，故乡大甲镇邹洋村首次发现了鸳鸯。是村民到溪边玩耍，无意中发现水里怎么有几只"水鸭"这么漂亮？拍照上网比对，原来是真的鸳鸯。消息第一时间传给古田城关我们几个老乡，一时间朋友圈竞相转发，老乡们奔走相告，毕竟这吉祥鸟还是少见。也正是这个年底，大甲镇正在筹划"全县美丽乡村旅游现场会"，地点就是邹洋村，这真是锦上添花，我们认为应该把它作为一个主要看点之一隆重推介。大家说，你给取个名字吧，我顺口答道："就叫鸳鸯谷吧！"这无名小溪潭，由此成名。

2016 年 2 月 18 日，古田县乡村旅游现场会在邹洋村举行，邹洋乡贤、中央歌剧院著名抒情女高音歌唱家阮余群应邀专程返乡，登台献唱村歌《美丽的邹洋，我的家》，我们主编的大甲乡土文学作品集《故园深深情满怀》也借机举行首发式。看鸳鸯，听村歌，读乡土文学，成为这场旅游现场会最靓丽三大看点。有来宾笑着说："为了开现场会，哪里抓来的吧？"还有的开玩笑说："是把鸭子染色了吧？"总之，很多人都是不相信邹洋怎么突然有了鸳鸯。确实，鸳鸯谷的自然环境很一般，溪水不多，且流经上游村庄后，水质也不怎么清澈。唯一优势就是溪流两岸是灌木林，太阳照到溪涧的时候，可以躲到林中，林中可能还会有树籽、小虫可食。乡人们强烈呼吁加强保护，有关部门派了专家考察，结论是距离乡村太近，不符合鸳鸯习性，只是偶然出现，没有保护价值。村民阮须池、阮养广等不气馁，上网查找资料，了解鸳鸯生活、饮食习性，并开始向鸳鸯投食。考虑到鸳鸯生性胆小，怕近距离打扰吓跑鸳鸯，他们砍了毛竹（后来花钱买了塑料管），打通关节，接到溪潭边，通过中空投放玉米、稻谷。第二年重阳节前后，鸳鸯再次飞临，而且一下子来了60多只，朋友圈又是一片欢呼。聪明的神鸟感受到了村民的爱护，也乐得"坐享其成"，不劳而获，有"天饭"吃了嘛，于是呼朋引伴而来。乡贤阮兆菁、阮毅、阮养进等纷纷出面呼吁，在村"两委"支持下，发动群众捐钱、捐粮食，保护鸳鸯，希望永久留住鸳鸯。人大代表、政协委员也纷纷提出加强保护提案，得到各级政府有关部门重视。一场民间发起，政府参与的保护鸳鸯运动形成合力。规划中的宁古高速公路将过境鸳鸯谷，希望有关单位能够在这一标段错开鸳鸯来临时间施工。

酿酒是邹洋村传统工艺，就在那年冬天，数对鸳鸯逆流而上，来到村尾，把村民晒的酒糟吃了，一只只醉眼蒙眬在溪边打盹，虽让游客觉得有点扫兴，却也平添一番趣味。我借此把他们的米酒命名为"醉鸳鸯"，并成功注册。

之后每年的冬春季节，都有同学、友人想去邹洋看鸳鸯，或提前咨询，或请我当向导，我也是乐于同行，关键时刻能想到你的人，都是感情深厚的特别亲近的人。

今年春天的一个周末，宁德市委原副书记唐颐先生夫妇专程到访邹洋，行前两天专门邀约我回乡陪同，与朋友林茂松一家人同行。其实，我与唐颐先生之前并不熟识，只闻其名，并无交集。唯一一次是20世纪80年代初，古田县成立中学语文教学研究会，我们都站在最后一排合影，但彼此并不熟悉。前几年，古田文史界大咖李扬强先生仙逝，我写了一篇纪念文章，唐先生看后联系我，需要语文研究会合影原图，自此以后便有了来往。他在闽东政坛、文坛都是德高望重，我一直感觉是高不可攀，从来不敢联系。近些年，偶有参加闽东文坛活动，也有幸与唐先生一同采风，渐渐熟络，线上线下多有互动，情投意合，成为文友。前年我们筹建古田知青馆，唐先生微信我："建成之日，记得邀请。"去年12月19日，知青

馆开馆，唐先生如约而至，参加了隆重的开馆仪式。结束返程后，唐先生给我微信留言，就一句话："以敏你功不可没！"能够得到政坛高官、文坛宿老如此高度的肯定认可，我当然也是一番窃喜。感觉参与知青馆筹备，布馆设计，文字校对把关，拟写前言后记，直至开馆前一天回乡，检查落实每一个细节，晚上工作到凌晨，所有的辛苦都没有白费，也激励我继续努力去做好每一件事。如今的知青馆已成为一个人文景观，参观者无不交口赞誉。

在鸳鸯观察点，通过望远镜观看到50多对鸳鸯，唐夫人兴奋地说："我从来没有亲眼见过这么多鸳鸯，花花绿绿太漂亮了。"管理员阮须池还特意把早上投食时监控视频回放，让我们欣赏鸳鸯争食精彩画面。看鸳鸯也有个时间点，每年大约重阳节前后来，清明节前后走。阴天可以全天候看到鸳鸯戏水，大晴天只能是清早和傍晚，太阳一照到溪谷，它们就躲到树荫里凉快去了。

其实我不是土生土长的邹洋人，祖上明朝末年就从邹洋村搬到大甲村。对于邹洋一知半解，每有重要客人需要了解邹洋历史文化，我都会顺道鹤塘，邀上在古田三中任教的同学阮养进一同前往，他对邹洋文化挖掘很深，解说不亚于专业导游。唐先生去了一趟我的家乡，两篇文章早已出炉，一篇关于邹洋鸳鸯与古民居，一篇关于岩富罗汉松，都写得大气且具韵味特色。虽然我写过不少家乡的文章，但都没写过这两个点，看过高手所写，感觉自愧不如，没敢动笔。

谨记述一段经历，留下一次记忆。

2021 年 7 月

土豆情缘

对土豆情有独钟，缘于孩童时期饥饿年代的深刻记忆。

土豆的世界通用学名叫马铃薯，因形似马铃铛而得名。原产于南美洲，最早由印第安人驯化并食用，与另一原产作物玉米合称为"并蒂开放的印第安古文明之花"。在我国，不同地区称呼各异，土豆、山药蛋、洋芋、洋山芋、洋芋头、洋番芋等等，扯上"洋"和"番"，只因是外来物种。早年土豆只是少部分地区叫法，如今却是广为流行，大约是其长在土里，个小貌不扬，还土得掉渣，而且叫起来也简便明了。明末农学家徐光启《农政全书》描述："土芋，一名土豆，一名黄独。蔓生叶如豆，根圆如鸡卵，肉白皮黄，可灰汁煮食，亦可蒸食。又煮芋汁，洗腻衣，洁白如玉。"洗净，去皮，切开，土豆确实白里透黄，温润如玉。

古田大部分方言区都把土豆叫"番仔薯"，"番仔"是福州十邑方言区对外国人的称呼，缘于史上对周边异族国家称为番邦。与历史上古田人称外国人为"番仔哥"，称点火的火柴为"洋火""番仔火"一样。但在我的老家，却真真切切叫马铃薯，也许是靠近宁德的缘故吧，家乡方言与宁德话接近，很多物品称呼相同，反而与古田城区方言有别。

土豆引进到我偏远落后的老家，已是二十世纪六十年代末七十年代初。一位本家亲戚从外地带回种子，小面积种植，大获丰收。乡人们吃了可口的土豆，赞不绝口，纷纷要求多留一些当种子。年前年后期间的农闲季节，许多人家就在"自留地"种上土豆。因为当地温高于25℃时，薯块就不再长大，所以宜早不宜迟。计划经济时代，农地为集体所有，生产

队集体劳动，统一分配粮食，只留极少土地给个人种菜，俗称自留地。有的人家没有种子，就托亲朋好友到外地购买，发芽的种子还可以切开了分成几瓣种。土豆对环境适应性强，生产周期短，产量高，春种夏收，而且不需要精耕细作，基本上不要怎么管理。在整好的地上挖个窟，浇上粪，放进发芽的种子，披上一层草木灰，再培上一层较厚松土，以防后期茎块露出即可。沙质地最好，土质较疏松，适合土豆生长。生长期间，特别是开花期，要浇浇尿水。挖回来的土豆不可暴晒，不然表皮会变绿色，影响口感。只要去土，晾干，储存在通风干燥的地方，可以从夏天吃到冬天。在粮食短缺的年代，切实解决了大问题，而且口味比难咽的番薯米强多了，既当饭还当菜。我们家人口多，兄弟姐妹们小，自留地少，就到河边、山脚开荒，垒土为地。虽然很辛苦，但想着可以吃到好吃的土豆，就干劲十足，不知疲倦。

后来我回到老家中学教书，也在学校分的菜地种了两畦土豆。暑期里到处晃荡，临近开学，才记起土豆还没挖，第二天早上拿了锄头、土箕去挖，挖出来的是出生不久的小小土豆"孙子"。土豆种子是爷爷辈，只剩下空壳。儿辈已经变质，不能食用。生出了第三代，只有小指头那么大，一串串。误了农时，终是一无所获。所以农民都非常注意一年中的二十四节气，什么季节干什么农活。今时农业专家培育了许多反季节蔬菜，丰富了餐桌，但口感绝对差多了。

土豆可以加工成土豆丝、土豆饼、土豆粉、土豆泥、土豆片等等，味美可口。每次上馆子吃饭，让我点一个菜，大概都是"土豆饼煮酸菜""土豆炖番鸭"之类，对土豆的喜爱始终如一。时常想起小时候憧憬过的，苏联领导人赫鲁晓夫"土豆烧牛肉""楼上楼下，电灯电话"的共产主义生活故事。还看过一部叫《南海风云》的电影，我军联络暗号是"长江，长江，我是黄河"，敌军的联络暗号是"土豆、土豆，我是地瓜"，搞笑的暗语记忆犹新，令人忍俊不禁。2015 年国庆节，女儿安排我们邮轮旅游，乘坐当时最新最豪华的皇家加勒比邮轮"海洋量子号"，高十六层，可容纳五千游客。一周时间，基本上都是在海上漂流。邮轮上一整层的餐厅都是免费自助，食物丰富多样，大鱼大肉大虾水果随便取，还可以带回房间慢慢吃，服务员会来房间收拾碗筷。三天过后，实在是腻了，看着五花八门琳琅满目的食物，一点胃口都没有。每日里只好装一盘土豆泥，配青菜沙拉，唯有这土豆制品还是百吃不厌。清代刘家谋有诗赞道："一碗糊涂粥共尝，地瓜土豆且充肠。萍飘幸到神仙府，始识人间有稻粱。"从古至今，土豆就是一道美食，岂止我等庸常之辈喜欢？中医还认为，土豆有和胃、健脾、益气功效，可防中风、减肥、降压。

土豆有很多歇后语，如："土豆下山——滚蛋""土豆发霉——烂了心""老母猪拱土豆——全仗嘴巴劲"等等，都是一脸嫌弃，没一句好话。还有这么一句嘲讽人的话语：马铃薯再打扮还是土豆。年轻时我曾经以此批评不好好读书，爱打扮的学生，希望她们努力学习，提高自身素质。后来想想，实在不该，太伤人心。况且，其貌不扬，质朴本真的土豆还是我的最爱。至今依然偶有去菜市场买几个，洗干净了放在电饭煲上层蒸煮，剥了皮慢悠悠地吃，不用像小时候那样争抢。这舌尖上的美好，不需回味，情缘都在。

（2021 年 10 月 9 日《闽东日报》）

看家当

　　看家当，是旧时谈亲事有了初步意向，到对方家里了解家庭境况，全面考察一下有多少"家当"（固定资产）。主要是女方到男方家看，毕竟家境的好坏决定今后家庭生活的质量。有的男方也会去了解一下女方家庭基本情况，为人处事等等，俗话说：买厝看梁，娶妻看娘。

　　小时候在老家，大人用方言说"看家当"，听着总以为是"看脚算"，一直纳闷着、琢磨着看脚能算出什么？看脚能算命？还能算出家产？真的有如此神乎其神？有时也把自己的脚伸出来仔细端详，实在看不出什么名堂。旧时代大户人家女孩缠足，农家女孩要干农活，是不会去缠足的。男人的脚都是大脚板，又不是三寸金莲，还能看出算出有钱没钱？常常听到大人们说，某某人家里来了"看家当"的女孩，某某人家徒四壁，穷得叮当响，也有人嫁过来？不过，都是乡里乡亲的，大家基本上是不会去戳破，除非是有仇恨的人家，故意破坏，私底下想方设法传递负面信息。村里家有大姑娘的，时常也有媒婆上门来给介绍对象，说："哟，大姑娘长得水灵灵了，可以出嫁了！"父母也觉得女孩养这么大了，也要出嫁了，不能再留在家里，便拜托媒婆要给介绍个好人家，而且还可以收回一份彩礼，贴补家庭的亏空。看到家有尚未长大的黄毛丫头，媒婆会开玩笑说，过两年再来，给说一个英俊小生。有的困难家庭出不起彩礼，就互相对换，是曾经很流行的"姑换嫂"，就是小姑子拿去换回嫂子，大家都不收彩礼。贫贱夫妻百事哀，这种婚姻，多不完美。希望两对夫妻都能和谐相处，但假如一对出现问题，就会影响另一对。一旦有一对离婚，另一对娘家也会威胁把自家闺女叫回去，为了娘家，有的女子只好默默同意拆散新家。有的是很不幸福的婚姻，但为了娘家兄弟，女人只好默默忍受。

穷人家面对"看家当"这一关，就只能临时到别人家借点家具细杂，摆放摆放，充充门面。结了婚，就是嫁鸡随鸡嫁狗随狗，认了命，没有什么二话说了。不是有这么一个故事吗？新婚之夜，新娘看到有只老鼠在偷吃米，羞涩地对新郎说："快看，有只老鼠在偷吃你家大米。"第二天早上起来，又看到那只老鼠在吃大米，新娘子二话不说操起鞋子扔过去，说："哼，敢偷吃我家大米！"一夜之间，角色变化，别人的家，已经变成自己的家了。

受封建传统思想"男女授受不亲"影响，过去男女之间自由恋爱的极少，相互之间了解也不多，敢于"人约黄昏后，月上柳梢头"就成为千古绝唱了，更多的是"我住长江头，君住长江尾。日日思君不见君，共饮长江水。"由于交通不便，隔山隔水，信息闭塞，于是有了"表亲"，就是表哥和表妹结婚，甚至于订娃娃亲，还美其名曰："表兄表妹正好配"，古装戏里最多此类故事。古人说，天上没云不下雨，地下无媒不成亲。于是三百六十行之一的"媒婆"便应运而生。即便如黄梅戏《天仙配》故事里新潮的七仙女与董永，也要拜老槐树做媒。

因为这媒人常常不是很靠谱，对她来说，只是促成婚姻，收取报酬。有句方言俗语戏说道："媒侬媒侬，喙（嘴）像鸡笼。一爿骗钱，一爿骗人。"竹篾编的鸡笼嘴很大，笼子间隔空隙也很大，意思是说，媒人的嘴都是假大空。传统戏曲中的媒婆形象，就都是以丑为主，化妆、表演都很夸张，富有滑稽性和喜剧性，而且嘴角都有一颗"媒婆痣"。有一个讲媒婆诡计多端的故事，有一对新人结婚时发现男方是独眼，女方是坡脚。找媒婆理论，媒婆说："我早就有言在先，三人五眼大家看，以后莫讲长短脚话。"原来这"三人五眼""长短脚话"是语含机关，眼看生米煮成熟饭，而且双方也各有缺陷，也就无话可说，将就了一段婚姻。一般情况下媒婆会根据双方家庭条件，给门当户对的男女牵线搭桥。20世纪70年代，

有一对情侣到人民公社领结婚证，负责登记的秘书问："是自由恋爱吗？哪儿认识的？"女孩答道："是的，我们是在秆堆（稻草垛）认识的。"原来男青年是生产队打谷的，女孩是放鸭子的。男青年在打谷的时候，把没有打干净的稻秆都扔给了女孩，拿给鸭子吃，一来二往，日久生情，他们就相爱在稻草垛了，这应该可以算是门当户对，两情相悦了。当然，不排除也有"以权谋私"的成分。

　　近些年，经常深入偏远的小山村考察采访，接触到不少独居老妪，她们多是年轻时嫁到村里的，一辈子留守在村里，或是帮助子女带大了孙辈，又回到了村里的。男人先走了，儿女远走高飞了，娘家也回不去了。她坚持独守着空旷的老屋，蹒跚在寂静的古巷，深情地凝望着眼前潺潺的河水、远处衰草连天的大山。当年很"挑剔"地看"家当"的女孩，已经全身心地融入这个她苦心经营了大半辈子的"家"，这个家已经永远是她身体和心灵栖息的港湾。她们也都曾是天真无邪的少女，风姿绰约的少妇，何曾没有过浪漫的怀想？而今她们不再跋涉，已经是无欲无求，静度余生，真正达到了"宠辱不惊，闲看庭前花开花落；去留无意，漫随天上云卷云舒"境界。对于所谓的"家当"，简直还不如每日从天边飘过的一朵白云灵动、熟悉、亲切。每次在山村看到这些安然慈祥、满脸沧桑的女人，我都会从内心深处由衷地发出赞叹："女人，真伟大！"

（2021 年 8 月 14 日《闽东日报》）

"二师兄"的故事

  "二师兄"是我对猪的尊称，当然源于《西游记》。人类生活与猪离不开，猪肉价格与居民生活水平可谓是息息相关。子曰："三月不知肉味"，还是强调说明肉的重要性。不是有故事说，曾经有个人在家里挂一块肥猪肉，三餐吃完，用肥猪肉擦擦嘴巴，看过去油油的，别人以为他家里天天都有猪肉吃，是个富人。但我记忆最深刻的是一句口号："要想富，少生孩子多养猪。"

  过去，农村人家里基本上都养一两只猪。没有饲料，吃的是泔水、米糠，还有拔来的猪菜，浸泡储备的番薯藤等等。有的小猪吃相难看，吃的时候双脚踩到猪槽里，有的挑食，有的干脆把猪槽拱翻了。主人都知道，再买一只小猪回来一起养，它们就会争食了。由此，也引发了后来独生子女家庭家长的颇多感慨。

  小时候，看到兽医给猪"决扎"（即结扎），看着小猪号啕大哭，大伙儿总是兴奋莫名地围观。杀猪，更是兴高采烈地等待，因为终于有猪肉吃了，还可以多吃点。当时生猪要送食品站屠宰，禁止私人宰杀买卖，农村人都是等到下半夜偷偷地杀猪。有一次，家里杀猪，我等着等着实在犯困睡着了。早上醒来第一件事就是问："我的猪肝呢？我还没有吃。"大哥说："昨晚把你拉起来吃了。"灌血猪肝是家乡的一道名菜，即用猪内脏里的热血灌到猪肝里面，放到水烧开的锅里稍微捞一下，拿起来切了吃。那时候，养一头猪要一年左右时间。为了吃灌血猪肝，我等了一年，最后一个晚上没撑住，迷迷糊糊不知道吃了没，至今还是不清楚，但我相信大哥

不会骗人的，就是没有体会吃那灌血猪肝的感觉罢了，就像猪八戒吃人参果，没吃出味道。

曾经的日子，农村人家有婚丧喜庆，都要准备提前养猪。办酒席是从猪头吃到猪尾巴，可以做好多道菜。比如：猪头肉、猪排骨、猪肉皮、猪尾巴、猪蹄、猪肚、猪肝、猪肺、猪肠子，都是上酒桌的佳肴，就是那肥猪肉，也可以加工成香脆可口的"水晶肉"。曾有邻村青年准备结婚，家里的猪太小，就到邻村亲戚家里借猪。兄弟俩一起去，五花大绑地把猪抬回来，猪一路挣扎，把兄弟俩累个半死，也不知道把猪杀了挑回来，由此成为笑柄。也曾有村民杀猪，邻里之间来借肉的，等他们家杀猪时再还回去。那时候，大家都贫穷，也没有什么现金收入，经常是以物易物。记得一次家里杀猪，母亲和大哥是提前偷偷地私下里去了解，谁要买几斤几两？谁要借几斤几两？预估一下猪"杀白"有多少斤，预定差不多了才可以决定杀猪。不然猪肉没人要，所有的计划都要落空。当然，对于我们小屁孩们来说，不知道事关重大，猪肉有没有人要都没关系，最好都留着自己吃。

当时食品站也有卖小猪仔的，贫穷农户可以从食品站先抱一只猪仔回去养，长大后生猪送食品站收购，扣除猪仔等成本，就是农民的个人收入，这也不失为一种扶贫的好办法。假如猪仔养死了，合同上写明是要赔偿的。

小时候曾经很羡慕食品站杀猪师傅，不仅仅是他们有肉吃，还有那白刀子进红刀子出的气场，好有一股梁山英雄好汉的冲天豪气。也曾经去食品站买猪肉，围得里三层外三层，杀猪师傅切一块猪肉下来，说："一斤半。"大家都高声喊道："给我，给我。"杀猪师傅眼光一扫，先扔给了某些人，其他人只能一声叹息。那时候肥猪肉是热门货，用来熬猪油。排骨、夹心肉是有钱人买的。我手里攥着一块钱，个子小小的挤在人群之中，跟着一起喊，可是不是轮不上，就是钱不够买，干着急，最后只能空手而归。那时候猪肉一斤七毛二，多切一点钱就不够了。一次，我兴冲冲买了一块肉回家，母亲说："你真傻，这是槽（音）头肉（即奶脯肉），要肉没肉，要油没油。"难怪没人要，被我买来了。还好，母亲没有责骂我，世事如此，她知道。后来堂姑丈调来食品站工作，于是也有了关系，可以买到好点的肉。再后来，当兵回来的表姐夫安排到老家食品站，只要头一天交代一下，就可以预留需要哪个部位的猪肉了。

大学毕业回到了老家中学任教，也算是个有身份的人了。山村人尊重知识，尊重文化人，于是做事也方便了很多。当年很吃香的单位，比如供销社、食品站、车站、粮站、茶站、邮电局等等，在小地方大家也都有经常走动，互相都很给面子。当时刚开始从计划经济向市场经济转轨，也享受了几年平价、议价猪肉供应，算是一种干部福利。平价还是七毛二，议价九毛六，市场价就是一块多了。那时我月薪四十八元，电器买不起，解决温饱还是不成问题的。过年了，炖几大钵头的猪头肉、猪蹄，一家人高高兴兴吃几天，是农村曾经的普遍现象。

现如今菜市场、超市食品丰富多样，但猪肉还是我的最爱。买两斤五花肉，焖红糟，吃一口，油油的，那叫一个香哪，闭上眼睛回味，仿佛又回到了童年……

（2021年《鸳鸯溪文艺》）

村东那口老井

　　老井不老，也不年轻，大约挖掘于明朝中叶。因为老家一条街，最古老的房子是在河边的明朝建筑，现已拆除重建。这条街早年是一片农田，村民都是其他村庄家道比较殷实人家搬迁而来，沿古官道两侧建屋，自然成村。

　　老井在村东头小渠边，滋润了一村人。井水源于纯天然地下泉水，用石块堆砌成大约半米直径的井口。随着人口增加，村庄范围扩大，井水严重不足。20世纪70年代初期，村民自发出工，把旧水井外移并扩大，修成一个直径约2米，深也约2米的圆形水井。全村300多人口，都是喝这口井水。邻近的自然村有时候缺水，也会来这儿挑水。

　　每天到老井挑水是我们的必修课，因而家家户户都备有木制水桶。小时候挑不动，都是兄弟姐妹组合一起去抬，后来长大点，可以独自一人去挑，但满满两桶水还是挑不动，只能装半桶水，这样子要挑满陶瓷大水缸，就要多跑几趟，常常是中途还要歇一次。后来有了塑料桶，比大木桶小多了，也轻便，找一条轻巧的扁担，还可以轻轻地摇晃起来，慢慢悠悠地挑回家。再后来我们家搬到村东头的街尾，虽然没有街头热闹，但还是感觉很幸福，因为离老井近了三分之二，挑水轻松不少。此时我已读初中，挑起满满一担近百斤的水已不成问题。到井边放下担子，把一只空桶放进井里，手抓着桶绳，轻轻一拉，水桶倾斜再发力，便灌满一桶水，再顺势用力提起，这些动作要连贯，一鼓作气，就很轻松。没经验的，就在那拉来拉去，总是装不满。有时遇上好友，还会在井边闲扯上一阵子。

　　水井会长青苔，大约一个季度要清洗一次。一般要有两个以上全劳力下井，先把水打上来，剩下一半左右再下井，站在椅子上，拿着新买的竹扫把刷，然后再提水冲，如此反复，直至把青苔清洗干净。接着把井里的脏水舀进水桶提上来，女人、小孩则在井边帮忙，把水倒到井边的田里。如此一圈圈往下清洗、冲刷，到基本上把井底水舀干，就可以看到清泉汩汩而出。那时我也常常来看热闹，或者也帮忙提提水倒掉，不但觉得好玩，也认为应该要做。聪明的村民会放几只小鱼儿在井里，防止有坏人投毒。每天我们这些小屁孩都会去看看水井，鱼是否还活着，有没有阶级敌人搞破坏投毒。

　　后来上大学离开家乡，学校用的是水渠的水，一下雨就是黄泥水，于是就特别怀念家乡清澈甘甜的井水。寒假回家，每天早上我都会端个脸盆去井边刷牙洗脸，母亲看了总是心疼得不高兴又关切地说："那么冷的水，做什么要去那洗呀？家里有热水呀！"她不知道，我在学校里也没有热水，洗的都是灌溉渠道里接来的水，连井水都没有。家乡海拔高，冬天里下霜结冰，空中温度是低于井水的，清晨常常可以看到井口冒着热气，井水还是有点暖和，一点不觉得冰冷。大概还有点想在村里表现表现自我的与众不同吧。

　　回乡任教时住家的日子，每天去学校上课都要从井边路过，看到井里有了较多的青苔，我便会叫来一两个差不多同龄的村姑做帮手，一同清洗水井，算是弥补小时候一直想做，却无能为力的事。年轻人精力充沛，干什么都得劲，况且俗话说：男女搭配，干活不累。做好事，心情也特别好。有一年暑假的一天，宅家闲着无聊，想找点事做，就一个人去洗水井了。折腾了一下午，有点腰酸背疼，但看着清洁的劳动成果，还是很开心，虽然其间也想着如果有个人来帮忙就好了。

　　后来家乡开始使用自来水，水管接到了每家每户，方便了村民。挑水的村民就不多了，偶有节俭的村民还会去挑点水，有的是挑点烧开水。随着城镇化进程的不断推进，井边的农田基本上都盖了房子，水质越来越

差，老井几乎被废弃了。

前些年，有村民提议，还是把老井修复起来，以备不时之需。况且一口井，也是一个村庄的水脉，意味着乡村源远流长、兴旺发达。村民们纷纷捐款、出力，把井边及道路用水泥硬化，在井沿砌了一圈近一米高护栏，井口也收缩到不足一米。为安全起见，还在井口盖上石材，只留个小口。偶有邻近村民，还会到井边洗洗衣服。

每有回到家乡，我都会到村头的老屋看看，回忆历历在目的场景，儿时的玩伴。去村尾的老井瞧瞧，井里是否还有儿时的小鱼儿，在水草中游弋。夕阳倒影里，仿佛看到了一同洗井的村姑们的笑脸……

2022 年 4 月

花　生

对于花生的记忆，一直停留在少儿时期，老家俱乐部夜晚戏台下，一位老太太用竹篾围成一圈一圈的咸酥花生，在昏暗的煤油灯下，隐晦发光。一个圆圈里面套着大约10个花生吧，一毛钱对我们来说，太奢侈了，只有睁眼看咽口水的份。心里一直期待着，将来一天有钱了，一定要买那两毛钱大圈的花生吃。至于演什么戏，不太关心，也不记得，惦记的是香脆的花生。

今年中元节，年已八旬的岳母回杉洋古镇老家，带回来一大袋家里人刚挖的花生，叫我放阳台上晒，并交代要多少就留多少，剩下的再拿给她。岳母是个小学退休教师，虽然只是20世纪60年代简易师范学校毕业，但素质高，慈祥中不缺威严，书也教得好，广受学生敬爱，也深得我们晚辈的敬重。我把花生倒进洗衣池，打开水龙头冲洗。用双手把花生壳表皮的黄泥巴揉搓干净，捞起来堆放在簸箕上把水滤干，再拿到楼上阳台，铺在地上晒。下楼来发现洗衣池边还有两粒小花生，就顺手捡起丢在一旁的花盆里，还用手摁了摁，埋进土里，洒了点水。我知道此时不是种花生的季节，作物都有它的农时，查了度娘才确切知道：南方花生在每年的二月份到三月份种植。心想，就试试看它能不能长出来，结果如何？

花生很难晒干，特别是又被我用水浸泡过，每天都要翻一两次，底下的还是有个把发霉了，只好翻动起来仔细瞧瞧，把花生壳发黑、长毛的挑出来丢弃。几天后，用手捧起来有点沙沙作响，我想这应该差不多了。剥

一个试试，口感不错，生花生有点口涩，但有一种清香味，越咀嚼越回味无穷，慢慢地就能嚼出一股甘甜。用保鲜袋分装后，留下一袋，其余的送到楼下岳母家。细心的老人家不忘问一句："你自己留了吧？"我说："留了，存在冰箱里。"

老家地少人多又贫瘠，种什么都难，从未见过谁家种花生。可能是大家都担心，即使种了花生，也等不到收成，早就被人偷挖光了。大人一本正经地骗我们说："花生是长在树上，跟豆子一样。"我们还信以为真，因为花生头部确实有一根茎藤，那不是挂着用的吗？很多年很多年之后，我才真正见到花生树，确实和豆子树差不多。不过，那时候已经知道花生是长在土里。

想起刚上大学的时候，学了著名作家许地山的《落花生》，听同宿舍稍年长的同学神侃，说是作者与一位同时代的女作家有关，追求不到，故意以落花生为笔名，暗喻她是麻脸，和花生壳一样。孤陋寡闻的我，不知道这位女作家是谁，也信以为真，还很佩服同学的知识渊博。后来学到女作家的文章，听了老师的作者简介，才知道没有这回事，人家女作家虽然不是国色天香，但也是才情横溢的大家闺秀，哪有什么麻脸？只是不太明白适合小学生阅读的这篇文章，怎么也进入大学中文系课堂？老师给分析得条条是道，我们也听得频频点头。

一日清早，惊喜地发现扔在花盆里的两粒花生居然生根发芽了，勃发的新生命把花生壳顶出土面，淡黄色的花生瓣，好像一对相亲相爱的小蜗牛背着房子，弯腰探头探脑地观察着这陌生的世界。渐渐地，花生壳被甩掉，嫩叶冒了出来，鹅黄中透着青绿，带着露珠在晨风中轻轻地摇曳。我细心地轻轻地把它们挖起，栽进另一钵空花盆。此后看到土干了就浇水，隔三岔五撒点营养液，花生苗长得郁郁葱葱，节节拔高，每一枝都长着整整齐齐对称的四个叶片。虽然我知道这是徒劳无功的，但我却享受这个过程，看着它们健康茁壮成长，这不也是收获？摆在电视柜上作盆景，也是一道风景。这人生一世，不就如草木一秋？有人成功，有人成仁，有人如草芥默默无闻。花生其貌不扬，甚至有点丑陋，深藏功名尘与土，对土壤、环境要求不高，适应性强，耐旱、耐瘠薄，土坡地、河边地、丘陵、山岗地都可以种植。只要一方水土，便安身立命，悄悄地孕育，一朝成熟，奉献的是惊喜。年轻时曾有长辈教导我说：是金子总会发光！我一直不敢苟同、不以为然，再好的种子，假如把它放在青石板上，还能发芽生根开花结果吗？命运捉弄人，环境造就人。年过半百后，对"但求耕耘，莫问收获"才有了深刻感悟、透彻理解。很多时候，积少成多，积善成德，太过功利结果可能适得其反。不但看开，还要看远，人生自有福报。

　　不知道为什么，至今依然爱吃花生，水煮、白晒、烘焙等等都喜欢，过去常年备着花生仁早餐配稀饭。前些年胆囊结石，都是半夜里痛得要死，去上海东方肝胆医院，胆囊被切除了。同事们开玩笑说，你现在是什么都不怕了，因为没了胆，还有什么胆小胆大呢？大姐还心疼地怪我是天天吃花生吃多了，我想不至于吧！有人说：人体缺什么，就喜欢吃什么，自然调节。据说花生有很多功效，比如增强记忆、延缓脑功能衰退、降低胆固醇含量等等，吃生花生还能稀释胃酸。我这可能是从小缺花生，一直还没补回来！

（2022 年 12 月 24 日《闽东日报》）

《阅读大甲》序

"为什么我的眼里常含泪水？
因为我对这土地爱得深沉……"

——艾青《我爱这土地》

　　学生阮周华，历经六载，跋山涉水，走村访巷，搜集古今，五易其稿，编著乡土教材——《阅读大甲》。嘱余作序，欣喜之余，有感而发。

　　顾名思义，乡土教材是和本乡本土关系密切的教材形式，内容涵盖当地的历史沿革、自然地理、社会经济发展状况、民族风情习俗、宗教信仰、语言文化等等。1904 年，清末颁布《奏定初等小学堂章程》，规定：历史"尤当先讲乡土历史"，地理"尤当先讲乡土有关系之地理，以养成其爱乡土之心"。20 世纪 20—40 年代，是我国乡土教材开发的兴盛时期。一方面在当时复杂的社会政治背景下，各省各地方的教育体系有着相对的独立性，各地的学校教育主要是以县为单位编写教材，更多地反映地方的历史和文化；另外一方面，20 世纪 20 年代开始的乡村建设运动进一步促进了乡土教材的开发和使用。梁漱溟、晏阳初和陶行知等就是 20 世纪初民国乡村建设运动时期的杰出践行者。1949 年后，由于国家统编教材的实行，使得地方性乡土教材逐步淡出各地课堂，虽仍有徐特立等著名教育学家为之鼓与呼，但当时是统编教材的力量压倒一切，乡土教材的发展进入蛰伏阶段。2001 年，国家教育部颁布《基础教育课程改革纲要(试行)》，其后根据《纲要》精神编写的地方教材和校本教材开始大量出现。2003

年又迎来一次更大的转机，教育部颁布条例，允许各地自己开发本土教材，乡土知识教育获得了再次发展的机会。学习乡土知识，有助于青少年认识乡土和培养热爱乡土的观念，编辑具有地方特色的乡土教材供学生学习，不仅能让学生全面了解乡情风貌，激发对家乡的热爱之情，而且有助于普及与繁荣地方文化，激励学生继承历史传统，发扬爱国主义精神。

宁古路的开通，大甲咸鱼大翻身，从省级贫困乡、"古田西伯利亚"成了"古田东大门"，临海乡镇，如今发展面貌日新月异，并即将撤乡建镇，养在深闺人未识的大甲，值得广为推介。

《阅读大甲》以《乡情概述》《大甲新貌》《物产资源》《革命故事》《历史文化》《学校教育》《校友风采》《古今交通》《知名人物》《企业简介》以及《附录》等20多个纲目记叙了大甲跨越岁月沧桑的历史发展，较全面、系统、科学地记述了大甲的地理、人文、历史沿革以及现状和对未来的展望，详略结合，文字简洁，颇具特色。如：第一个红色苏区，30年代大甲毗源溪村就建立的第一个苏维埃村政权。历史文化名村邹洋，从南宋绍兴三年（1133）建村造屋，就根据阴阳八卦、天干地支、天人相应、历史典故等做了规划，留下了保存完好的古民居。有诗题曰："五虎朝双狮，三湖兼七井，两仪四象，十二星辰，三十六禽，玉尺量才。二十八宿，七十二贤人，提刀沟，箭弓坪，虾蛄岭，皇虾上水，金龟守水尾，拱桥锁水口。"谈书堂，宋宁宗时，朱熹曾到此讲学，是朱文公在古田讲学的九个书院之一。五境堂，村民祖先为了加强不同姓氏之间和睦相处与经济文化交流，于1738年共建祠堂即五境堂（聚合北境、漳源境、溪源境、朝源境和邹陵境五大村落阮、陈、余、彭、翁等姓氏），而且每年正月十一都要进行"奶娘出巡"民俗活动。香菇室外木屑袋栽技术创始人——彭兆旺，为世界食用菌生产技术发展作出了贡献。1996年我县被国务院发展研究中心授予"中国食用菌之乡"称号，2007年中国食用菌协会授予古田县"中国食用菌之都"称号，并被联合国指定为国际食用菌人才培训基地。全县食用菌总产量每年均超过10万吨（鲜品）以上，

特别是银耳产量占全国的 90% 以上，渐渐淡出人们视野的彭兆旺功不可没。此外，大东地区三十七都仅存的千年古刹保福寺、种植于商末周初的岩富罗汉松、生态旅游休闲胜地柏洋水库（小时曾听老人言说，古田地名"洋"多，总共有一百个，最后一个就是大甲的柏洋呢，"百""柏"同音。）以及风味小吃等等，为推介大甲打开了一扇窗。

编纂志书，古来被称为善举。编志有"存史、资治、教化"之重要功能，以其全面、系统、翔实的史实记载，存史传代、服务当今。作为人民教师，家园守望者，阮周华积极践行，编著《阅读大甲》，实乃有益尝试，此为我县第一本乡镇级乡土教材，为我县开发地方课程和校本教材提供了宝贵的经验，有普及推广作用，也为编写地方乡志打下了坚实基础。阅读《阅读大甲》，穿越时光，旧貌新颜，一卷尽览。

常言道：故土难离。身在他乡，记忆中故乡堡岗郁郁的青松，花桥头潺潺的小溪，教堂里虔诚的歌声，溪边里默默的村庄，董洋里袅袅的炊烟，马坪朗朗的书声，柏洋静静的湖水，院后巍峨的高山，模糊又清晰，让我梦牵魂绕。我深深地爱着你，这片多情的土地。

感谢岁月，感谢家乡！

爱祖国爱家乡从小事做起，从身边做起。

权为序。

2012 年 8 月 15 日

二

情长纸短

父 亲

　　一直想写一篇关于父亲的文章，可总是无从下笔。父亲一生平凡，普普通通，没有可圈可点的业绩。时隔 20 多年，往事总在清晰又模糊中。清明节那天，看到满屏的纪念文章，才重新提笔，断断续续记录下父亲短暂一生的点滴。

　　家道中落的父亲，娶了命运突变的母亲。一个是商人之后，一个是官僚之女。父母的结合，在当时的环境下，生活艰辛可想而知。即便如此，生有一女的母亲还是支持父亲考入南平师范学校读书。

　　1955 年，父亲从南平师范学校毕业，安排杉洋学区中心校任教。1959 年调到湖滨永洋小学，由于历史原因，1961 年又调回杉洋，到过最偏远的白溪湖里村，之后是从杉洋珠洋小学调回老家大甲。真正在中心校任教时间不长，多在偏僻山村辗转，教的多是复式班（多年级在同一个教室里由同一个教师进行教学）。他兢兢业业，从无怨言。唯一要求，就是能到有溪流的地方，因为不抽烟、不喝酒、不赌博的他爱好钓鱼，放学后，坐在河边，心无杂念，享受静谧时光。钓到的溪鱼，煎干包好，周末带回家，是我们一家丰盛的佳肴。

　　小学四年级的时候，跟随父亲在大甲国本小学读过一个学期，住在生产大队部，上课在祠堂。那是一个美丽的乡村，一条长长宽大的溪流缓缓而过，溪那边是一片茂密的竹林，放学后父亲去钓鱼，我就时常跟小伙伴们去那片竹林玩耍，或静坐竹旁，听风吹过竹叶发出的沙沙声，或爬上竹梢弯下竹枝，吊在半空晃荡。有时候，父亲也会叫我同往，在溪的一边拉网，轻轻地放入水中，然后一起往潭中扔石头，惊慌失措的鱼儿就撞到网上了，拉起来，收获满满。有时候，他在湍急的水流中钓鱼，娴熟地飞舞着鱼竿，一条条鱼儿摔在身后，我在地上捡都忙不过来。天黑了，就把网布在隐蔽的水中。当我第二天早上醒来时，父亲早已把渔网收回来，在杀鱼，煎鱼了。

曾经去过父亲任教的谈书店小学，那里有个谈书堂，是宋理学宗师朱熹讲学过的地方，可惜少不更事，没有去探究。那年端午节期间，父亲的小房间堆满了学生或家长送来的粽子、红蛋，他们用节日的礼物，表达对老师的敬意。因为在我们乡村，早年端午节有给亲友送粽子、红蛋的习俗。父亲呢，则会买些圆珠笔、作业本之类送给学生作为回礼。

1985年9月10日第一个教师节，父亲领回了一本省政府颁发的"光荣从教30年"荣誉证书，从教才四年的我肃然起敬，30年啊，多么漫长的历程。翻过了多少山岭，走过了多少古道，教出了多少学生啊？只有不忘初心，方得始终。他的敬业精神，感染着我，影响着我。

父亲一辈子恪守"老吾老以及人之老，幼吾幼以及人之幼"尊老爱幼的传统美德，重情重义，与人为善，对孙辈更是厚爱有加，街坊邻里多有赞誉。把学生也当子女爱护，有个早年在部队的学生，每年回家探亲，都要来看望父亲，送我一件四个口袋的草绿色军服，我幸福的天天穿着炫耀。每个星期天他都会穿戴整洁，去教堂做礼拜，或听讲，或主讲，祈福祈平安。一有时间，总是带点小礼品走亲访友，当年我还嫌他麻烦，去亲友家里等着吃顿饭，买的礼物也够在街上吃了，何必？现在年纪大了，才理解他的一片真情。每次进城，都是提着甚至挑着瓶瓶罐罐回家，装的是为亲友近邻带的酱油、虾油之类，从来不嫌累赘，因为那时候乡下没有好的佐料。虾油蘸芋头配饭，还是他的最爱，一个芋头可以配上两餐饭。

父亲因身体原因提前退休后，有一阵子帮我带孩子，那是1992年，我在古田十二中担任副校长，工作繁忙，父亲就来了。习惯早起的父亲，有一天在学校小路边捡到了一条粗大的金项链，早餐时告诉我，我们商量

着等有人寻找时再问明情况，以免被冒领。一会儿，学校年轻的女教师余珠真来了，说明了失物特征，父亲亲手把金光闪闪的金项链交还给她。当时那条金项链价值3000多元，是余珠真老师的订婚礼物。不是没有诱惑，我的工资时年还没有200元，父亲的退休金也不高。假如私藏起来，也是无人知晓的，但信奉基督的父亲说："人不知道，上帝知道。"我也附和道："拿了不义之财，会良心不安的。"二姐告诉我说："当年在杉洋珠洋小学，全校老师的工资都是他去学区代领。一次分完工资多出10元，他慌了，赶忙打电话向学区财务汇报，第二周还特意去杉洋学区退钱，当时不通车，往返要走一天。"

父亲一生节俭，舍不得吃，舍不得穿。一日三餐，总是告诫我们兄弟姐妹要多吃饭少吃菜。一次父亲带回吃了一周剩下的小半罐肉炖蛋，我们兄弟一餐就吃光了，父亲很生气地批评我们，母亲则不平地护着我们说："孩子们难得吃，什么话那么多？"其实都是因为生活的艰难。至于穿，在我的印象中，他真的没有什么像样的好衣服，一件"的确卡"中山装就是他的正装。二姐织了一条全毛背心送他，他高兴得不得了，只有逢年过节才拿出来穿穿，然后精心收藏起来。由于常年行走乡间小道，常穿的是军绿色的解放鞋，一双老皮鞋，也是在过年时，拿出来擦的亮亮了穿，从来没有讲过享受。

父亲晚年一直陪着祖母住在老宅，照顾她的饮食起居。母亲则一直在我们兄弟姐妹之间奔波，帮忙做点家务。因为祖父80多岁去世后，祖母就显得特别孤单，父亲义无反顾担起了义务。我偶有回趟老家，祖母总是拿出亲手腌制的咸鸭蛋，煮熟了让我带在路上吃。1993年夏的一天，父亲和祖母一起吃着早餐，突发心梗，魂归天国，没有留下只言片语。出殡那天，我那才六岁的女儿紧紧拉住棺木，号啕大哭："你们怎么不把自己的爷爷抬去呀！"闻者无不伤心而泣。如今父母都已故去，每每念及总是夜不能寐、悔之莫及，才真正深刻体悟"子欲孝，而亲不待"的伤悲，假如时光可以倒流，相信一定可以做得更好。

　　近几年，我有意无意借机走访了父亲当年任教过的几个小山村，乡亲们闻讯都来问候，"先生的儿子来了？""哪个是先生的儿子？""先生是个好人啊！"闭塞的小山村是念旧的，一直感恩父亲的教诲。得知父亲已去世多年，乡邻们都不胜唏嘘。

　　父亲的一生是短暂的，才60多个春秋。他一辈子胆小怕事，小心翼翼。但他是个老实本分的人，是个好人，因为从来没有人讲过他的坏话。

2017 年 9 月

一份沉甸甸的账单

父亲离开我们二十九年了，时在 1993 年 6 月 27 日，农历五月初八，星期天。在老家祖宅吃早饭时突发心梗，溘然长逝，陪在他身边的只有他的老母亲，父亲的影像永远定格在 63 岁。

曾经一直想读懂父亲，走进父亲的内心世界，了解他短暂一世的艰辛。但不能，毕竟懂事起与父亲相处的日子不多，沟通甚少。前些年写了一篇纪念文章，回忆父亲平凡一生中的点滴，但多是皮毛与表象。我只知道不抽烟、不喝酒、不赌博的父亲，也没有其他不良嗜好，倒是做事非常周到，乐于助人。他大多数时间都是在偏僻的乡村小学任教，每周六下午回来，星期天下午去学校，偶尔也有星期一上午一大早去的。当时的交通状况，都是步行，很费时。

去年五月底，回了一趟老家。在父亲使用过的一个旧木箱里，找到了他的部分遗物，有老照片、履历表、检讨书、账单以及各种证书，一张张一页页认真翻看，仔细品读，才有点儿开始理解父亲。了解他为什么一个 1955 年南平师范毕业生，一生过得如此平庸惨淡！

1930 年 3 月，父亲出生于古田大甲的一个小商人之家。1937 年 3 月至 1940 年 8 月，在宁德县莲峰小学读书，其时我的爷爷在宁德开店做生意，有几间私人店面。由于日寇入侵宁德，对城关地区狂轰滥炸，被迫举家迁回故乡。1941 年 3 月至 1941 年 8 月，在古田八区邹洋中心校就读。1941 年 9 月至 1942 年 1 月，在古田八区杉洋培秀学校读书。1942 年 3 月至 1945 年 1 月，又回到邹洋中心校读书。这来来去去，就无法查清其中缘由了。1945 年 3 月至 1947 年 8 月，在古田大东初级中学（古田三中前身）读书。然后回家务农五年，其间还做过豆腐卖。1952 年 8 月，进入南平师范学校读书，当时古田隶属于南平专区，靠暑期勤工俭学完成学业。1955 年 9 月，毕业安排杉洋小学任教。由于表现优秀，作为培养对象，1959 年 9 月被选派到南平教师进修学校学习培训半年。培训结束后，1960 年 2 月，调到古田城郊的罗华学区永洋小学任教，并担任校长。当时南平师范学校毕业生是古田教育的中坚力量，也是当权的鼎盛时期，父亲是第二年独立出来的农场学区（驻地永洋村）校长人选。农场学区后来搬到西山村，改名"工农兵小学"，即今湖滨中心小学前身。1961 年 2 月，父亲突然被调到杉洋最偏远的山村白溪湖里，在湖里初小待了两年半时间，其间的 1961—1962 学年第一学期，在"五好教师"活动中，还被杉洋人民公社委员会和杉洋中心学区评为丙等模范。1963 年 4 月，调到杉洋公社珠洋小学，一直到 1969 年 4 月，都是担任完小校校长。之后，就调回老家大甲，1980 年代中，工作不顺心，再调杉洋学区，因病提前退休。假如没有履历表，就无法搞清楚这些来龙去脉了。

一张发黄的账单，记录的是 1979 年 8 月起，到第二年 2 月份的开销。第一笔是母亲支取 19.5 元，然后就是给我买布伞 5 元，卫生衣 4 元，鞋 2.5 元，这是准备我上大学了，那年高考，我顺利通过。10 月份，我去上大学，给了 30 元，这是这张账面上最大的一笔开支。11 月和 12 月，又分别给我寄了 5 元和 10 元。这半年时间，我花费最多。几十年过去，我都忘了一干二净，还好这份账单，让我忆起父亲的好。他当时的月工资是 48 元，要养一家老小。此外，就是 9 月份两个弟弟上学用了 9 元，买运动鞋和松紧鞋各 3 元，二姐做短裤 2 元，给大哥大嫂当家费用等等现金支出。大哥去喝喜酒，给了 2 元的随礼钱，据说这还是上涨了 0.5 元了。还有一部分记录购物，有虾米、咸带鱼、咸杂鱼等，买得最多的是咸带鱼、咸杂鱼，都是五斤十斤地买，咸带鱼每斤 0.52 元，咸杂鱼每斤 0.4 元，大概买多点也会便宜些。咸鱼易配饭，也能省着吃。这不禁让我想起，当年

我们兄弟争抢咸带鱼眼睛吃的往事。记得父亲教育我们说过，一块咸带鱼只能吃到中间鱼刺部分，剩一半下一餐配饭。母亲也说过一个笑话，有个人去财主家做工，说自己很节省，吃带柳（小咸带鱼）一口只咬到鱼眼睛，财主很满意留下了。没想到，结果是从鱼尾巴咬起，放进嘴里只剩下鱼眼睛。吝啬的财主气得要死，但有约在先无可奈何。我们听了哄然大笑，看看父亲，不再听他的告诫。官宦之家出身的母亲与老实巴交的商人之后的父亲相比，显得大气多了，因而母亲在父亲面前也有点霸道。由此父亲在家里也没有什么地位，我们子女也都不太买父亲的账，敢于跟他顶嘴。

从8月到12月，总共支出180.66元，平均每月36.13元。这还不包括他自己去学校的伙食费和给他父母的赡养费。生活的重担早已把父亲压得喘不过气，这不仅仅是从小养成的节俭习惯，而是生活所迫，造成的小气以至于有点吝啬。父亲喜欢钓鱼，放学时间基本上都是在河边度过，不是休闲，而是为了生活。溪河里钓到的鱼都只有一两个指头大小，父亲把它煎成鱼干，一份一份用报纸包好，周末带回家。

1980年1月份，买猪肉花了1.5元，大概是两斤多些吧，记得当年猪肉每斤0.71元。这是这份账单里，半年多来第一次看到买猪肉。2月份有一笔买番薯米80斤，12元，折算每斤0.15元。当时大姐已出嫁，大哥已经在生产队劳动，但粮食还是不够吃。我们都是农业户口，大米是买不起，从小吃番薯米长大。

父亲的遗物中还有两份检讨书值得一提，第一份没有日期，第二份写于1977年8月6日，密密麻麻写了8页，合订成一份。标题说是心得，其实是触及灵魂的检讨，涉及方方面面每一个细节，全文都在向层层请罪。可以想象，父亲当时是经受了多大的压力。记得父亲曾经对我说过，在古田暑期学习班，他还想跳进井里自杀。

一个那么早毕业的师范生，越混越糟糕，不能不说是对父亲的一次次沉重打击。同期的同学，有的后来当局长，有几个当了学区校长或中层领导，而父亲一辈子大多数时间都是在偏远山村奔波，最多只是个村级完小校校长。1960 年 2 月，被调到城郊的永洋小学当负责人，算是跨进县城大半个门了。却因为假期去宁德买了几斤咸杂鱼到杉洋的小姨家卖，被之前的杉洋同事告发，扣上"投机倒把""二盘商"的帽子，退回原单位，再发配到杉洋最最偏远的湖里村。

那时母亲在新城关的新丰村当正式民办教师，口碑极佳，也属于培养对象。大姐已经进了古田一小，读三年级。父亲不太放心年轻漂亮的母亲独自留在城关，于是带着一男两女举家回乡。父亲在杉洋，母亲回到古田的"西伯利亚"大甲，一个人在董洋里自然村继续做民办教师。为此，后来的后来，我还经常听到母亲对父亲的抱怨，出于私心的父亲可能也是觉得理亏，只能是无言以对。是的，假如能留在城关，在相对优越的教育环境里成长，整个家庭的命运也许就不同了。就是在大甲的董洋里自然村，我出生了。住在祠堂的母亲，惧怕每晚在祠堂楼上楼下蹦蹦跳跳跑来跑去的动物，说是有封建迷信里的"狐狸猫"吓人，天天提心吊胆，造成严重的心理障碍。为此辞了教职，回到在杉洋珠洋小学的父亲身边。

几年之后，为了恢复母亲民办教师的工作，父亲又四处求爷爷告奶奶，终是都不能解决。在检讨书里，我才知道，为此事还跟时任校长有了矛盾，埋下了后来的隐患，最终被卷入时代的洪流，成了不同"派系"，备受精神煎熬。其实，老实巴交的父亲只是一个普通的不能再普通的乡村教师，有什么能耐呢？而且也没做过什么坏事，只是跟风而已，这实在是时代的悲剧。难怪有人说：时代的一粒灰，落到个人身上就是一座山。

遭遇经济、精神、工作、家庭多重压力的父亲，后来变得寡言少语、谨小慎微。面对挫折困境，没有或无法抗争，选择了躲避。可能是被折腾怕了，关上了与成年人交往的那扇窗。似乎很少有朋友往来，宁可跟小孩子玩，逗逗孙子孙女，所以孙辈们对他都有良好印象。最终积郁成疾的父亲，甚至精神上都出了状况，被迫提前退休。本以为他可以安度晚年，过上他自己喜欢的生活。不料想，突发心梗，盛年早逝。甚至都来不及回

忆，就匆匆离开这让他爱恨交加的尘世，带着一生的委屈和遗憾。我曾经一直为父亲的早逝而伤感，甚至改变了我的人生观。后来想通了，人生长短，都是一世，与其那么累地活着，去了也许是更好的解脱，于是便释然了。

　　一张有点褪色，边角破损皱巴巴的账单，虽然只杂乱地记录了七个月时间的生活账单，但让我再次回忆起当年的日子是怎样的艰辛，一家人又是如何节衣缩食，挤在两个小房间里苟且地活着。一份事无巨细、坦白交代的检讨书，让我从中读出了父亲的艰辛不易，心情久久无法平静，而泪眼婆娑。

　　　　　　　　　　　　　　　写于 2022 年父亲节前夕

　　　　　　　　　　　　　　（2022 年 6 月 19 日《新宁德》）

想你，在一纸时光里

——怀念我的母亲

民国十九年（1930）农历九月 19 日，母亲出生于一个书香门第。其时，她的父亲在古田县西洋村当传道，后从教又从政，当过私立杉洋培英小学校长，县立鹤塘小学教务主任，任过民国时期罗源县民政科长，周宁县政府秘书，还是当年罗源县诗社"凤山吟社"社员，母亲从小就是在这样严格的家庭教育和浓郁的文化氛围下长大。

1950 年，母亲从大甲毗源村嫁到了大甲花桥头村阮家。从此，一个旧时代官僚之后、大家闺秀开始肩负起了家庭生活的重担。1952 年，育有一女的母亲毅然支持父亲考取南平师范学校。从此，一个花样年华的娇娇小姐，转身成了学习耕作的农村妇女。为了生活，母亲也曾去代课，当了民办教师，在杉洋，在珠洋，在新丰，在大甲等地方，都留有她的足迹，母亲以其睿智，深受学生喜爱，家长敬重。又因为子女拖累，辞了教职，晚年时她还说："不后悔自己退职，因为我多了一个孩子。"

从懂事起，我们就领教着她的严厉，六个兄弟姐妹从来没有说过半个"不"字。弟弟在门口偷掰了别人家的一个玉米，她也是严词批评，并亲自带着上门赔礼道歉。闲暇时间，她也会给我们讲民间故事，解地方风俗，唱乡土童谣。她对俗语、民谣也是多有研究，可惜都没有总结成文。她从小教导我们兄弟姐妹要"坐如山，吃如虎。"坐着就要稳稳当当、端端正正，不可东倒西歪；吃的时候就要张大嘴巴，像猛虎一般，不能吃得吧唧吧唧响，有碍观瞻。她说："一天叹九叹，黄金变成炭。"因此，我们面对困难从来不唉声叹气。生活中有时候心酸地想叹一口气，就会想起她

的话，马上憋住，深深地吸一口气，轻轻地呼出。

她给我们讲的"百忍得金人"故事，至今记忆犹新。故事说的是一个寒冷冬天，有个乞丐在风雨交加中到一富户人家乞讨，这个乞丐不仅蓬头垢面，而且烂脚腿。东家给了吃的，乞丐说天色已晚无处可去，要借宿其家，东家答应了，但乞丐说要睡东家的床，东家毫无愠色，也答应了。如此，乞丐就在这位东家家里连着吃住了三天，第四天东家去叫乞丐吃饭，没有声响，打开被子一瞧，哪有什么乞丐，就一个金光闪闪的"金人"躺着。母亲就是这样教育我们，遇事要容忍，为人要行善，好人有好报。

在艰难困苦的日子里，我曾陪同母亲去宁德，找亲戚带路去买便宜的咸鱼。夜宿单石碑，天没亮就起床，一大早赶着去买好，坐第一趟班车回家。然后挑着去邻村董洋里挨家挨户换番薯米，就这样赚点差价解决生计。父亲的一点工资养不活一家老小，大姐出嫁的早，十几岁的大哥在生产队劳动只算半个劳力，拿半个劳力工分。因为祖上都没有留下什么基业，看着渐渐长大的我们兄弟只挤在老屋的一个房间睡觉，母亲咬咬牙，120元卖掉了她最珍爱的蝴蝶牌缝纫机，另外凑了80元，总共200元做首付，买下了细叔公的半座房子。总价1000元钱，还是分期付款，每年200元。虽说是半座房子，但只有两层，曾经是租给别人酿酒的，被温酒的烟熏得黑乎乎的，已经修好的只有两个房间。母亲坚持把原本设计一层三个房间分割成四个部分，前厅一分为二，楼上楼下可做四个厨房。虽然当时还没钱修葺，但将来有钱装修，我们四个兄弟分家时就可以均分，以免财产纠纷。那时候我虽小，但知道那台缝纫机对我们家的重要，兄弟姐妹的衣服破了靠它补，屁股、膝盖、胳膊肘都是缝得密密麻麻、严严实实，比起别人家手工补的好看结实多了。旧衣服改小了弟弟妹妹接着穿，母亲也能亲自操刀。就是做一双鞋垫也靠它呀，我清清楚楚记得母亲做的鞋垫，旧布在里，外表是新的碎布。沿着鞋垫的形状，缝得一圈又一圈，很是好看。她纳的鞋底也特别厚实，在报纸上画好鞋样，盖上鞋面布依样裁剪，边沿用缝纫机缝好，利用夜晚时光，在煤油灯下，一针一线纳好。

慈母手中线，儿女脚上鞋。那场景，终生难忘。有时候母亲帮街坊邻里缝缝补补，也会收到一些蔬菜、鸡蛋、鸭蛋，正好可以贴补家用。

母亲除了读读《圣经》，最经常看的就是一本如《新华字典》般大小的中草药书，对着插图去辨认各种各样的植物，因而认得许多青草药，懂得它们的功效，大概是遗传自精通医术的外公吧。

母亲一直期望我有其父之风，外公留给她的唯一遗物，一支美国派克金笔也偷偷地传给了我，那上面还刻有外公的名字。可惜几经搬家，钢笔不知所踪。我也未能如母亲所愿，有所成就。当年读完初中，虽然成绩优秀，但生产大队没同意推荐我上高中，母亲心急如焚，四处奔波，竭力争取，虽然迟到了一个月，还是让我跨进了大甲中学高一教室。高二迎考的日子，我有时挑灯（煤油灯）夜战，常常是她黎明前到我的房间吹灭灯火，又把我惊醒，挖挖鼻孔，被熏得都是黑的。1979年高考，她不顾惜自己的面子，放下身段，去邻居家为我借了两件夏天穿的衣服，又陪我赴古田城关赶考，借住在她写信联系好的朋友家里。那是我第一次进城，那时候古田城关和大甲之间只有一趟班车往返，都是挤得满满的。我会晕车，是母亲抢个位子让我坐着，三四个小时车程，她就一直站着，一路颠簸。

直到我们兄弟姐妹长大，一个个走出了小山村，母亲才恢复了旧有的大气与自豪，挺直了腰杆，抬起了头，于是又高兴地在我们兄弟姐妹之间穿梭帮忙。后来她随二姐把户口也迁到了南平，在南平住了十多年时间，还有两个弟弟在一起，掌管着一个大家庭。我有几次去南平过年，她都要带上我去四鹤街道的胜利街采购，提着大袋小袋，鸡鸭鱼肉，备足年货。

晚年的母亲回到大甲老家居住，平日邻里之间串串门，家门口种种菜，后来翻不动地了，都是叫大哥来翻好，她专门负责浇水浇粪，管理收成。每个星期天是必定要去教堂做礼拜的，有时候她也上台主讲，总是很认真地提前备好课。有到古田、南平，如果是礼拜天，她一定去教堂听讲，并且做好笔记，回来整理，然后回老家主讲。

  2008 年 12 月 12 日我回乡看望母亲，发现她在灶台前一脸茫然地拿着一勺水要倒电饭锅，我一看电饭锅的内锅还没有放进去，却把菜刀放在电饭锅里，我忙问她："你这是做什么呀？"她回答说："煮饭给你大哥吃。"这是她第一次轻微脑梗，神智虽不清，但依然记得要给儿子做饭。接来古田我家，请了医生来看，挂了几天瓶，马上就好转了。住了一个月，她便吵着要回家，她说："70 不过夜，80 不出门。我都马上 80 的人了啊，要早点回去。"

  80 岁大寿那年，我们兄弟姐妹带着晚辈们回老家给她老人家拜寿。大年三十，忙前忙后的母亲端着一大锅炖猪肉，被门槛绊倒，造成了肩胛骨折，从此身体状况就开始走下坡了。这之后的又一次摔倒，造成腰椎压缩性骨折，我们包车把她送到县医院，由于年纪大，医生建议保守治疗，不做手术，几个月后她奇迹般地站起来了，原来我们私下还以为她从此会卧床不起。但毕竟年事已高，只能是偶尔到门前屋后走走。我曾在一篇抒写故乡情怀的散文《巍巍院后山》写道："从前回故乡，她总是依依不舍送我到桥头。后来啊，迈不动双腿，她只能送我到门口。再后来，躺在床上的她，只能挥挥孱弱的手，轻声说再见！"表达母亲对我们的关怀，和我们对母亲的爱恋。母亲也关心国家大事，每天看电视新闻，从中央台新闻联播到古田电视台新闻。有一次我回老家看她，她问我："最近怎么都没有看到你上古田电视了？"原来她是如此关注着我的行踪，那些年我组织开展一些大型教研活动，偶尔有露面，讲几句话，她便特别上心了。假如她还活着，看到我今天能更多地在屏幕上露露脸，那该多好，她会多高兴啊！这么多年来我一直在努力，不辜负期望，就是为了告慰母亲在天之灵。

  母亲喜欢打麻将，但她从未去外面跟别人打过，都是逢年过节大家回来了，摆上一桌热闹热闹。我一般不参与，只是偶尔观战，如今想来多希望还能陪她打打麻将，正是子欲孝而亲不在了。她一生多数时间都是在老家，然后就是南平，去过最大的地方就是省城福州，假如人生可以重来，我一定带她去她喜欢的大城市走走。

母亲第二次患脑梗就严重了，右手右腿瘫痪，大嫂把她从大甲护送到古田县医院，我们陪她住院治疗了一个月，然后在我家住了半年。她一直要我们送她回老家，不愿意老死他乡。但我下定决心一定要留她过一个年，我心里明白她已时日无多，这样的机会也许就这一次，风烛残年的老人，风一吹就灭了。大年初二，我们就专车把她送回老家。在我家期间，我还专门学了几首她最喜爱的基督教歌曲，下班回家陪她唱。坐在轮椅上的她迟缓而轻声地哼着，唱着唱着我每每潸然泪下，曾经那么漂亮大气、充满活力的母亲，犹如一棵老树，就这样渐渐地枯萎了。晚上时间，她有时睡不着，也会要我扶起来坐着，跟我聊天，谈曾经的过往，从娇娇小姐到农妇，又到教师，再回归家庭主妇。她很知足，人生无憾。我们兄弟姐妹给她的零花钱都攒着，定期存在农村信用社。后来请保姆、买公墓、办丧事都是花她自己攒下来的钱。回家以后的母亲一直卧床不起，大哥大嫂忙不过来，我们请了一个保姆，在外地的兄弟姐妹轮流回去陪伴，晴好的日子，推着轮椅，让她多看看家乡的一草一木，看看熟悉的街坊邻里。

2015 年的夏天，卧床整一年的母亲真的走了，离开了真爱着的我们。头一天我回老家，在她的房间打地铺，陪她度过了人生的最后一晚。根据她的遗愿，我们把父亲留给母亲的唯一遗物，一枚金戒指送给了保姆，感谢她半年来的精心照顾。我们在城郊选择了一处依山傍水的公墓，把父亲母亲合葬。虽然她曾经交代我们，死后不愿火化，烧了会疼，并早早为自己准备了棺木、寿衣，但后来的殡葬改革，她已坦然接受。

感谢母亲，她教育了我养成良好的习惯；感谢母亲，她激励了我面对困难不气馁；感谢母亲，她的文化底蕴深深地熏陶了我。母爱之光，永驻我心。

2020 年 3 月

（2021 年 1 月 11 日《新宁德》）

泪光里的妈妈

疫情期间写作回忆母亲文章《想你，在一纸时光里》，在自己公众号发表后，深深打动了过来人，圈里圈外反响热烈，给予高度肯定，摘录几句留言评论附下：

"看似平铺直叙，实则满怀深情。母慈子孝跃然纸上。"

"纸短情长，质朴语言中流露隽永深情！"

"平淡中见真情，再读一遍，还是那么感人。"

"一纸时光里，满眼思母情。"

"拳拳之心，殷殷之情！"

"情深意切，感人肺腑，受教了。"

"拜读完全文，感动。喜欢读这样的文章。"

"母爱伟大，文章感人。""母亲真了不起，平凡中见伟大。"

"二叔的文章，今晚我看哭了……"

"眨眼母亲已离开了五年多了……"

"在这平安夜里，二叔的文章让我思念远在天国的奶奶……"

"认认真真地逐字逐字读，感人至深，好家风靠父母言传身教。在写作过程中，用了几包纸巾？"

"看着朴实的文字不禁想起了自己的母亲，泪流满面。虽生在不同的年代，却一样是经历苦难却坚强不屈的母亲。"

"情真意切，母亲的恩情是一辈子也报答不完的！"

"都说茅楼出美女，高山出贤人。我不知作者（包括留言的作者）算不算美女，但我想这些经历苦难的岁月成长起来的孩子，没有埋怨父母的贫穷困顿，而是加倍感恩父母的艰辛付出的人，他们必定称得上贤人！"

"阮师文笔朴实，情真意切，感恩母亲，教子有方，天下母爱，值得珍怀。"

"文章朴实无华，真挚感人。好文。"

"纸短情长，爱的深沉！"

"中年后，读来更有深深的体会和感动！"

"回不去的时光，无法偿还的亲情。"

"在特别的日子里，朴实的文字，真挚的情感，更能引起共鸣。感动，一字不漏读完。"

"读流泪了，平凡而伟大的母亲。"

"前两周教授史铁生的《我与地坛》，很是感动和感慨。今天看校长回忆母亲，又是泪目！"

"一纸时光，诉不尽情深。"

细说起来，这篇文章我花了整整五年时间，从母亲离世起就开始酝酿构思。某一天步行途中突然想起母亲的一件事，就赶紧掏出手机在记事本上写几个字。回到家中，又想起了某件事，就在床边的草稿纸上记下三言两语，横七竖八记满了两张纸。但每次提笔想正式写作，总是伤心地潸然泪下而作罢。曾有媒体编辑在母亲节前夕约稿，我拿起笔写了一页，还是推辞了，因为我早就下定决心，不草草了事，一定要把这篇文章写好。去年初疫情期间居家，想着一定要在母亲逝世五周年纪念日前完成，于是就独自躲到书房，沉浸在历史的追忆中进入角色，用了三天时间梳理、选材，含泪完稿。

正因为字字句句饱含深情，触动了自己内心的痛，这才打动了别人。有多位同事、熟人当面对我说，文章深深感动了他们，滴下了眼泪，特别想自己的父母。是啊，"子欲孝而亲不待"，失去父母的人感触才特别深。屏南一位女作家微信留言道："刚才跟女儿视频，她问我为什么眼睛是红

的？我说，刚刚读完文友的一篇文章。"我与她相识不长，交往不多，彼此知之甚少，但我非常感谢她如此认真阅读拙作，而且读懂了文章，读懂了我。

曾经有一段时间，晚上老是做梦，睡在我家书房的母亲走到我的床前，似乎是要说什么，而我总是没听清、不明白。有一天大哥从老家来古田城关子女家，我跟他说："一起去公墓看看吧，不知道怎么老是做梦？"到墓地一看，原来是墓前下方陵园管理处原本答应拆除的小厂房反而加高，挡住了视线。我赶紧打电话给管理处负责人，希望限期整改，他满口答应，说已经在谈判征用，很快就好了。自此，不再有此类之梦。

当年我在城里买第一套房子的时候，母亲非常高兴。因为过去进城，我们都是到亲戚朋友家借住。乔迁新居前两天，70多岁的她，兴冲冲从老家大甲赶来城关，张罗着入宅仪式。前年为改善居住环境，舍近求远买了新小区电梯房。有很多人问我，为什么不把第一套房卖了？我还真的没这想法。当年母亲中风后到县医院救治，在我家住了半年，去医院看病，家里上下楼梯抬也不便、背也不便，更不用说平时能够常常推着轮椅去走走看看。之后我一直有一种感觉，母亲会回来看我们，房子卖了，她不是就找不到家了吗？

几年来，有一件事总让我有如负罪般的愧疚感。每次回老家探望母亲，晚上应酬回来，母亲总要开一盒牛奶，并且插上吸管叫我喝，而我总是不高兴地说："刚刚吃完点心回来，太饱了，吃不下。"母亲去世后，我就一直在琢磨，当时她一定是非常期待我喝了吧？就像我们小时候那样。那时她又是多么的失望？又是怀着怎样的心理放下手中的牛奶？夜晚的灯光下，我没有去注意她的眼神，但如今又不能不让我时时想起，虽然无法描述。慈母眼中泪，游子心中痛啊！我为什么不把它喝了，不就一杯牛奶吗？即使肚子胀一会儿，也就好了。即便偷偷地把牛奶倒了，也能给她一种安慰。

记事起，从未见过母亲掉眼泪，不管是如何艰难困苦的日子，都没有把她压弯打垮。坚强好胜的母亲总是精打细算、想方设法过日子，希望能够培养子女出人头地。可惜我们都不够争气，没能为她增光。即便是晚年重病卧床，她依然积极乐观，做好了准备，说上帝会来接走，到天国去和她的父母团聚。想当年，外婆瘫痪在床多年，母亲也都是一两个月回一趟娘家，要步行三四个小时。给外婆洗头、擦身子，清理卫生，大舅一个大男人照顾，还是有不周之处。这大概就是一代又一代人的责任吧？

2021 年 3 月

我的外公黄伯昂

一直以为外公只有一个名字叫黄伯昂，去年专程往南平大洲岛，看望93岁高龄病中的大姨，才得知外公族谱名黄家骥，字景德，号伯昂，到连江、罗源县任职后改名黄启善。难怪我始终搜寻不到外公的一点信息，如此一来，通过罗源县、福建省档案馆查询民国档案，再到毗源村查询《黄氏族谱》，采访亲属、族人中的长辈，历史的谜团终于渐渐打开……

一

清光绪二十八年（1902），外公出生于古田县大甲毗源村，为黄氏四十三世。外公父亲黄克明，宣统三年生员，名字取自《尚书》："克明俊德，以亲九族。"意为彰显崇高品德，使族人能够亲和团结。因此，外公又名俊德。

外公之父46岁时因病不幸英年早逝，留下二子五女，全靠孤母刘氏辛苦养育，刘氏靠养母鸡孵小鸡卖了抚养子女，送儿子上学。刘氏娘家家境贫寒，刘氏从小便没有缠足，甚得杉洋天一堂英国人路师姑喜爱，幼年即随之入教会学校免费就读，能阅读希腊文《圣经》，后一直在教会做义工，深知耕读传家要义，矢志培养儿子读书。外公耳濡目染，也信奉基督教，年轻时曾在鹤塘西洋当过传道士，也任过鹤塘田粮处主任，我母亲就是出生于西洋教堂。

外公在工作中深感文化水平欠缺，辞任赴霞浦进入教会创办的私立霞浦作元高级中学就读，民国十八年（1929），外公从作元高级中学汉英专业毕业，因成绩优异，留在私立霞浦作元小学任教。民国二十年7月至二十一年6月，受派回古田，委为教会创办的杉洋培英小学校长，民国二十一年7月至二十二年12月，调教会创办的私立杉洋毓秀女中任教。民国二十三年1月至二十四年12月，调任古田县立鹤塘小学教务主任。

民国二十五年，外公投笔从政，考入福建省第三期县政人员训练所区政班。从1月至4月受训，四个月后毕业分配连江第二区（丹阳）为区员，月薪40元。民国二十七年2月，因"办理役政迅速认真"，受省政府嘉奖。民国二十九年3月，因"27年份总考核记功一次"，擢升为连江第二区（丹阳）区长。民国三十年2月，省令委任周墩公沽局经理（时陈仪主政福建，成立公沽局，对粮食实行专卖），月薪90元，公费10元，民国三十年9月辞职，省令照准。民国三十年11月，由陈世源、游建生、刘祥麟介绍加入中国国民党。民国三十年12月委派为福清县一区代理区长，因故未到差，省令改委。民国三十一年1月，改委罗源县民政科长，月薪130元。时任县长王滉（民国二十九至三十三年任职），乃外公同学，对外公才学非常赏识，厚爱有加，公务之余常有诗词唱和。县长每有公务出差，皆由外公代理县政，所以时人称之为"代县长"，或以为就是副县长（其实民国县制不设副县长，只设政府秘书，下面是科室）。后省政府指令简化政务，仅设2科2室，外公任一科科长，统揽原民政、社会、教育三科职能，综理自治、户政、地政及其他民政、文化、教育等事务。民国三十二年12月，因"31年份年终考绩加俸二级"。民国三十三年2月，因"查禁种烟调验烟民工作努力"记功一次。民国三十三年10月省令调省。民国三十四年1月，省令委任政和县民政科长，因病未能到差，7月省令撤销委任令。民国三十六年12月，调任周宁县政府助理秘书兼设考会秘书，时任县长为罗源人游德京。游德京原为国民党罗源县党部书记长，与外公甚为交好，而且外公于民国三十一至三十二年也曾担任过罗源县国民党直属县政府机关区分部书记，属于上下级关系，因而随之赴任。

民国三十七年 9 月免职，10 月离职。民国三十七年 10 月，委为周宁县自治人员讲习班副主任兼民训督导专员。其间，家属常驻罗源，直至新中国成立前夕举家返乡。

1950 年 9 月中旬，古田开始"镇压反革命运动"，至 1951 年初处决了一批罪大恶极的反革命分子，并判刑、管制一批反革命分子。

1951 年冬，全县开展土地调整运动，重新评定部分地主、富农。作为旧政府公职人员，外公被认定为地主成分（其实无地无房）。躲在璋地村的外公被民兵扣押，送古田县公安局审查三个月，没有血债和其他历史问题，遂被送往旧城六保农场劳动改造。当时大东一带部分村民曾联名具状担保，请求释放外公。在六保农场劳动期间，外公学习认真，劳动积极，表现突出，还担任生产队长。曾有县公安局在农场做管理工作的老乡送给衣服，他都细心地把衣服上的编号剪掉再穿，唯恐连累他人。当时大姨（外公大女儿）在古田旧城的二小教书，年龄已是不小，经朋友介绍，认识古田一小郑姓教师，因婚姻大事不敢擅自做主，带着跟随身边读书的二弟到农场请示过外公。听说也是信奉基督教，外公点头同意并祝福他们。外公还带他们姐弟去看他栽种的各种长势特别旺盛的蔬菜，挥手指着说这里是他种的，那个是他种的，还顺手摘下一个西红柿，在衣服上擦擦，吃得津津有味。大概是性格使然，他总要把事情做得最好。

五年后外公被解除劳动改造重返老家，随后在大甲毗源溪村当民办教师，重操旧业。"文革"初期的 1967 年，外公看到形势发展，和外婆在家中灶前焚烧一些古书籍，恰有农村工作队到家检查，慌乱中将未燃尽的书籍用灰烬覆盖，但被同厝人告密，工作队、村干部、民兵联合查获后，将其戴纸糊"高帽"游街示众，而后经常被批斗。几年后有一工作队员（外地人）得知外公乃国民党官员，会上拍着桌子说："原来这里还藏有这么大的国民党高官，像我们老家早就枪毙了。"好在当地干部了解情况，纷纷解释说，这个确实是好官，民政科长都是做好事，没有做坏事，乡民评价很高，事情才得以平息。1969 年冬，外公因胃病发作无法坚持上课，退职还乡，直至 1973 年病逝。去世当日，村中有人问才十来岁的外公长孙："弟啰弟，你公（爷爷）死了，床头那一桶痰呢？"答："倒溪里去了。"那人说："难怪全条溪都是字在浮。"意思是说，外公满腹经纶，连咳得痰都是文化，可见村里人对外公渊博的知识很是赏识和敬佩。

民国二十四年 10 月在毗源下洋修建的大墓，坐乾向巽兼亥巳，砖石墓六圹，是外公兄弟与其父母合葬墓，碑刻："显祖清五品军功克明黄公偕婆刘孺人，附长房伯昂公偕母余孺人，附次房家恩公偕母孺人。"墓碑两旁墓碑夹碑："山灵松柏秀，地武子孙亲。"为著名书画名家杉洋夏庄人李若初先生题写，因为若初先生与外公在霞浦作元高中有过深厚师生之情。后因外公之弟先去世，误葬墓穴，外公去世后只好另择毗源下洋世甲里金钟罩地安葬。

二

外公在罗源任职时间最长，颇有官声。履职期间，勤政为民，屡获嘉奖，多有升迁。

因老家大甲毗源与罗源交界，翻过白泉岗就是罗源地界。乡邻们到罗源县办事，外公总是热心帮助。即便是不认识的乡人找上门来，也是耐心听说，予以解决为难之事。古田大东一带青壮年被抓"壮丁"，都是通过他保出来，作为主管民政工作的他不好出面，而是叫大女儿到牢中"认亲"，得以释放。当时政府禁止民间私营红曲，古田人挑红曲到罗源售卖被抓，也都是通过他出面担保出来。

有一回，外公帮人办事，事主送来了一只羊，母亲她们几个小孩子非常高兴，牵着羊到处玩，外公回来得知，大为发火，令人马上送回。一次外公乘马车赴省城福州公干，途遇大雨，在城郊见两位浑身湿透的小姑娘在路边躲雨，外公马上让车夫停车，询问缘由，顺便把她们送回家。原来这是一户住着大别墅的富贵人家，女主人很是感激，一定要留客吃饭，并

说福州的一切事务都可以协助解决。等男主人下班回来一看，原来是省厅厅长，见我外公落落大方，一表人才，便邀来朋友欢聚一堂。是夜，主宾言来语往，对答如流，谈笑风生，诗酒唱和甚为得意，外公也因此结识了一批达官显贵，他们盛情邀请外公调省城工作。从福建省档案馆民国档案可以查到民国三十三年 10 月调省，但没有机关名称和职别，民国三十四年 1 月就改委为政和县民政科长，因病未赴任。这调省的三个月时间，成为谜团。民国档案中省政府人事室一月三十日有一函称："执事三四年一月十八日为奉令调省，应否赴省报到？旅费如何着落？"因无其他材料佐证，无法得知其间详情。

罗源县档案馆民国资料显示，外公曾兼任救灾会主席，随时领导会员演习救灾，"临事率领会员实地行动，每逢伪党部召开各种盛大纪念庆祝集合时，率领全体救灾会员参加。"

1985 年 8 月印发的《罗源党史通讯》（第六期）《抗日战争时期罗源人民开展抗日救亡和对敌斗争的情况》一文记载：罗源地下党负责人欧阳友心"以基督教友关系，搭上传教士黄启善，通过黄在伪县府内任职及其与伪县长王滉的同学关系，报考乡镇长训练班。"后任副乡长、乡长，"利用职便组建青年抗日先锋队的基本力量——罗源民先抗日游击队。"另据《罗源革命史》（中共罗源县委党史研究室编）记载，1947 年 12 月，时任连罗宁边区工委书记欧阳友心受福州市委指示，"利用党在周宁活动的游建生和进步人士、县政府秘书黄启善的关系，打入周宁县警察局搜集国民党军事情报。""1948 年 3 月，欧阳友心身份暴露，幸在游建生、黄启善的掩护下，得以连夜逃到屏南县郑山洋村的庙宇中，化妆隐蔽。"当时外公同学黄滉已调任屏南县县长，想来外公必有周密安排。按时间推算，半年后外公从周宁县红人、县长秘书改任县自治人员讲习班副主任兼民训督导专员闲差，应该与协助中共地下党逃脱有所关联。虽然不能由此认定他就是中共地下党员，但作为民主进步人士，还是同情和帮助过地下党。

由于受"城工部"事件影响，欧阳友心单线联系的上级牺牲，其地下党身份一直得不到认定，包括他发展的大批党员和抗日游击队员。"文革"期间，也因在旧政府任过职，被当作"黑手"批判。1983年，龙岩地委根据城工部材料，向时任福建省政协副主席左丰美，省气象局局长黄宸禹，福州市政协庄弃疾等同志查证，才得以恢复，后在龙岩卷烟厂厂长任上离休。《罗源革命史》中有关我外公对当时地下党的帮助记述，就源自欧阳友心发表在厂报上的回忆录《我和我的战友》，罗源县党史资料《孙道华傅焕烈士在罗源一中》亦有收录。欧阳友心平反后曾委托人到大甲找过我外公，但当地乡政府工作人员不了解我外公在罗源等地已经改名，简单回复没有黄启善这个人。当我母亲听说此事，赶去乡政府，来人早已远走，没有留下联系方式和姓名，也不知道所为何事。当年的交通、通讯情况，在偏僻的农村，落后的农村人眼里一切都是无可奈何，终究留下千古遗憾。后来有个毗源人恰在龙岩卷烟厂上班，欧阳友心再度问起外公和他带到罗源工作的侄儿黄声羽（曾与欧阳友心同事）情况，得知外公已经过世十多年，非常惋惜。但交代通知黄声羽到龙岩找他，后在欧阳友心证明下，黄声羽恢复为中共地下党交通员。

我曾亲赴罗源县光荣院拜访年近九旬的原地下党员邱文振先生，他是《罗源革命史》编审领导小组成员，全程参与了罗源革命史编写工作，后在中共罗源县委政法委书记任上离休。他说："你来迟了20年。我虽然没有见过你外公，但老马（欧阳友心曾化名马飞尘）有跟我讲过你外公对他的帮助。可惜所有当事人都已作古，不然就可以平反了。"他还回忆说，老马告诉他："黄启善得知抓捕地下党消息，即通过县长游德京贴身警卫游建生通知我，并搞来了一套和尚衣服让我换装逃脱，躲在屏南一和尚庙中。"欧阳友心的头上，后来还留有受戒后的疤痕。其实早在得知消息时，我外公是先回复查无欧阳友心此人，只有欧阳谦，籍贯不同，并非同一人，暂时稳住情势，然后马上想办法通知有关人员。邱文振先生还找出了一本老旧通讯录，找到了住福州的欧阳友心儿子欧阳纲先生电话，通过电话，我说明了查找过程中的一些具体情况，他非常高兴，说终于搞明

白了一些细节。他还详细地询问了我外公和黄声羽后人情况，惋惜故去的老人。

三

外公与正房夫人余玉卿（后名美花）育有二男五女，其中一女早夭。长男声熹，居大甲毗源。次男声杰，居大甲董洋里。长女蕙儿，嫁平湖郑家。次女芸儿，嫁大甲阮家。三女祥儿，嫁四川岳池龚家。四女珊儿，嫁杉洋余家。外公在罗源任职期间，于社交场所结识一个美丽可人、娇小玲珑女护士尹月庭，其爱慕外公的文武双全、风度翩翩，愿为侧室，另育有二男一女，长声煦（又名启煦），次启樵，女玲儿嫁大甲刘洋林家。由于外婆没有文化，所有官场应酬都是二外婆出面周旋，很有官太太风采。儿子名字都带有四点水，女儿的名字都带有"儿"字。出生于 20 世纪 50 年代末的长孙，也取名书玉，一方面恰好是书字辈，另一方面，还是希望子孙多读圣贤之书，"书中自有黄金屋，书中自有千钟粟，书中自有颜如玉"嘛！

中华人民共和国成立后，外公配合当地政府移交了所有民国档案，带着妻儿返回老家毗源村深居简出。二外婆携幼小子女改嫁大甲际下村，后在邹洋当"接生婆"以为生计。一次为一位难产产妇接生，瘦弱的二外婆折腾到精疲力竭，当婴儿出生后，她当场昏倒，不幸去世。外公当年到学区所在地邹洋开会，也时有前往看望，依然一往情深。

外公生性乐观，兴趣广泛，琴棋书拳医俱通。1950 年代中期返乡任教，由于功底深厚，教学水平高，甚为学生和家长敬重。在本村威望极高，属于乡村讲话人，遇有大事都是请他主持公道。

外公年轻时武艺高强，用一根手指压下八仙桌一角，另一角会抬升起来。80 多岁的乡人叶承安先生回忆："我当年到毗源溪看他，说老先生功夫那么好，不教几招以后就失传了。他只教了我一招老虎驮猪，年轻时与人较量，战无不胜。一次他在山脚路边抽烟，不慎失火，熊熊燃烧起来，他顺手拔起一棵松树，挥舞扑灭。他当年与大甲名医锡生、则胜、七成（而兴）齐名，经常与几位老中医探讨医学。原大甲卫生院院长黄书碧从小跟着他读书、学医，后来当赤脚医生，当院长，都是得到老先生真传。"我母亲曾经告诉我，外公在罗源任职时，偶有在酒中放入少量砒霜喝，据说一为健体，二为防他人下毒。据90岁老干部阮周锐先生回忆："我曾经是毗源溪村包村干部，五十年代与伯昂先生同吃住了两年。他武艺高强，还教过我几招拳术，后来当公安特派员真正派上了用场。他当年躲在璋地村送人当童养媳的三女儿家，被民兵用麻绳绑在廊柱上，他运功挣断，爬上屋顶，经劝说一飞而下，稳稳站定在天井，注重仪表形象的他不希望被五花大绑，而主动配合审查。当年的审查都没有发现问题，村民评价也好，因此也没有到罗源等地外调。因为被定为地主成分，属于'四类分子'，所以要接受批判。每天晚上，他都要拉上一段时间二胡，吹吹笛子才睡觉。"工作之余，便是去溪边钓鱼，静静地享受宁静的时光。我想，外公他一定是把自己内心的波澜，深深地压在那静静的湖水中，融进那如泣如诉的乐曲里。

外公还曾经常参加大甲全学区师生文艺汇演，吹拉弹唱样样行，他表演《西游记》中的孙悟空形象惟妙惟肖，获得阵阵喝彩和掌声，长辈人至今记忆犹新。一次自编自导自演闽剧《西山跨虎》，外公饰演男主角书生文箫，想叫我母亲出演女主角仙女吴彩鸾，因母亲不愿意参演而换人，连我大姐都上台"拿旗子"（没有对白跑龙套的）。

外公书法造诣颇深，写得一手工整毛笔字，村中婚丧喜庆都是请他题写对联。村里工作计划、总结、报告等等文书都是他帮着草拟上报。族中后人保存有外公《题堂兄遗像》文，镶嵌在玻璃镜框中，文曰："吾兄禀性温和，谦恭有礼，涵养有素，沉墨寡言，闾里谈论忠厚人。吾兄评高月旦，真善人也，谨为之赞：面彼颜兮曰庸而温，熟而视之目明耳聪，厥性正直，厥行端敦，忠厚有余，叔度遗风，愿我子孙斯道克宗。五弟昂敬

题。1962年重阳。"不但情真意切，而且书法颇有著名书法家李若初之风。

在毗源溪村任教学校，房内挂有一幅著名书法家李若初先生赠送长轴条幅，上款为"伯昂先生雅鉴"，内容为唐朝温庭筠《瑶瑟怨》："冰簟银床梦不成，碧天如水夜云轻。雁声远过潇湘去，十二楼中月自明。"这首咏闺怨诗，所写是梦不成后所感、所见、所闻，表达一种离愁别绪。也许，这也是外公晚年内心世界的真实写照，可惜长轴条幅在"文革"抄家中被搜走失踪。老教师张长铨夫妇说，他们结婚时的衣橱上，还刻有外公题写的对联，用金粉衬底，对联曰："持家宜从俭，饮食讲卫生。"颇具时代特色，至今保存。一次村中一大户办喜事，请来书法家题写对联，外公看后不以为然，也提笔写了一联，故意与之并排列于地上，立见高下，外公的字更胜一筹。返乡后的外公，还是有点心高气傲。

母亲曾把外公留给她的唯一财产，一支美国派克（ParkerPen）金笔偷偷传给我，寄望我继承外公遗风，笔身上还有外公亲手镌刻遒劲有力的大名——"伯昂"二字，可惜几经搬家，也已不知所踪，至今也未能学到外公一丝皮毛。母亲还告诉我，我出生时右脚小趾扁平，似有多一趾未开，准备用剪刀剪掉。外公制止道："不可，这小子聪明之处可能就在此。"仁者仁心，可见一斑。

外公喜欢凑热闹，一帮小孩子在玩耍，他也会去凑上去，给他们讲故事，出谜语让他们猜，经常引得孩子们跟着他转。一次外公在家剥萝卜籽做种子，小小的，一粒一粒剥得很慢，外公犯了愁，便叫孙子唤来一群小朋友帮忙，作为交换，他讲故事，小朋友剥萝卜籽，一会儿就好了。女人们在纺苎麻，他也会凑上前去说几句笑话，一下子活络了气氛。即便是乞丐上门，他虽家中并无多少余粮，但都有些许施舍，还要把乞丐的快板或二胡拿过来，也唱上几句，乐呵乐呵。

改革开放后的20世纪80年代初，外公堂侄女黄向奎（人称二妹）从台湾返乡探亲，带回一张1938年冬天摄于连江的外公全家福，外公身着黑色呢风衣，与妻儿们迎风而立，帅气逼人，弥足珍贵。

四

外公在罗源期间，曾是罗源县诗社"凤山吟社"社员，留下了不少诗作。

其实，早在年轻时，外公就展露了他的非凡才华。他伯伯黄金鉴是清末附贡生，科举那年并列54名，因只取54人，考官加试，其伯口就《雨后观潮赋》："雨后凭栏望，涛涛万顷潮。霁时楼得月，平处水浮桥。祷尔三春雨，人吹廿四箫。若如天鸭首，欸乃一声摇。"而升为位列第二名秀才。年少无拘，恃才放旷的外公后来看见伯伯家中悬挂的诗句，颇为不服，也即兴赋《雨后观潮》诗一首：

> 雨歇云消后，登楼望怒潮。
> 狂澜奔大海，细浪涌支流。
> 渔女忙收网，行人渐渡桥。
> 江山经雨润，景色倍娇娆。

全诗气势恢宏，情景交融，既有对大好河山的赞美，也有对劳动者丰衣足食的期待，立意高远，格局可谓非同寻常。

清末民初，折枝诗在福建广为流行。折枝诗为七言律诗中的两句，要求对偶，两句自成诗，像是两句七字的对联，但在写作应用手法上，比对联严格得多，显得更加工整，更加有欣赏价值。当年罗源凤山吟社"多系博学之士，诗艺纯青，作品精粹，诗事活动频繁"。

1943年，王滉（字根深）任县长期间，凤山吟社同人曾赋诗祝贺，结集出版《根深县长治罗三周年纪念诗集》，序言曰："罗川古小邑，俗醇人尚义，文风著海滨，在昔详邑志，自从干戈兴，景光慨殊异，士不安其居，词章寖弃置，骚坛息响中，额手来贤吏，为政能亲民，御敌严武备，

一身萃勤劳，四境蒙其利，岂徒百里才，牛刀姑小试，公余集文人，相与修韵事，为诗能深思，宵分常不寐，风雅赖主持，国粹乃不匮，三年庆有成，长此歌仁治。"王滉任罗源县县长是在 1940 年 3 月至 1944 年 4 月，正是抗战时期，励精图治，颇有仁政，深得民心。其获第四名诗云："国仇明日毋忘雪，师道平生最可风。"表明自我心迹，国难当头，要不忘雪耻，尊师重道可为平生风范，值得推崇。纪念诗集"平明三唱"旧本收录有我外公创作多首诗作：

其一：
欢场平昔慵消受，危局明朝费打量。（获榜眼）
其二：
登岱平坡皆后辈，出关明月似当年。（获探花）
另有正录一首：雨声平旦疏将断，月色明漪澜不收。
副录一首：辜及平生无报答，委诸明日太因循。
另有一首：未知明岁身焉寄，差信平生行尚完。

从诗作看，外公对时局困境忧心忡忡，对未来感到一片迷茫。至于"欢场"，他从来没有想着去享受，而对于"危局"，倒是要细细地去观察研判。他唯恐对家国有所辜负，平生无以报答，假如把一切都推诿给将来就太过于轻率了。即便前途渺茫不知今后"身焉寄"？但对于眼前公务还是要踏踏实实认真去做好。这一时期也正是国共合作蜜月期，据我母亲早年说，作为政府主管官员，外公是不管国民党兵来，还是共产党兵来，统统开仓放粮，以民族大义为重。共产党组织曾发给一本红色本子作为证明，但身为民国政府要员，又有点怕事的外公想到一大家子人，却把它丢弃了。新中国成立前夕，外公也是想到妻儿老小一大帮，自己作为民国政府文职官员，没有做过对不起人民事情，也就没有跟随国民党政府撤到台湾去，而是选择叶落归根回到毗源老家。居住在简陋的土木结构两层民房，分得楼下一室，一厨，楼上一仓储间，后把厨房上面辟为书房。

2018年，罗源凤山诗社出版《罗源折枝诗选集》，再次收录我外公诗句。另收集有外公折枝诗一首："征途明发犹驮梦，贬所平居但役诗。"

我与外公只有一周之缘，晚年的他重病前往杉洋治病，因我最小姨姨嫁在杉洋，便于服侍，而且当时杉洋"八角楼医生"林建神声名远扬，返回时在我们家大甲花桥头教堂里老屋卧榻休养一周，而后母亲花钱请族人用担架抬回毗源老家，不久后即去世。那时候我还没上学，孩提时代，印象不深。记忆中清瘦的外公须发皆白，稀稀疏疏，早已没有了昨日的风采。而今想来，却有一种道骨仙风。躺在床上的外公喘着气，百无聊赖，要我唱歌、跳舞给他看。几十年来，我一直苦苦搜寻记忆深处那段唯一残存，都无法忆起唱过什么歌，跳过什么舞。大概只是乱唱乱舞吧！

纵观外公一生，经历了人生大起大落。在历史大变革年代，依然能够安度晚年，是他行善积德的福报，也源于他积极向上、乐观豁达的生活态度，这是何等的睿智啊！

2019年10月

悠悠岁月

——《我的外公》采写过程实录

一次偶然的发现，开启了探寻外公足迹的步履。

去年底，为撰写参加过两万五千里长征老红军战士黄海青的故事，我上孔夫子旧书网淘了一本《罗源革命史》，彻夜阅读，居然发现有三处记述我外公黄启善的文字。之前一直不知道原名黄伯昂的外公到罗源后改名黄启善，还是去年初去南平大洲岛看望病中的大姨才得知。

《罗源革命史》记载：一是地下党欧阳友心通过黄启善考取乡镇长，二是肯定黄启善是"民主进步人士、民国周宁县政府县长秘书"，三是地下党领导人欧阳友心在黄启善等人的掩护下得以逃脱。

真的是踏破铁鞋无觅处，得来全不费工夫。过去只是听母亲和其他长辈说，我外公在民国时期任罗源县政府一科（民政）科长、周宁县政府秘书期间为共产党组织做过好事。特别是在罗源县任职期间，正是抗日战争时期，这一时期也正是国共合作蜜月期。据我母亲早年说，作为政府主管官员，外公是不管国民党兵来，还是共产党兵来，统统开仓放粮，以民族大义为重。但没有官方认证，历史便只是传说而已。新中国成立之初，他积极配合地方新政权移交了所有档案材料，选择叶落归根，回到古田县大甲毗源村老家。而后到邻村毗源溪村当民办教师，直至20世纪70年代初去世。

为此，我开始全方位查找外公的资料线索。再次致电外公家族年龄最大的93岁大姨，询问关信息，然后再赴南平大洲岛登门拜访，中风后的大姨只有断断续续模糊的记忆。大姨的讲述常常因哽咽而中断，谈到伤心处，说道："不说了，不说了。他（指外公）能平安过世，就不要再去追溯了！"大姨曾经在古田二小教书，受外公牵连被解职，直到20世纪80年代初平反恢复教职。

　　回到古田，去县档案馆查找民国时期资料，一无所获。请友人帮助了解一下我外公当年在公安部门档案，可惜年代久远，建国初期材料遗失，也查不到半点蛛丝马迹。正当一筹莫展之际，古田县委党史办卓清平先生帮我联系上了罗源县委党史办郑胜超女士，研究生毕业的郑女士对罗源革命史有深入研究，谙熟各个时期革命活动情况，而且为人非常热情，乐于助人。她详细为我介绍了当年罗源地下党活动情况，原来罗源县地下党负责人欧阳友心上级因"城工部事件"牺牲，单线联系的他新中国成立后一直没有被认定，直至20世纪80年代初才平反，后任龙岩卷烟厂厂长。据说欧阳友心平反后曾有查找，因我外公此时已去世10来年而作罢，失去了唯一机会。郑女士还为我提供了一份欧阳友心回忆录《我和我的战友》电子稿，其中有较为详尽描述。其间我还托在福州工作的外甥女，到福州市党史办查找老干部回忆录文章，没有发现相关内容。查阅《罗源党史通讯》（第六期，1985年8月印发），有一篇《抗日战争时期罗源人民开展抗日救亡和对敌斗争的情况》记载：罗源地下党负责人欧阳友心"以基督教友关系，搭上传教士黄启善，通过黄在伪县府内任职及其与伪县长王滉的同学关系，报考乡镇长训练班。"后任副乡长、乡长，"利用职便组建青年抗日先锋队的基本力量——罗源民先抗日游击队。"另据《罗源革命史》（中共罗源县委党史研究室编）记载，1947年12月，时任连罗宁边区工委书记欧阳友心受福州市委指示，"利用党在周宁活动的游建生和进步人士、县政府秘书黄启善的关系，打入周宁县警察局搜集国民党军事情报。""1948年3月，欧阳友心身份暴露，幸在游建生、黄启善的掩护下，得以连夜逃到屏南县郑山洋村的庙宇中，化妆隐蔽。"

　　接着通过罗源县档案馆阮聿璟先生，我查找到了部分民国时期历史

档案，还有我外公当年写的诗，原来我外公是罗源诗社"凤山吟社"会员，民国三十二年出版的一本诗集《根深县长治罗三周年纪念诗集》收录了我外公多首"平明三唱"折枝诗。"欢场平昔慵消受，危局明朝费打量。""登岱平坡皆后辈，出关明月似当年。"分别获得榜眼、探花。另有正录一首："雨声平旦疏将断，月色明漪澜不收。"副录一首："辜及平生无报答，委诸明日太因循。"还有一首："未知明岁身焉寄，差信平生行尚完。"罗源县凤山诗社的谢飞峰主席还赠送我一本 2018 年出版的《罗源县竹枝诗选集》，也收录有我外公竹枝诗。

但查遍民国档案，都没有详细履历记载，只有一张编号为 2632 的《人物卡片》上有几句说明：黄启善，曾用名黄伯昂，古田县大东区毗源乡人，曾任罗源县民政科长，参加过凤山吟社。凤山吟社是个民间诗词组织，小时候听母亲说过，我还以为是个特务组织。最后阮聿景先生建议，到省档案馆也许可以查到一些资料。

回到家后，我打电话给外公老家毗源村支书、村主任，年轻人也只是听说有些许故事。再赴大甲拜访退休老教师张长铨先生，他虽然没有见过我外公，但作为同毗源行政村的白泉岗自然村人，对我外公的事情了解很多，甚至超过了我们家族的长辈们，记忆力超群出众的张老师，不但讲述了许多小故事，还背诵了一首听来的我外公写的《雨后观潮》诗："雨歇云消后，登楼望怒潮。狂澜奔大海，细浪涌支流。渔女忙收网，行人渐渡桥。江山经雨润，景色倍娇娆。"这是我外公年轻时对其伯父黄金鉴（清末附贡生）的和诗，大气磅礴，情景交融，立意高远，格局宏达。假如没有张长铨先生，这首好诗就淹没了。第二天，拜访了年近九旬的大甲镇老干部、原公安特派员阮周锐先生，他说："我参加工作 20 岁出头，包村大甲毗源溪，与伯昂先生同吃住了两年。他是个很乐观的人，白天上课，晚上都是拉二胡，还很喜欢钓鱼。他武艺高强，还教过我几招拳术，后来当公安特派员真正派上了用场。"

采访毗源村主任黄声灶，也只能告诉我他从自己父亲那儿听到的一些故事。但他告诉我一个线索，我外公侄儿黄声羽的儿子黄书福现定居宁德金涵。黄声羽当年跟随我外公到罗源工作，当过乡长，和欧阳友心同事过，后加入共产党地下组织，直到 20 世纪 80 年代初经欧阳友心等人证明才平反，认定为"中共地下党交通员"。通过电话采访，我又掌握了一些历史细节。

通过前期的细致工作，初步了解了我外公的粗略线索，于是我就直奔罗源，在郑胜超女士的陪同下，采访了罗源县政法委原书记、离休老干部邱文振先生，邱先生是"中共地下党员"，当年就是在欧阳友心的领导下参加革命工作。他是《罗源革命史》编委，参加了主要编写工作。当我详细介绍了我外公情况后，他说："你来迟了 20 年。我虽然没有见过你外公，但老马（欧阳友心曾化名马飞尘）有跟我讲过你外公对他的帮助。可惜所有当事人都已作古，不然就可以平反了。"原来《罗源革命史》中有关我外公的记述就是他整理的。他还告诉我欧阳友心大儿子欧阳纲退休后定居福州，从一本老旧的笔记本里，找到了电话号码，一拨能通，我简单说明了目的，欧阳纲先生非常高兴，叙说了所知道的故事，证实了我外公的一些史实，他也借机向我打听了一些迷惑不解的历史信息。

五月底的一天，一大早我就乘车直奔福建省档案馆。原以为要费一番周折，还不一定会查到有价值的资料。走进整洁安静的省档案馆，我递上身份证、介绍信，工作人员余颖先生听完我的来意，非常热情，马上开始搜索民国档案，一排黄启善的名字在电脑屏幕出现，我们都喜出望外。有任职履历表、表彰呈报表、商调函等等，实在是太珍贵了。没想到，省档案馆保存了如此完整的民国档案，他们对历史档案如此认真负责的态度实在令人敬佩。半年来的努力，终于有了成果。如此完整的履历，我们家族后人没有一个人了解掌握。余颖先生还添加了我的微信，说可以把寻找过程写一篇文章给他在《福建档案》发表，如有需要，还可以再联系他，实在让我心存感激。

最后一站是到外公老家古田大甲毗源村查询《黄氏族谱》，组织表兄

弟们一同去采访村里亲属，族人中的长辈，再次把传说和史实核对，把历史的谜团完整地还原。外公侄孙黄书福还告诉我，外公晚年在毗源溪村任教，房内挂有一幅著名书法家李若初先生赠送长轴条幅，上款为"伯昂先生雅鉴"，内容为唐朝温庭筠《瑶瑟怨》："冰簟银床梦不成，碧天如水夜云轻。雁声远过潇湘去，十二楼中月自明。"也许，这也是外公晚年内心世界的真实写照吧？

　　非常感谢亲友们的助力，能够如此顺利地顺藤摸瓜，捋清线索。感激一个个熟悉和不熟悉的朋友们提供了无私的帮助，让我有信心去写好外公的故事。

2019 年 9 月

　　（本文内容与《我的外公黄伯昂》有重复，但写作时间在前，选用是为了感谢采写过程中帮助过的人们。）

我们的师长

不觉间，从教已三十有余，从十八岁毛头小伙，到了两鬓霜花。每当有学生送上尊敬而亲切的问候，总有一股暖流在心中涌动……

闲暇之余，反思人生行程，常常感念当年来到我们山村的一个个师长，他们当中有风华正茂的"上山下乡"知识青年，还有那些犯了"右倾"错误的大学高才生，以及各种原因被贬到人称"西伯利亚"偏远山村大甲的老师们。许德鸿老师，陈勤国老师，林宏立老师，林清老师，陈日泉老师，李绪明老师……虽然一张张熟悉的面孔，已经渐渐远去，模糊，甚至于消失，但师长们的敬业精神和人格魅力，始终影响、激励、鞭策着我，虽做不到"一日三省"，却也时时反思检点。

读小学时的许德鸿老师，杉洋珠洋人，性格不温不火，说话慢条斯理，老花镜架在鼻尖，时常是从镜片上方滴溜溜地看人。只因一只耳朵残疾，调皮的小屁孩给取了个绰号"没耳鼠"（本地话"许""鼠"谐音），但同学们对他却是极为敬重与喜爱。他的课大家都聚精会神，一则课讲得好，同学们听得明白；二则他说了：认真听讲有故事听。每节课他都会留下大约 10 分钟，开讲一段精彩的章回故事。他的确是个讲故事高手，精选的故事，不但情节曲折跌宕起伏，而且讲得如痴如醉引人入胜，以至班上敲钟的同学时常调慢时钟几分钟，故意延时。下课了，有几个跟许老师混得好的同学，还会缠着老师要求继续，但他也常常卖个关子："下回分解"。于是，大家又期待着他的第二节课。每周半天的劳动课，更是我们的期待，早早开工，完成分配任务，剩下的时间，便是"故事天地"了。

偶尔，我们也会约几个小伙伴，在课余、周末央求许老师给我们讲一个，他也都会满足我们强烈的愿望。

五年级毕业班的班主任陈勤国老师，来自福清的下乡知青。小小的个儿，大大的眼睛，长长的辫子，唱歌跳舞样样行。除了教授我们文化课，还组织我们成立了文艺宣传队，每天课余及周末时间排练，合唱、快板、话剧、舞蹈……都是利用一些简单的自制道具，陈老师带领我们在舞台、在田间、在山头宣传表演。当时的教育方针是"教育与生产劳动相结合"，专业文化课要求低，又是"农业学大寨"开展得如火如荼的年代，我们响应号召，"兼学别样，即不但学文，也要学工、学农、学军……"（毛泽东语），修水利，整农田，开荒山。一曲："学习大寨呀赶大寨，大寨红旗迎风摆。……干起来干起来，大寨的红花遍地开……"天天传唱，一幕幕场景至今记忆犹新。记得一次我们班去生产队插秧，由于人小，用力不够，插完一丘田，一会儿居然全浮起来了。农民伯伯们说：权当给你们练习罢了。

暑假了，陈老师回了福清老家，我们还没玩了几天，就觉得假期太长了，竟像无头苍蝇，没有目标，而不知所以了。于是，就急切地等待她的回来，假期才过一半，就天天到每日一班车的汽车站观望等待。临近开学的时候，老师真的提前来了，我们兴高采烈地忙着帮助提行李，簇拥着老师一路说说笑笑送到学校宿舍，久别重逢，有着说不完的话题。虽然那时她尚未成婚，而我却对她有着母亲般亲人样的依恋。是她给了我信心，把我带入知识的殿堂，从此爱上了知识的海洋，毕业时成绩单上写满的全是"优"。多年以后，当我走上三尺讲台，第一次对初中一年级学生讲授魏巍的《我的老师》时，才发觉文中的蔡老师多么像她，文中的"我"，就是真正的我了。

林清老师，儒雅而中气十足的数学老师，讲课声音会穿墙透壁，隔壁班同学都能听清其讲授内容。记得读初二时，一次数学单元测试，同学们都交卷走了，我还在为一道题抓耳挠腮，绞尽脑汁，写了改，改了写，放学的铃声都响过了，林老师却静静地坐在旁边，充满长辈的关爱，耐心地等待我答完题。他的慈祥、忍耐、宽厚、勤勉，一直让我敬重。他是1948年参加革命的老前辈，还是我从教后的第一任校长，是他教会了我如何备课、上课，如何做好班主任，当一名合格的好老师。一个冬天的晚上，几个顽皮的寄宿生溜出学校去看电视，林老师带着我们和生管老师在校门口蹲守，学生们也鬼得很，翻墙而入，摸黑上床，假装睡了。但林老师自有妙招揪出：打着手电筒，摸摸他们的脚，冰凉冰凉的就是了。林老师平反后，调到古田县教师进修学校任校长，一直干到离休。

李绪明校长兼授毕业班政治课，我念高一时，他刚刚调任十三中校长，而我因家庭成分等原因，迟到了一个月才踏进校门。从生产大队到人民公社，从科任教师到学校校长，都是在母亲的努力奔走下，才得以如愿，因此对来之不易的学习机会格外珍惜。高二下文理分科时，因上学期被分到了所谓的"快班"，于是报了理科（当年初、高中都是两年制），为此李绪明校长还专门约我谈话，分析我的学科优劣，动员鼓励我改报文科，还说语文科林宏立老师很不高兴。当时，作为一名毕业班学生，能得到校长的关怀指点还沾沾自喜而倍感幸福。他虽然不是政教科班毕业，但对哲学、政治经济学却颇有钻研，理论联系实际，有的放矢，他的课通俗易懂，政治科高考成绩都是遥遥领先。学校管理更是卓有成效，1979年高考，十三中一炮而红，就一个毕业班，20多人高考，考上了10人。其他的同学报考中专，也是成绩斐然。新学年开始，邻近乡镇甚至城关学子纷纷慕名而来插班寄读或补习。两年后，李校长就被上级提任市重点中学古田三中校长。我虽然在考前的最后一个学期改读文科，最终只考了个中文专科，但在上线率只有6%的1979年，在我们小小的山村，仿佛是中了个"举人"，而闻名遐迩了。

福建师大毕业的高才生林宏立老师，是罗源县人，一生坎坷，艰难曲折，被"下放"到我们山村，长期夫妻分居两地，顾不上家庭和孩子的教育培养。1978年的某一天，收到了福建师大邮寄的"右派"平反通知书，

兴奋不已，即刻拿到班上展示，看他高声朗读时，已是热泪盈眶。我在读初二时参演过学校编排的一部话剧，是个学生代表。后来学校个别领导要查我的"路线问题"，只因林老师一句："小孩子知道什么？"而作罢，他是感同身受啊！

在我们山村，林老师有着极高声誉，国学功底深厚，从来是穿着整洁得体，夹着一本教科书，从来不带教案，备课直接写在书本上。拿着一个小小的铁盒子装满粉笔，板书工工整整，讲课声音洪亮，声调抑扬顿挫，充满了夫子味。每节课必定提问到我，正因此，在那个年代，其他科目的课本可以不看，但基本上头天晚上都要翻翻语文书，浏览一遍课文，虽然不知道思考什么问题，但也算预习一下，遇到不懂的字词，查查父亲送我的四角号码字典，也因此养成了至今喜欢阅读的好习惯。从初中到高中，每次布置两三道作文题任选，我都是一鼓作气全写，写作文对于我，是乐趣之一，成了展示自我的平台。文章也时常被老师当作范文在班上朗读，一篇《我的家》，清清楚楚记的得了98分。那个年代没有书读，更没钱买书，公社文化站仅有的几本书都看过了一遍，哪有什么名著可读，以至于常常是去翻找家族长辈"文革"前语文课本阅读。去看《毛泽东选集》，因为那里面的注释有历史故事。父亲从学校带回的一套《水浒传》，不知看了多少遍。平生第一次学到的唐诗宋词，是林老师用课前导入的方式写在黑板上，抄回去后用软笔工工整整重新抄写，贴满了自己的小房间，时时背诵。李白的"长风破浪会有时，直挂云帆济沧海"一直激励着我，"老吾老以及人之老，幼吾幼以及人之幼"让我明白了爱的伟大。从教后，林老师的教学风格，甚至于语言、字体对我的影响都是极其深远的。林老师后来调到宁德师范学校任教，调离大甲时，送我一张半身黑白照以留念。几年后，当我去宁德看望他时，他依然不改慷慨激昂的性格，临别时，又送我一张在师范学校门口的全身照，我一直收藏在影集里，作为珍贵的纪念。时至今日，我还常常为不知消息未能送别林老师最后一程而抱憾。

　　毕业于福州大学无线电专业的陈日泉老师，身材高大，一脸严肃。一声咳嗽，方圆百米，鸦雀无声。业务精湛，教学水平堪称一流，数学、物理都是顶呱呱。多难的习题，到了他手，三下五除二都能迎刃而解。虽然只教授我们班高二上学期数学、物理课，但他的专业、威严，令我敬畏。大甲一批山村学子都得益于他的教诲，考上了大中专学校。其后他调古田三中任教务主任，后在校长任上调回长乐。20世纪90年代末，母校古田十三中仅有的四届高中（1978—1981）同学办了个聚会，作为组织者之一，我还专车赴省城福州接他。在大甲，师生们欢聚一堂，抚今追昔，喜从中来，感也从中来。

　　教授政治和历史的，是寡言少语有点忧郁的陈宏华老师。也是来自福清，毕业于华侨大学，性格极好，刻写得一手工工整整的宋体字，我从教后，创办并主编校刊《山花》，是他一直帮助我排版、刻写蜡纸和印刷。小小校刊，也曾影响了一批爱好文学的莘莘学子，学生和我们一起采写简讯，创作诗歌、散文，还创作歌词、歌曲等。每天晚上，我们住校的老师都会集中在二楼楼梯口看电视（12寸黑白的），他的大头儿子总是躲在电视橱底下，反看着我们"喜怒哀乐"，竟也是妙趣横生。只有电视做广告的时候才从橱底下钻出来，盯着荧屏看得聚精会神。

　　丁世松老师，来自古田城关，"上山下乡"插队我们花桥头村，是个阳光帅气的小伙子，教授我们体育课，很受女生欢迎。笛子吹的极好，课余时间还教我们制作笛子，几个心灵手巧的同学做了一支又一支。于是，校园里课间、课后时常充满了一片笛声，尽管此伏彼起，呜呜咽咽，不成曲调，但给平淡的校园生活，增添了许多情调与乐趣。那时的老师们都支持我们课余的各种活动，从不干预，自由自在。

　　扎着羊角辫的张鸣老师，也还是来自福清的知青。教地理，讲话从来轻声细语，不温不火，教导学生可谓诲人不倦。从七大洲到四大洋，从东半球到西半球，南极到北极……我们知道了，原来地理也是如此神奇，世界是如此之大，地球真的是圆的，不是靠几根柱子撑起来的。成为同事

后，每每看到小夫妻斗嘴，都是关起门来再说，从未见过大嗓门。也曾拉长耳朵，想听个究竟，但只见叽叽咕咕声，听不出道道，他们实在是中国夫妻生活的典范。也许是喜欢女孩或家乡风俗习惯，生了个男孩，常常给扎个羊角辫，穿条花裙子，我们也时常逗他玩。而今想来，大约也届不惑之年了吧？

李一汀老师，这位来自邻近乡村杉洋宝桥的青年，身上充满农村人的纯真、憨厚与质朴，一边教我们文科班数学，一边自己复习迎考，工作之余，还要回家耕作农田。功夫不负有心人，他和我们一起走进了大学的课堂。后来又回到了我们母校十三中任校长，一起共事了多年。我们时常沐浴一缕晚霞，一起漫步在乡间小道、田野，交流思想，探讨人生，谈古论今，志趣相投。不论工作还是生活，他都如兄长般关照。教导我为人子、为人师、为人夫、为人父、为人友，做一个对事业、对家庭、对社会负责任的男人，真的是亦师亦长，让我感念不已。其调任三中校长后，借着全国"两基"（基本实施九年义务教育和基本扫除青壮年文盲的简称）的东风，全面改变了校园破旧面貌，为创省三级达标校打下了坚实的基础。古田三中的校园布局规划，他是功不可没的。几年前，往宝桥村探望，退休后的他俨然已融入乡土，回归本色，豁达超脱，充满了生活睿智。

岁月匆匆，真情永驻。假如时光可以倒流，愿重新编排剧本，让一幕幕喜剧重演、重演、再重演！

2014 年教师节前夕

（2020 年 9 月 9 日《新宁德》）

那年，我陪女儿高考

女儿高考是 2005 年，距我高考相隔了 26 年。日期不同，我是在酷热的七月，到她参加高考的时候，就人性化了，经过多方论证和征求意见，把时间提前到相对不那么热的 6 月，而且选了好日子，6 月 7、8 日，谐音"录取吧！"

一向自信满满的女儿，高考前夜失眠了。看来心理素质还是不行，虽然经历了小学、初中、高中十二年磨炼，积累了相当多的迎考经验。还当了十年班长，高考前夕被评为福建省"优秀学生干部"。怪妈妈 12 点了，还打开她的房门，让她睡意全消，并歇斯底里地吼道："我明天不去考了！"一直顺风顺水的我们，顿觉手足无措，一晚上战战兢兢都没怎么合眼。又怕误了时辰，迷迷糊糊熬到了天亮。

那一年高考，女儿的考点设在职业中专，我还在中学工作，以带队身份名正言顺可以进入考点，公私兼顾。考点警戒线外设有休息室，各校带队教师集中一起，有的聊天，有的打牌，等待考生。我的心情很糟糕，无法静下心来如往年般参与其中。心中牵挂着考室，总担心女儿会不会睡着了。一科下来，问："怎样？"答："还行！"就是如此简单，马上避开这个话题。只是看到一个个考生，都是红屁股。原来，为迎接高考，学校将课桌椅重新油漆一番，椅子还没有干透，棕红色的油漆粘在裤子上，大家互相看得哈哈大笑，算是给严肃的考场，添加了一种欢乐的气氛。高考以语文为第一场实在科学，国语嘛，考生们多多少少都能应对一番。午休是个大问题，常有报道一家子睡过了头。昨晚的折腾，更让我们不敢掉以轻

心。我和女儿都去睡觉，她妈妈值班，边看电视，边看时间。我送女儿出发后，她再去睡觉。

下午的考试还算顺利，数学是她的强项，但试卷的难度系数不大，也就没有什么优势可言了。两天的考试结束了，她的任务也就完成了。轮到我们家长煎熬了，等待成绩，等待切线，研究高校和专业，什么985、211，什么专业排名，什么就业率等等，成了每个家长的必修课。有的家长甚至从此一发而不可收，成了专家，每年来咨询的家长络绎不绝。难怪有说，家长辅导子女到高中毕业，有的也变成全能，可以同步参加高考了。分数相近的学生家长，还会沟通交流，以免"撞车"。只有收到了录取通知书，才放下心来。这大概也是所有考生家长的心路历程。

现在的高考是越来越严了，只有考生、监考和考点相关工作人员可以进入考点。进大门要过安检，进场前进行身体金属探测和身份识别。考点信号全屏蔽，每个考室三个老师监考，全程联网监控录像。动用特警安保，无线电监测车巡查干扰"作弊器"等等。今年还首开"作弊入刑"，高校为防大学生"枪手"替考，还严格学生请假制度，特殊情况要进行跟踪。这一片净土，实在容不得玷污，教育公平的底线不能突破。虽然高考很残酷，但我们还是应该感谢高考，通过公开公平公正的选拔，让万万千千莘莘学子脱颖而出。当然，人生之路并非只有高考这根独木桥可走。有道是：三百六十行，行行出状元。"闻道有先后，术业有专攻"（韩愈《师说》），东边不亮西边亮，爱拼就会赢。

注：2016年高考翌日，去云水谣旅游，在动车上看了莫言写的《陪女儿高考》，有感而即兴在高铁上用手机写作同题作文，随即发给《闽东日报》编辑，发表于文艺副刊。

（2016年6月12日《闽东日报》）

歌唱家阮余群、李爽夫妇印象

虽说是宗亲，但真正结识中央歌剧院著名歌唱家阮余群、李爽夫妇，还是今年春节期间，他们一家回乡省亲，我们陪同考察体验古田历史文化生活的两天一夜。

成　就

阮余群、李爽都是国家一级演员，"80后"抒情女高音阮余群还是中央歌剧院歌剧团党支部书记、副团长，从一名普通演员成长为国家一级演员只用了3年时间。曾获第三届马尔蒂尼声乐歌剧比赛第一名，全国音乐金钟奖银奖，全国声乐比赛三等奖，全国青年歌手电视大奖赛铜奖，是中国文化艺术政府最高奖"文华奖"获得者，中宣部文化名家暨"四个一批"人才奖获得者。主演过的歌剧有《游吟诗人》《霸王别姬》《艺术家的生涯》《图兰朵》《唐帕斯夸勒》《茶花女》《热瓦普恋歌》《蝙蝠》《伤逝》《红军不怕远征难》等等。

李爽声名也毫不逊色，先后毕业于中央音乐学院、Australia Opera Studio，师从黑海涛教授、Gregory Yurisich教授，是奥贝拉歌剧中心成员。在中央音乐学院举办的"第三届中国艺术歌曲比赛"中获第一名，"世界华人声乐大赛"中荣获第三名。参加"台北建城120周年音乐会"，在《贝多芬第九交响曲》中担任男高音独唱。在《霍夫曼的故事》《游吟诗人》《刘邦大帝》《拉美摩尔的露其娅》等歌剧中饰演男主角。

考　察

　　顺天圣母、临水夫人陈靖姑被誉为"救产、护胎、佑民"的妇女儿童保护神，是福建最有影响力的陆上女神，2008 年，陈靖姑信俗文化被列入国家非物质文化遗产名录。陈靖姑文化交流协会筹划创作一首临水陈靖姑的歌曲，想邀请阮余群演唱。借春节假期，他们一家趁机到古田考察体验生活。祖辈就迁居罗源的阮余群对古田文化一知半解，她先生李爽是天津人，对于古田更是一无所知。为此，我选择了三个最具古田历史文化代表性胜地：道教文化的临水宫、佛教文化的极乐寺、社会学文化的金翼之家，请来专业导游讲解，让他们深刻领悟古田历史文化的厚重和博大精深。

　　始建于唐贞元八年（792）的临水宫当然是重点，临水宫祖殿是国家级文物保护单位，历经重修扩建，至今已有 1200 多年。"陆上妈祖"陈靖姑受历代帝王赐封，声名远扬东南亚。故事从踏进门楼的十八级和二十四级台阶讲起，寓意陈靖姑 18 岁结婚，24 岁为民献身。为纪念她，古田民间风俗，18 和 24 岁不结婚。进入主殿，爽朗的阮余群、李爽便一脸肃穆起来，一边倾听解说，一边赞叹建筑工艺的精美，更是被陈靖姑除妖佑民的故事深深感动。每一处都细心观察，认真询问。敬业精神，尤为让人敬佩。道长黄光辉先生亲自陪同，并一一披彩祝福。

　　翠屏湖畔环境清幽的极乐寺依山傍水，创建于唐天宝元年（742），经宋、元、明代几次重修扩建，至民国二十二年（1933）焚于兵燹。1933年，经中国第一任佛教协会会长圆瑛法师和居士胡震（古田县商会会长）募缘重建。大门上方"极乐寺"三字乃民国时期国民政府主席林森题写，大门对联"得到此间真极乐，不知何处是西天"是明旸法师拟写，圆瑛法师题字。明旸法师是圆瑛法师嫡传弟子，中国当代十大高僧之一。"大雄宝殿"和"圆瑛法师纪念堂"都是圆瑛法师弟子，大书法家赵朴初先生所题，因而落款都题写着"敬书"。这些题字和三尊古铜佛像、玉释迦佛是"镇寺三宝"，有较高的艺术和文物价值。阮余群、李爽夫妇感叹于山城有如此重量级高僧，一脸虔诚，顶礼膜拜。

下午的行程较为轻松，午饭后直奔林耀华故居——金翼之家。林耀华是我国著名的民族学家、人类学家、社会学家，是与费孝通齐名的一代宗师、学界泰斗。看看墙上挂满北大、清华、人大、复旦、浙大、厦大……全国各名牌大学民族学、人类学、历史学、社会学实践基地的牌子，你就会感受到金翼之家深厚的历史文化底蕴。阮余群、李爽夫妇对古田地方政府挖掘地方文化力度大为赞赏，认为这是功德无量的大事。

阮余群、李爽夫妇好学上进，演出前都要看书、查资料、研究作品，做大量功课。她说："我的声音不是最棒的，但我要用心、用感情去唱，要体现出角色的内在美。""古田之行，感受乡音乡情，体验历史文化，促进了内涵提升。"

乡　情

2013 年正月，阮余群、李爽夫妇回到大甲邹洋，在简陋的村俱乐部登台献唱《一杯美酒》《阳光路上》。国家级歌剧演员在小小山村俱乐部演出，影响巨大，轰动古田。2016 年 2 月 18 日，邹洋村举办美丽乡村旅游现场会，阮余群、李爽再次返乡，献唱村歌《美丽的邹洋，我的家》和《为祖国干杯》，为全部由大甲乡贤创作的乡土文学作品集《故园深深情满怀》首发式增光添彩。2016 年 12 月，全国村歌大赛在北京举行，作为大牌明星，阮余群亲自出马为小小山村的村歌登台演唱，技压群芳夺得村歌赛十大金曲第一名。面对北京同行的疑惑，她说："我是大甲邹洋人，所以我很乐意来唱自己家乡的歌。"这次接受邀请，计划演唱临水夫人陈靖姑的歌曲，并到古田体验生活，也完全是出于一片桑梓之情。他们说，为回馈乡情，提高音乐爱好者水平，愿意抽空回来开设讲座。对陈靖姑故事

和文化传承，他们还有一个宏大规划，假如地方政府有意向合作，就带一个团队过来，创作陈靖姑歌剧或音乐剧，让陈靖姑信俗文化走向全国，走向世界。

　　阮余群、李爽夫妇都是非常热情大方爽朗的人，不论是在酒店、办公室还是景点，都热情地接受歌迷和崇拜者的合影要求，而且是不厌其烦。听说大甲乡贤成立有民间社团古田县大家音乐协会，毫无屈尊之意，主动要求去看看，和协会成员座谈，并实际指导工作。在大桥新桥头农家饭店，吃得津津有味，特别喜欢农家菜，吃了田螺煲赞不绝口，还要打包一份带回。晚上要看看山城夜色，我们带他们在古田"圆圆环"绕了一圈，感受山城市井气息。吃夜宵了，钻进街边蒙古包吃砂锅，尝特色小吃，开怀畅饮，大快朵颐，不拘小节，一对真实的大名人。

2017 年 3 月

书画名家李若初

福建"三绝"誉闽都

李若初（1893—1974），名景沆，号凤林山樵，晚号凤林老人，又号癯叟，古田县杉洋镇人，我国现代著名的书画艺术家。

李若初先生出生于贫苦的农民家庭，出生十个月丧父，寡母余氏立志抚孤，授以《三字经》《千字文》等启蒙书本。至11岁，若初入私塾就读，先后师从当地名秀才余仕安、余良骏、李方莲等学文习字作画。民国元年（1912），从福建优级师范学堂（福建师范大学前身）毕业。次年，应聘为教师，先后执教于宁德樟溪学校、霞浦作元中学、福州三一中学及陶淑、毓英女中。1958年退休后，又应聘于南平师专、福建第二师院（漳州师院前身）等校讲授书法和古文，1965年72周岁时以老告休，前后执教长达50余年。

若初先生平生精书画，工诗词，善篆刻，尤以书法著称。

若初先生书法早年学柳公权，行草习二王及怀素，隶书学史晨、礼器二碑。中年之后，融汇百家，自成风格，各体皆备，真草隶篆样样出色。其行草最负盛名，笔势雍容尔雅，不经雕琢而气概自豪；其狂草笔力奇崛，不意经营而意境自华；其隶书，笔锋端庄秀丽，不事铅华而格调自高。先生行、草书博采众长，以神采飘逸、妍美流韵取胜。一幅作品，笔走龙蛇，行云流水，极具动态美。1960年文化部举办全国书法大展赛，他以笔力苍劲老辣的"数风流人物还看今朝"狂草中堂一幅名列第六。原

福建师大副校长、我国著名易经大师黄寿祺先生曾以唐怀素《自叙帖》中的两句话"寒猿饮水撼枯藤，壮士拔山伸劲铁"来高度评价先生的行、草书艺术。

若初先生也擅长画梅，独领风骚，深得海内外人士的赞赏和追求。其运笔气酣势疾，构图苍劲浑厚，点墨浓淡相宜，形神兼备，尤以墨梅著称于世。其书画作品在各届省展中均名列前茅，多次被选送出国展览，为日本多家艺术院、馆收藏。

若初先生一生诗作甚丰，青年时期便有诗名，在霞浦吟社一次活动中，曾以"海秋六唱"之"个桨独支通海浪，篇诗自诉一秋衷"一联夺元（第一名）。霞浦文坛老前辈赞他"工吟工画又工书，愧我麤才总弗如"。先生后来任教于福州、南平、漳州等地，诗名益盛，和诗友往来十分频繁，从其学诗者甚众。其诗汇集成《鹔寄轩诗草》两大册，是全部用小楷抄正的玉扣纸线装本，由于历史原因毁损不存。先生后来也还写有诗作，并集成《学稼楼诗草》，但在先生去世后，其手迹又部分散失。

若初先生还精于篆刻，系西泠印社社员。先生的篆刻从秦汉印入门，后受西泠八家影响，取神遗貌，平中见奇，给人以浑厚、含蓄、精气内蕴的感觉。先生篆法娴熟，用刀如笔，讲究章法，疏密、轻重、方圆、完缺处理得当、分朱布白，虚实呼应。在刀法上采用了冲切并施，线条圆润秀雅，古拗峭折，是位素养深厚的艺术家。

若初先生毕生创作极其丰富，正如他自己所言："画留长卷三千轴，诗有成篇九万言。"诗、书、画早在20世纪四五十年代就已饮誉八闽，其草书与龚礼逸（1903—1965，福州人）的行书、罗丹（1904—1983，连城县人）的隶书被称为"闽省书法三绝"。

黄寿祺教授非常赏识李若初先生的诗、书、画，赞叹"三绝难忘李若初"。福建省书协主席陈奋武称赞李若初先生真不愧是"福建省书画界泰斗级人物"。

诲人不倦五十载

若初先生一生从教 50 多年，从初中、高中一直到大学。半个多世纪的教学生涯，教学相长，游弋于文化艺术的殿堂，学高行正，为人师表，深得八闽莘莘学子的爱戴。

先生早年在霞浦作元学校任教时，便已蜚声教坛。1923 年，先生母亲五十大寿，作元学校的门生联名为"感若师陶艺之泽"而献给先生一面整幅贴金的大金匾。其匾跋文曰："若初李师振铎吾校有年矣，循循善诱，吾侪如坐春风也。"可见先生教书育人深受学生敬爱。

先生在福州执教时间最长，历任省城中学国文教师，新中国成立后仍在福州第九中学任教，直到 1959 年 66 周岁时才被批准退休。在三一中学任教时，即被评定为省首批合格高中国文教员。

若初先生执教大半生，最得意的还是退休后又被聘为南平师专和漳州师院讲师的那段教学时光。他的一身才华得到全面的展示和发挥，更得到社会认可和推崇。他在这两所学校以极其渊博的古文知识和精深的书法造诣，教授古文和书法游刃有余，学生更是如沐甘霖，受益终身。先生也毫不掩饰内心的得意，他在"学稼楼"厅柱上所题的上联便是"文章鸣上舍，浓桃郁李遍全闽。"

先生的得意门生、原厦门大学中文系教授余纲先生造访若初先生故里，人去楼空，痛定思痛，赋诗一首，表达对先生的深切怀念："生离死别事悠悠，结伴来寻学稼楼。自愧庸才负企望，共嗟遗稿费搜求。诗篇破损糊窗牖，书卷飘零委蠹蛐。且喜凤林祠宇壮，煌煌遗画炳千秋。"

先生是这样回顾总结自己的教学生涯："无才早愧尸师席，不倦差堪慰此心。疑义穷搜三箧富，一文审定五更深。为求桃李春成荫，致使须眉雪早侵。赢得齿牙余论在，爨材犹幸有知音。"正因为先生一生为人师表，使他艺术的一生伴随教育的一生，一路走来，相辅相成，各臻至善至美之

境，使他的诗、书、画艺术更加纯正、坚实、丰富和精妙。

蓝田书声凤林骨

若初先生和蓝田书院、凤林祠有着不解之缘。蓝田是若初先生故乡古田县杉洋镇旧称，五代后唐时期，曾任永贞（今罗源县）县令的杉洋村乡贤余仁椿辞官回乡，在杉洋村北建起了当年八闽最早的书院之一——蓝田书院。后来，南宋著名的理学家、教育家朱熹两度来到这里设帐收徒讲学，传授中国儒家传统经典文化，宣扬理学精髓。从此，谈经论道蔚然成风，影响之大，历代不辍。若初先生从小在杉洋长大，深受先贤文化熏陶。感受清邑人李捷英的《题蓝田书院》："环列诸山道远青，当年夫子日谈经。尚余墨迹香千里，夜夜光摇北斗星。"

若初先生对李氏宗祠凤林祠情有独钟，青壮年时号凤林山樵，晚年改之凤林老人，就缘于这座千年祖祠。入闽始祖李海乃唐开成二年状元，从宋代至清代，凤林祠李氏后裔中涌现过丞相、尚书、郎中、驸马、提刑官等清官廉吏 60 多名，古田县开科进士就是杉洋的李蔈。先生每回故乡，必先拜访。现留有笔墨酣畅的长卷《凤林祠全景图》，《童子侍琴》《老翁纳凉》《荒江钓艇》《秋水闲步》《老树扶幼》和《孤叟夕照》六幅壁画。

若初先生一生劳碌，甘守贫寒，视金钱为鄙俗之物。先生义女胡芬芳侨居海外，她的朋友欲酬以重金要向先生求画。先生一听"金钱"二字，便愤然谢绝。许多向他求墨宝的人，从不敢谢以金钱。他们从远道带少许糕饼鸡蛋等薄礼来，也都让先生深感为难。

若初先生处世视事极有原则，具有清标独立，不趋炎附势，拒绝世俗污染的脱俗情怀。他在《八旬杂感》中抒怀："心禀穷坚度险艰，不曾热附与高攀。"从他的诗书画中，也可以感受到他朴实、坚毅、脱俗的一身傲骨。他常用一个闲章，文曰"一文不值，千文不卖"，含蓄地表明自己的艺术成果的价值不是用金钱可以衡量的。正如他的一首诗中所说："结习自深常论画，谋生因拙不言钱。"

若初先生平生最爱岁寒三友"松竹梅"，因其傲骨迎风，挺霜而立，精神可嘉，彰显文人雅士气节。先生最擅长写梅，一生写梅，与他的人品有关。先生一世耐得贫寒，且洁身自爱，坚贞顽强，正所谓梅如其人。因此他一生写梅不知其数，用笔多取画竹之直势为之，独见凌冰厉雪、傲然矗立、刚直不阿的精神。显得傲骨铮铮，苍劲有生气。常借梅花来抒情言志，表现个性。如《题自家画梅》第一首："岂从上苑争春色，独向空山守岁寒。孤冷世区铜臭味，等闲画作自家看。"以梅自比，表现了一种与世无争的心态和孤傲清高的风骨。

安居故土情若初

1965 年，若初先生重返故里，已是年逾古稀，须眉早白了。先生返乡，独居"学稼楼"，把书房和卧室称为"退思室"，写字作画自得其乐。他在《学稼楼题跋》写道："……寝于楼厢，楼临野，开门睹农人春种秋收，辄低徊向往，有不能去者。第念年老力衰，非曰能之愿学焉。"并勉"示子侄辈继先业安畎亩。"各方慕名向先生求书画者，或函请，或亲往，长年不绝于途。

先生退休后返故里，虽然儿媳们孝顺，但他不愿拖累他们，且洁净自好，便独自居寝学稼楼，自己用小炉煮饭，自理生活。先生非常节俭，每天用一小本子记账，把当天购买的东西一笔笔记得一清二楚。他伙食简单，吃了算，算了吃；穿衣服非常朴素，破了补，补了穿，常穿一件旧长衫。先生有一套中山装，平时一直舍不得穿，只有会贵客才肯穿，在家里都是穿旧衣服。

先生的乐于助人，也是乡里有口皆碑。平日里，乡亲们有什么难处，都会向先生开口。1960 年正是三年物资困难的头一年，农民的生活异常艰难，难以度日的邻居在先生假期居家的日子往往上门向先生借钱借物。

那时，先生的工资并不高，手头也很拮据，但先生每次看见面带饥色的乡亲上门求助，总不忍心让来人空手回去，多多少少都要拿出一些粮食帮助别人聊解燃眉之急。

若初先生晚年题画梅诗之一这样写道："底用危桥踏雪寻，写花自慰寂寥心。故园访旧凋零尽，唯有寒梅伴到今。"先生的晚年生活是孤独的，终日以诗书为伴，但先生的内心世界是强大的，毕生勤奋创作不已。先生的遗产是丰厚的，留下了一份无价的文化瑰宝。一生淡泊名利的若初先生虽然已经走远，但先生之为人、为学、为师，永远值得我们后人学习。

（2017年6月24日《闽东日报》，2017年上半年《闽东政协》，收录《杉洋讲古·人物篇》）

蓝田山水留清音

——我与扬强老师二三事

"蓝田古文化"研究学者李扬强先生昨日因病辞世，实为古田文史界一大损失。

李扬强先生出生于中国历史文化名镇古田县杉洋，1964 年从福建师范学院中文系毕业后，长期任教于古田一中，桃李遍天下，深得学生爱戴。后兼任古田县政协副主席，主编 97 版《古田县志》和《古田一中校志》等。毕生致力于古镇杉洋历史文化研究、挖掘、整理，编著《蓝田古文化》《蓝田引月》，成为研究古镇历史文化第一手翔实资料。

认识扬强老师是在 1984 年冬天，古田县中学语文教学研究会成立，大会在古田溪水电厂职工子弟学校举行，县委宣传部、县教育局主要领导都参会。盛会更是云集了当时古田语文界名流，如赖再、阮周诹、倪可源等前辈，我和李扬强、唐颐、陆敏、林剑英等老师一起站在最后一排。当年初出茅庐的我，远在古田的"西伯利亚"大甲中学任教，和李扬强等一批一中的骨干名师比，还是有很大的一段距离，需要仰视这些大咖。虽然见识了他们的风采，记住了大名，但他们不一定记得我这个名不见经传的无名小卒。

真正和扬强老师有交往是在三年前，2015 年底为创作歌词《古镇杉洋》，我认真通读了扬强老师编著的《蓝田古文化》和《蓝田引月》，历时数月，完成了歌词初稿。2016 年 10 月 29 日晚，我专程到古田一中李扬强老师居所拜访讨教。李老师既让座又端茶，很是客气。接过我的手

稿，一口气读完。然后先跟我谈起了古镇杉洋的历史文化，从四大宗祠到文昌阁乡约堂，从四姓八境到文臣武将，从蓝田书院到培秀小学……最后才谈到了歌词的修改建议。歌词第一段第一句"三阳开泰，龙舞溪畔好村庄。""三阳"是杉洋旧称，也称蓝田。正苦于第二段第一句怎么对上，就在那一刻得到启发，写出了"八境同安，象峰山下是故乡"。"八境"指的是，杉洋余、李、林、彭四姓聚居，由于古代根深蒂固的聚族而居观念，四姓划区分居，逐渐形成了"四姓八境"的街巷格局。那一夜，真正感受到了扬强老师知识的渊博、长者的风范和对家乡的深情挚爱。告别时我留下了手稿，请他空闲时再看看，再提点意见。几天后，在古田"圆圆环"遇见先生，问起还有什么意见？他很认真地说："没了，很好啦！"

也许是扬强老师有感于我对古镇历史文化的兴趣，去年夏天他还送我两本亲笔签名，为数不多，重新整理编辑的《蓝田雅叙》和《蓝田书院古今蕴》打印本书稿。为大甲邹洋村撰写文言体碑铭《扶贫兴村记》，也请我打字代为转发，手写稿我至今保存。

去年初，古田县政协筹划编写杉洋历史文化系列专辑《杉洋讲古》，老先生异常兴奋，挂帅副主编。积极参与谋篇布局，开题会、分工会、定稿会，会会必到。三月份，我们编撰组一行深入古镇杉洋座谈、调研、采访，身体欠佳，多有不便的他依然执意一同前往，爱乡之情溢于言表。之后每次在街上偶有遇见，最关心的就是工作进展，总要问同一句话："书做好了吗？"还好，去年底，《杉洋讲古·古迹篇》终于正式出版发行。拿到墨迹未干的新书，老先生连说三声："好！好！好！"算是给了老人家一个最后的慰藉。

去年10月，我们在县政协会议室召开最后一次对稿会，老先生也欣然参与，拿起红笔，认真校对修改。为慎重起见，政协决定派三人到福州福建海峡文艺出版社直接面对面校对，老先生要求确定日期后同行去看望老同学、福建师大教授游友基老师。只因那一段时间天气还是非常炎热，老先生又腿脚多有不便，我们任务又紧，便没有通知他同行，却留下了终生遗憾。

2018 年 12 月 22 日，游友基老师编著的《九叶诗人杜运燮研究资料选》发行交流会在古田溪山书院举行，会前宾主一同参观了大桥瑞岩杜运燮故居。我们代为转达了扬强老师的意愿，游友基老师因行程太满，无法抽身，说好下回专程去看他。没承想，就十多天时间，老人家便驾鹤西去。这世间事，有时候一别就是一生。

新的一年，我们本想和扬强老师一起继续《杉洋讲古》，完成"人物风俗篇"，可惜斯人已去，徒留伤悲，感慨而作："过化名区留遗梦，《蓝田引月》意沉沉。文坛痛失一巨擘，《杉洋讲古》少一人。"

2019 年 1 月 6 日

（《翠屏湖》2019 年第一期）

情怀大洲岛

上周末，为探望93岁高龄的大姨，匆匆走进被誉为闽北"太阳岛"的大洲岛。

30多年前，到南平过年，陪同母亲去大洲岛看望大姨并拜寿，坐的是客轮，上岛但觉熙熙攘攘、热闹非凡，一派繁荣景象，很是羡慕这里的居民。大洲岛是个贮木场，因此岛民多是贮木场工人。贮木场全称是"福建省大洲贮木场"，成立于1958年，因是省级贮木场，工人也就来自全国各地，其中以山东人居多，场领导多数是南下干部。那个时代工人阶级很吃香，平日里我们只能从电影里看到他们的形象，个个精神舒畅、意气风发、斗志昂扬。即使当年我已是一名中学教师，还是感觉他们才是最幸福的。由于长期在农村生活，小时候就很渴望长大了能当一名工人，造汽车、飞机、轮船，开机床、吊车……小时候天天看样板戏，看京剧《海港》，听老工人马洪亮唱："大吊车，真厉害，成吨的钢铁，它轻轻地一抓就起来……"耳濡目染，我们还都学会了唱《咱们工人有力量》："咱们工人有力量，嘿，咱们工人有力量……盖成了高楼大厦，修起了铁路煤矿，改造得世界变呀么变了样！"欢快的旋律，自豪而雄壮，豪迈而热烈，气势磅礴。源于武夷山和戴云山两大山脉之间的建溪、富屯溪、沙溪三大主要支流，在延平区汇合后始称闽江，大洲岛位于南平市延平区的闽江河道上，属延平区水东街道管辖。民间传说很久以前，有个神仙挑担子过江，这担子一头重一头轻，重的一头是米，轻的一头是糠。当走到江中央的时候，扁担断了，担子变成两个岛，上面一个岛较短，好像人的一只眼睛，当地人就把它叫作"土目洲"，下面一个岛大点，就叫"大洲岛"。米落在土目洲，富裕，种啥得啥，四季丰收。糠落在大洲，糠轻，每年涨大水都淹不了。扁担飞到下游的江边上，变成一座山岭，叫作"扁担岭"。

虽然说如今往南平高铁、高速都通了，但到大洲岛还是很不方便。没有公交车，偶有农交车也只是路过桥头，没有进岛。从南平北站下车，只好打车了，不长的路程，收费40元，因为没有回头客。车过大桥，表姐已到桥头迎接。看到大姨，意识清楚但言语表达模糊不清，有时就只能用铅笔歪歪斜斜写上一两个字，让我们去猜测大意。中风后的大姨，只能断断续续回忆起一些往事，说只要平平安安过世就好了，不太愿提及家族伤心的历史。访谈中，常常伤心落泪道："不说了，不说了……"几次哽咽中断，我就只好转移话题，谈点高兴的事，但还是留下了珍贵的录音资料。出身名门的大姨，曾是花容月貌，性格开朗，能歌善舞，听母亲说她有很多崇拜者。她说，在老家毗源见过路师姑，就是杉洋天一堂英国师姑。民国时期大姨在罗源当过三年护士，新中国成立后在新生小学（古田二小前身）当老师。后由于家庭成分原因被清退，"文革"后的八十年代初才得以平反，恢复教师待遇退休。在被清退回乡的近20年里，大姨靠为人接生、接骨谋生。外公传授她接骨秘方，用几种树叶揉碎泡酒，然后用药酒包扎。当然，也靠她自身摸索总结接骨方法经验，由此成为远近闻名的接骨医生。在大姨的几本相册里，除了家族亲人照片，还有一张外人的照片特别醒目，那是从杂志上剪辑下来的邓小平头像。我没有细问，但我知道，大姨是个懂得感恩的人，一定是感谢他，使她得到平反落实政策。岁月虽然改变了她的容颜，但她一直乐观向上。去年我曾电话她了解民国时期外公在罗源县任民政科长的一些往事，她依然能够如数家珍，一一道来。谈起外公的过往，虽是唏嘘，语气中依然充满了自豪。当年古田大东一带的人被罗源县国民党抓了壮丁，都会想方设法找到外公说情，外公就叫大姨去牢里认人，说是自己亲戚而保了回去。

她总是亲切地叫我"马敏"，我问她为什么呢？原来是我小时候经常

坐在她的身上骑马，因而给我起了这么个外号。她还说，我小时候叫她妈妈，因为我说："我只有娘（方言叫奶），没有妈妈，所以就叫你妈妈！"

吃过午饭，表姐表兄陪我走走看看，环绕大洲岛一圈。岛上旧建筑多是 20 世纪六七十年代风格，砖混结构，二到三层，工厂办公楼、宿舍楼、会场，学校、工商、税务、消防……应有尽有，但多已人去楼空，人迹罕至，墙面上依稀可见一些标语口号，倒是很适合做拍摄《芳华》之类电影场景。那些旧宿舍楼偶有一两户人家居住，门口还种些蔬菜，才觉得有一丝生气。派出所还在正常上班，教堂门虽然锁着，外墙看还是比较新，说明信徒不少。表姐表兄一路讲述着过往的兴旺，感慨着如今的荒凉。他们兄弟姐妹都在这儿长大，从小学读到了高中毕业，虽然家族的人们现在多已远走高飞，但这里已成了永远的故乡。

握别大姨，言语困难的她流下了两行清泪，我只好扭头强忍伤悲。历经近一个世纪风风雨雨，一向坚强、乐观、开朗、豁达的大姨，也有了伤感，这是对亲人的万般留恋。她是母亲的亲姐姐，六十花甲之年的拜寿场景犹在眼前。望着她，特别想念远在天堂的亲人母亲，假如健在，也将是九十高龄了，子欲孝而亲不待，失去了的才知道格外珍贵。大洲岛，闽江中的一座很小很小的岛，因大姨的存在，而让我难以忘怀。

2018 年 4 月

老红军战士黄海清

　　黄海清（1918.6—1997.3），原名黄达波，福建省古田县杉洋镇善德村人。参加过举世闻名的两万五千里长征和抗日战争、解放战争，身经战斗上百次，戎马生涯二十年，曾任毛泽东主席警卫员，应邀出席第一届中国人民政治协商会议。

　　1918年6月黄海清出生于古田、罗源交界的杉洋镇善德村山角坪一个农民家庭，父亲曾在鳌江流域以放木排为生。由于地理位置偏僻，第二次国内革命战争时期，这里活跃着一支共产党领导的农民武装，黄海清父亲经常为红军游击队输送情报、提供食宿、捐献经费，母亲也经常为游击队缝补衣服等。时常在这一带山上放牛、砍柴，对地形十分熟悉的黄海清，在家庭的影响下，也经常为红军游击队带路到周围村庄活动，参加红军游击队打土豪，分田地，建立农会，为穷人翻身求解放。后因红军游击队暴动失败，遭到地方反动势力报复，黄海清父亲被反动民团抓获，严刑拷打致伤后去世，家中留下祖母、母亲、妻子，被定为"匪属"，三代女人备受迫害，生活异常艰辛，忍受着人生难以形容的痛苦。

　　1934年4月，黄海清受命护送上级领导往建宁中央红军总部汇报工作，风餐露宿，日夜兼程，一路跋涉到达闽赣省苏维埃政府驻地建宁县。适逢中国工农红军第一方面军在江西南部、福建西部反对国民党军第五次"围剿"的战役，随即也编入正规部队参加战斗。第五次反"围剿"失败后，中央红军被迫进行战略大转移，黄海清便跟随中央红军开始了举世闻名的两万五千里长征。长征途中，历经湘江战役、强渡乌江、四渡赤水、巧渡金沙江、强渡大渡河、爬雪山、过草地以及腊子口、吴起镇战斗等，

在极其频繁、残酷的战争中，他总是冲锋在前，不怕牺牲，机智灵活，英勇顽强，迅速地成为一名合格的红军战士。1935年10月，红一方面军胜利到达陕北，由于部队伤亡惨重，经历长征锤炼的黄海清等精锐人员被编入中央警卫营。1936年10月，红一、二、四方面军在甘肃会宁会师后，黄海清开始担任毛泽东主席警卫员。1937年4月，经陈英、王某两位同志介绍光荣加入了中国共产党。

抗日战争爆发后，黄海清响应中共中央号召，奔赴抗战前线，与众多爱国将士一道，为中华民族的生死存亡，同侵华日军进行殊死抗争，参加了著名的平型关大战。其后跟随八路军某师教五旅（梁兴初任旅长）奔赴敌后山东一带英勇作战，其右脚即在山东被日军飞机炸伤。1942年1月，受组织派遣，黄海清又奉命到东北安东（今丹东市）敌后抗日根据地开展抗日救亡工作。1943年1月，到北朝鲜抗日根据地与苏联红军部队协同作战，沉重打击日本侵略者，直至抗战胜利。在同日军战斗中，黄海清多次负伤。

解放战争时期，黄海清担任第四野战军某部一支队一团一营副营长、营长，参加了东北解放战争期间的"四战四平"等战役，1948年3月在东北四平街战役中挂副团长之职冲锋陷阵，脑部、右臂中弹，身负重伤，昏迷不醒，生命危在旦夕，被部队紧急送往苏联治疗，数月后黄海清返回东北，住进哈尔滨荣军医院疗养，被评为一等残废军人。

1949年9月21日，黄海清作为伤残军人代表应邀出席了第一届中国人民政治协商会议，有幸与毛主席等党和国家领导人再次见面，并获得一枚会议纪念章（编号为38006）。

1950年10月黄海清转业回地方，历任古田一区副区长，县民政科副科长。因脑部受伤，留下严重后遗症，无法坚持工作。1952年9月申请退职回乡，任杉洋善德村党支部书记，终于与分别二十年苦苦等候他回来的家人团聚。在村支书的岗位上，黄海清尽自己所能为村里群众办事，受到群众爱戴和拥护。1959年10月1日还受邀参加福建省"国庆十周年观礼"。1964 和 1966 年曾两次致信毛泽东主席，都收到中共中央办公厅秘书局回复，信中说："……希望你在当地积极参加农村人民公社的工作，并作出成绩。"遵照毛主席的指示，黄海清以革命军人应有的乐观主义精神，积极投身社会主义建设。

1982 年，黄海清病重转院福建省立医院高干病房，同室病友、中央党校副校长韩树英得知详情，深受感动，当即给福建省委写信，要求帮助解决相关待遇问题，时任福建省委书记项南、省长胡宏做了批示。韩树英副校长回京后又把黄海清有关材料、信件转给了中组部老干部局负责同志，经中组部老干部局调查研究，同意按离休干部待遇处理，并批示福建省委。1983 年 2 月，中共宁德地委根据中央和省委有关部门确认，批复中共古田县委："鉴于黄海清同志早年参加革命，参加过二万五千里长征，在抗日战争和解放战争中先后负重伤十多次，被评为一等残废军人，为建立新中国作出了一定的贡献，经研究同意恢复黄海清同志享受在职老红军待遇，办理离休手续。"（宁地委〔1983〕综 40 号）

1984 年 1 月 14 日，福建省人事局、老干部局批复宁德地区人事局、老干部局，同意黄海清工资级别定为行政 17 级，享受离休待遇（闽人福〔1984〕010 号）。同年 12 月，中共宁德地委组织部批复古田县委："黄海清同志提为县级待遇"（宁地委组〔1984〕61 号）。1995 年 7 月，享受副厅级待遇。

1996 年 11 月，在纪念红军长征胜利 60 周年之际，黄海清获长征胜利 60 周年纪念章。

1997 年 3 月 4 日，黄海清因旧伤复发，医治无效逝世，一个钢铁般的老红军战士走完了人生 79 年历程。中共古田县委主持召开追悼会，给予了高度评价，省、市、县党政部门均送花圈表示深切悼念。

（2019 年 6 月《宁德史志》（第二期），主要内容收录 2020 版《古田县志》）

拍卖会小记

　　第一次参加拍卖会，除了新鲜还是有点小紧张，虽然只是陪着弟媳去竞拍做后盾。

　　进入会场，座位已满，弟媳已先占好了位子。后面进来的，只好站着。看样子有夫妻，有姐妹，有恋人，有母子母女，有看行情的，还有来转卖安置房的，拆迁户有多套房产急于出手，并说可以低于拍卖价出让。认真听了拍卖师的解说，才明白竞拍流程。我猜想，这场拍卖会可能会很激烈吧？

　　这场拍卖会是两个安置楼盘多余的房产。地理位置相对偏远，楼层也并不很理想，前三套拍卖波澜不惊，气氛沉闷，都只有一人举牌，三声过后，一槌定音。接下来几套，有三五回合成交的，也有流拍的。眼见着第一个楼盘竞拍即将过半，场面陡然紧张起来，刚需者已不计成本，号码牌此落彼起，有一套房每平方6000元起拍，成交价每平方近7000元。虽然每次举牌仅是总价加2000，拍卖师也多次善意提醒，涨幅有了一定的高度，要慎重考虑和核算成本，但溢价还是达到了近十万元。

　　我的前排是一对大约年近五旬的中年夫妇，五官端正，慈眉善目，看样子像勤劳、贤惠、老实的农民。有一套房，经过几轮竞拍，就剩下一个20多岁衣着光鲜的年轻人与他们竞争。年轻人斜坐在窗户前，频频举牌，别人都带着纸和笔和算，他只拿着一个号牌，只要有别人举牌，他都举牌，势在必得。举着举着，中年男子的手就有点沉重了，一直摇头，口中念念有词，用方言说道："贵了，贵了！"但那女的一直在旁边捅他的手臂怂恿他，轻声细语地用方言说："举了，举了！"还说："我出，我出。"

就是说，超出的部分，她来承担。那一刻，我是真心被感动了，娶妻当娶这"竞标女"啊！为了一套挡风遮雨的房子，女人在默默地用实际行动支持丈夫，而且也不是那种干脆抢过号码牌自己举起来的女子，真的是贤妻啊。每一次举牌，中年男子都会转过头，盯着坐在窗前的那个年轻人，那眼神有种说不出的复杂。我想他应该是期望年轻人不再举牌吧，因为我也希望如此，年轻人有的是时光和机会。但是年轻人毫不退让，中年男子最终没能坚持再举牌。女人很惋惜地叹了一声，我也替他们叹惋。我也为年轻人鼓掌，除了恭喜还有欣赏他勇往直前的精神，当然也要有经济基础做底气。拍卖师的每一槌落地，我都带头鼓掌。尽管现场的掌声只是稀稀落落，但我是真心为他们每一个人高兴，他们应该要有自己如意的生活。因为从他们的衣着、眼神、表情看得出来，他们对生活已经很努力了。不希望他们还像鲁迅笔下的闰土们，辛苦辗转、麻木、恣睢而生活。随着锤子的一声脆响，有的是长舒了一口气，有的是满面漾出笑容，有的却是一脸沉重，也许是超出了预算吧？

又过了两套房，那中年男子便又开始举牌，这一次就几个回合便成交，我是比他们还要高兴地大声鼓掌起来。也许这套房子并不是他们最理想的，但确实是他们最需要的。或为自己居住，或为孩子娶亲准备吧？

第一轮流拍的几套房产，进入了第二轮拍卖。之前无人问津的这几套房子，竟也竞拍起来，因为再拍不到就没有了，看来还是刚需的多。不过，竞拍没有之前那么惨烈，毕竟多多少少有点不理想。

弟媳看中的楼盘在更偏远的高头岭上一个小区，相对便宜些。此时竞拍者多已退场，她轻而易举，便得到了心仪的那套房。虽然比预设的底价要高，但我还是提醒、支持她举牌，不必犹豫，创业都是艰难的，他们也需要一个遮风挡雨温暖的家。

参加一场拍卖会，犹如经历了一次荡涤心灵的洗礼，体验到了市场的无情和底层民众的艰辛。

2019 年 10 月

古田西山求学记

在古田县城郊西山村，现职业中专所在地，曾有过一所全日制大学专科学校——宁德师范专科学校古田分校，时人称"西山大学"，又因地处西山郊区，被戏称为"西郊大"。虽然只有两年的办学历史，但为闽东的教育事业做出了卓有成效的贡献。

1978年11月，为解决宁德地区初中教师严重不足，学历结构严重不达标问题，中共宁德地委、宁德行署决定宁德师范大专班扩招，同时购买古田县西山某部队留守处旧址，作为扩招生校舍，筹建宁德师范大专班古田分校。12月，经国务院批准，闽东最高学府——宁德师范专科学校正式成立。翌年5月，78级480名扩招生入学宁德师专古田分校。1979年，宁德师专招生650名，政教、中文、数学、英语、生物五个专业400名学生在古田分校入学，物理、化学两个专业学生仍借用宁德师范校舍，体育专业借用地区少体校上课。

恢复高考后，1977至1979年高考大学（含本专科）入学率都在6%左右，作为"新三届"最后一届的我们，没有经历过"上山下乡"，和年龄差距悬殊的"老三届"一同步入大学校门，戴上白底红字的"宁德师专"校徽，很是自豪。我们这些应届高中毕业的只有16周岁，班上的"老大"已是有三个孩子的父亲，许多同学是从工厂来，从部队来，从农村生产一线来。

宁德师专古田分校很是简陋，虽说占地约有65亩，房屋21座，但只有205个开间，共计7060多平方米。唯一的一幢两层楼砖房作为教学办公楼，其他的都是单层平房，改造成我们的教室和宿舍。营房改造的宿舍，上下铺一共住 12 人。全校只有三个旱厕，排队是常事。没有运动场地和体育器材，连体育课也未设置。一个篮球场，那是人高马大同学的天下，我们只有在清晨到门口公路或后山茶园跑跑步，这是唯一的体育运动。夏天里，高大的皂荚树上知了的叫声，吵得你午休不得安宁，恼火时我是冲出去捡块石头往树枝上砸，知了只是消停一会儿，便又开始鼓噪，实在无可奈何。

由于是仓促办学，第一年使用的课本大多是手工刻印本，相当粗糙，时有错漏，常在课堂上订正。部分教师是刚刚毕业的，大多是从全区各系统抽调"文革"前的大学本科毕业生，比如我们中文科，就有从古田一中调来的游友基老师，古田三中调来的毛起珠老师等。从外地来的，有林锦鸿、朱求忠、吴尚宇、黄平生、魏昌英等老师。他们是一批充满朝气与激情的老师，都兢兢业业、恪尽职守、教书育人。由于师资短缺，我们的课程也相对宽松，有时一天 4 节课，有时只有 2 节课，还常常两个班合起来上大课。于是有了更多的时间去做自己喜欢的事情，参加一些社团和课外活动。倒是很切合著名教育家陶行知先生"生活即教育、社会即学校"教育理论。第二年有了简易图书馆，同学们是欣喜若狂，奔走相告，因为那个时代实在是没书可读，张扬的《第二次握手》手抄本，是校园流行小说。从此，课余时间基本上是在图书馆或借本书在宿舍床上度过，也很悠闲自在。

最艰苦的当属生活用水，由于没有自来水，生活用水主要靠农田水利旁边的一个过滤水池和两口水井，过滤池的水连接到食堂和洗衣槽上，遇上雨天，水池过滤不了，流出来的都是黄泥水。所以从西山毕业的 78、79 级学生，一提起母校，异口同声说："吃黄泥水长大的。"这是最深刻的印象。洗衣服可以等天晴了，水清了再洗。一日三餐可不行，用破篮球系根绳子当水桶去水井排队打水，不但人多而且我们个小也挤不上。于是常常是洗了饭盒，就去窗口用饭票换米，也不用淘洗了。有的同学连饭盒

也不洗了，反正都是黄色的，洗了也是白洗，蒸出来的饭也是黄色的，照吃不误。洗澡更是困难，排队自不必说，常常是没有热水。一些女生就提一桶水在阳光下晒，有点微暖了再去洗。对于我们这些不怎么讲卫生的男生，是一周两周甚至更长时间去洗一次。后来，发现邻近的古田化肥厂有澡堂，生产过程中的余热可以随时供应热水，于是大家就在周末或没课的时间去那儿洗澡。好在那是个非常尊重知识的年代，工厂对我们这些大学生很是友爱，一般不阻拦。每天，一对不知姓名的老夫妇都会轮番准时出现在宿舍附近卖包子，一声声："包——呀！包——呀！"格外亲切。女生们常用剩余的饭票换包子，吃不完又送给班上那些活跃男生，很是羡煞我们这些没口福的丑小鸭。哪一天不见他们的叫唤，大家都会叨叨惦念："老伯呢？老姆呢？"

我们这些学生入学时户口由农民户转为居民户，国家供应28斤粮票，生活补助费16.5元。省吃俭用，很是拮据。能寄上3元5元钱，几斤粮票的，都是家境不错的。看到一位同学家里每月寄30元，那是羡慕得要死，简直就是当今的"土豪"了。记得一次给父母写信，全文只有两个字："钱粮"，如今想来，很是惭愧和伤心。第一年，我们吃集体伙食，8人一桌，菜是按桌分好的，饭是自己量米蒸。我们又把菜分成4份（实在无法再细分），两人同吃一份。也因此，同吃一份菜的同学，几十年来都如亲兄弟般友爱，我与"才哥"就是至今一直保留着那份亲情。早餐油条是两根，8个人吃，只能是折断再掰开。菜汤以海带汤为主，吃完碗底常有一层淤泥。菜不够吃的同学，偶有去食堂偷倒些酱油，拌在米饭里吃了。因吃饭时间不易统一，而且常有菜被提前吃了，学校食堂第二年进行改革，发放饭菜票，学生自行到窗口买菜，但仍然自带饭盒量米蒸饭，上千人的食堂，开饭时间常常是拥挤不堪，也常有同学饭被吃错而无饭可吃。虽然是如此艰辛，但对我们许多同学来说，还是觉得幸福，因为比家里生活条件还好，有米饭吃，有学上，不用上山砍柴下地种田，最关键的是有了"粮本"，毕业后将有一份令人羡慕的固定工作——人民教师。

最等待的是学校团委包场去电影院或文化宫看电影，一月一两部。偶尔，我们几个同学也会一起去看一两场电影，都是计算好时间，等到电影开始放映时从"黄牛"手中买打折票。虽然全价仅一毛两毛，但那是一餐的伙食费啊，是相当奢侈的精神生活。第二年，学校买来了两台黑白电视机。于是，每个周末，我们便早早地把课椅搬来占位，用绳子绑定连成一排。站在后面的，只能看看屏幕上模糊的人影晃来晃去，听听声音。印象最深的，只有两部连续剧《加里森敢死队》和《大西洋底来的人》，其他的都不记得了。也曾因为占位子，我们几个同学还与高一级的同学打过一回群架。

当时学校团委、学生会创办了文学刊物《春蕾》，都是由学生手工刻印，很是精致，我是很羡慕佩服能在校刊发表作品的学长、同学。就是路过围墙边，看那用毛笔抄写的板报校刊，也要认真品读回味，感受文字的魅力。黄平生老师的散文《穆阳的水蜜桃咧，蜜样甜》，一时传诵。其时以舒婷、北岛、顾城等为代表的朦胧诗全国盛行，同班才女加美女汪逢仙的朦胧诗也很受欢迎并获老师肯定，可惜她后来远嫁他乡，从政又下海经商，远离了文字。但那个年代对我们的影响是深远的，我毕业后回乡任教，依葫芦画瓢去创办了校刊《山花》，也影响了一代学生。

唱歌可能是那个年代最流行的文娱生活了，三五成群，拿着歌本围在一起唱革命歌曲，会乐器的同学备受青睐。学校举办歌咏比赛，班班练得不亦乐乎。中央电视台播出了电视片《三峡传说》，李谷一演唱的主题曲《乡恋》，让大家如醉如痴，有学长连夜搞来了简谱，一段时间，校园里都是《乡恋》的歌声。同班的几个连江同学（当时连江、罗源属宁德地区），带来了闽剧唱腔选段手抄本，我也会跟着哼唱几段。毕业晚会上，同学们一起唱《年轻的朋友来相会》："再过20年我们来相会，伟大的祖国，该有多么美……啊！亲爱的朋友们，让我们自豪地举起杯，挺胸膛，笑扬眉，光荣属于80年代的新一辈。"那时的我们真的是心情舒畅、意气风发。此后，每次同学聚会，这是一首保留曲目。一眨眼，已经过了一个

20 年，再一个 20 年又即将来临。

从宁德师专古田分校毕业的我们，曾经一直是闽东教育界的一支中坚力量。如今，校友们多已退休，未退的也属教育界元老级别。原来的宁德师专古田分校最后四间平房教室也在去年拆除了，不留一丁点的蛛丝马迹，就连学长们偷偷谈情说爱的后山茶园也毁损不存。每每忆及往日喧嚣的校园，总涌动着一股青春的情愫，愿有岁月可回首，再话西山母校情。

（2018 年 5 月 27 日《闽东日报》，有改动）

侨中，那些年

　　岁月悠悠，离开侨中 17 周年了。蓦然回首，生活真的是无法回放的绝版电影。想当初，创业初始，栉风沐雨，备感艰辛。

　　古田县大桥镇素有闽东第一侨乡之称，四万人口，八万华侨。但当年的基础教育办学条件却甚为薄弱，1300 多名小学毕业生，二中收了 300 名，剩下的部分去了小学附设初中班，部分复读，部分便流入社会。当时正值国家提出到 2000 年初步实现"两基"（基本普及九年义务教育和基本扫除青壮年文盲）战略目标，大桥镇党委、政府和全镇人民以及海外华侨为解决青少年读书问题，群策群力，慷慨解囊，集资办学。选址大桥村龙山，兴建初级中学，按每个年级 8 班，共 24 个班级规模，请省煤炭设计院规划设计，并取名华侨中学。前期抽调二中朱祥仁老师负责工程基建工作，当时来说，算是全县初中校数一数二规模。

　　1995 年秋，我们这些从各校抽调来的教师和新毕业的见习教师一共 16 人，来到了大桥华侨中学。上级任命姚锡芳为副校长（主持工作），卓智端为总务主任，余志华为教务主任，我担任副校长。新校区刚刚动工，才开挖了地基，没有校舍，大桥学区腾出安章小学办班，招生两百多人，分四个班级。大桥镇政府腾出农机站办公兼宿舍楼，供我们教师居住，本地有房子的一律不能住校。外地教师除我之外，基本上都是两人一间，吃饭到镇政府食堂，用水和上厕所都困难，更不用说洗澡了。寄宿生租住民房，生管教师和他们同住。我兼任美术课，对我这语文老师来说，可是赶鸭子上架，但只好硬撑着，画些简笔画。照本宣科，指导指导学生欣赏一

些简单的美术作品。工作之余，就是看书，做笔记，至今保存有好几本当年的读书摘要。晚饭后，晚自习前，有一段空闲时间，大家经常在一起，沿着公路散步。有时就散步到新校区看看工程进度，期盼着早日搬入新居。晚自习时段，下班的老师去辅导学生，其他老师或批改作业，或在办公室下棋，或在宿舍聊天，常常是海阔天空，上下五千年，纵横八百里。那时学校连电视都没有，更没有什么电脑了。我每周带几本书去学校，有时就去大桥街上书店租一两本书，或在办公室，或在夜深人静的夜晚潜心阅读，以作精神食粮。

1996年秋，教学楼、学生食堂首先竣工，投入使用，每一间教室都镶嵌一块大理石，镌刻捐资华侨的姓名，以铭记他们爱国爱乡，造福桑梓的善举。我们全体师生搬到新校区，初一新招生8个班级，400多人，寄宿生全部住食堂楼上，教师租住邻近校外民房。到1998年顶峰时，近千名寄宿生全部住食堂楼上大厅，分男女两区，床架连成排，互相捆绑，犹如一艘战舰，蔚为壮观。新毕业的年轻教师多起来了，学校也充满了生气。教学之余，各种文体活动，也多姿多彩起来。因为没有音乐教师，我便成了"万金油"，当仁不让教起了音乐。拿起教科书，自学了一些乐理知识，走上了讲台，凭着三脚猫功夫，应付学生。晚上得空，便拿出经典老歌选集，教那些年轻的男男女女教师们唱歌，一个晚上就在欢歌笑语中愉快度过。后来，街上也时兴办起了卡拉OK歌厅，我们也偶尔去过瘾。有时，也去舞厅跳跳舞，我是初学，笨手笨脚，始终不得要领，不能毕业，自嘲为"犁田"，于是往后年轻人们邀约去跳舞，都问："有去犁田吗？"

教师租住的民房有四层，我们住三、四层。东家住二层，一层是做脱水厂炉头的加工厂，工人们很是敬业，每天都是捶打声、电焊声，甚至于午休时间也是叮叮当当，因为工人们吃完午饭，稍事休息几分钟，便开始工作，搅得你不得安宁。常常是半夜三更，运来铁皮、旧油桶等原材料，那拖动铁皮刺耳的卸车声，空油桶滚落地上的轰响声，扰得你心惊肉跳，久久再难入眠。到 1997 年冬教师宿舍楼竣工之后，才全部搬入新居，逃离纷扰。

1997 年底，旅居加拿大华侨张敏儒先生回乡探亲，了解到学校办学困难，捐资 25 万，兴建综合办公楼，以其岳母之名命名为"紫英楼"。也寓意紫气东来，乐育英才。华侨中学，真的是名副其实，凝聚着海外华侨的一片爱心。

1998 年秋，学校形成规模，24 个班级，1300 多名学生，教师 60 多人。学校管理也规范化了，教学质量也逐年上升，得到了上级部门和大桥人民的肯定与认可。

1999 年挥别侨中，去了六中，如今在教育局从事教科研工作的我，常常下校到侨中，每次拾级而上，总要仰头看看，墙上挂着的"华侨中学创业者"集体照，那是我们告别安章小学校时的合影。端坐其间的我，满头乌发，神采飞扬、意气风发。同行者多不相信那就是我，感叹变化之大。岁月这把杀猪刀，虽然侵蚀了容颜，磨平了棱角，但也去除了浮躁，净化了心灵。

由于人口锐减，生源萎缩，2016 年秋季，华侨中学停止了招生，全镇初一新生全部由二中招收，初二、初三学生也一次性合并到二中，耕耘在侨中的教师们根据志愿和工作需要分流。

曾经书声琅琅的华侨中学将由大桥中心小学接管，要改名换姓迎接天真可爱的小朋友了。那里，一草一木都融有我们的真情实感。那里，曾是我们挥洒汗水和青春的地方。那里，曾留给我们无限美好的记忆。我们热爱的侨中，如今完成了历史使命，就要画上句号，怎能不让人留恋？怎能不让人抒怀！"侨中"，在我们这些侨中人心中就像那沙漠中的胡杨，永不老去！

2016 年 8 月

清晨，那一声汽笛

　　六月初的莪洋已是热浪滚滚，烈日下，火车铁轨上空可见袅袅升腾的蒸汽。

　　那一年，我18岁，来到古田县莪洋公社的古田八中实习。同行的五个男同学一起住上下铺的学生宿舍，三个女同学住另一山头的一个小房间。因为初三要迎接马上到来的中考，学校安排我们到初一、初二年级实习，我和实习队长"才哥"不但同睡一张床，还同教一个班，他讲文言文，我讲诗歌和作文。

　　每天清晨，沿闽江逆流而上的轮船，都会准点响起沉闷而悠长的汽笛声，把我们从香甜的睡梦中唤醒，新的一天开始了。

　　第一周的任务是听课、写教案、改作业。指导教师见来了免费义工，便加大作业量，搞得我每天都有改不完的作文。记得有天晚上批改作文到十点多，一群初三女生路过，看到天热开着房门伏案批阅的我，其中一个发出一句感叹："可怜的老师！"随后又补了一句："辛勤的园丁！"真的让我悲喜交加。每当看到学生好文章就异常高兴，批改之后，第二天必定带到班上朗读、点评。因此也记住了一个叫李岚的女孩，她笔下闽江之滨的朝雾与晚霞是那样地绚美，如海市蜃楼般迷幻。

　　一次学校要粉刷实习女教师的宿舍，中午她们只好搬来与我们同居一室，让出一个上铺，给她们三人挤挤午休。晚上，一个女同学说："今晚还是这样睡吧，我们的房间墙面还没干。""才哥"年龄稍大，略一迟疑说："这样不妥，不要给别人说闲话，我们几个男的去教师办公室睡吧。"

虽然我当时心里没觉得有什么不方便，大家相处得亲如兄弟姐妹，绝无杂念，但还是听从队长的安排，卷起草席，抱着枕头，夹着被单，搬到教师办公室，铺在桌面上睡觉。虽然买来了蚊香，但在空旷的办公室实在没有什么效果，半夜里又去找来报纸烧了驱蚊，那一夜被蚊子叮咬得脸红鼻青眼皮肿，身上全是斑斑点点，真正体验了一回"养蚊子"的滋味。

当时不但住得艰苦，吃也简单。从山头学校到山下商店是两段陡峭的石板条阶梯，去买点日常生活用品，都是汗流浃背。时常是宁可绕道公社，再上学校，因为那一段路有树荫遮阳。女同学买米之类重的物品，必定要找一个男生当苦力。

我们实习生是一个新群体，一时半会儿难以融入学校老教师中，于是就时常在晚自习结束后一起到操场上瞎转悠，谈人生、谈理想、谈信念、谈未来，充满幻想，毕竟都还是做梦的年龄。尽管不着边际，有时还是争得面红耳赤，忘乎所以。如今回想，没一句记起。有个女同学说："我将来要找一个军人。"后来她真的找了一个军人，实现了理想。在那个年代，对军人是充满了真心的喜爱。就在那年的冬天，我也曾想投笔从戎，报名参军的名字都上了生产大队的红榜，却因当时部队不招在职人员而作罢。

有一个周末，几个同学说去福州到师大找高中同学玩，我却一怕晕车，二也囊中羞涩，只好留守学校，幸好还有一个女同学也没去，正好做伴，在校园里瞎溜达。周末校园特别地安静，遥望天空只是偶有几丝云儿飘过，月亮显得特别皎洁柔和，星星躲起来了，风悄悄的。我们在操场上漫步，一圈、两圈、三圈……然后借着月光打羽毛球，一局、两局、三局……一直到了半夜。真是令人难忘的美好仲夏之夜，虽然不曾有浪漫故事，却有一辈子的真情。

那一年的端午节是星期六，上午正常上课，匆匆吃了午饭，我们几个同学坐船到老水口看龙舟赛。那时的水口是莪洋的一个行政村，却是水陆交通枢纽，不但通公路，还有码头、火车站。老街是青石路，两旁都是木板房，很是洁净，商铺林立，是个商旅云集的口岸。清乾隆年间，古田知

县辛竟可有《水口驿》诗赞曰："劳劳亭上客，终日送还迎。仄径从兹此，危滩到此平。笋舆朝雾湿，画舸暮云横。水陆舟车际，来回第一程。"迎来送往，舟车不绝，可见当年水口是何等繁华？然而天公不作美，下起大雨，我们没带雨伞，都被淋成了落汤鸡，也没看到龙舟赛，但热情不减，依然兴高采烈，想着粽子，谈着屈原，齐诵"路漫漫其修远兮，吾将上下而求索"，俨然一副忧国忧民情怀状。

晚饭后的一段时光最惬意，几个同伴可以到铁路沿线走走，踏着枕木三步两回头，踩着铁轨如走钢丝。好在当时车次不多，车速也慢，火车进村、进站也都有鸣笛，没遇上什么险情。有时下到闽江边走走，看夕阳西下，一抹晚霞映照在水面，脱了鞋子在浅水处嬉戏，摸鱼摸螺，不亦快哉！

第二次到莪洋是一年后的暑假，跟随在中山大学就读的高中同学到广州游玩。因为是下半夜的火车，他带我就在铁路边上一个熟人家里休息等车。女主人让我们好好睡一会儿，到点提前叫我们。但躺在床上，迷迷糊糊中，火车的嘶鸣和房屋的震动实在让人心惊肉跳，根本无法入眠。从那以后，再也没有去过莪洋。后来由于水口电站建设，库区移民，莪洋竟成了黄田镇下属的一个行政村。渐行渐远的莪洋，成了生命中一段难忘的符号。

这么多年来，莪洋清晨的那一声汽笛，一直在耳畔回响。

（2019 年 10 月 18 日《闽东日报》）

遇见你，如沐春风

——我与《闽东日报》

真正与《闽东日报》结缘，也就六年时间。

那是 2013 年夏天的一个周末，我回老家探望母亲，踏进宽敞的老屋，看到步履蹒跚的老母亲，心生无限感慨，时光就这么悄悄老去，留给老屋、老娘的只有岁月的沧桑。这一刻，萌生了要写写从小生活过的老屋，写写我至爱的亲人们的想法。第二天返程的长途汽车上，我就开始闭目构思，其间还向跟车女售票员借了一支短短的铅笔，在纸质车票背面上记下了三言两语。两周后，散文作品《家乡的老屋》完稿。我把它发给了好友，时任《闽东日报》副总编阮兆菁先生，得到肯定并指出了不足之处。修改后的文章，很快就在《闽东日报》副刊"太姥山下"发表。收到带着墨香的报纸，我按捺不住心中的兴奋：我的文章发表啦，因为这是我时隔多年再次写作并发表文学作品。虽然年轻时也曾喜欢舞文弄墨，20 世纪 80 年代初，就加入了闽东最早的诗歌社团"三角帆"，和古田县文学协会。但是毕竟年纪轻、阅历浅，即便苦苦思索，搜肠刮肚，实在也写不出有什么思想内涵的文章。此后因忙于工作、生活，不再有文学创作的念头，这一搁笔，将近 30 年。文章的发表激发了我创作热情，于是继续选择最熟悉的题材入手，创作了一系列表现家乡情怀的散文，如《花桥故里》《柏洋湖情思》《家乡的水晶肉》《巍巍院后山》等文章在《闽东日报》发表，表达对故土亲人的爱恋。以此为契机，和好友阮兆菁、学生阮周华共同谋划，一起主编了乡土文学作品

集《故园深深情满怀》。这是闽东第一本由同一个乡镇作者创作，讴歌故土情怀的文学作品集。由中国文联出版社出版发行后，在闽东文坛引起了强烈反响。

写着写着，渐渐地思路清晰了，视野也开阔了。我便把目光投向了县域地方历史文化领域，开始挖掘古田县本土历史文化，受邀参与县政协《朱子文化与古田书院》《杉洋讲古》、县委宣传部《古田故事》等编撰工作。在学习研究过程中，充实、提升了自我，一些成果也在《闽东日报》上展示。全方位知识的积累，我也大胆自信地从幕后走上了前台。在宁德市人民广播电台拍摄《探访·金翼之家》、宁德市电视台拍摄《千年临水情》系列节目中，多次以专家学者身份出镜解读，多台县级文艺晚会也邀请我撰写主持词并主持节目，为宣传和弘扬古田优秀传统历史文化做出了积极贡献。

创作是个艰辛的过程，犹如女人十月怀胎。然而，一旦发表，又如女人分娩，带来的是无尽的喜悦。在几年来的创作过程中，有缘结识了《闽东日报》副刊太姥山下编辑徐龙近先生，文旅周刊编辑刘岩生先生。我们时常私下多有微信交流互动，但觉志趣相投三观合，相见恨晚成好友。偶有主题约稿，我也是满口答应不推辞，一心一意谋篇章。平日里常有讨教，每每受益匪浅。他们的专业水准和文字功底高深，敬业精神实在令人敬佩。拙作经过他们之手斧正，常有醍醐灌顶之感，画龙点睛之妙。

去年 4 月，经宁德市作家协会前后两任主席缪华和刘伟雄先生联合举荐，我荣幸地加入了省作家协会。5 月，被选为古田县作协副主席。12月，曾首发于《闽东日报》的散文《花桥故里》在中国作家网发表后，入选 2018 年中国作家网精品文选《大地上的灯盏》，列为其中 44 篇精品散文之一，由作家出版社出版发行。能够得到大家的认可和鼓励，由衷感激，万分高兴。

有句名言说：心有多大，舞台就有多大。于我而言却是：舞台有多大，心就有多大。《闽东日报》给了我施展才艺的舞台，也给了我满满的爱和信心。有了这块沃土，我才逐渐成长，开花结果。

再次感谢我文学创作的"引路人"——《闽东日报》！

（2019年10月31日《闽东日报》，有改动）

寻遗迹时光有爱，忆青春岁月无声

——写在古田知青文化展馆开馆之际

　　知青是共和国发展史上不可磨灭的一段印记。1969 年 2 月 28 日，古田县第一批知青开始"上山下乡"，此后总计有 7000 多名（不含农村返乡知青）到各公社大队插队落户。1970 年农历正月初七，福清县第一批知青也来到古田，此后陆续有五批福清知青到古田大桥、吉巷、凤都、鹤塘、杉洋、卓洋、泮洋、大甲等 8 个公社 58 个大队及边远山村插队落户。他们战胜了一个又一个艰难险阻，在劳动中了解社会，了解农村，了解农业，了解农民，和农民朋友建立了深厚的感情，视知青点为"第二故乡"，经常结伴返乡，甚至带着子女返乡看望当年的农民朋友。

　　古田知青文化展馆位于第五批"全国文明村"、省级传统古村落古田县大甲镇林峰村，当年就有 26 位福清知青在此插队。大队干部群众与知青也建立了深厚感情，凡有招生、招工、当兵名额都是优先考虑福清知青。后来建了大队部，全部知青入住其中，因而被称作"知青楼"。展示馆以知青楼翻修，建筑面积 510 平方米，三层土木结构。展馆内设 4 个系列陈列室：综合展示厅、各公社展示室、书画展示室、农耕展示室。为追寻历史足迹，再现知青与共和国风雨同舟的艰苦历程，知青馆筹备组成员二赴福州、三下福清，历时两年，收集了 1000 多张知青劳动生产、文体生活等老照片，以及知青们当年的日记本、思想心得、工作计划、荣誉证书等历史文物，真实、客观地还原了知青们在难忘岁月的珍贵记忆。

　　筹备组成员、村委会主任林治发，在布置展馆的最后两周里，每晚要工作到下半夜两三点钟才能回家睡觉。明天就要开馆了，林治发反复核对，直至黎明……他站在展馆门前如释重负地深呼吸了清晨新鲜的空气。

古田知青文化展馆最具特色的亮点是：每一张老照片都是生活在我们古田人民身边的老面孔，每一段故事都是发生在我们古田人民身边的老场景。许多福清知青为林峰村能建知青馆记录那一段难以忘怀的历史深深感动，奔走相告，重燃激情，纷纷出谋献策、出钱出力，把失散在世界各地的知青重新集结起来，福清知青文化研究会赠送"功德千秋"牌匾，插队原杉洋公社洪湾大队知青赠送"永恒的纪念"牌匾，感谢古田人民。

漫步走进综合展示厅，《却之不去的插队情》一文就进入我的视线，该文是红书大队福清知青、诗人林登豪已发在刊物上的数千文字，最令人感动的是这些文字："从城镇上山下乡到山区插队当农民，在当时是别无选择的，我也置身在这种迁徙的洪流之中。知青在与土地共存在中，彷徨与苦闷，艰难和劳累，还有个别人为了招工的'窝里斗'……这一切尽消融在与往事干杯中。哦，难忘的青春之歌。追问往昔，汗水濡湿双手，继续奋进，路在人间足下。荷锄耕耘的插队时光，留下永不褪色的记忆，经常在自己的人生底片中显影，轮换的四季不停地改变我的思维角度。知青的经历在我的人生课堂中留下深沉的片段，回首迷惘中的苏醒，土地与农民情怀已折射自己的生活之镜中。哦，许许多多的知青跋山涉水来到八闽大地偏僻艰苦的山区，把青春的活力、满腔的热血、苦涩的汗水献给贫困的小山村。但是，古田村民没有忘记这些年轻人，刚落成的知青文化展馆就是最好的见证。"

展厅里一张张老照片、一件件实物、一段段文字又翻开当年的一个又一个画面——

在林峰川前"插队"的陈融生与当地姑娘结婚，参加了林峰公路测量设计，也参与了当年古田大部分农村公路的测绘设计工作。

"插队"杉洋珠洋的陈蹉美，一次一位村产妇难产，在万分危急之下，她挺身而出，凭借过去学过的一点知识和有过半年产科实习经验，在没有

麻醉药的情况下成功地帮助产妇切除了肿瘤,保住了母子生命,事迹登上了《福建日报》。为此,那一年福建省医科大学直接点名招收了她。

17 岁就到大甲林峰村插队的翁萍在《悠悠故乡情》中回忆说:"我不曾忘记我们一同走过艰苦的日子,当时生产队的大哥、大嫂、大姐对我的关怀,他们对知青真诚的爱,嘘寒问暖,尤其是我这小不点,逢年过节,粽子、鸡蛋多得吃不完,乡亲们难得煮些好的,也都有我的份;不曾忘记 1974 年 11 月 24 日,我离开林峰大队返回福清参加工作,全校四十多位同学自发地为我送行,往返三十多里山路。这份亲情永久珍藏在我心中,无以回报!"她热心公益事业,经常参加重返知青点活动。20 世纪 80 年代初,并不富裕的她就捐款 1000 元给插队时的生产队修路。2019 年回知青点,又为建知青馆捐款一万元,还挨家挨户看望当年同生产队农友,每人发放 500 元慰问金。当听说当年同生产队的女农友去世了,不禁号啕大哭。

福清知青郑训金,20 世纪 90 年代初在福清台商企业担任人事课长,特地到插队的鹤塘镇松洋村龙泉自然村招工,前后陆续招收了 80 多人,月收入可达一千多元,在当时可是不菲的收入。郑训金帮助第二故乡乡亲走上致富路,在当地传为佳话。

插队林峰大队的福清知青薛涛,表现突出,提拔为大队团支部副书记,又被推荐上了大学,后来当了福建机电学校校长,凡有林峰村民来找他,都安排在食堂打工,由此在省城福州立足发展。

福清知青郑爱英,每次谈起在林峰村插队的日子都是心潮澎湃,感激之情溢于言表,特别感谢林峰村人民在艰难困苦日子里的关爱,生产劳动中的照顾,难忘村民送给她们吃的三层糕、九重粿……她应邀踊跃参加了古田宣传片《千年临水情·知青岁月》拍摄,在老房东家拍摄现场,双手捧起厅堂已故老房东照片,情不自禁,泪如雨下,失声痛哭。

在知青队伍中,有两个群体特别值得颂扬。

第一个是大甲"妇女耕山队",20 世纪 70 年代初,在"农业学大寨"

运动中，由 20 多名女子组成的"妇女耕山队"，在院后山牛项头开荒耕种。1975 年后，一批本地高中毕业女学生陆续回乡，也加入了妇女耕山队。针对队里女青年大多数是童养媳，绝大部分人没上过学，文化程度低，有的连自己的名字也不会写的现状，知青们利用晚上空闲时间，办起了扫盲班，教学内容包括：识字唱歌、基本算术、科学种植等。很多人学有所获：会看报，会写字，会记工数，有的还会写日记。这支年轻的"妇女耕山队"，后来还成为宁德地区先进妇女耕山队典型。

第二个是杉洋公社龟山水利工程"女子开山队"，由 10 多位福清女知青和回乡女知青组成，她们巾帼不让须眉，顶烈日、冒严寒在工地上开山、放炮炸石、推车拉土，样样精通，其事迹作为农业学大寨的先进典型在《福建日报》报道。

尤其可贵的是，大甲公社国本大队和红书大队的部分知青，放弃春节回老家与亲人团聚的机会，留下来组成了文艺宣传队，到各大队巡回演出，京剧《沙家浜》中阿庆嫂、胡司令、参谋长的形象，令人记忆犹新。

在福清知青队伍中，有多对兄弟姐妹一同前来，甚至是三个、四个兄弟姐妹结伴同行。为此，知青馆还专门开设一个兄弟姐妹专题重点介绍。洋洋乡中直村修《张氏宗谱》，也把 34 位知青名字收录其中，把他们当作村民一分子。

在闽东古田这块热土上，福清知青从鹤塘松洋走出了全国政协原副主席王钦敏，从大桥坂地走出了厦门市政协原主席陈修茂，从鹤塘郑洋走出了全美壁画唯一华裔会员俞山，从吉巷长洋走出了多次获得国际级奖项和国家级奖项的中国室内设计学科带头人陈孝生，以及在各行各业默默奉献的社会主义事业建设者。有一部分知青和他们的后代，至今依然留在古田，成为古田人民一分子，继续为古田贡献力量。

为知青馆建设，热心知青郑国平捐款两万一千元，李家茂、郑爱英夫妇捐款两万元，翁萍、林玉珠、郭华英各捐款一万元。其他知青也纷纷以当年插队大队集体名义或以个人名义捐款，助力知青馆建设更加完善。在

原大甲公社红书大队插队的福清知青林登豪，积极奔走牵线搭桥，促成福州市博物馆捐赠知青馆18个高档精美展柜。

2020年12月19日上午，天公作美，连日阴雨骤然转阴，纪念福清知青赴古田上山下乡50周年暨古田知青文化展馆开馆仪式在大甲镇林峰村如期举行。近400名各界人士参加活动，其中知青代表近200名。开馆仪式简朴而热烈，首先是大甲镇党委书记李锦亮致辞，欢迎知青朋友们回到第二故乡，感谢筹备组的辛勤工作。知青代表，扎根古田的福清知青、宁德市第一届"道德模范"吴绍龙说："难忘知青岁月，感谢古田人民的深情厚谊。"福清市知青文化研究会会长陈维宁说："鬓染霜华，乡情不改。今天回到第二故乡参加知青馆开馆，仿佛又回到了热火朝天的岁月。美好的青春恰似流光溢彩的画卷，印在记忆深处。"古田知青馆筹建者代表林茂松谈了两年多来收集资料和布馆的艰辛，深情回忆了与福清知青朋友的三段情缘。

插队大甲林峰村福清知青、福建省政协提案委员会原主任陈新华，插队大桥石步坑村福清知青、福建省供销社原副主任陈旭青，插队泮洋古田知青、宁德市委原副书记、市政法委原书记唐颐，插队卓洋公社文洋大队福州知青省统计局原副局长林文芳，古田知青、中国核工业集团福建联络部原副主任陈光，大甲镇党委书记李锦亮，大甲镇镇长陈建曦，为知青馆开馆剪彩。

在开馆剪彩仪式上，福清知青们还带来了精彩节目，和主办方节目穿插表演，主要有：腰鼓《越来越好》，村歌《梦里林峰》，伞舞《江南雨》，快板《一代知青更风流》，合唱《我们这一辈》《年轻的朋友来相会》，独唱《毛主席话儿记心上》，诗歌朗诵《沁园春·雪》，水兵舞《再唱山歌给党听》等等，赢得观众阵阵掌声，仿佛又回到了激情燃烧的岁月。

沧桑巨变情未变，岁月无声人有情。时光悄悄流逝了半个世纪，当年风华正茂、意气风发的知青都已步入古稀之年。回首往事，心有念念。知青馆展出的图片、文物，只是在古田众多"上山下乡"知青中的部分。但每一张照片，都有一段刻骨铭心的故事，每一段故事，都埋藏着难以忘怀的真情。当你走进一个个真实的人物，你就会感到有太多太多的故事值得我们去挖掘整理，把他们的喜怒哀乐展示给世人。作为知青馆筹备组成员之一，在挖掘这段历史过程中，我更深刻体味到了他们的酸甜苦辣。在应约撰写宁德电视台、古田县委宣传部拍摄系列电视宣传片《千年临水情·知青岁月》一度稿时，无比崇敬地把他们的动人故事真实地展示。

如今知青馆已成我们身边那段历史的档案馆，这里的每一件文物，每一张照片，都是岁月的记忆，留着青春的余温，仿佛还在深情地叙说……

（2021年第1期《福建乡土》，有改动。分别收录《古田知青》《激情岁月》）

文　竹

　　初识文竹，是 20 世纪 80 年代初秋。出差，借机看看一位很要好的同学，在她宿舍的书架上，摆放着一小盆绿植，纤细、轻盈、婀娜、葱郁，如少女般冰清玉洁、亭亭玉立，看着令人顿生爱意。摆在书架上，更显高雅，倍增书香。她说："这叫文竹。"从此，我记住了它的名字。我不知道她现在还种不种文竹，也许世俗的烟火，早已淹没了那份纯真。

　　后来我进城开会也买了一盆文竹，带回家摆放在学校宿舍自制的简易书架上，每日里看看，浇浇水，可惜没多久便开始干枯。都说"橘生淮南则为橘，生于淮北则为枳。"在自然界，物竞天择，适者生存，是一种丛林法则。面对不同环境土壤，橘选择了生，即便为枳，活着才是王道。改变不了环境，就要学会适应。未料想我的文竹却选择了玉粹，粉末状的金黄色针叶洒满书架，微风吹过，飘舞到房间角落。又过数日，枝干也枯黄了。可能是没种植经验，管理不善，也可能是文竹无法适应山区冬天寒冷的气候。既然无缘，我便断了念想，从此以后，不再种植文竹。以为这文竹太娇贵，只适合城里人养，种不活，何必牵强，糟蹋美好。

　　其实我是很少种花花草草的，没什么兴趣，也就没去学习种植经验。曾经买过一株瓜子松盆景，没有管好也死了。后来在野外挖了几株野生金边龙舌兰当盆景，种在家里和办公室，算是有点绿色，多了一丝生气。这种多年生多肉植物耐寒、耐热、耐旱，生命力顽强，从来不需打理，自生而不自灭。

　　前年冬天搬新家，除买了不少很容易种的绿萝除甲醛，就只买了一盆小小的文竹，其他花、树都是亲戚朋友所送。那些兰花刚送来的时候姹紫嫣红，开得正艳，香郁逼人，但第二年就不开花了。那些发财树、摇钱树，到第二年冬天也开始萎靡不振，根部腐烂，渐渐干枯。问了懂行的同事，说是浇水太多，特别是冬天晚上浇水，易结冰，树被冻死了，应该要中午浇水。这隔行如隔山，自作聪明肯定要吃亏。只有那一小盆文竹，笔直中透着实诚，纤弱中藏着坚强，依然郁郁苍苍，充满了旺盛的生命力。

今年的春末夏初，摆放在电视柜上的文竹突然疯长，挡住了电视屏幕下方。我就把它移到阳台花架最顶层，给予最高礼遇，可纤弱的枝干经受不住蔓延的枝条压力，开始弯腰下垂。每日拿起小盆子看看，都能感觉到轻飘飘的，可能是疯长需要吸收更多水分，因此每天都给浇水。一个周末的午后，我躺在阳台摇摇椅上，一边看书，一边悠闲地摇晃，阳光透过纱窗，照在花架上，也照到了文竹的一半。我望着无法承受重压的文竹，想着英雄救美，为它减负，毅然决然拿起剪刀，剪去最长的几根枝条，阻止它的野蛮生长。又过多日，瞧着被剪后造型难看的文竹，头脑发热，一剪刀把它剪到根底部，想让它干脆重新长，这样也整齐。可过了好长一段时日，文竹的根际处才萌发出几根新的蘗苗，虽然也能如伞般撑开，但稀稀疏疏，完全没有了往日的朝气蓬勃、生机盎然，嫩嫩的羽状叶毛，带着青黄，成了长不大的黄毛丫头。虽然去买了植物营养液，经常给它喷洒，却是无动于衷，依然只是细细嫩嫩，一副弱不禁风的样子，枉费我一片好心。看着后悔，却无可奈何。

文竹花语是：象征纯洁永恒，幸福甜蜜，地久天长。弟媳去年乔迁新居的时候，特意买了一盆文竹，说母亲生前也非常喜欢文竹，既为纪念母亲，也希望得到母亲在天之灵的祝福。我听了非常感动，就这么一个细节，让我感受到了一个儿媳妇的细心与孝心。作为儿女，我们反而没有想到这一层，只是纯粹喜欢它的高雅与美妙，倍觉惭愧。

今天开始写这篇文章，上网百度一下文竹，学到很多种植经验。我想采取换盆换土方法，来个彻底改造，让一切重新开始，希望不负有心人……

（2022 年 1 月 22 日《闽东日报》）

喜看文竹又青葱

去年被我整蔫、剪平了的文竹，后来只长出几根稀疏嫩芽，好像是长不大的黄毛丫头。看着心焦，又无可奈何。为此写了《文竹》一文，在《闽东日报》文艺副刊发表，想通过"换盆换土方法，来个彻底改造，让一切重新开始，希望不负有心人……"

当时我把只有几根嫩芽儿，有点病恹恹的文竹连根拔起，除去太多的根系，移种在一个精致的白色花盆里。那花盆上勾勒着几支素雅的兰花，和高洁的文竹倒是浑然天成，相映成趣，两个小人物，宛如情意绵绵的一对儿，相依为命，共度人生。这如病美人一样的文竹，楚楚可怜，纤弱得让人牵挂，也激发人产生一种英雄救美之豪情。于是常常浇水、施肥，细心地观察，静静地等待。

过年时，从漳州回来的小舅子送来两盆漳州特产——水仙花，摆放在客厅电视柜上。平时只要给浇点水，几天后，花儿竞相绽放，白色花瓣，黄色花蕊，香气浓郁，一副娇贵的样子，难怪北宋著名文学家、书法家黄庭坚称之为"凌波仙子"。近代女革命家秋瑾有诗赞道："嫩白应欺雪，清香不让梅。"太太却嫌它太过刺鼻，影响睡眠，搬了一盆到楼上开放式书房。四溢的花香，充盈满屋，家便温馨起来。花装点了生活，愉悦了心情。苏轼咏海棠诗曰："只恐夜深花睡去，故烧高烛照红妆。"在夜深人静的书房台灯下，默默地凝视朦胧中的水仙花，那种感觉和苏东坡无异。但欣赏赞美中也有许多感叹，人生一世，草木一秋，常言道：花无百日红，终要凋谢。水仙花的花期还算是长的了，也还是只有那么屈指可数的几天。花开的时候热热闹闹，花谢了惨惨戚戚，总让人想起文学名著《红楼梦》中的经典片段：黛玉葬花。"明媚鲜妍能几时，一朝漂泊难寻觅……侬今葬花人笑痴，他年葬侬知是谁？"这易逝光阴，如花开花落，难免触景生情，徒增伤悲。

年后不久，水仙花终是谢了，自然规律，不可抗拒。这水仙花虽然是多年生植物，但也只开花一季，连绿色的叶片也渐渐枯黄，只好找个塑料袋装好，扔进了垃圾桶。它那短暂的一生，大概也只能启示：这世界，我来过。我把装水仙花的红色瓷盆留了下来，给文竹底盘套了一个，只是为了防漏水，有时候水浇多了。

还真是的，耐心的等待，没有白费。经过一年的孕育，在今年的这个春末，文竹终于重新焕发生机。你看，它在案桌上依然亭亭玉立、婀娜多姿，撑开的枝丫，如多情少女张开热情的双臂，拥抱着这个春天。尽管是迟来的爱，但还是抓住了春天的尾巴，没有错失这一春。如此青绿，怎不让人垂怜？

看今日青葱的文竹，令人喜上眉梢。拍照顺手发了微信朋友圈，好让大家共同欣赏，配上一句：喜看文竹又青葱。此刻心中便决意以此为题，再续写一篇文章，作为姐妹篇，感受这份美好。有位女同学看了朋友圈照片，评论说还是不要那红底盘吧，太鲜艳，喧宾夺主，与文竹的高雅不协调。想想也对，文竹看样子像个柔柔的女子，细细的枝干好像弱不禁风，但它不媚俗，何必与大红大紫混在一起。

相较于花开时的欣喜，花落时的伤感，我更喜欢常青的文竹。路过摆放花木的地摊，都会特别注目那边角上不显眼的文竹，即便不买，也会观赏观赏。它没有牡丹的艳丽，没有翠柳的招摇，没有玫瑰的光彩，它是冰清玉洁的，素来不与世俗为伍，不攀龙附凤，自有风骨。也从来不处闹市，不喜喧嚣，甘居一隅，守候净土，静享书香。没有那么多的喜怒哀乐，没有轰轰烈烈的故事。不以物喜，不以己悲，只有平平淡淡，长相厮守。

很多时候，真是长痛不如短痛。既然没有盼头，改头换面还真心不够，必须洗心革面、脱胎换骨、另起炉灶，才能获得新生。人生何尝不是如此？

（2022 年 5 月 7 日《闽东日报》）

从乡村女教师到网红"银耳姐姐"

"银耳姐姐"张家巧，1987年宁德师范学校毕业回乡任教。三年后，为了真爱，从屏南调到古田，在泮洋乡当一名乡村女教师。20世纪80年代的中师生，是一支非常优秀的群体，她在教育工作岗位上也是非常出色，深受好评。

在20世纪90年代商海浪潮的冲击下，1997年，怀揣创业梦的张家巧夫妇俩毅然决然放弃铁饭碗，辞去公职，携带幼女，北漂京城，在陌生的城市，进入陌生的行业。这不仅仅只是他们的不甘寂寞，更是一种胆略，年轻人的闯劲，破釜沉舟的精神。通过市场调研和摸索发展，成立北京圣仕隆家具公司，丈夫郑开亮任董事长，她担任总经理，凭着坚强的毅力，锲而不舍追求梦想的精神，历经16年摸爬滚打的拼搏，创业成功，公司年创产值达到7000万元。

实现了创业梦的张家巧夫妇，无时无刻不在怀念着故土、亲人。2013年，女儿出国留学后，因为内心深处的故园情、菌菇梦，张家巧夫妇决定返回中国食用菌之都——福建古田，再创一片新天地。回到家乡，张家巧开启了她的第二次创业历程，接手了一家濒临倒闭的专业生产海鲜菇的食用菌合作社。

因为古田是全国最大的食用菌产销县，其中银耳产量占全球90%，素有"世界银耳在中国，中国银耳在古田"之誉。

2016年，张家巧把目光转向了银耳种植。但真正接触后才知道，工厂化种植银耳并不容易，经过两年多的不断调试，交了上百万元"学费"，

终于掌握了工厂化、智能化栽培无公害银耳"秘方"。2018年，在合作社基础上重组成立宁德晟农农业开发有限公司，创建了"三朵银花"品牌。生产的银耳分别通过"无公害农产品""绿色食品""有机产品"等认证，晟农食用菌农民专业合作社也先后被评为合作社"市级示范社""省级示范社"。但由于出产的银耳，烘干出售只是一种初加工，市场竞争激烈，没有渠道，销量小，价格低，从开始到2018年，每个月亏钱几十万，都是靠北京圣仕隆家具公司赚的钱贴补，总共亏损了数百万元。按张家巧原话说："简直是亏得一塌糊涂。还好北京工厂赚钱，要不然真撑不下去了。"

产品如何提升价值、打开销路，是企业生存的关键。面对暗淡的前景，从不服输的张家巧，2019年开始开发即冲即食的冻干银耳羹，即：新鲜银耳从采摘、清洗、切碎控制在二个小时内完成，保证了食材的新鲜。再通过古法熬制2小时，经过零下30℃低温速冻，40小时真空干燥，脱水率达到99%以上，保留了食材的色、香、味以及营养成分。银耳从原来烘干出售，到深加工成冻干即食银耳羹之后销售，它的附加值至少增加了40%左右。

凭借占据自己工厂生产银耳的优势，张家巧规划好蓝图，但铺开市场才一两个月，新冠疫情来了，市场就根本推不动了。在女儿的鼓励下，2020年2月2日，张家巧开始学习直播带货，取网名"银耳姐姐"，老公网名"银耳大叔"。有人说姐姐与大叔差辈分了啊，她笑呵呵地说："没事，现在的小姐姐喜欢大叔型的。"一直到7月，每天上午10点到12点都在直播，做了100场。五个月时间，几乎没有卖出产品。但"银耳姐姐"依然充满年轻时的勇气、斗志与毅力，坚持下来。她说："一开始我就抱有100场货卖不出货的坚强的心理素质。可直播后台交易数据拿不出来，内心也很焦虑，但我还是希望通过这种新形式取得成功。10月份后，每天直播都在6到8小时，可以说是拼了命了。"2020年10月，为参加福建网红比赛，更是直播8小时以上，赢得比赛资格。面对30多名90后选手，经过四天激烈角逐，还是取得好成绩，进入 12 强。三年来，银耳姐姐共做直播带货 750 多场。目前，她和她的团队每天还在坚持直播 3 个小时以上，推广古田银耳。为了让更多人了解这种直播带货新手段、新模式和新的商业运作方式，她还开展抖音直播带货公益培训 14 场，累计培训 800 多名当地电商小伙伴，进一步带动了古田银耳在抖音等新媒体平台的宣传、销售。通过直播，"银耳姐姐"成了远近闻名的网红达人，公司也因此拓宽了新媒体平台销售渠道。她的丈夫"银耳大叔"，也时常搭档上阵。她的创业故事相继被新华网、央视《新闻联播》、CCTV17《致富经》等多家媒体报道。积累了两三百场直播经验后，水到渠成，才真正打开销路，其间两场三天爆单，卖出几万份产品，最高一场有 800 多万观众，收获了意外惊喜。

2021 年 9 月，宁德晟农农业开发有限公司被福建省农业农村厅等十一部门授予"福建省农业产业化省级重点龙头企业。"2021 年 11 月，省农业农村厅、林业局、海洋与渔业局授予"三朵银花牌古田银耳"2021 年度福建省名牌产品。特别是 2021 年中央电视台农业农村频道播出后，产品供不应求。为扩大产能，筹建了公司二厂，五条生产线，可以日产 16 万份产品。她就是这样抓住直播带货风口，做大做强银耳产业。公司去年直播带货近 3000 万元，企业产值突破 7000 万元。其"三朵银花""银耳姐姐"双品牌著名商标，成为旗舰店标配。她说："新媒体助力产业发展，假如是传统销售，肯定走不到今天。2022 年公司创产值 7000 万元，2023 年有望达到 9000 万元以上，明年要突破一个亿。"

随着企业的稳步发展，经济效益的不断提高，张家巧社会职务多了，兼任中国食用菌协会古田银耳分会副会长、福建省女企业家协会副会长、福建食品协会理事等等。此外，她还是古田县人大代表、宁德市人大代表。每天除了处理公司事务，参与社团工作，还要接待不同群体的参观、学习、采访，忙得是马不停蹄，夜以继日连轴转。与此同时，她还积极履行社会责任，投身到扶贫助困的队伍中去。2016 年以来，她先后帮扶 25

户贫困家庭顺利脱贫。同时，其合作社还提供了160多个工作岗位，带动周边20多户农户种植银耳；2022年疫情期间，她充分展示了一名爱心企业家的责任心和爱心，主动报名成为古田县疫情防控志愿者，带领女企协会员到商超等重点区域配合开展疫情防控有关工作；积极筹集物资，第一时间向宁德市抗疫一线工作人员、古田县总医院、古田县疫情防控指挥部、霞浦县防疫指挥部等捐赠共计3万余份银耳羹，累计金额15万元。这些物资凝聚了企业的善与爱，为抗疫一线的工作人员传递了温暖和信心。

2021年她被福建省计生协会评为"幸福母亲"带头人；2021年度被宁德市妇联评为"宁德市三八红旗手"；2022年6月被宁德市文明办评为"宁德市身边好人"；2022年被省妇联评为"省级优秀妇联主席"，同时推荐为2022年度福建省"三百五有"优秀新兴领域妇联组织负责人。

2022年4月6日，央视《新闻联播》播出报道《全面推动乡村振兴，产业更兴旺，乡村更宜居》，特别关注了古田县食用菌产业发展，作为投身产业发展的代表性人物，"银耳姐姐"张家巧接受了央视采访。

2022年9月5日上午，"银耳姐姐"张家巧受邀参加食用菌产业研修班专题交流活动，通过福建省联合国南南合作网示范基地平台，向"一带一路"沿线15个国家妇女代表介绍古田食用菌产业和银耳种植生产、加工工艺、冻干产品、销售技巧等有关知识技术，也让古田银耳更广泛地走出福建、走出国门，进一步扩大了中国食用菌之都古田县的影响力。

一个乡村女教师，人生好几次都是从零开始，1997年"下海"，涉足家具行业，食用菌种植，银耳深加工，新媒体直播，每一次都是全新的挑战，一次次的艰难转型，一次次的成功突破，实现了华丽转身，成了名闻遐迩的网红"银耳姐姐"。

写于2023年3月

（收录《古田银耳》）

三

陶情遣兴

再上武夷山

再上武夷，相距已是 30 年整。

30 年前，携女友第一次上武夷山，顺便在南平市见见家人，丑媳妇总要见公婆嘛！从小山村坐班车几经辗转，奔波数百公里，才来到了仰慕已久的武夷山水中。那时的武夷山，游客虽不少，但还不至于人挤人，人看人。买张门票，登山涉水坐竹筏，玉女峰前留倩影，悠闲之至。

一日早起登天游峰，一路走去，很是冷清，未见大门，也无售票，甚为纳闷。在云遮雾罩中，沿着绝壁登上天游峰。浓雾中，匆匆在"天游"石碑旁留下了一张黑白照。下山之时，方见男女老少伛偻上行，才知走错了方向，竟是从后门登山，无意之中逃了门票。那大王峰，因山形如纱帽，独具王者威仪而得名，算是武夷山第一峰。年轻气盛的我们互相鼓励着，一口气登上山顶。但好景致实在少，心有不甘还沿着山顶四周转悠了一圈，终是没有发现什么人文自然景观。再加上林木茂密，无法远眺，真的是"只缘身在此山中"，看来这大王峰只能远观不可近玩。

岁月悠悠而过，红尘往事如风。当年的女友已成老妻，然不忘初心，故地重游、旧梦重温却也别有意味。今日的武夷山，已是纯商业化运作，旅游线路也已重新规划，基础设施也较为完善。沿街商铺，不是茶叶店，就是土菜馆、根雕城，因离机场较近，只能盖三五层楼的普通旅馆，都称之为"大酒店"，游客们成群结队，跟随导游挥舞的旗子进进出出，或兴高采烈精神抖擞，或萎靡不振疲惫不堪，其实这旅游人看人车堵车也是一道风景，关键在心情、在心态，只要不徐不疾，淡定从容。烈日炎炎的下午登天游峰，气喘吁吁，大汗淋漓，大耗体力。忽想起当年写的一首小诗《山路》："山路弯弯，我怡然而上。脚踏坚实的土地，背负苍翠的青山。时趋时缓，时紧时慢，攀'1'走'2'绕'3'……即便是'十'字样路口，也只有向上，向上。"很是感慨，这时光荏苒，岁月如梭，不服老不行。但看着中途"有点喘，有点酸，有点想放弃，对吗？不后退、不犹豫，可以吗？选择正确的方向，继续出发吧！"激励人心的指示牌，想着难得再来，而且希望反方向重走30年前的老路，重温青春年少的浪漫，咬咬牙还是坚持下来。同行者有的一开始就望而却步，有的半途而废，未能享受个中滋味。那天游峰顶，熙熙攘攘，有照相的，有歇着的，有吃喝的，还有烧香拜佛许愿的……

下山之时，发现老线路已改，旧路被废弃，不再走陡峭的绝壁，还是绕过山坳由入口返回。途中见三个妙龄少女，正对着石径旁柴门上的题字指指点点，最终确认读"玉拯"，我哑然失笑，纠正道："那是行草'至极'，意为达到极点。《庄子·逍遥游》曰：'天之苍苍，其正色邪？其远而无所至极邪？'"说罢，其中一少女自我解嘲道："没文化，真可怕！"呵呵，我这是诲人不倦，好为人师啊！正是下山无聊之际，一段插曲，却平添趣味。

位于隐屏峰下平林渡九曲溪畔的武夷书院，即武夷精舍，是朱熹于宋淳熙十年（1183）所建，为其著书立说、倡道讲学之所。朱熹在此讲学五年，培养了大批学生，其理学思想由此广为传播，形成了一个有力量、有影响的学派。现建筑是2001年在清康熙年间重修的精舍上重建，设计匠心独具，"中以为堂，旁以为斋，高以为亭，密以为室"。作为一介书生，教育工作者，理所当然要拜访一番，清幽的书院，确实是个读书论道的好地方。凝视大柱上"宇宙间三十六名山，地未有如武夷之胜；孔孟后千五百余载，道未有如文公之尊"之句，想来熊禾对朱熹的评价，还是得到后人的赞同与认可。其教学特色注重"思辨"，事不鉴不清，理不辨不明，这才是做学问的真谛啊。《礼记·中庸》十九章有云："博学之，审问

之，慎思之，明辨之，笃行之。"现代教学理论的"自主、合作、探究学习"，无非是其翻版而已。

坐竹筏很是惬意，优哉游哉。山环水绕，顺着九曲十八弯，在青山绿水中缓缓漂流，两岸山峰夹峙，沿途风景美不胜收，双乳峰、犁尖峰、钓钩潭、巨蚌出水、仙指峰、神鳄游潭、大王峰、玉女峰等等等等。艄公见多识广，讲解可谓妙趣横生，但却把我的职业误猜为"医生"，我也顺水推舟，微笑默认。人在旅途，大家高兴就好，与人为善，一路吉祥，一生平安。

"书到用时方恨少，事非经过不知难。"而今年过半百，阅历增加，体力却渐衰，登山已是力不从心，颇感吃力，下得山来，双腿战战，顿悟人生也已是从峰顶开始下坡，所谓功名，也如山中云雾，终将飘散。都说心若不动，风又奈何？这山若不动，雨雪风霜更又奈何？一切终归平静，一切终将走向归途！该走走就走走，该歇歇就歇歇了。不求伟业，但求有用。做个好人，做有益于社会的事，做自己喜欢的事吧！

（2016 年 10 月 9 日《闽东日报》）

古田的"圆圆环"与"三角尖"

　　说起"圆圆环",古田人耳熟能详,可谓家喻户晓。这十字街中心地段,自1958年旧城被淹,新城始建就一直被称为"圆圆环"。可惜受普通话侵蚀,现在的年轻一代对本土方言渐至陌生,一些不知方言怎么表达的字常以普通话代替,或硬拗出一个半土不洋的发音,我们戏称为"半咸淡"。古田方言没有"圈"字,我们发的音是"环","圈"是普通话介入的。把"圆圆环"叫作"圆圆圈",无形中破坏了古田方言的原汁原味。

　　1958年,古田为建设国家"一五"计划重点工程(代号101工程)的古田溪水电站,淹没了有1200多年历史的旧县城。从此,历史名城就一直沉睡在翠屏湖底。整体搬迁的新城重新规划,还算整齐。十字街"圆圆环"作为古田文化地标,见证了历史的变迁。

　　"圆圆环"作为新城中心,是有讲究的。旧城搬迁时原计划选址前山洋,但因土质太轻而放弃。这中心东面是新丰村,西面是罗华村,南面是松台村,北面是前坂村,四大村落环绕,四面拱卫,犹如聚宝盆,水流中心,财汇中央,正所谓"水聚天心,四水归堂",是最上乘风水格局,既旺财又人心归拱,藏风聚气。最初的"圆圆环"中心建筑是假山,立在水中。20世纪60年代后期,拆假山垒砖墙,南北朝向,南面是"毛主席去安源"画像,上书"星星之火,可以燎原",背面(北面)写着"以粮为纲,全面发展",颇具时代特色。20世纪70年代末期,改种榕树,种过两三回都无法越冬而未能成活,大概是不能适应古田冬寒霜冻气候。之后就改建灯塔了,其间只是造型有所变化。感觉还是挺不错的,既可照明又

是景观，一柱擎天充满阳刚之气。

古田是个很休闲的小城，面积不大，柴米油盐衣食住行都方便，上下班走走路都可以到达。闲暇时间逛逛街，东西南北，解放路、建设路个把小时即可。最繁华热闹的，也就是以"圆圆环"为中心几百米范围。外地人到古田，都会到"圆圆环"转一圈，稍不留意，常常会走错方向，这十字街四个方向实在太相像了。我当年参加高考，是纯粹乡巴佬进城头一回，去二小就走错方向，还好是头一天熟悉考场。八十年代初的一年夏天，跟一个在中山大学读书的同学去广州玩，回来时要在古田城关过夜，晚上去看电影时间尚早，就在"圆圆环"榕树下的石板凳上躺下打了一会儿盹，爬起来去文化宫看电影，竟然朝解放路新丰方向走了。从此后，每回到城关，在"圆圆环"都要先认清方向，在哪儿住，去哪儿吃，到哪儿办事。

现在的每天早晚，许多老人都会不约而同地到"圆圆环"坐坐，拉拉家常聊聊天，晒晒太阳伸伸腰，看看风景吹吹风，这儿也常常是重大新闻中转站，国际国内、街头巷尾无所不有。若是节假日，政府会更换景观灯、花圃，装饰一新，还会放音乐喷泉，引来市民，特别是老人小孩驻足观望欣赏。华灯初上的夜晚，这"圆圆环"一带霓虹闪烁，人流涌动，还是有点儿都市气息。毕竟是经济、文化中心，一些部门的主题活动，会在"圆圆环"摆摊设点做宣传。今年春节的"圆圆环"还多了一份喜庆，八个景观灯柱上安装了灯箱，除了"国泰民安""吉祥如意"等祝福语，主题就是古田县打造特色品牌的发展目标："千年临水，健康古田"。

至于三角尖，知道的人却是不多，因为小且偏而不被留意。我是2000年初学上网，在QQ上跟一个古田本土不知姓名的年轻网友聊天，她问我在哪儿？我说："圆圆环"。我问她在哪儿？她说："三角尖"。一问一答，我们好像是在对暗号。虽然我不是正宗城关人，但毕竟也在城里待过多年，平时还善于观察学习，对"三角尖"却真的一无所知，耐不住我的一再追问，被嘲笑一番后，告知：林业局门口。我哑然，这"圆圆环"到林业局门口也不足 1000 米啊，怎么都没有注意到呢？为此，我特意去考证了一回，这三岔路口的中心绿化带确实就是三角形的，高手在民间啊。这"三角尖"与"圆圆环"同处东西中轴线，相辅相成，整条解放路连接到"三角尖"一带的六一四路都是商铺林立，实在也应该成为古田的地名专用词。

由于早年城东尚未开发，是一片田野，以三岔路口这"三角尖"为城乡分界线，一上坡就是城乡接合部新丰村，一下坡都统称"平头细"。据土生土长年届九旬的余老先生回忆，他从旧城搬到新城，往事历历在目，可以凭记忆把旧城大街小巷画出来。这"平头细"是因一位姓叶的老伯在新城东出口大树下摆移动摊点，叶老伯头较平又剪平头，大名"细"，人称"细伯"，久而久之，人名演变为地名，成为这一带的俗称。有人称"平头帝""平头界"甚至"平头戒"，皆纯属误读误解。说来也是有趣得很，叶老伯人称"平头"，其子人称"光头"，其孙人称"长头"，皆非戏谑之意，实为昵称。

如今的"三角尖"已是古田城内重要的交通枢纽，连接城东城西，高速高铁。安装了红绿灯还探头密布，规范了车辆与行人交通线路，安全有了极大保障。不过，上下班上下学期间因车流量较大，还是常有堵车现象，好在环城路、滨河路的开通，疏散了部分车流。

生活，一半是回忆，一半是继续。时代变迁，难掩历史印记。这"圆圆环""三角尖"，从最初的本意，已经具有了历史的、文化的、社会的新意义。

（2017 年 5 月 9 日《闽东日报》）

十里映山红，别样风景线

每年五月上泮洋高岗看杜鹃花，已成惯例，算起来，整十年了。

十年前第一次上高岗看杜鹃花，只是听说那儿有一片杜鹃花，亲友一起开了两部车，一路寻花而去。那时高岗山下的中直村公路尚未修好，一路颠簸，异常艰险。车没散架，人骨头似乎已经散架了。开到实在难行处，赶忙下车，稍事休息，便开始登山。身处大山，没有目标方向，一会儿便迷路了，还好带了水和干粮。折腾着都过了晌午，喜出望外看到几户农家，纯朴的村民很是热情，一家正在生产香菇的农户挽留我们吃了中饭，我们趁机请一位老者当向导，沿着蜿蜒崎岖的山路再次进发。

翻过了一山又一岗，一岗又一山，终于看到了万亩杜鹃，十里花海。漫山遍野，花团锦簇。火红火红的杜鹃，犹如一堆堆篝火，映红了山，映红了我们的脸，也唤起了一股青春的激情。徜徉其间，看杜鹃花喧坡闹谷，心潮澎湃，心中倏地蹦出了一首歌："五月的鲜花，开遍了原野，鲜花掩盖着志士们的鲜血……"这是光未然作词，阎述诗作曲的抗日救亡之歌，在夕阳下、花海中高歌，显得格外悲壮。

第二次上高岗，已是轻车熟路。车到村口，直接上山。林中穿行，倒是清凉，一路鸟语花香。出了山林，就感受到了燥热，不一会儿就汗流浃背，要躲在树荫下凉快凉快再出发。这之后，路越修越好，每年去高岗的次数也多了。自己组织去一趟，同学来了陪着去一趟，亲友来了又陪着去一趟，也是乐在其中。这游山玩水，不仅仅看风景，更是看同伴，看心境。若是遇上阴雨天，上高岗可得小心了，半山腰以上都是一片迷蒙。虽说雾里看花，别有一番情趣，但浓雾中根本找不到方向，下山的路可不好找，稍不留意，就会走到交界的闽清县去了，曾经常有游客是误入闽清又坐车回来。

那映山湖，也称为天池，长满俗称席草的蔺草，清香浓郁。一片葱绿，微风轻拂，沙沙作响。万红丛中一点绿，特别令人气爽神怡。现在通过改造，成了映山湖，清澈的湖面，波光粼粼，常见鱼儿游往。巍峨的高山下，注入了水的灵动。

早年的泮洋交通不便，生活条件极为艰苦。冬夜里，常常能听见寒风的呼啸，是干部被"下放"处之一。在旧宁古路口，曾有一块"泮洋人民欢迎你"牌子，有好事者编了一首顺口溜："泮洋人民欢迎你，这里上去四公里。饭菜吃了从头起，三点过后我和你。"虽有自我解嘲之意，但也是事实。20世纪90年代初，我在泮洋的十四中工作了一年。当时不知道有高岗，也不时尚旅游登山，只是慕名去了一趟名字很美的村庄——凤竹，憧憬着《月光下的凤尾竹》的意境，想象着是否也有如傣家姑娘般的村姑，在竹林阁楼上，在溶溶的月光下，静听曲调悠扬的葫芦丝。终是尽兴而去，失望而归。

如今的泮洋，青山绿水路路通，在新华村还开了高速互通口，与往昔已不可同日而语。当地政府大力宣传，投资开发，高岗已成为著名景区。去年"五一"期间，还举办了首届"中国·高岗杜鹃花节"，上万名游客在漫山花海中，聆听美妙的醉人音乐，感受独特的高原风光。

近两年，高岗开发建设风力发电站，盘山小路开到了山顶，对整体自然生态环境有所破坏，要恢复植被尚需时日，人工移植栽培不失为一条捷径。但风电也成为一道靓丽风景，静态中多了一种动态美。

因史上泮洋属十三都，到泮洋工作过的人，常自称"十三都人客"。其实不然，小地方，人也自然熟，不把自己当客人。谈起同甘共苦的日子，格外亲切。因为我们早把自己当成了十三都的一分子，早把他乡作故乡了。

（2017年5月18日《闽东日报》）

十字街头随想

　　饭后茶余，漫步华灯初上的古田十字街头，徜徉在车水马龙的解放路，流连于霓虹闪烁的建设路，东西南北中，吃的，穿的，用的，玩的……五花八门，琳琅满目，眼花缭乱。早已心中忘却柴米油盐酱醋茶，眼里只有琴棋书画诗酒花。置身其间，宛若人间"仙甸"。

　　民以"食为天"，"佳客来""亲仁"相聚"盛世名都"。从"出发点"，绕过"好望角"，便是"吉祥楼"。老街新貌，新生活"扬帆""远航"，上班一族，休闲一族，每日激情上演"牛肉传奇"："老牛店""牛魔王""牛太郎""贵族世家牛排""豪亨世家牛排""一米香"牛肉饭。还有街头"露天小巷"的"自选煮题"，牛杂牛滑牛肉丸。

　　"特步""江边码头""鑫海岸""今磨坊"，来一盆"木桶鱼"，美味佳肴犒劳一天劳顿。酒足饭饱，端起"老塞咖啡"，听"西元前""帼韵古筝"，不知今夕何夕？这"宝岛""左岸右方"的"百年鱼庄"——"清水小筑""玲珑阁"，"茵歌"燕舞，"红星""飞扬"，与秦淮河畔"绿丹蓝"有的一比。"朝阳""汐语""百家乐"，"晏子""逢春""靓糖糖"，"和颜悦舍""郁香菲"，"留香居"里"好梦来"。实在令人"爱戴""爱萨"。

　　"小时候儿"，常跟着"六婆""杜氏"和"外婆家"的"周麻婆"，周末"必逛""德克士""麦克士""华莱士"，"肯德基""美味基""亿佳基"。穿着"老人头"皮鞋，啃着"精武鸭脖"，嗑着"傻子瓜子"，拎一串"祖庆葱肉饼"，一副无敌"包天下"的样子。如今大贵"长富"，"杨门时尚"，身着"利郎""杉杉"而往，一副"柒牌""名派"。自以为是

"酷衣点""花花公子"，大有一代"才子"——"韩衣阁"风采，很是"劲霸"。来到"唐古拉""女性生活馆"，寻芳猎艳"城市佳人"，凭借三寸不烂之舌"金口才"，周旋于"格蕾丝""爱丽丝""维纳斯""黛富妮""樱乃儿""米娜"之间，我的"姑奶奶"哟，"森马""英煌""御江南"，人生"醉得意"，也无非如此吧？"联想""美的""乐转转"，晕头转向分不清"末未"，"自在时光"简直是"梦回唐朝"。偶尔，看多了"俏贝贝"，也是"步森""雁皇"，想着回归质朴的"望湘园"，吃上老祖宗做的"婆一手"。这人生"百味"，千秋功过，自有后人评说。俺就是那"大东"海"煌上煌""九牧王"——"美特斯·邦威"啊！

去年"夏天"，在"水云间"，"遇尚""斐雯"不少的"娇娇姐"，穿着"古甜红""民族风旗袍"，那"曲美"线条"依目了然"。真是一个"完美女人"，"弥香源"处，"真心难忘"！

今年的"T型台"别具一格，"纯色"美女。"柚见""都市丽人"——"雪琳儿"，我"依梦"中的"唯依"，经过持之以恒"玖玖玖"不懈努力，终于"如你所愿"抱得美人归。今生"佳人有约"，迎"上花轿"，接回到了"海澜之家""宜之佳"。"满园春婚庆"公司全程操办了婚礼，甜蜜生活如日上"中天"，雄"冠""男桂坊"。

近些年，"流行频道"还是"贵族主题"，到"老地方"——"品兰居"，吃"老香港茶点"，坐"美雅轩"，看"逅海"花开花谢"云飞云朵"，"稻草人"上"台湾红蜻蜓"翩翩起舞，什么"周大生""周六福"，皆乃身外之物。

"夜焰"阑珊，约上姐妹花"图兰朵""蓝妹"和"三剪客""乔丹""波司登""保罗丁丁"，到"童话纯K"，灯红酒绿，引吭高歌"balabala""Cabbeen"，好一曲如醉如痴"兰亭序"。美好日子，乐不思蜀，每周最好还要"7+1"。这"京华""鑫都""漫城生活"，百姓乐业，万事"顺安"，好比"刺桐红""红翻天"，岂不羡煞久居"世外桃源"的五柳先生陶渊明？

（注：加引号的是古田县城关十字街附近部分商号品牌名称）

2017 年 10 月

谈书堂话旧

　　谈书堂坐落于古田县大甲镇上书村，原名觉真堂，乃村民祭祀之所。南宋庆元三年（1197），朱熹为避"学禁"之难，客居古田杉洋蓝田书院讲学，村人仰慕其才而延请在此谈书论道，因此更名谈书堂，成为"朱子一日教九斋"之一"斋"。朱子曾亲题"谈书堂"匾额，笔力遒劲，酣畅淋漓。由是道德文章，薪火相传。后人亦有以"谈书书院"相称，但大甲乡邻仍称谈书堂，更感亲切。

　　据上书村《林氏支谱》之《清乾隆乙酉年募建谈书堂序》记载："……地经过化便是名山，此玉田东路之所以异于他乡，虽西魏无可高驾乎其上。浣溪书院独编形胜，东则如程漈（即今之鹤塘镇程际村）兴贤书院，三阳（即今之杉洋镇）则东西斋如蓝田书院，而吾乡之谈书堂遂并驱诸名区而馨闻古今矣。原为真人肇其迹，额曰'觉真堂'。至宋文公朱履蹄云，红溪载雨，更而题之曰：'谈书堂'。墨迹淋漓，草木润三春之色；砚池活泼，山川泽一客之妍。先贤足迹，片土芬芳，而祀亦仍其旧……"清道光二十一年（1841），乡进士、例授文林郎候选知县正堂许子春撰写的《纂修旧序》；清光绪三年（1877）春，举人、奎光书院掌教、例授文林郎分发浙江布政使司经历吴步青撰写的《序》，均有简要提及谈书堂及其对后世深远影响。

　　谈书堂占地面积近十亩，背靠山岗，面向歪头峰，四周围墙包围。堂前悬挂朱熹在白鹿洞书院所作《学规》："父子有亲，君臣有义，夫妇有别，长幼有序，朋友有信……博学之，审问之，慎思之，明辨之，笃行之。学、问、思、辨四者，所以穷理也。若夫笃行之事，则自修身以至处事、接物，亦各有要……"一方面提倡博学、审问、慎思、明辨教育思想，另一方面强调修身、处事、践行做人原则。正门外另有坪近 2000 平方米，供学童活动。右前方 40 米处有一口水井，供学堂使用。左侧山丘有一棵朱熹讲学期间亲栽木笔。传说这棵木笔树很是怪异，每年只开花三朵，有顽童几度欲折枝砍根，翌日重又复原，这一故事至今流传。清代古田名士、恩贡郑文堂于咸丰甲寅（1854）夏游谈书堂，有感而发《咏木笔》诗一首：

含烟木笔向天开，闻道文公手自栽。
谁识庭前勤灌溉，斧斤几欲砍根荄。

谈书堂于南宋以后因年久失修而塌陷。明正德四年（1509）重修，坐午向子兼丙壬，六扇七柱两展橹杠梁露伞，以垂圣迹不朽。内祀朱文公圣像并三宝（在佛教中称"佛、法、僧"为三宝，或指觉、正净三世佛）、伽蓝神、先祖、真人诸位宝相。

元代以前，闽东书院以民办为主，元明两代，官方加强对书院控制，同时出现官办书院。到了清代，书院以官办为主，民办书院逐渐走向衰亡。清乾隆二十八年（1763）乡人题捐重修谈书堂，上书村《李氏族谱》记载："……其堂庙高二丈一尺六寸，中座阔三丈一尺六寸，深四丈一尺一寸，小厅左右阔二丈一尺。"其后毁于战乱，具体年份不详。乡邻敬仰先贤遗迹，对谈书堂的归属有所争执，曾告到县衙。清光绪二年（1876），时钦加五品衔、补用分府摄理古田县正堂丁策勋审结，判决原址重建，村民共用。主体建筑单层土木结构，三间并排。中间为佛堂，众姓供奉。朱文公圣像恭奉左祠，右间空旷留作村民打斋、烧香、宴会之所。

民国十九年（1930），谈书堂被飓风刮倒，一度荒芜。民国三十二年（1943），乡人在其旧基重建一座简易"伽蓝堂"，四扇三柱，高一丈七尺

六寸。供奉伽蓝神、弥勒佛，以为守护一方水土。现址尚存原谈书堂围墙墙基和部分柱础、瓦片。围墙内宽 30 米，深 24 米，总面积 720 平方。

　　福建书院始于唐朝，延续到清末，有 1200 多年历史，多建在远离尘嚣、风景优美之所，或借寺、观、祠、庙而设。多以地名、先贤或办学宗旨命名，有书院、文馆、草堂、精舍、斋、堂、社等之称。谈书堂地处上洋、谈书、谈书店等自然村中心地带，既幽静又方便邻近乡村学童。历史上谈书堂作为求学之所，学生多是自愿慕名投师而来，且来者不拒，来去自由，学习"四书""五经"，诗文词章之类。谈书堂周边地貌山形如片片着地莲花，被称为莲花宝地，因先贤朱熹履迹并亲题墨宝而流芳。清乾隆丙戌年（1766）六月，有得道高僧过谈书堂，与人倡酬，留下诗篇。

其一

觉真易额谈书处，理学从中仔细看。

逢水萍踪开俎豆，避人车辙护衣冠。

无端山峙双擎柱，有数峰回百倒澜。

画藻棁头重洁祀，莲花着地坐如盤。

其二

十年对客询名胜，梦想何如眼前看。

有道人馨还致祀，方山子隐孰遗冠。

壶天吾价僧都幻，日午峰奇涧更澜。

鸡黍留情分手后，夏云缥缈结成盘。

　　诗歌讲述谈书堂的演变，歌颂朱熹理学的光辉，赞美山川秀丽、草木青葱，以及表达对先贤的无比敬仰。

　　这莲花宝地还有许多传说，在其西北约 200 米处原有一口砖瓦窑，每当点火烧窑时，风云突变，不出三天必定降雨，且十分灵验。因谈书堂地处着地莲花花心，莲花怕火，而水能灭火，保护谈书堂。另有一说，明朝建文帝遁入空门逃难宁德，明成祖朱棣派兵在全国范围内大肆搜捕，凡祠、寺、院、观、庵、堂等等一律查抄。一队官兵沿宁古古官道一路搜寻而来，所经之处无一幸免。当官兵临近谈书堂时，山弯处骤起一层厚厚雾幕，把整座谈书堂笼罩起来，浓雾让谈书堂逃过一劫。至于朱熹亲题"谈书堂"匾额，传说是民国后期有一货郎夜宿谈书店客栈，闲来无事，临窗远眺，遥见对面山坳金光闪闪，很是好奇，摸近一看，原来是谈书堂废墟上，"伽蓝堂"悬挂的"谈书堂"木质鎏金匾额发光，财迷心窍的货郎便顺手牵羊，半夜逃之夭夭，从此谈书堂仅存朱熹唯一真迹匾额下落不明。

上书村乃古田与宁德交界地盘，清光绪十八年（1892）二月，钦加五品衔赏戴花翎、特授宁德县正堂寇宗华，即在钟洋臭坑村天然泉水口，号分水亭处立石碑为界，"东至本县城八十五里，西至古田县谈书村十五里。"上书村下辖上洋、谈书、谈书店、岭上、马亭、炭窑、拱桥头等自然村，取上洋、谈书组名，分北境、上南境、南境。谈书村先祖自大甲林峰村迁居，以林峰鹏程境为名：鹏程村。后取"家存万卷书"诗句，取名家存村。最后还是因谈书堂而定名为：谈书村。而谈书店村本无村落，因是宁德古田古官道必经之路，先民建房开店、开客栈，聚集成村。还因宁德古田之间往返至此，恰是一天行程，成为有名驿站。谈书堂居高临下，可见古官道蜿蜒而过，多有文人墨客或专程或顺道拜访。

因为先贤过化，理学薪传，教化之风大开，上书村耕读文化氛围浓厚。历朝历代尊师重教，办学兴村。村民知书达礼，热情好客，勤勉有加。时至今日，遇见师长，仍肃然起敬，行礼尊称"先生"。政界、学界、商界各行各业人才辈出，且均小有成就。

（收录《朱子文化与古田书院》，发表于 2018 年 2 月 23 日《闽东日报》）

永春印象

深冬时节，参加全省农村中学初中语文学科教学研讨会，来到古称"桃源"的永春县，这儿依然气候宜人，绿树浓荫，风景秀丽，难怪有"万紫千红花不谢，冬暖夏凉四序春"之称。

虽然到永春县城费了一番周折，但却一下子拉近了与永春人的距离，感受到了永春人的纯朴与热情。报到当日，本想早早到达，趁机走走看看这座千年古城。没想到从泉州高铁站坐高速专线只是过永春而不进城，正是中午时分，迷糊中坐在最后一排的我根本没听清司机师傅用方言说到永春了。车开了一个多小时，感觉有点不对劲了，因为我百度过，只要约一个小时，赶紧问司机师傅，说："过啦！""那怎么办？"我说。司机师傅说："这样吧，下车换车又要钱，反正走了一半，干脆跟我去德化，然后安排坐我们公司的车回来，不会收你的车费。"出门由人不由我，也只能如此，听从安排，算是到瓷都一游了。往回走的司机师傅很是健谈，聊天中得知他是闽侯人，和我们古田是邻居，还曾经是同一个专区，于是跟我说起了福州话，我只好用笨拙的福州腔应对。正当我还在担心会不会又坐回到泉州高铁站时，他已电话通知他们公司的小车到路口专门接送我一个人到永春荣誉酒店。到点了，女司机说收你五块油钱吧，感觉好便宜。

住进酒店，美美地睡了一觉。吃完晚饭，问了前台服务员路径，走出大门，永春城已是灯火阑珊。绕城河桃溪两岸，陆陆续续来了晚练的市民，河边架起的步行木栈道别具特色，沿河两岸的景观灯流光溢彩，永春县人民政府大楼上的"为人民服务"五个大字格外醒目。和全国各地一样，空地都是大妈们的天下，广场舞跳得正欢。回到酒店楼下，时间尚早，看到一位站岗值班的保安，无所事事兴致正浓的我便和他聊上了。人文历史、风土人情、社会经济，无所不谈。他说退休后应聘到酒店当保安看停车场，虽然工资不高，但也轻松，有事做不无聊。

永春县城的新绿亮洁是让人惊讶的。不论白天夜晚，大街小巷，都是一片洁净。这应该不仅仅是环卫工人的功劳，更在于全体市民的素质。近年来，永春县党委、政府以"绿色、生态"为发展理念，拿下了全国生态县、全国绿化模范县、国家绿化县城、全国卫生县城、全国文明县城等国字号荣誉，并率先在福建省开展美丽乡村建设，成为全国山区美丽乡村建设的模范样板。

到永春，能不去著名诗人余光中文学馆走走，感受一下乡愁？利用中午时间，我匆匆打车去走访一番。

余光中祖籍福建永春，1928年生于南京，1948年随父母迁香港，次年赴台。余光中文学馆地处永春县城区的桃城镇花石社区，总建筑面积4000平方米，借鉴永春乡村的传统建筑风格，采用白墙灰瓦的立面形式，寓意着白纸黑墨的文学气息。余光中文学馆于2015年11月8日建成开馆，以乡愁为主题。走进大厅，巨幅图画就是古民居配他的《乡愁》诗，游客纷纷在此合影留念。展厅分上下两层，共有《乡愁四韵》《四度空间》《龙吟四海》等三个篇章十二小节，全面展示余光中的人生经历、文学成就以及学者对余光中的研究评价，余光中的文学活动集锦及其所获荣誉奖项。展馆除了以文字的形式对余光中进行介绍外，还包括余光中捐赠的300多页手稿、部分实物等，并采用声、光、电等多媒体手段，让参观者有更直接的感受。刚刚于上个月以90高龄仙逝的余光中先生，驰骋文坛已逾半个多世纪，其人其诗已成为海峡情缘的文化意象，他的诗歌《乡愁》多年来在全球华人中引发强烈共鸣。

在余光中文学馆，偶遇两位永春退休老干部。互致问候，也是相谈甚欢。原来他们都是从乡镇主要领导岗位退下的，其中一位也当过教师，任

过校长。听我说是来参加全省农村中学语文学科教学研讨会的，很是客气，恭敬地说："能参加全省会议的，一定是优秀中的优秀，教育教学的专家了。来参观余光中文学馆，一定是对文学有兴趣的人。"我赶紧抱拳答道："惭愧惭愧，我只是来混饭吃的。很景仰余光中先生，偶尔也写点小文章。"他们退休后，除了锻炼身体，也舞文弄墨，组织参加宗亲文化活动。他们一定要我留下电话号码，加个微信，以便今后联系。然后亲自开车送我回酒店，还赠我他们在台湾的世界宗亲总会编辑的大会活动一书以及《世界施氏通讯》简报。在我返回古田途中还通过微信一路问候，让我再次感受千年古城永春人的好客和对文化人的热情。

永春历史悠久名人辈出，古有南宋宰相留正，近有中国工程院院士、"两弹一星"研制元勋林俊德。除了余光中，新加坡第二任总理吴作栋也是祖籍永春。

永春还是中国纸织画之乡，中国芦柑之乡。地方特产永春老醋是中国四大名醋之一，同江苏镇江香醋、四川保宁醋、山西老陈醋齐名媲美。家中一坛老醋往往经年不断地添加陈酿，历经百年，为吉祥如意之象征。

永春，虽然只是一座山城，但实在恬静休闲，宜居宜业。尽管是冬日，永春之行却是暖意融融。

（2018 年 2 月 26 日《桃源乡讯》）

天一堂里说文史

基督教天一堂位于杉洋西门，1913年始建，历经十年，于1923年建成古田一带最大的中西合璧教堂。仿照杉洋古城北门"天一门"之称，定名为"天一堂"。

当年建成的天一堂规模宏大，围墙内的花园遍植各种名花树木，四季常青。堂前走廊设有碧瓷栏杆，廊顶竖立十字架，并建有钟楼。堂内窗门镶装五彩玻璃，内设祈祷室、圣所以及读经台、讲坛。整座教堂庄严肃穆，华丽辉煌。天一堂左侧还营造有凹字形双层楼房一座，作为牧师屋，有后进平房三大间。

清同治初年，英国马丁教士来古田西区一带传教。同治二年，到古田城关租用民房传教，后改建为萃贤堂。同治六年（1867），圣公会英籍克力庇牧师，身着汉装到古田杉洋筹划建立教会事宜，租民房为布道所。光绪六年（1880）前后，在杉洋下池弄建造一座具有规模的洋式教会专用教堂。光绪十三年（1887），罗源县洋头乡张有信牧师到杉洋传道，还有加拿大籍英国女传教士路师姑姐妹和都师姑等人接踵而来，他们多方筹划在杉洋西街尾筹建新教堂，发动信徒募捐筹款，献工出力。经10年艰辛经营，根据西方图纸设计建造的新教堂终告落成。其大门口石柱上刻有一副对联曰："天何言哉，圣经即帝谓；一以贯之，吾道有真传。"为原国民党海军上将、福建省省长萨镇冰侄孙萨本珪先生拟写。大门上方"天一堂"三个大字是著名书画家李若初先生年轻时书写。

看到当时农村平民百姓孩子都没有上学，教会倡议兴办新学。光绪

十五年（1889），路师姑于城南建"女学习"，后在此基础上利用旧教堂创办"育秀"女子小学，同时借杉洋文昌阁办起"培英"男子学校。这两所小学还曾发展为"二等学制"，即包括初小班和高小班。"育秀"女校还一度办了初中班。光绪十九年（1893）在杉洋南下湖教堂附近购地营建教学楼一座，社会力量也纷纷慷慨解囊。其时，杉洋南下湖教会所建住房校舍毗连成片，颇为壮观，当年这些师姑住过的老房子当地人叫"姑娘厝"。1937年培英、育秀两校合并，称培秀小学。当年教会还创办了杉洋村有史以来第一所"幼稚园"和宁德永生医院杉洋分院。不远万里从英国来到山村，年轻未婚的路师姑姐妹和都师姑除了传播基督教义，办学校教农家子女读书，还关心贫苦农民，帮助残疾患者。甚至烟徒、赌徒，也无所回避，加以劝导，集中教堂戒毒。张有信牧师还把所住的牧师屋腾出二间让吸毒者住在他家，帮其戒去恶习为止，基督教因而被一些人称为"戒鸦片教"。作为女性，她们还反对缠足，上门宣传天足的好处，解放妇女，要求信徒家庭的妇女不缠足，凡缠足者不得入教会学校读书。1931年，终身未嫁的路大师姑在杉洋病逝，停枢教堂，1935年下葬于杉洋月山头，为信仰而献身于异国他乡。路二师姑也在路大师姑逝世后不久，病逝于福州，葬在福州洋人墓园。她们的生平、真实姓名无人知晓，英国的家乡在哪儿，还有什么家人也不知道。1989年葛恩基牧师主编《古田基督教志》，记载外国籍教士、医生等为古田教会服务人员名单上，只有简简单单的三个字：路师姑。杉洋林天锐先生编著《古田县杉洋镇基督教天一堂史略》，对杉洋基督教会的发展变迁历史有详尽记述，但对几位师姑也无更具体情况介绍。

　　1949年初夏，人民解放军解放杉洋，入驻天一堂。1949年冬，工作组借住天一堂牧师屋办公，成立第八区人民政府。1952年，区政府搬迁"培秀"学校原址办公，牧师屋归还教会使用。1966年，天一堂中止教会活动。1980年，落实宗教政策后重新开放。

　　西方宗教在民间社会的传播，也有与中国乡土宗教文化不断碰撞契合的过程。《古田县志》载，清同治、光绪间基督教传入古田，"异人异言异服，妇惊疑，选因误会，发生冲突，酿成巨祸……后风气渐开，信教自猜疑既泯，情感遂深。"其实基督教最早是产生于属于东方文化的以色列，耶稣也是以色列人，只不过是先传到欧洲和北美，再传到中国的外来文化罢了。杉洋人包容万有，儒教、道教、佛教、基督教兼收并蓄，吸收优秀文化，传承光大。这天一堂，如同蓝田书院，还有村内外的双庙、三阁、五祠、八境、十亭、十三宫，都是杉洋历史文化胜迹。

（2018 年 6 月 1 日《闽东侨报》，收录《杉洋讲古·古迹篇》）

探古兴庆寺

兴庆寺，地处古田县大甲镇茶洋村外地（原名魏寺）自然村，始建于唐咸通年间，元至正年间重修，明洪武年间遭官兵抄毁，现址仅留清同治元年重建的"五显灵宫大帝宫"。

兴庆寺建在茶洋外地院洋，当时有三座建筑，规模较大，雄伟壮观。门前有湖，栽有水杉。左边山地叫塔墘，有房屋一座，山上还建有一座古塔。每年农历四月初八日，村民信士都会到寺后的五显灵宫大帝宫烧香拜佛，求财求喜。

兴庆寺现今唯一留存是阮世隆捐献的两条石阶，右刻："福州路罗源县尹阮世隆舍阶祈家眷平安者"，左刻："至正十七年丁酉八月四日住当山沙门崇懋誌"。《邹陵志》记载，阮世隆出生于古田大甲，"元至正间以书经中，任罗源县尹，时酋夷攻闽城，总管陈友定密书求救，世隆奋前截竹埋沙填塞战道，振金鸣角以破之，不日余氛净荡，百姓安妥，寻拜福州路都元帅。后授奉直大夫江浙等处行枢密院判官，开洪沟而注东海，决夹湖而澄九曲"。元末，农民起义，群雄纷争，尤其是朱（元璋）陈（友亮）鏖战鄱阳湖十余年，生灵涂炭。阮世隆领福建军民安居乐业，不卷入战争，偏安闽邑。及至朱元璋大明一统，献地而归，隐居连江，授枢密使加参知政事。"

兴庆寺被毁后，外地、小郑村民在原址开垦农田耕种，但时有怪事发生，后来村民问神卜卦，说："和尚院台阶是和尚走的。"此后，包括从土改、集体化到责任田，都没有在这一台阶直线耕种。在开垦农田时，曾经挖掘出来两块磐石，长宽 80 厘米，厚度 23 厘米。传说邻村有贪小便宜之人，把磐石偷抬去造大墓封穴。过了一段时间，每到傍晚四五点，就会看见水尾有一批人拿着龙伞，戴着高帽往村里走来，村民非常惊恐。赶紧去问神卜卦，神灵说："马上把磐石送到外地兴庆寺还给和尚院，不然还会损人丁。"造墓主人第二天一早就叫人把磐石送回，此石现在五显灵宫大帝宫廊下。

还有一个流传近千年的传说，当年建兴庆寺，剩余一大批银两被掩埋，留下一段话："廊骑廊，鼎盖鼎，三茶杯九绿白。九男二女三十六孙，可得此银子，得到银子须建兴庆寺。"多日天晴后，兴庆寺遗址时常会有金光闪闪，传说是先人晒银。阮顺利老人说："当年参加生产队劳动，在此除草，发现金光，几个人就拼命挖掘，结果一无所获。"

外地村是老苏区村，当年叶飞部队曾在此逗留，村民帮助买米送饭。吃去三稻椋（屯粮大木桶）大米，还写有欠条。红军部队居住过的阮氏祖厝池坵厝，后来成为初级社、高级社社址，开会会址，办夜校校址，办全民食堂吃住场所。

曾经辉煌一时的兴庆寺，终究还是归于一片田野，几只老牛在其间悠闲地漫游，除了那两条石阶，留下的只有传说……

（本文根据茶洋外地村阮顺利先生口述和提供资料整理）

2018 年 7 月

古道深巷遗存的岁月回响

　　久仰省级传统村落古田县城西街道罗峰村美名，是因其与老家大甲邹洋村一样，都是历史文化底蕴深厚的古村落，罗峰魏氏和邹洋阮氏史上同是"古田望族"。其《罗峰志》和《邹陵志》都是古田较早编撰出版的村级志书，一般乡村宗族只编家谱、族谱，编撰志书，实属珍贵。

　　趁着周末，邀约几个同学驱车 15 公里，走进了罗峰村。居高临下，放眼远眺，五条山垄组成的村庄，犹如盛开的五瓣莲花，可谓莲花宝地，当地人称"五马落槽"。罗峰村古称罗厝前，位于五华山下，魏氏始祖于明成华年间迁入，至今有 500 多年历史，全村户籍人口 2700 多人，繁衍后裔约近万人。有雍进士 10 名，文武举人 3 名，贡生 12 名，文武庠 2 名，监生 21 名。从清代中叶至光绪三十一年（1905）废除科举，罗村获取功名秀才以上者共 85 人，出任知县等官职者 15 人，近现代以来，大学本科以上近 400 人，在古田村级中位列前茅。

　　登上牛背山百年老校罗峰小学，另有一番景致，建筑风格也别具特色，这是清末举人魏建祥于光绪三十一年（1905）创办的本县第一所农村"两等小学"（清末学堂按等级拨款），即初等五年、高等四年共九年两等学制，开设经文、算学、写字、天文、历史、地理等课程，儿童年满 7 岁皆可入学，首次招生 120 人。民国二十二年改称罗峰小学，校名沿用至今。魏建祥出生书香门第，是国民政府福建省议会议员，先后任英华书院国文讲席、教务长、副校长、华南女子文理学院国文教授等职，时任海军上将、福建省省长萨镇冰委以古田县县长之职，后还为其居书赠"怡云山馆"匾额。此外，罗峰村还建有里厝、马龙厝书斋，对门厝、新厝下私塾，并专设"灯油租"支付薪金、资助读书人。《罗峰志》有这么一句话，"教子教孙须教德，勤耕苦读志更高"。正是重视教育，才造就了一代又一代的罗峰人。

位于村东南的"上回堂"是罗峰魏氏祖厝之一，乃魏健田于清道光年间所建，历时十多年。宽28米，进深60米，占地2亩多，大六扇土木结构，雕梁画栋，透窗花屏。大门联曰："慈孝友恭家庭礼乐，烟霞山水今古文章。"讲究孝道友爱，读书致用。正厅上方悬挂"上回堂"堂号匾额，字面理解是回旋上升，其实有深远寓意：祖先已铺就上回辉煌，勉励后辈子孙当续写新篇章，秉承家风祖训，光耀门第。其下悬挂的是"种德锄经"匾额，取儒家"春风种德，秋雨锄经"之说，意为撒播美德，苦读经书。"上回堂"老人兴致勃勃，给我们讲起这老屋曾经演绎过的美丽动人故事，曾任政和县县长的十六世魏承俊，因不满于晚清政府的昏庸无能，弃官归田，一半时间耕读，一半时间办学从教，造福桑梓。厅堂对联"传家无别法非耕即读，裕后有良图惟俭与勤。"十八个字，精华乃"耕读""勤俭"，可谓魏氏家训。主人把房屋打扫得干干净净，在后院楼上楼下还种了不少花花草草，很是赏心悦目，也平添雅致。这爱花草的人，一定勤快，还热爱生活，充满情趣。

堂分两脉，各表一枝。"一鉴堂"是与"上回堂"齐名的魏氏祖厝，由举人魏椿元于道光十五年兴建，六座相连，形似蝴蝶，人称"蝴蝶厝"。"一鉴堂"乃提督福建学政吴孝铭所题（学政俗称学台，省级教育部门首长，正三品），"一鉴"典出旧唐书《魏征传》："……以铜为鉴，可以正衣冠；以史为鉴，可可以知兴替；以人为鉴，可以知得失。魏征殁，朕失一鉴也。"理学宗师朱熹《观书有感》曰："半亩方塘一鉴开，天光云影共徘徊。问渠哪得清如许？为有源头活水来。"这"一鉴"，应有相通之处，都是先辈表达明理知耻、耕读传家、源远流长的美好愿景。足见先祖教化之功，传承之德。大门对联曰："龙桥培地脉，虎观振书声。"风水

虽好，还是读书重要。门上悬挂"望重明经""道山学范"两块新制作的牌匾，分别是清道光年间，提督福建学政吴钟俊、吴孝铭为恩贡魏椿元所立。厝内匾额众多，"文魁""武魁""选魁""贡员""监元"等等，其中一块"六桂联芳"匾额，特别引人注目，原来是魏椿元家教甚严，六个儿子勤奋刻苦，个个取得功名，三个监生、三个贡生，都察院左副都御史兵部右侍郎提督福建学政黄赞汤于道光二十九年授匾褒扬。

行走在溪石铺就的古驿道合掌街，柜台连排，听老者介绍当年油行、酒肆、客栈、京果店、绸缎店、打银店、糕饼店等商铺生意兴隆的繁华场景，如今多已人去楼空。言谈中，老者絮絮叨叨，脸上泛起红光，充满怀想，仿佛找到了年轻时的一股豪气。

沿青石铺就的古官道拾级而上，这是旧时经凤都往南平的必经之道，人称南平岭。小路两旁，杂草丛生。走进门牌为弯墩路9号的"南平岭厝"，年已九旬的女主人滔滔不绝给我们讲述家族曾经兴旺的历史，叹息如今老屋年久失修濒临倒塌的破败。中年女主人还送我们走下了南平岭，告诉我们，子女们都走出了大山，到县城或省城去谋生，老一辈行动生活不便，只能在家乡看护老屋。看着满脸沧桑，拄着拐杖，步履蹒跚的女主人，不禁感叹人生苦短，岁月无情。她们也曾是二八佳人，也有过花样年华。戏场下肯定也有过她们银铃般的笑声，合掌街肯定也曾有过她们摇曳的身姿，南平岭肯定也有过她们风风火火的背影，就是那山间田头肯定也有过她们挥洒下辛勤的汗水。如今只能是独坐门口、堂前，默默地注视着远方，回想着前尘往事，伴着清冷的孤灯、老屋渐至枯萎而凋零。逝者如斯，切莫辜负大好春光。

半天行程，只是浮光掠影、走马观花。未能对罗峰村深厚的历史文化、人物故事进行深入采访了解。告别罗峰，我跟给我们解说的村民说，有机会一定再来，慢慢考察罗峰的历史，细细听罗峰的故事。

（2018 年 8 月 2 日《闽东日报》）

祈福圣地毓麟宫

　　毓麟宫坐落在古田县大甲镇邹洋村，原称水尾宫，始建于元至正十二年（1352），是古田县境内现存109个临水夫人宫庙里最早的临水分宫建筑。历经660多年的毓麟宫，是古老民族神缘文化标志，也是古代淳朴百姓精神归宿，更是大甲及周边乡镇村民信众祈福圣地。

　　《邹陵志》记载："毓麟宫，元至正十二年（1352）二十五世子瑜公创建。明嘉靖十四年（1535），因户盛丁繁，改迁村尾水口。清康熙五十七年（1718），族人又以水口紧密，神宫镇塞，嫌于未尽善，不如旧基之为美，而移其宫于旧址，并鼎建门楼、华表及下廊两庑。"邹洋毓麟宫，坐东朝西，占地约600平方米，建筑面积336平方米。正门门楼上嵌有直书"毓麟宫"牌额，下镶镂空龙凤、鹿、鹤木刻，意喻龙凤呈祥，福禄长寿。正殿是主体建筑，五开间、三进深，中间稍大，次间略小，梢间渐小。穿过天井，登上七级石阶，即为大殿，正中是陈靖姑神像坐龛，雕工精细，对研究元代古建筑具有很高价值。左次间供三奶夫人，右次间供东岳泰山大帝、张圣君，左侧梢间供观音菩萨，右侧梢间供虎、马将军，梢间殿堂两侧供三十六宫婆。夫人协神高元帅、邓元帅、王太保、杨太保站守于殿堂中央两旁。殿堂中央设有藻井，彩绘"龙飞凤舞"的图案。天棚上绘有凤凰彩画。宫壁上画着麒麟、獬豸、龙、虎、狮、豹等。前廊墙体绘有清代壁画"渔、樵、耕、读"。下廊墙体左右分别书有："云间树色千重秀，竹里湖光一片明"联，上廊墙体左右手书："村径绕山松叶暗，柴门临水稻花香"联，简练概括了毓麟宫所在地秀丽风景。另一联："云间树色千

花满，竹里泉声百道飞"。康熙皇帝曾题字于杭州净慈寺，乃出自唐代诗人沈佺期的《奉和春初幸太平公主南庄应制》。

传说中毓麟宫的建成颇具意味。相传元代间，邹陵境阮氏二十五世孙环公，从经商地湖南归故里。环公见多识广，深谋远虑，请来堪舆大师，根据天干地支、阴阳八卦，天人合一等做了规划。凿三湖七井、造风景林、建水尾宫，重修祖屋，拔石镇湖，架桥锁口，为的是遗泽子孙，造福后代。村民正在酝酿奉何方大神祀于宫里，一天，有个连江客商挑盐至大桥一带叫卖，夜宿临水宫，梦中陈夫人对他说："我要去邹洋，保佑一方，你当助我将神像带走。"客商就回答她："神像如此之大，怎能运去？"陈夫人说："我像木雕可拆。你不妨拆了它，用你的苎麻衫包裹，避人耳目，我会保护你一路畅行。"天刚拂晓，挑盐客就起身，从中村过梳妆桥，翻过红亭隘，经鹤塘、杉洋，一路匆匆，一路打探，赶到大甲邹洋，村人因知是天意，感激不尽，设宴酬谢，将神像郑重安放于水尾宫里。翌日，临水宫庙祝发现神像失踪后，便组织信众四处侦查，得知已经到了大甲邹洋，于是就安排强劳力趁夜去邹洋要将神像偷抬回来。第一夜自村水尾通道至亭洋，转入鼓头岗，下柿糇兜，经水尾桥又上松林头，又折回邹洋村。次夜，复从神宫循王家珑，下火路，经天树（水杉）兜，又回到了邹洋。不管怎么走，神像就是抬不出村。来人此时领会到原来神明属意邹洋，于是便跟村民说了此事，村人听闻后欣喜万分，正式供奉临水夫人陈靖姑（大甲一带俗称"大侬奶"）为境主，并改水尾宫为"毓麟宫"。从此以后每年农历正月十三，邹洋村都会设醮迎神，表达对陈靖姑的敬重之意，以祈护国佑民，历久成俗，几百年不改。

邹洋村一年之中最热闹的莫过于请香接火，为陈靖姑娘娘所奉上谢神戏的日子。每年农历正月十三到大甲村浮坪亭接香火，陈夫人巡游大甲村五境和十五巡游邹洋村全境，大甲人尊称"迎奶娘"。请香接火仪队沿村全境逐条街巷挨家挨户巡游，所到之处，家家户户男女老少守候门前路口，摆香案迎接圣火。邹洋村民为了感谢陈夫人的当年庇护和祈求保佑来年的合境平安吉祥，都会设醮迎神，沿着陈夫人当年来邹洋的路线游行一遍，表达对陈夫人的敬重之意，在游行完毕后，请陈夫人观看谢神戏，谢神戏会连续加演三天。一时间，乡人聚首，祭神、看戏、会亲、叙旧，热闹非凡。民间信仰文化通过毓麟宫陈靖姑这个神圣的载体，以"迎奶娘"、请香接神、谢神戏、合家团聚等形式得以传承。

历史与传说的有机结合，构建了大甲本土特色的陈靖姑民俗信仰文化。

（2018 年 9 月 18 日《闽东日报》）

湖畔春色

——献给淹没 60 年的千年古城

满盈的翠屏湖是脉脉含情、楚楚动人的，山清水秀，仿佛弥漫着无限的青春活力；干涸的翠屏湖是淳朴宁静、深邃沧桑的，超凡脱俗，似乎诉说着千年的古城过往。

60 年前的 1958 年，古田人民为了支持国家第一个"五年计划"，无私奉献出了一座千年古城（唐开元二十九年置县）。古城墙、古庙、古寺、古塔、古桥、古井、古书院、古牌坊、古民居等都永远淹没。当时移民八千多户，四万多人口，分别安置南平（今延平）、建瓯、建阳、顺昌、沙县、邵武、将乐等七县市。从此，古城遗址就一直静卧在万顷碧波下，古城印象仅留存在老一辈人的记忆里。曾经采访过一位九旬的余姓长者，他从小在旧城长大，对旧城风貌了如指掌，记忆刻骨铭心。对一夜之间淹没的老城惋惜万分，他说："给我一支笔，凭记忆可以画出每一条街巷，每一栋建筑。"

翠屏湖是福建最大人工淡水湖，1961 年 2 月 8 日，朱德委员长视察古田溪水电站赋诗《和谢老泛舟古田水库原韵》："湖水清平波浪无，楼船并进路航迁。岛中风景明如画，池上鸥飞甚款徐。四级梯形多发电，层堤水利用无余。古田巨坝完成好，灌溉运输又养鱼。"完工后的翠屏湖（当时还称古田水库），烟波浩渺，波澜不惊，景色秀丽，具有了发电、灌溉、运输、养鱼等多功能。

古城建筑虽然湮灭了，但文脉一直延续。那环湖一带，仿古重建的溪山书院，保存完整的临水宫，浴火重生的极乐寺，成为朱子理学文化、陈靖姑道教文化和圆瑛佛学文化的主要载体。三教并存，兼收并蓄，相互包容，成为古田人精神文化宝藏。

翠屏湖因背靠翠屏山而得名，四周群山环抱，层峦叠嶂，素有"福建太湖""福建千岛湖"之美誉。每年春暖花开的季节，湖畔的坂中村吾坂洋满眼繁花，不仅招蜂惹蝶，还吸引来了八方宾客踏春赏花，仰望蓝天白云，极目湖光山色，放飞自我心情。白居易《钱塘湖春行》诗："乱花渐欲迷人眼，浅草才能没马蹄。"这翠屏湖畔迷人意境，和钱塘湖有得一比。

不知道这吾坂洋地名是怎么来的，但觉用方言表达称"牛满洋"更贴切。作为山区县，古田人喜欢将稍有平坦之处都称为"洋"，所以地名带"洋"的特别多。山坡洋面上，牛羊在这儿悠闲地吃草，一眼望去，这南国草原，芳草萋萋，与塞外那"天苍苍，野茫茫，风吹草低见牛羊"的风格迥然不同。小家庭来了，亲朋好友来了，舞蹈队来了，旗袍队来了，手机、相机、无人机，各种姿势的摆拍，尽显婀娜春色。花草丛中，充满欢声笑语。有的还带来了炊具，搭起了帐篷，席地而坐，物我两忘，笑谈渴饮，把生活的苦恼与压力都抛到九霄云外。小孩子们则拿出了风筝，在草地上放飞奔跑，让风筝在天空中翱翔。接着是各种晒，美景、美食、美女，美滋滋的笑容，真的是阳光灿烂的日子。这自从有了朋友圈，旅游的人便多起来了。你晒，我晒，大家晒，晒得人心痒痒，春情萌动。

春光明媚的日子，到湖畔的翠屏山（因形似金驾椅，俗称驾椅山）春游，不失为一个好去处。翠屏山曾是古田旧城风水靠山，"翠屏朝雨"为玉田八景之一。宋代古田知县李堪《翠屏朝雨》诗赞："翠屏山下雨霏霏，云掩岗峦草树微。一段丹青谁解焉？画家惟有米元晖。"烟雨蒙蒙之中，那山，那树，那草，那云雾，就是一幅唯美图画。虽然诗的最后一句疑为后人植入，因为米元晖是北宋书画家米芾之子，出生早于李堪，但确实是一首好诗。

翠屏山今距新城仅 10 多公里，交通便捷。沿 202 省道宁古线岔路口

可直接上山，也可从翠屏湖一号大桥路口进入发竹湾村再上山。闲暇时光，邀约三五好友，到此登山，空气宜人，环境幽雅。发竹湾村是当年旧城淹没时"后靠"的村庄。所谓"后靠"，就是城区中心居民整体搬迁新城，靠山的农户再往高处后移。由于无路可走，村民都要靠小船划到高头岭码头，然后再进城。几乎家家户户都有一条小船，作为交通工具。前些年，政府库区移民部门修建了一条水泥路，直达发竹湾村，村民们进城方便了，农产品运输成本也降低了，一些外出的村民还返乡盖起了小洋楼，以作度假。

翠屏山植被保护得非常好，草木青葱。即便是夏日，翠屏山也是绿树浓荫，穿行于灌木林中，自是逍遥自在。登高俯瞰，溪山书院、湖心岛、鸟岛、蛇岛尽收眼底，相映成韵。真的是相看两不厌，唯有翠屏山。当年十九路军曾在这儿激战，民国二十二年（1933）11 月 20 日，国民革命军第十九路军将领陈铭枢、蒋光鼐、蔡廷锴等人联合其他反蒋势力发动"福建事变"。在福州成立抗日反蒋的中华共和国人民革命政府（通称"福建人民政府"）。翌年 1 月，福建人民政府在蒋介石的军事进攻与分化瓦解下宣告失败。古田境内的是十九路军第九师，师长赵一肩，主力分布在过溪山、驾椅山、黄竹签山一带及城内。民国二十三年 1 月 5 日，驾椅山失守，伤亡百余人，现在山上遗留有十九路军战壕和阵亡战士坟墓遗址。山巅还有重修扩建的"玉封顺天府"殿，是一处道教文化景点。

走过了春，走过了秋，走过了风风雨雨一甲子。城没了，湖还在，春色在，情怀在！

（2018 年 7 月 22 日《闽东日报》，2020 年第二期《福建乡土》）

烟雨溪边

初冬的美丽乡村、省级传统村落溪边村，笼罩在一片烟雨之中。宽阔的蓝溪从西北方向款款而来，蜿蜒而过，在村尾绕了个弯，恋恋不舍地向东南方缓缓而去。

蓝溪边上，古民居旁，几棵高大的早被秋风扫光了叶子的柿树，结满了柿子，犹如一盏一盏大红大红的灯笼，高高挂起，在烟雨迷蒙中摇曳生姿，一派喜气。细小的枝干上，挂满了水珠，一串一串晶莹剔透。映衬着粉墙黛瓦、流水长桥，着实是一道靓丽的风景。偶有熟透的柿子掉落地上，裂开了，猩红猩红的，在草丛中、落叶丛中如鲜花盛开。

溪边村属高原盆地，土地肥沃，水源丰富。宋乾道六年（1170）建村，传说早年有三十六个小村庄，居住着三十六姓人家。如东后门，三几洋，黄厝园，彭厝里，池陈里、新厝垄、黄丘楼、店后等，至今还有许多古村落遗址。传说一代理学宗师朱熹当年流寓古田时曾在此讲学，因而文风鼎盛，民风淳朴，人才辈出。村中尚存有"蓝溪书院""文昌阁"遗址，先贤过化之风深入村里的家家户户，许多村民家中厅堂都贴有朱伯庐治家格言。三公里的绕村长溪也因朱熹见溪中鲤鱼潭宽广深蓝，被其命名为蓝溪，溪边全境也统称为"蓝溪境"。

陈氏始祖璇公 600 年前来此择地而居，秉承朱子理学遗风，儒家传统文化，以耕读传家，后代子孙众多，人丁兴旺，发展成为溪边村最大姓氏，约占全村 95% 以上，也是古田县陈姓望族。村中古民居众多，现保留有明清古厝约有一百多幢。最为久远的，是"五家里"，系溪边村五家

世系始祖八厘公所建，有四百多年历史；最为气派的，是武庠生陈后聘故居，清康熙年间曾任福建总督府掌印官；最为宏大的，是水尾大厝，鼎盛时居住有 20 多户 100 余人。村内保存完好的古匾额"九旬五代"是陈讼水古厝，清光绪元年由泉州府儒学正堂黄宿源题匾。"留耕堂"取自《增广贤文》："但存方寸地，留与子孙耕。"意为人必须心地善良行好事，后代方能得福报。"聚贤堂"意为贤能之士聚集一堂，也就是希望子孙后代都能成为品德高尚、有才干的人。蓝溪上两桥飞渡，三坝横跨，沿溪两岸青砖瓦房，古风古韵。有《西江月》词赞曰："水秀山青人慧，茶香果盛菇丰。一湖蓝水泻金虹，岸柳鸣风作颂。三坝列横南北，两桥飞架西东，今朝玉凤舞长空，与世昌荣同共。"

　　始建于明万历三十七年（1609）的贯木拱廊屋桥——蜈蚣桥（又名蓝溪桥），结构造型巧妙优美，自东向西，横跨蓝溪。桥面铺鹅卵石，全长41.8 米，单孔跨度 34.8 米，桥面宽 5 米。廊屋共有立柱 68 根，分四排站立，内二排每排 16 根，外二排每排 18 根，象征蜈蚣的 18 只脚，远远望去，形如蜈蚣，因称蜈蚣桥，为古田县第三批文物保护单位。相传古代黄姓居住地叫杨厝园，地形如燕窝，村对面有一山，形如蛇头，因惧怕蛇来吃燕子，故筹集巨资来兴修了这座蜈蚣桥。虽历尽沧桑，但在烟雨中依然活灵活现。贩夫走卒在此躲风避雨，乡人清客在此休憩交流。不知道有多少双大大小小的脚步从桥面走过，才把这鹅卵石打磨得如此光滑透亮？不知道又有多少爱恨情仇的故事在这廊桥激情演绎，留下一段又一段遗梦？

　　村后的"飞凤衔书山"，势如飞凤衔书，形状逼真，传说神奇。盆地中央的"文峰纱帽山"，形如古代官员纱帽，站在纱帽山上，视野开阔，俯视群山，大有"一览众山小"豪气，纱帽在云雾中若隐若现，常地蒸云霞，蔚然成彩，更蒙上了神秘的面纱，难怪说溪边村占据了一方风水宝地。水尾的风水林，古松参天，棵棵挺拔。其中最大一颗千年古松，分枝三叉，为松中罕见，其高约 30 米，需四人才能合抱。三叉古松如三把宝剑，镇锁水尾，护卫村庄。水尾河道形似太极，风水林拓展，命名为"太极公园"。一片薄雾缭绕其间，如一缕轻纱虚无缥缈，置身其中，心无旁骛，宛若人间仙境。

　　溪边村冬无严寒，夏无酷暑，四季常青，因水质好，气候佳，还盛产红酒（米酿黄酒），几乎家家户户都珍藏有陈年佳酿。走进赫赫有名的蓝溪红酒业"陈峭老酒"生产车间，但闻糯米饭香扑鼻而来，工人们正在把蒸熟的糯米饭铺开散热，一辆辆推车来来往往。忍不住随手抓上一把，捏成一团，塞进口里，慢慢咀嚼，仿佛找到了童年的记忆。宽敞的存储仓库里，大大小小的酒坛子密密麻麻，坛口包上泥浆，扎上红绸布，按年份排列，如古战场排兵布阵，整齐划一。热情好客的主人拿出一坛私人定制的"酒娘"（酒酿酒），打开来，一阵清香沁人心脾。初冬时节，微风细雨中呷上几口，一股热流从头延伸到脚，暖烘烘，晕乎乎的，红光满面，真的是倍儿爽了！

　　蓝溪水潺潺，蜈蚣桥悠悠，古屋石巷意绵绵，好一幅小桥流水人家的山村水墨画卷。

（2018 年 11 月 6 日《闽东日报》）

三清山夜话

道教名山三清山是江西省第一个世界自然遗产，落日余晖下，线条清晰，层次分明，高耸的花岗岩石柱和山峰瘦骨嶙峋，显得格外沧桑，大自然的鬼斧神工令人叹服，人类在其面前显得实在渺小，犹如那偶尔飘过的一片云，过眼即逝。很少有文人墨客留下只言片语，自命不凡宣示"到此一游"。

山上的太阳落的迟，此刻，游人下山的多，上山的少，人流略显稀落，流连款款、悠闲自在的，多是计划留宿山头的游人。晚饭后，一群兴致勃勃的大妈们聚集在酒店门口空地上，跳起了广场舞，她们这个旅游团居然还带来了播放音响，奔放的旋律、妖娆的舞姿，给刚刚安静下来的山巅又增添了一分喧闹。

夜宿三清山"日上山庄"，屋后壁立千仞，夜色里黑压压的显得格外静默凝重。冷风中，静听山涧流水潺潺，遥望夜空彩云追月，宛若与世隔绝。此情此景，万物皆无，心灵净化，所谓"不知有汉，无论魏晋"无非如此这般。不信？你可以住上一两晚，就会有刻骨铭心的感悟，假如了无牵挂，也许也会断绝尘缘。难怪说"世间好语书说尽，天下名山僧占多"。这僧与道，几乎是平分秋色了。偶尔有一两架红眼航班高空掠过，划破夜的宁静，才想起，那世间，还有忙忙碌碌的人生！

凌晨四点钟闹铃响起，起身洗漱，穿上厚衣，带上热水、面包，下得楼来，只见漆黑一团，正是黎明前最黑暗时刻，哪儿知道路在何方？就在进退两难之际，几支手电筒光照射而来，原来是几个"老司机"——摄影爱好者，他们不但有备而来，而且来过多次，轻车熟路。我们正好蹭着他们的余光，尾随前行。寒风中，弯弯曲曲，上上下下，行走了将近一个小时，才到达观日台。却见两个穿吊带裙的妙龄女孩，在晨风中瑟瑟发抖，包裹在棉被里相拥站立等待日出，旁边是一顶帐篷，原来她们昨晚就在这儿安营扎寨。此时的天空也有了些许光影，观日出的游人渐渐聚拢而来，站满了邻近的几个山头，相机、手机，不管是专业还是业余的，操起家伙对着太阳升起的方向，静静地等待。近看山腰下云雾缭绕，在晨风中腾飞翻滚，不一会儿工夫，遥远的天际边，半轮红日如蛋黄般冉冉升起，既而喷薄而出，一片金光，众人高声欢呼，一夜的等待，只为了这一刻。渐渐升高的太阳，与平日无异，失去了魅力，游人散去，另觅佳境。几个年轻人匆匆而上，叹息一声：睡迟了！其中一个小伙子请求我加个微信，发几张日出美图给他，以便发朋友圈炫耀一下，不然就白来了，还要被人笑话！

在凉风习习的晨曦中登上玉皇顶，坐看独秀峰，如一幅图画在眼前徐徐展开，与夕阳下的景致对比，却是别有一番滋味在心头。你会想象着神话传说中的天庭，也许无非就是如此这般美妙，不然《西游记》中怎么会有："天庭一日，地上一年"的说法？烂柯山故事还有一说："山中方一日，世上已千年。"语出东晋虞喜《志林》："信安山有石室，王质入其室，见二童子对弈，看之。局未终，视其所执伐薪柯已烂朽，遂归，乡里已非矣。"真的是：山中无甲子，人间日月长。《天仙配》中七仙女从天庭走失几天，下凡间已与牛郎结成连理，孩子都几岁了。不然，玉皇大帝、王母娘娘再忙再糊涂也不至于最疼爱的女儿失踪几年了不知道吧？来来来，赶紧来一张金鸡独立照，沾点仙气，并题上一句：玉皇顶上朝玉皇，独秀峰下我独秀。

三清山的美是大气的。从东海岸到西海岸，朝雾晚霞，仙风玉露，从容笑纳。放眼绵绵群山，恰似俯首称臣；漫步阳光海岸，犹如遨游仙境。

三清山的美又是秀气的。独秀峰一枝独秀，神女峰贤淑端庄，巨蟒出

山惟妙惟肖……都是天设地造，栩栩如生。满眼是一幅幅灵动的水墨丹青，芸芸众生皆已融入其间，哪管你是帝王将相，还是贩夫走卒？

夜宿三清山，只为观日出。夜话三清山，吟哦月色中。

2018 年 10 月

南京夜话

　　夜间坐高铁很是无聊。窗外是黑魆魆的，偶尔有一排灯光闪过。即便是经过市区，也无法辨清闪烁的霓虹。车内很安静，不是梦见周公的，就是闭目养神的，只有一对小情侣还在窃窃私语。起身走走，运动运动透透气，找到一节空荡荡的车厢小躺一会儿，但弯曲着，毕竟不太自，趁着无人之机，踱进商务舱免费享受了一程。一个人的旅途实在适合观察和思考，可以天马行空，思接千载。

　　抵达南京已是冷清的午夜，地铁上稀落的人们几乎都在埋头看手机，没有交流也见不到笑容，显得很是漠然。也许都如我般是匆匆独行客来到异乡，也许是生活重负下的上班族赶着末班车回家。两个光头的一身黑衣汉子，没有落座，而是站立在过道上，似保镖又如杀手，给初冬冷风中的黑夜增添了一份肃杀之气。实在想象不出这个"六朝古都""十朝都会"，当年是何等繁华？秦淮河畔，又是怎样灯红酒绿？

　　秦淮河素为"六朝烟月之区，金粉荟萃之所。"有人说，倘若没有秦淮河，那龙盘虎踞的南京就如同一个糙老爷们儿，但有了秦淮河，南京就有了风华绝代。一水相隔河两岸，一边是南方地区会试的总考场江南贡院，另一边则是南部教坊名伎聚集之地。夜色中的河畔，游人如织，万般柔美。虽不见久负盛名的秦淮歌妓，却也体验了一回画舫的桨声灯影，体味了一番明清金粉的幽谷风情。遥想当年那些期盼"跃龙门"的学子们到江南贡院参加考试，有的春风得意，衣锦还乡；有的名落孙山，无颜见妻儿老小；有的流连在这风花雪月之中乐不思蜀，醉生梦死。秦淮河畔"秦

淮八艳"，个个惊艳。才华横溢柳如是，色艺超群陈圆圆，聪明灵秀董小宛，忧国忧民李香君……无一不让人扼腕长叹。辛弃疾《贺新郎》词曰："我见青山多妩媚，料青山见我应如是。"柳如是原名杨爱，妙龄坠入章台，改名柳隐，正是因读辛弃疾此词感怀而自号"如是"。"柳如是们"琴棋书画、诗词歌舞样样精通，哪一门不是苦练成才？哪一个不是被生活所逼？欢颜卖笑又何尝不希望得到人们的理解？最好的结局就是有人赎身，从良成家。《警世通言》中杜十娘遇上个负情郎，只好"怒沉百宝箱"。所谓"商女不知亡国恨，隔江犹唱后庭花"。如同"红颜祸水"一样，不过是男人世界的背锅侠罢了。假如时空穿越，不知道是否也会在这儿上演爱情的离歌？别样的人生，终究都是过客而已，有的匆匆一瞥，有的青史留名。

南京怀古永远是主题，走进古都南京，空气中都弥漫着厚重的历史文化气息。不用说历经沧桑的夫子庙，也不说皇家园林玄武湖，更不用说"南朝第一寺"——鸡鸣寺，单是那大街小巷，怀旧之情迎风扑面溢于朝堂民间。如唐刘禹锡《乌衣巷》诗所言："朱雀桥边野草花，乌衣巷口夕阳斜。旧时王谢堂前燕，飞入寻常百姓家。"南京在漫长的岁月中有过很多名字，金陵、建业、建康、天京等等。北平改名北京，金陵也只好叫作南京了，这一南一北，遥相呼应。不过，南京人还是怀旧的，处处可见金陵二字。《红楼梦》塑造的金陵十二钗经典艺术群像，在文学史上站成一道靓丽风景。金陵女子学院，是中国第一所女子大学，创办于民国二年（1913），虽然是由美国联合教会筹建，校训仅"厚生"二字，却意义深远。其取自《尚书·大禹谟》："正德，利用，厚生，惟和。"意即"厚民之生"，轻徭薄役，使人们丰衣足食。现今金陵女子学院，依然是南京师范大学下属学院。连重庆小面也称怀乡面，不知是否还怀念抗战时期的陪都？慕名小学课本中读过的南京长江大桥，风雨夜受邀与几位朋友同行。撑一把破伞，疾步在昏暗路灯下的桥面，恐高的女同胞一路战战兢兢，冷得发抖。人行道上，穿行于江南江北的电动车为了省电，几乎都不开灯，也不鸣笛，冷不防会吓人一大跳，稍不小心就会出事故。走走停停，找不到一丁点儿当年阅读课文时的感觉。时代变化，世界发展日新月异，南京长江大桥只有时代感，而失去了自豪感。返回的路程，大家都失去了兴趣，打一部的士直奔回宾馆。几十年的梦，算圆了！

苏东坡晚年《观潮》诗曰："庐山烟雨浙江潮，未到千般恨不消。到得还来别无事，庐山烟雨浙江潮。"历经宦海沉浮、世事沧桑，苏东坡已不再痴迷于烟雨迷蒙的庐山，万马奔腾的钱塘潮，一切无非如此，心境也变得淡然。不再有"横看成岭侧成峰，远近高低各不同。不识庐山真面目，只缘身在此山中"胸襟意境。于我而言，虽然"回首向来萧瑟处，也无风雨也无晴"，但也不再执拗，不再迷信。多了一份理解，多了一份包容。

2018 年 11 月

困关古韵话水口

　　水口史上为古田一都，古称"困关"，西通南平，北往古田，南达福州，为交通要道。因处古田流水汇入闽江入口处，取名水口。有联赞曰："烟云缭绕，塔岭无穷腾紫气；日月居诸，困关不尽蔚祥光。"

　　作为水陆要冲门户，古田拓主刘疆（率众献地于唐后首任县令）特选派其弟刘崇圣镇守水口，因治镇有功，乡民曾立孚应庙纪念。宋太平兴国五年（980）转运使杨克让请迁邑于水口，至端拱元年（988）县治历八年。宋元间设水口驿丞署，明洪武三年设递运所。清道光二十二年（1842）设为分县，又历八年。清光绪十三年（1887）设水口电报局，二十六年（1900）设水口邮政局。1986年为建水口水电站，从莪洋镇析出水口等行政村成立水口镇，老水口彻底淹没。

　　旧水口由七境八铺组成，即新兴境上下壑铺，华元境高仓铺，光华境街头铺、坪街铺、关下关前铺，中华境站前铺，七保境元沙铺，仓前境仓前铺，添新境。前四境构成长约2公里商贸长街，当年相当繁华。街之南北都有关隘，一曰"南闽保障"，一曰"北门锁钥"，乃明朝县令刘旸赐重修立匾。明弘治二年，知县屠容立华表于驿前，名曰"迎恩"。明清时期，即办有校艺别墅、社学、玉泉书院等学校。因地形狭窄，居民多依山傍水建房，俗称"吊脚楼"。船行闽江，看两岸灯火，如同"灯笼挂壁"，颇具特色。历代州府县官南任北迁，均需经水口舟马互换，也因此留下不少传世名篇。理学宗师朱熹当年避难古田，途经水口，曾留下《水口行舟》一诗："昨夜扁舟雨一蓑，满江风浪意如何？今朝试卷孤蓬看，依旧青山绿树多。"远离朝廷险恶，朱子的诗表现得心平气和。古田先贤、两朝学士、一代廉吏张以宁有《闽关水吟》诗曰："闽关之水来陇头，排山下与闽溪流。闽溪送客东南走，直到嵩溪始分手……"

离旧水口五里的白云寺，始建于南宋，康熙二十一年进行了大规模的重修重建，这里摩崖石刻和诗碑琳琅满目。建于宋重修于明正德十三年的朝天桥，巨商许文经捐资，状元舒芬为记，毁后又由曹观察学佺倡建，康乾间再毁于大火。乾隆版《古田县志》载："桥当邑之孔道，旌节轮蹄，往来如织，自昔有桥，亦壮伟甚。"明嘉靖二十四年（1545），知县徐建立在水口北塔岭建塔岭亭，供旅人樵夫休憩。知县杨德周有《塔岭》诗曰："云里岭楼密，山围塔岭低。老藤犹带露，寒笋尚封泥。到寺红尘远，当门绿树齐。偶来容偃息，旧想触幽栖。最苦烟霞骨，朝朝逐马蹄。"此亭至今尚存，只是人迹罕至。清康熙三十九年（1700），陈瑸任古田知县，经常下乡考察民情，有感于水口黎民百姓无土可耕，无业可从，唯赖上山砍柴、下水捕鱼为生，升任福建巡抚后，便下令闽江上游所有"木排"（指成捆的木材借水流漂浮运输）放流到水口实行换挡制度，等于设了个中转站，解决了水口百姓就业，提高了人民生活水平。为感恩戴德，水口百姓在高场面白马庙左侧建陈瑸祠，惜库区搬迁被毁。

始于清末光绪三十年（1904）端午节的水口龙舟赛最负盛名，虽然都是民间组织，群众参与，但几乎是年年举办，还邀请邻近县乡村龙舟队参赛。

首创于民国元年（1912）的水口"十番"，即乐曲演奏表演，是一项非物质文化遗产。据年已八旬的退休老教师叶体催先生介绍，当年水口人张培仁途经福州茶亭街，适逢一大户人家婚庆，演奏"十番"，鼓乐笙箫异常热闹。天生爱好音乐的张培仁洗耳倾听，专心记忆，默下全谱，回来后几经修改，又加以创新，衍生出具有地方特色的水口"十番"乐谱，于是便着手组建"十番"队，队员一般在 13 人左右，服务于庙会和婚丧喜庆，并定规立矩："乐谱传内不传外"。"十番"队从民国初年至今已传四

代，成员也多已知天命之年，囿于乡村人口快速萎缩，"十番"也面临失传之境，即便村中有婚丧喜庆需要请"十番"，也只是临时召集多数在外地的乐手回乡演奏。

水口的传统工艺雨伞也曾很有名气，1953 年公私合营，成立地方国营水口雨伞厂，注册《丰收》商标，1962 年参加全省雨伞质量评比夺冠，1964 年参加全国雨伞质量评比得第二名，产品远销省内外及东南亚国家。

水口的传统小吃碗糕也别具风味，原材料是米粉、淀粉、酵母、白砂糖、碱和水等，有的还加入鸡蛋，色泽金黄，口感更好。因为是以小碗为模具蒸制而成，所以称为碗糕。也因此古田有句俗语："会就碗糕，不会就塌粿。"虽然说的是蒸制成功蓬松起来就是碗糕，有的不成塌陷下去就像米粿了。但实际意思是说，一不做二不休，博一回赌一把。

传说水口是古田用 36 个村庄从闽清换来的，只因古田无经贸交通口岸，极为不便。史上某朝，有父子二人，一为闽清知县，一为古田知县，经过协商，做成交易。不过仅为传说，没有正史佐证。但水口确实是以福州话为主，兼有闽清腔、古田调，而闽清橘林的乡村却是讲地地道道的古田话。新中国成立后，水口人民历经南福铁路、古田溪水电站、水口水电站三次移民搬迁，为国家建设做出了重大贡献，如今水口是闽江之滨、金钟湖畔的库区新镇，古田的南大门。

（2019 年 3 月 20 日《闽东日报》，原名《水口探古》）

寿宁行思

　　对寿宁的印象，缘起于曾任寿宁知县的明代著名文学家、戏曲家冯梦龙。其所编纂的"三言"：《喻世明言》《警世通言》和《醒世恒言》，是中国古典短篇白话小说的巅峰之作。此番幸得参与实地采风，两天行程，一路踏访，得以有了深刻观感。这一方山水于我，不再停留于浮浅勾勒中。

茶场钩沉

　　茶叶是寿宁县支柱产业之一，该县县委、县政府把茶产业作为"民生工程""一号工程"来抓，着力打造"中国名茶之乡"，全县有70%人口从事高山茶相关行业。寿宁产茶历史悠久，据史书记载，自宋朝就开始种茶。明代知县冯梦龙在寿宁期间，通过考察自然生态环境，发现本地适合种茶，便大力倡导推广。其编著《寿宁待志》有"三甲住初垄，出细茶。十甲住葡萄洋，出细茶"。"茶出七都"等记载。有感于山水天成，冯梦龙曾赋联曰："弥天紫气，祥云龙甲瑞；环郭清流，碧水虎山辉。"后人感念其恩，将他寻茶品茶之山命名为"龙虎山"，茶叶名为"梦龙春"。寿宁"高山茶"以其得天独厚的高原气候和原生态环境倍受茶叶界青睐，如今寿宁是"中国名茶之乡""全国十大生态产茶县""中国茶叶产业发展示范县""全国重点产茶县""福建十大产茶大县"。

　　武曲龙虎山茶场、张天福生态茶叶基地、天禧御茶园公司、久川农业

发展有限公司，只是寿宁茶产业的一个部分，但却是寿宁茶叶发展的一个缩影。参观了张天福茶叶历史展览馆，我惊悉"茶界泰斗"张天福的寿宁茶缘。当年张天福来到寿宁五七干校，即现在的龙虎山茶场，一待就是六七年，潜心研究茶经。带领职工和组织14位上山下乡知识青年，学习研究推广茶叶科技，改造低产茶园，试验机械采茶，改进制茶工艺，使当时寿宁五七茶场的茶叶产量、质量、效益都名列宁德地区第一，还培养了一批茶叶专业人才。展览馆除了展出制茶工具，还有张天福先生当时制作留下的9罐茶叶样品和16本泛黄的工作记录本，这是不可多得的茶文化原始材料。几栋建筑都是20世纪六七十年代风格，两层砖混结构。毛笔字题写的"寿宁县五七茶场"厂名还在，只是不知道那14位曾经在这儿战天斗地的"知青"如今身在何方？想必也已年过花甲，将届古稀。他们曾经把最美的芳华，献给了山乡。开垦、种植、施肥、采摘、炒干、揉捻、烘焙……一道道工序，得心应手。念念处，他们是否思念并向往重走知青路，重回知青点，重温旧时梦？回味当年酸甜苦辣咸，琴棋诗酒画！

西浦往事

寿宁于明景泰六年（1455）置县，囿于万山之中，既是交通要道，也是偏僻之所，素有"两省门户，五界通衢"之称。近年，一部非遗故事片《爱在廊桥》在寿宁西浦开拍，让千年古村西浦村声名鹊起。

西浦，历史文化底蕴深厚。南宋理宗绍定二年（1229）西浦村缪蟾获特奏名第一，俗亦称作"状元"（含金量当然不如正规状元）。其后，乡村又陆续出了18名进士，故有"状元故里，进士之乡"之美誉，举人、贡生、秀才更是不胜枚举。状元树、状元廊、状元府、状元祠、状元巷……留下了许多传奇故事。

《全宋诗》收录有缪蟾《应举早行》诗："半恋家山半恋床，起来颠倒著衣裳。钟声远和鸡声杂，灯影斜侵剑影光。路崎岖兮凭竹杖，月朦胧处认梅香。功名苦我双关足，踏破前桥几板霜。"这是缪蟾成名前的励志诗，正所谓"宝剑锋从磨砺出，梅花香自苦寒来"。功夫还是不负有心人的，历经磨炼终结硕果。缪家算是辉煌家族，缪蟾父亲也是特奏名进士，曾任黄陂县主簿，3个儿子都是进士，也都有官爵。缪氏宗祠有这样一副对联："养性修身莫弃渔樵耕读，求知悟道需习礼乐诗书。"可谓缪氏祖训家规之精髓。

最让我感兴趣的是西浦的"官厅"，这是封建社会上级官员到民间巡视、察访等公务驻留场所，也是上级官员到民间办案，开庭审理的地方。一介书生冯梦龙以61岁老迈之身到寿宁出任知县，也许只是为了实现自己的政治理想抱负——为官一任，造福一方。

简陋的"官厅"大门上，一幅冯梦龙亲拟对联："讼庭何日能生草，俗吏有时亦看山。"更是让人耳目一新，这是他为官一方的理想与追求，建立大同世界、和谐社会。在《寿宁待志》中，冯梦龙也表达了相同的执政理念："险其走集，可使无寇；宽其赋役，可使无饥；省其谳牍，可使无讼。"其中包含着三大目标："无寇""无饥""无讼"，打造一个百姓安居乐业的寿宁。处处流露出他的为民之心、忧民之思、怜民之念。

旧时知县最主要工作之一就是断案，既体现能力水平，又关系民心向背，连判决文书都写得极美。冯梦龙曾在西浦官厅断过"二牛案"等著名案例，留下许多佳话。设立这种临时巡回法庭，便于老百姓诉讼，也体现了冯梦龙的勤政亲民。唯其如此，冯梦龙在寿宁留下的清官廉吏美誉，至今依然被邑人所称颂。

仙岩问道

白鹤仙岩景区位于寿宁县与浙江庆元县交界处，海拔1527米。传说有一只仙鹤，飞临此山，美景当前，流连忘返，化作奇石，立于山巅，故名白鹤仙岩。每年五月，景区的万亩杜鹃竞相开放，吸引了无数宾客。十

里长阶，布满人流。沿古官道拾级而上，一脚踩在福建地界，另一脚踏在浙江土地。就是那仙岩石，也是两地共有，和平相处。对仙岩花海的描写，文人骚客之述甚多，与我而言，大有诗人李白诗句"眼前有景道不得，崔颢题诗在上头"之感。

单说那一路往返，也是别有趣味。去仙岩的大巴车大多在浙江境内公路行走，途经江根乡江根村小憩片刻。大家赶忙掏出手机、相机，用镜头定格乡间平民纯朴生活。而下山，遇上了大堵车。好在一伙文友纵情野趣，不急不躁，下车自寻乐趣，看山看水看田野花开，看乡间小路蜿蜒，看宗祠文化悠久。恰逢江根乡在箬坑村举办"第二届双苗尖·仙岩景区杜鹃花节暨咸菜茶民俗文化节"，我们便徒步去看热闹，趁机买点吃的。品品咸菜，尝尝小点，简单、实惠，意趣丰盈。

寿宁之行，仅匆匆一瞥。攻其一点，不及其余。品读大美寿宁的风土人情，聆听古韵鳌城的低吟浅唱。人生若只如初见，一切的美好，便永驻心间。

（2019 年 6 月 25 日《闽东日报》，收录《翠微拾光——作家笔下的寿宁》）

墨风古韵　书香杉洋

　　蓝田，中国历史文化名镇古田县杉洋镇旧称。宋·李廷芳《望江南·蓝田十咏》赞曰："蓝田好，仙路入桃源，秀水一条银带绕，奇峰四面玉屏环，人在洞中天；待客到，指点问青田，余族只今丞相裔，李家原是帝王孙，唐末避仙村。"这小小山村，唐兴宋盛，墨风古韵浓郁，各族及后裔竟出过1位状元、2位丞相、3位尚书、90多位进士、200多位朝廷命官。理学宗师朱熹还曾两度到蓝田书院讲学，先贤文化，奠定、影响、成就了一代又一代古镇后人。

书院垂芳

　　唐天宝十四年（755），余氏入闽始祖余青由河南光州固始县丞调任福建建宁府建阳县令，其卸甲后择居将口镇涧潭村。据《建阳县志》记载："公生八子，长焕，避居福州府古田杉洋开基创业。"所谓"避居"，即时逢安史之乱（755—763），余焕远离故土迁居杉洋，披荆斩棘，开创基业，子孙兴旺发达，到三世就有了芝山祠、香林祠，蝉林祠三大宗祠，因此余焕被尊为杉洋余氏肇基始祖。

　　历五世，余焕裔孙余褐官至光禄大夫吏部尚书，其妻亦诰封正一品夫人。《杉洋余氏总谱·五世祖吏部尚书褐公传》记载："绰然有声，告假归里，建仙岩寺。后移其寺于北啸山，重建功德寺，额曰'蝉联'……规模宏敞，气象嵯峨，杉洋一名胜也。"即今杉洋上院"蝉林祠"。夫妻墓葬

杉洋七星林，至今犹存。六世余仁椿乃余褐三子，宋太祖开宝元年（968）从永贞（今罗源）县令辞官回乡，创建八闽最早书院之一蓝田书院。《福建通志·学校篇》记载："闽古代第一书院，设在莆田澄书堂，始建于唐代大历间。次之，古田杉洋蓝田书院，始建于宋开宝元年。"最早记载蓝田书院的地方文献是杉洋《余氏总谱志·余氏重建蓝田书院记》，为南宋左承仪郎知福州府古田县丞主管学事郭能撰，记述"昔员外公余仁椿相地宜创学馆，背乾向巽，萃山川之秀，额以蓝田"，历经两百年辉煌。蓝田书院因地处村东，时称"东斋"，一度衰落而被"西斋"——擢秀斋所取代，"士风浸微，文场屡败，三十年气象不振。""余公端卿追先猷，慨然日疚于怀，乃率余盟……鸠财傛工，复于旧址。""规模宏大，万瓦鳞鳞，焕然一新。"由此，东斋得以中兴。

蓝田书院初始仅为私塾，余仁椿留田七十亩作为"油灯田"，供给塾师薪水和余氏子弟上学费用，当年杉洋并未形成后来的"四姓八境"格局，各姓散居，东斋只是余氏家族的学馆而已。后他姓村民子弟慕名而来求学，遂扩大为书院。

古人积德行善，造福子孙后代，讲的是修桥、铺路、办学堂。余仁椿之义举，不但福荫子孙，也影响了近邻远乡，辐射面广大，文脉从此绵绵不断，蓝田书院成了读书人梦想启航之所。

状元情深

宋光宗绍熙元年（1190），杉洋余氏十三世裔余复中庚戌科状元，时为闽东第一个状元。杉洋《余氏总谱志》记载："十三世复公，龙飞状元，墓在宁德九都贵村金嶂山下奥坪"。民国版《古田县志·选举》载："余复，寄籍宁德。"其祖宗庐墓皆在邑大东乡杉洋，少从宁德进士张翰，学精《周官》。绍熙元年对策大廷，光宗称其直而不讦拔置第一。当时宋光宗皇帝还当场赐诗一首："临轩策士岂徒然，嗣守丕基务得贤。尔吐忠言摅素蕴，我縻好爵副详延。爱民忧国毋终怠，厚泽深仁赖广宣。赐宴琼林修故事，朕心期待见诗篇。"余复感激之余，即就《和御赐登第诗》："风虎云龙岂偶然，信知盛世士多贤。虞庠教育蒙深泽，汉殿咨询愧首延。释褐遽沾琼宴宠，赐诗齐听玉音宣。爱君忧国平生志，敢负周王宴乐篇。"杉洋宗亲曾为其撰贺词："乔木世家，厚德自百年之积；飞龙上第，高名宣四海之传。"

余复祖父余丕是杉洋人氏，原为宁德县城何姓人家塾师，其子余孔惠随班就读，也是自幼聪慧，长大后与东家何氏女喜结连理。何氏女身怀六甲时，其兄前往杉洋探望，见胞妹家中拮据，便携返娘家，定居宁德，生下余复。因此有"余家状元何家甥""余家状元何厝生"之说，既是何家外甥，又是在何家出生，何家对其成长、成才确实也是功不可没。因而《宁德县志》又载："余复，字子叔，一都人。"

余复中状元后授为洪州金判，不久改授为宣义郎金书镇南军（今江西南昌）节度判官。南宋庆元元年（1195）入国史馆任实录院检讨，官至秘书省著作郎。早在南宋淳熙十六年（1189），余复赴京（临安，今杭州）应试，其父送行赠诗："父子相随只学儒，常将笔砚代犁锄。汝今捧剑趋丹阙，我且安贫守旧庐。酒酌十分休酩酊，路行千里莫踟蹰。来年二月花朝后，早寄平安及第书。"余复答诗道："银瓶供砚照袍新，笔下千军自有神。第一唱名知是我，从来头上不留人。"充满豪情壮志，一副志在必得神态。有学者认为余复因诗"从来头上不留人"狂妄自大被告发惹祸，而不得重用被贬。其实不然，古代状元并非官职，所以没有品级。宋代虽然重视文人，但考取功名者所授官职都不高，状元一般仅授金判，基本上都是从最基层做起，也算是一种历练。从杉洋《余氏总谱志·列祖表疏诗词札记》记录余复《谢皇帝表》看，此时的余复已没有了当年应考时的年轻气盛，表现得非常谦虚，只有一腔忠君报国的热情。

余复初任洪州金判时，在蓝田诸族人为其饯行席上说："虽云鹤岭之奇，实种蓝田之玉，银河派别，岂非无源？"拳拳赤子之心，耿耿桑梓

之情可见一斑。宋庆元三年（1197）正月十五日，余复回古田杉洋寻根祭祖，挥毫泼墨，写下《西庵时思楼记》："……吾家自尚书而上，凡累代之祖，下而逮今，凡十二世之孙，族属蕃衍，图谱牒叙，井井有叙。坟墓之在于三阳（即杉洋）者，兆域各有封识，其百世之泽也欤。"并寄望后人敬祖爱人，每年不忘祭拜，时刻不忘继承先辈遗志。

开禧元年（1205），混迹官场15年，正值盛年的余复终感厌倦，辞官退隐还乡，回归故土，居宁德县城南门，辟园构轩，觞咏其间。余复先后著有《礼经类说》《左氏纂类》及《祭礼》十四卷，《风集渚》《余状元集》等诗集。宁德十八都仙霞岭，有后人镌于石壁余复诗云："二十年前过此间，旅囊羞涩笔头悭。时来山色与人好，我亦诗肠似海宽。旧事消除身后梦，新声惭愧路旁官。乘车衣锦浑闲事，留取功名竹帛看。"返乡的状元，对锦衣玉帛、功名利禄都看作等闲之事，前尘往事如云烟，唯有清名留史册。

先贤过化

就在余复回乡祭祖的这一年，一个步履蹒跚的老人为"避难"也随后来到了杉洋，他就是一代理学宗师朱熹。只因南宋庆元元年（1195），宰相韩侂胄擅权，斥朱熹理学为"伪学"，朱熹等人为"逆党"。第二年，被弹劾"十大罪"，免去一切职务。庆元三年（1197），正是危难之时，古田籍门人林用中等人冒险把朱熹接到古田避难。明万历版《古田县志》载："宋朱熹字仲晦，新安人。庆元间韩侂胄禁伪学游寓古田，宗室诸进士与其门人构书院延而讲学。"之后朱熹也来到了杉洋蓝田书院讲学，开启一代新风。"蓝田书院在杉洋，朱晦翁书匾，盖其门人余隅立也。"面对古镇厚重的历史文化，瑰丽的秀美山川，朱熹流连忘返，坐镇蓝田书院讲学。当年学子云集，盛极一时，著名的"朱子十八门人"就是此时形成。

清邑人李捷英题蓝田书院墨迹亭诗曰："环列诸山道远青，当年夫子日谈经。尚余墨迹香千载，夜夜光摇北斗星。"山清水秀的古镇山村，当年的朱子是如此从容不迫、气定神闲谈经论道。不知道此时已潜心著述讲学的朱子，是否还惦记着破碎的山河、国家的兴衰、时运的不济？从其《水口行舟》："昨夜扁舟雨一蓑，满江风浪夜如何？今朝试卷孤蓬看，依旧青山绿水多。"这首诗来看，他的心境已由愤慨无奈而转向豁达开朗了。

朱熹一生著述甚多，其理学思想对元、明、清三朝影响巨大，成为官方哲学，是中国教育史上继孔子之后的又一代。《余氏总谱志·东斋记》："子两度于尊师李侗祖籍之地游学讲论。时庆元间避学禁，云集高弟十有八者于蓝田书院曰'东斋'为础，分赴诸院施教，门人遍闽，邑东有余、李，邑西有黄、魏。诗礼传家，义方有素，二学子皆驰誉上庠，遂故书始末以告来者，庶诸生异日奋起，徒步而梯青云，知所自以斋志。"由此可见，朱熹为蓝田书院奠定了丰厚的文化积淀，使理学流泽历代相延，久盛不衰。

杉洋还是朱熹在古田留下最多墨迹的地方，手书"蓝田书院"石刻是现蓝田书院"镇院之宝"，书院后山崖壁"引月"，落款"茶仙"也是其题写，门人摹刻，成为杉洋八景之一"天池引月"。凤林祠后厅墙壁还有朱熹墨迹对联两幅，其一为"春报南桥川叠翠，香飞翰苑野图新"；其二为"雪堂养浩凝清气，月窟观空静我神。"字体笔力雄健，结构完美，布局有致。横路坂村民家中珍藏有"碧海开龙藏，青云起雁堂"对联匾额原件，汉魏风骨跃然眼前，洒脱自然溢于字间。至今杉洋文人墨客多，代有才人出，不能不归功于朱子文化的深远影响。

追根溯源，朱熹与古镇杉洋和余氏还是多有缘分。杉洋始祖余焕之父余青入闽为官，后隐居建阳五夫。而朱熹虽然一生坎坷，四处奔波，但在建阳五夫时间长达40余年。饱读诗书，学冠天下，流落杉洋的朱熹对古镇历史文化渊源一定也是多有探究，故里后裔、弟子家园、状元之乡，多种情感夹杂，一定让他倍感亲切敬重。

源远流长

20世纪80年代，古镇文化挖掘和保护先驱者余理民先生凭着个人爱好和执着，利用业余时间进行了大量的田野考察，发掘出了印纹陶片、石锛、石箭头、石渔网坠、海贝壳化石等文物，说明商周时期杉洋已有先民生息。可惜老人驾鹤西去后，成果散落，毕生研究有文字留存的却是不多。成书的，只有和清华大学人类学教授张小军合著的《福建杉洋村落碑铭》，全书收录各类记叙碑、祠堂碑、乐捐碑、旗杆石碑及三百多块现存的墓碑，共计碑文四百多条。成文的只有《余复状元的历史考谜》和与施景西合作的《朱熹高足"二黄干"考》、与外甥李一汀合作的《李侗祖籍地考》等几篇文章。

近10多年来，古镇乡贤、"蓝田古文化"研究学者李扬强先生潜心挖掘、整理，编著《蓝田古文化》《蓝田引月》，成为研究古镇历史文化的第一手翔实资料，临终前半年，还整理编辑了《蓝田雅叙》和《蓝田书院古今蕴》两本手稿。还有一位值得一提，那就是"蓝田瘦马"余增福先生，多年来一直在默默地传播古镇历史文化，拍摄了大量照片，编写了许多史料文章和游记在网络发布，引发了众多围观，提升了古镇杉洋的知名度。

近些年，古镇的蓝田书院，因乡贤余云辉博士捐资400多万仿古重建，通过办讲坛、讲国学、练武术等形式大力推进而名声大噪，成为弘扬中国传统文化的教育基地。

2017年，古田县政府为了加快"建三圈、兴三业"打造"千年临水，健康古田"步伐，把杉洋列为全县乡村振兴战略实施的试点乡镇。去年，总投资1.2亿元的市重点项目杉洋"文武古镇·耕读人家"重点文化建设项目顺利开工，特别是投入2400多万元的古镇古街（北区）修复保护项目（一期）和古镇主街市政工程两个子项目相继动工，标志着杉洋人民多年来开发古镇的夙愿得以真正进入实施阶段。计划2019年投资约2000万元，实施古镇古城墙及古炮楼修复保护工程、古镇武术演艺场建设工程、古镇古城楼建设项目和古镇古街（南区）修复保护项目（二期）。同时，启动古镇游客接待中心及停车场前期工作，开展新增用地农用地转用和征收报批手续、施工图设计等各项工作。

2018年底古田县政协编撰出版了地方文史资料《杉洋讲古·古迹篇》，分门别类，系统介绍了古城垣、古祠堂、古书院、古民居、古寺庙宫观堂、古楼阁、古亭台、古廊桥、古碑刻、古井、古墓等十一个方面历史文化遗产，新的一年还计划编辑出版《杉洋讲古·人物民俗篇》。

漫步古镇的小石巷，饱经岁月侵蚀的古祠堂、古民居在夕阳余晖下倍感沧桑。那每一道门，每一扇窗，每一口井……都有过无数令人感怀的故事。探幽寻古，沉湎其间，令人久久无法释怀。也许读懂了寂寞，也就读懂了繁华。蓝田有遗梦，文脉永绵长。这"先贤过化之乡""中国历史文化名镇"真的是名不虚传。

（2019年8月15日中共福建省委文明办《文明风》，2020年2月16日《闽东日报》）

斜阳脉脉映古巷

金秋十月，稻黄柿红。沐浴在斜晖中的千年古村，笼上了一层金光，别有一番韵味。

为挖掘中国传统村落历史文化，我们采风组一行入驻古风古韵的古田县卓洋乡前洋村。古村宋时肇基，依山而建，建筑风格各具时代特征。金水溪、佛殿溪穿村而下，既方便生活用水，又是天然泄洪通道。有民谚道："五鲤洋中走，双龟把水口，左蛤蟆，右神鸟，金牌对面照……"几句朗朗上口的民谚，凝练地概括了前洋古村的地理风貌。

传说旧时前洋附近有大大小小 36 个村庄，姓氏众多。因地理风水绝佳，元末明初，李、魏、余三大姓相继涌入，其他姓氏或式微或外迁，李、余、魏三姓繁衍迅速，枝繁叶茂，逐渐一统江山。村民们"日出而作，日落而息。"依然保持着古老的农耕习俗，俨然陶渊明笔下的世外桃源。假如你要体会这宁静的慢生活，就请你住下来，朝看日出晚观霞，走街闯巷听俚语。吃农家稀粥，尝农家小菜，听老人们讲述那里曾经发生过的故事。

"余家大院"建于清道光年间，是余家三兄弟余超元、余超理、余超杰同期建造的三栋连排豪宅。门口曾经是跑马场，现改做池塘，种着荷花。走进大院，不得不惊叹于它的气派恢宏。单是那门窗、扇门、屏风，几乎都是精雕细琢，或人物，或禽兽，或花鸟，或虫鱼……皆栩栩如生、惟妙惟肖，无比精美。有菩萨手执如意，仙童托着宝瓶，寓意如意平安；有梅花绽放，喜鹊登枝，寓意喜上眉梢；有蜜蜂飞舞，猴子上树，寓意子孙封侯；有蟾蜍、石榴，寓意多子多孙；有双狮蹲守，以喜狮谐音"喜事"，寓意双喜临门；水中螃蟹，因甲（壳），也寓有登科之意；还有农夫耕作、孩童放牧、鲤鱼跃龙门等等，不一而足。既仰望星空，寄托美好愿望，又脚踏实地，还是要耕读传家。细细揣摩每一个细节，无不让人抚掌赞叹。

小村古巷不大，但四通八达，连接着家家户户。路面碎石、鹅卵石铺就，路中间铺上长方形条石或者大块的石头（俗称"穿心石"），不论是"三寸金莲"或是"三寸高跟"，穿巷而过，都能四平八稳，行走自如。分布在古巷深处的五座炮楼巍然屹立，显明古村史上曾有过的富庶和实力。

沿古巷穿行而上，许多古民居门口都有"轿坪"，便于停轿和上下轿，显明这些人家曾经是非富即贵。特别是江西赣州知府摄兵备道余文龙故居，"轿坪"可谓别具一格。不仅宽大，而且形似一方官印。第二根条石边沿雕琢成官帽帽檐模样，左右两侧还有两块正方形青石，代表了两颗官印。进士余文龙与弟弟余文英都出仕为官，且颇有政声。其大堂两侧木制屏风花格，暗藏"文章华国""诗礼传家"对联，堪为余家治家格言。余文龙不仅政绩显著，"……葺学舍，修邑城，尚义捐资，造福枌榆，功不止在一时也。"（乾隆版《古田县志》）后升任工、户两部郎中，授正四品中宪大夫。按察使曹学佺为其作传，御史、大理寺丞董崇相为其写墓志。而且还著作等身，著述有《赣州府志》20卷，《史异编》17卷，《祥异图说》7卷，《史脔》25卷等。家学之风，代代传承。其子余兆昌为国子监生，孙女余珍玉、余尊玉未及笄即诗名在外，画也精通，合著有《倚窗迭韵》。《古代妇女回文诗词集》收录有妹妹写的回文诗《姐妹词》："看衣将姐约，新妆妹题晓。半夜梦归人，低声语悄悄。"这个妹妹还真是个鬼灵精，回文诗不管是正读还是反读，都是她在主导，表达的是情窦初开的少女心境。

余家老屋第三进是绣楼，拱形门内别有洞天，广大的空间，是余家闺秀生活之所。仰头凝望，实在想象不出当年余家小姐、丫鬟们的生活场

景。登楼俯视，分明看到了旧时代"大门不出，二门不迈"的清规戒律。阳光穿过屋檐，照射到绣楼，栏杆花格的影子清晰地映照在地板上，如梦似幻。我屏息敛声，轻步慢走。悄然不敢高声语，唯恐惊醒梦中人。凭栏远眺，斜晖脉脉水悠悠。

不知道当年这儿是否也上演过令人神往的"抛绣球"故事？这绣楼下面是否也有过人头攒动的热闹场景？只听戏里说过，小姐透过绣楼偷窥来提亲的书生，若满意，便娇羞道："女儿全凭父母做主。"若不满意，就一脸严肃地说："女儿还想侍奉父母几年。"含蓄又明了，父母也是笑而不语不捅破。

这儿的古官道穿村而过，东往宁德，西接古田，北通屏南。当年"担回头"的挑夫长年累月往返于这条古道，因而曾经繁荣一时。村中两家客栈常常爆满，"客店嫂"（老板娘）也是颇有姿色。挑夫走卒住店，温一碗前洋老酒，消解一天困乏，调笑一番"客店嫂"，倒头酣睡。天刚拂晓，便又启程上路。有时候他们也会到金水溪边的"讲书堂"，听听村里说书人讲故事。"讲书堂"是村民们休闲娱乐之所，犹如一个戏场子，不但有说书人和听众，还有做光饼的，卖零食的。冲一杯冰糖茶，或送一包香烟，说书人委婉笑纳，然后干咳一声，摇头晃脑激情开讲，其情其景不亚于当今郭德纲的德云社。

巷口有一座石拱桥，横跨在金水溪上，连接着东西村落。虽然长度只有6米左右，但却赫赫有名，妇孺皆知，村民称之为"拱桥头"，是古村旧时"司法所"，街坊邻里纠纷、老人小孩矛盾都是在此摆平和解。请来村中德高望重长老，摆事实，讲道理，最终心平气和握手言欢，各自回家。渐渐地，"拱桥头"名称演变成"讲和头"，成为化干戈为玉帛，讲和的地方。桥边溪畔还建有一座吊脚楼，上下两层大约60平方米，曾是商铺、茶楼，也曾是逍遥馆（吸食烟土）。虽然年久失修，摇摇欲坠，但老人回忆起旧日的景象，还是深深惋惜，旧日的繁荣已一去不复返，盼望着国家乡村振兴战略能够修旧如旧，保留住历史的遗存。

夕阳西下，炊烟袅袅升起，深深古巷渐渐安静。饭后茶余，我们依然兴趣不减，围坐在房间，继续听文化协管员老李讲述古村落的前世今生。这一夜，我们却把他乡作故乡，带着沉思入梦乡。

（2019 年 11 月 16 日《闽东日报》，2020 年 11 月 16 日《文旅中国》，收录《中国历史文化名村——福建前洋》）

古田城隍庙：开疆置县的历史见证

　　城隍又称城隍爷，是中国民间和道教信奉的守护城池之神，是冥界地方长官，大多由有功于地方民众的名臣英雄充当。城隍庙是用来祭祀、纪念城隍神的庙宇。

　　旧时古田"去郡三百二十里，故山峒也。"时刘疆为"峒豪"（当地部族首领），天性仁厚，乐善好施，品德高尚，深受"峒人"拥戴。唐开元二十八年（740）刘疆与林溢、林浠兄弟等率众献土归唐，开元二十九年（741）编户为县，玄宗皇帝"嘉其忠顺"，赐名疆，封为古田首任县令。县治在翠屏山南，双溪汇流之上。全县分为四十八都，县域东至罗源黄塘下里界，西至建安南才里界，南至闽清岩上界，北至政和均竹坑界，东南至侯官三仓石春界，西南至南平长安南里界，东北至宁德石棠界，西北至政和上庄界。计地广 141.5 千米，袤 275 千米。刘疆任职期间禁掠夺，制豪强，治械斗，免刑戮，政通人和，县境安宁。自此"风气日开，公卿辈出。"（语出民国版《古田县志》）

　　刘疆殁后，乡民感念其率众垦荒，创邑有功，勤政为民之功德，以其故居立庙，号"宁境"，尊为"拓主"，"岁时祭之"。明万历版《古田县志》记载："古田城隍有旧、新二庙，旧庙在一保云津坊之西，新庙在县治西，皆奉祀拓主神也。"此故居即为城隍旧庙。

　　宋景德间，邑令李堪曾毁"淫祠"（滥建的祠庙）数百充作学宫础材，此庙独存。"未几，民请迁，乃更于今所。"（明万历版《古田县志》），即县治之西门下马亭，此为城隍新庙。

宋时刘疆赐额甚多，崇宁二年赐额"惠应"，政和二年封"顺宁侯"，后加"正应"，宝祐中复加"显灵"，遂封为城隍之神，后人称刘疆为"顺宁正应显灵侯"。宋进士余发林《城隍庙记》赞曰："武夷之山，发源自天，下作斯邑，曰维古田。产此异人，绝类离群，世守此土，以待明君。既获所遇，察变观文，遂挈所有，视如浮云。丰功在国，实德在民，惟侯是崇，千秋万春。"

从元大德八年到丙子年的三十余年间，城隍庙进行了多次大规模的重修。大学士张以宁于元惠宗至元三年撰有《古田增广城隍庙记》："……刘侯筚路山林，乃疆乃亩，挈而归者职方氏，风气日开，富庶以教，公卿辈出，科第蝉联，诿曰观察常公之泽，屯田李公之化所致，然水木本源，繄吾侯之力也。"高度肯定刘疆之劳苦功高。明洪武三年，县令韩秉彝重建，正庙三间，南为仪门，外立华表。每月朔望二日，都率下属进庙拜谒。洪武八年、正德十八年和万历七年、十一年又都有重修。万历三十六年，知县王继祀捐俸修庙并铸钟两口置于前后堂，铭曰："大冶金精，太音声清，铿鍧镗鎝，彻于帝廷。帝眷玉邑，宠佑群灵，惟神翊化，永赞皇明。"城隍庙历经宋、元、明、清等朝代数十次的重修扩建，规模宏大，主要建筑有华表、仪门、主殿、拜亭、戏台、钟楼、厢房、回廊、花亭、牌坊、夫人殿、后堂、斋房等楼堂馆舍。民国时期，又几经重修，蔚为壮观。自立庙以来，城隍庙历代香火长盛，每逢城隍寿诞、元宵节和做秋福等节庆前后，都有古田本地和福州等外地戏班云集城隍庙演戏助兴。旧时城隍出巡，都是分别从北门一保旧庙和西门下马亭新庙同时出发，巡至三保大街交会，然后各自返回。

1958 年，国家"一五"计划建设古田溪水电站，古田人民做出了巨大牺牲，旧城整体搬迁，新旧城隍庙均被水库湖水淹没。旧城一保部分居民怀念城隍爷，将城隍神位送往翠屏湖畔后垅里村吉祥山一座小茅寮供奉。据城隍庙内《重建城隍庙纪念碑》载，老移民中的一批热心群众于 1979 年自发筹建，1981 年首建正殿"刘疆纪念祠"，随后在庙前新建吉

祥、如意二亭。其后陆续建有拜亭、环翠阁、夫人厅等及其他楼房，都是民间人士捐资建设，庙内及四周立有众多历次捐建者芳名的纪念碑。历经30多年扩建，目前仅建筑部分占地面积就有3000多平方米。庙堂为宫殿式建筑，保留旧庙明清建筑风格，坐北朝南，依山傍水，气势宏伟。围墙正门口对联："率众归唐功德垂万代，开基建邑神灵造千秋。"庙宇红墙大门正上方是红底金字"城隍庙"直匾，两边饰以凌云喷水青龙浮雕。大门对联："开疆拓土县建籍编忠顺垂万古，垦亩淳倍境宁职纳俎豆继千秋。"两副对联都高度概括了城隍刘疆的功绩。跨入前亭，拾级而上是拜亭，摆放着古色古香大香炉，底座书"古田城隍庙"。香炉前护殿将军面向城隍，上书"敬神如神在"。拜亭两旁有石鼓一对，正对面是戏台，两边有回廊，下面是厢房。步入正殿，大堂上方悬挂"刘公纪念祠"匾，正堂悬挂蓝底金字"城隍庙"直匾，为元至大二年元帅万奴书。两旁有清康熙三十九年福建巡抚陈瑸"万户依刘"、清康熙五十二年国子监祭酒余正健"庙成孔安"、丁卯年湖南桂阳县令赵舜年"威灵显赫"等匾额。

旧县城西门下马亭城隍庙被水库淹没后，因历史原因也一直未能重建。1984年，部分乡民发起乐捐，在松吉乡（今城西街道）前坂境初建简陋城隍庙。1989年，又进行较大规模改造，扩建主殿，新建戏台，增建赏月亭、停车场等，占地面积达1500平方米。庙宇坐北朝南，依山而建，气势恢宏，香火鼎盛，香客不绝于途。大门上方悬挂"古田县城隍庙"蓝底金字直匾，并饰以金色双龙，联曰："恶过我门胆自寒，善行此地心不惊。"步入大门，即可见《城隍庙记事》碑，简述建庙时间、地点以及历代重建、重修情况。正殿悬挂"城隍庙"横匾，注明是"1984年原庙旧城香山境下马亭移建，2005年合邑重修"。正厅上方悬挂"护国威灵公"匾额，下祀城隍爷刘疆神像。大厅上方还悬挂一副黑漆漆大算盘，这是绝大多数城隍庙标配，寓意人算不如天算，头上三尺有神明，不可作恶多端，要多多积德行善。

城隍庙一年之中有九次重大活动，如上元节、秋斋、填库、寿诞等庙会活动。最热闹的是每年正月初五，民间人士延续传统，组织隆重的城隍出巡民俗活动，纪念刘疆护国惠民，祈求风调雨顺、国泰民安、五谷丰登。城隍出巡时，以高照"护国威灵公"牌为前导，两边为红底金字直幅："城隍出巡镇邪恶，万民朝拜祈太平。"锣鼓开道，鞭炮齐鸣，随后抬着七爷、八爷、保长、差役等塑像，瓶、炉、镜及各境香亭等物依次前行。出巡队伍中间还有舞狮、踩高跷、木偶杂技表演等节目，配之以各种仪仗、乐器。其中还安排一人"驮枷"（即披枷戴锁罪人），以示惩恶扬善。然后是十个青壮年各自拖着劈开的老竹爿，寓意城隍十大功劳。紧接着是八人抬城隍塑像出巡，威风凛凛，有民谣赞曰："城隍坐八座，行事真公道。"最后是凉伞、大鼓压阵。巡游队伍浩浩荡荡，穿街过巷，沿途人家摆上贡品，烧着高香，男女老少全出动，万人空巷，夹道欢迎，热闹非凡。

城隍是一座城市古代历史的见证，悠久的城隍民俗信仰表达了劳动人民对和平的期盼和对家园的热爱，有感恩、教化的特殊教育功效。城隍文化有着深厚的历史内涵和社会价值，其宣扬的惩恶扬善、护国佑民精神至今仍具有现实意义。城隍庙也反映了不同时期的建筑风格和艺术成就，是古代劳动人民的智慧结晶。

（2020 年 3 月 31 日《闽东日报》，2020 年第 2 期《宁德史志》）

湿漉漉的太姥山

三次上太姥，感受各不同。第一次是同事携游，匆匆而过，犹如走马观花；第二次是同学聚会，意不在山高水长，在乎青春的记忆；这第三次是同道采风，文旅结合，各抒情怀。出发点不同，目的不同；同伴不同，心境也不同；年龄阅历不同，所得更是不同。

初夏凌晨的太姥山是湿漉漉的。晨曦透过森林，斑驳疏影清清浅浅光怪陆离。翠鸟在林中自在地逍遥，曙光中一声声长情告白，抑或长吁短叹，让经历了一夜沉静的幽幽大山恢复了第一缕生气。独行在森林中湿漉漉的木栈道，踩着一地夜风零雨打落的花瓣，宛若轻飘飘地飞向仙境殿堂。凝神谛听鸟语，呼吸花香，感受空灵，任思绪随晨风飘荡。冷不防枝头偶尔滴下的雨珠打在额头，一激灵，有了诗兴大发要引吭高歌的灵感。登山俯视，霞光万道，云海在晨风中如万马奔腾，在凌乱光影中，整个身心也仿佛融入静静的大山，那种感觉实在无法自拔，岂止是"一览众山小"，简直是"山登绝顶我为峰"了！

大自然的鬼斧神工，打造出了太姥山神奇的象形巨石，云雾缭绕中，移步换景，无不活灵活现。那萨公岭365级台阶，有多少文人墨客、贩夫走卒踏过？那一块巨大石板，仙人已经锯了多少个年头？那只万年金龟，怎么总是爬不上绝壁？猫和老鼠是否只是在游戏人生，逗你玩？又是何方神仙劈去半块风动石，只剩下另一半在风中招摇？瀑布岩又经历了多少个世纪的风雨侵蚀，才形成如此景观？充满阳刚之气的擎天一柱，又是怎样的傲视群雄，独孤求败？那建于唐乾符年间的国兴寺，当年又是何等鼎盛？偌大空旷的遗址，横七竖八的残柱和石槽、柱础，在一片荒草中令人倍感岁月沧桑，人间无奈。"废址尚存传胜迹，残碑差可纪前因"呐！……只有那一对永远沉默的夫妻石，在薄雾浓云遮掩中依然甜蜜地依偎着缠绵，演绎着亘古不变的爱情故事。

一众采风作家们的身心也是湿漉漉的。早餐后，随众再次登山。闽浙两省30多位作家兴致勃勃，男女老少齐出动。一路攀登，本土文史专家一路解说，由此对太姥山文化有了更直观感受和深刻了解。一路趣味横生，更是消除了跋涉的劳顿。虽然汗流浃背，浑身湿漉漉，但坐"望海亭"里小憩片刻，一阵微风拂过，顿觉全身上下通透凉爽。都说"海气千年拥太姥"，如此净化，不成仙也得道了。在一片瓦茶室，几位作家围坐一圈，听俗家女弟子一番茶经，研读一遍《白茶赋》，品茗一阵白茶香，也是实实在在的解谜、消渴。

夜幕降临，大地沉睡。酒后微醺，干涸的心也湿漉起来，撩起了沉睡的青春活力。饮茶、题字、吟诗，各展才华。把对太姥山的赞美，浓缩在只语片言。著名诗人、鲁迅文学奖获得者汤养宗先生打头阵，以浑厚而中气十足的嗓音诵读了新作《太姥山》，他说："太姥山，是领导天下石头的一座山。"一石激起千层浪，其他作家们也心潮翻滚、不甘示弱，纷纷拿出得意之作与大家分享。一时间，慷慨激昂的诵读声此落彼起，热烈非凡，这夜来读诗以降暑，无风也清凉。

太姥山的白茶更是湿漉漉的。面临东海的太姥山，被誉为"海上仙都"，光能充足，热量丰富，雨水充沛，得天独厚的地理气候和自然条件，特别适合白茶生长。海雾山岚浸润，可谓"摄日月之精华，纳天地之正气。"使得白茶树茎脉健壮，叶片如碧玉光亮、油润、湿滑。

无论是"绿雪芽"茶庄园太姥书院的"申时茶会"，还是大荒茶业的夜色茶叙——"诗茶会"，都把地方文化深深地植入太姥山的山山水水，一草一木，赋予了新的恒久的灵气。大荒·荒野老树白茶园还与《闽东日报》社合作，设立"白茶山"文创基地。傍晚时分的一场暴雨，把茶园清

洗得整洁碧绿，一尘不染。一场别开生面的"申时茶会"在书院举行，这是根据唐代茶仙卢仝的《七碗茶》所编创："一碗喉吻润，二碗破孤闷。三碗搜枯肠，四碗发轻汗，五碗肌骨清，六碗通仙灵。七碗吃不得也，唯觉两腋习习清风生。"净手更衣，闭目静坐，在悦耳动听的轻音乐中，一股氤氲清香的茶气扑鼻而来，茶姑娘的轻声细语把我们带到飘飘欲仙的境界。安妮宝贝在《素年锦时》中写道："白茶清欢无别事，我在等风也等你，苦酒折柳今相离，无风无月也无你。"何尝不是如此？在喧嚣的尘世，难得有这般片刻静谧。虽然茶会主题是——遇见自己，但此时此刻，已经身体清静，心境淡然，了无牵挂，早已物我两忘了。

苏东坡《观潮》诗曰："庐山烟雨浙江潮，未至千般恨不消。到得还来别无事，庐山烟雨浙江潮。"历尽宦海沉浮，诗人顿悟一切都不过如此而已。有豁达，也有悲观。遥看巍巍太姥，满目葱葱山河。虽然看山还是山，看水还是水。但看人生匆匆，谁又不被如此多娇江山所迷醉？

风过太姥云也退，雨打白尖茶更新。晨风朝雾暮雨沐浴下的太姥山，无时无刻都是那么清新脱俗，浸润着太姥娘娘的恩泽，湿漉漉又带着一丝柔柔的清凉与脉脉的温情，带着一片浓浓的痴心与深深的祝福。

（2020年7月6日《闽东日报》，收录文学采风作品集《太姥山白茶山》）

风雨学稼楼

学稼楼地处中国历史文化名镇古田县杉洋镇夏庄村，是著名书画名家李若初先生故居。

早在 1982 年的一个周末，跟随大甲中学同事李仕同先生专程去杉洋夏庄，探访他父亲若初先生旧居。其时先生的遗物除早年散落外，或被亲朋好友收藏，或被学生留作纪念。人去楼空的学稼楼空无他物，只见柱子上先生手书的对联在凄风苦雨中飘零。真可谓白云千载空悠悠，此地空余学稼楼。

前些年，县社科联编撰古田历史名人系列丛书，我负责编写《书画名家李若初》。查阅大量资料完成初稿后，想联系早已退休的仕同先生核对一些史实，请他人查询电话号码，没有得到及时回复，数月后，得知他也驾鹤西去，徒留伤悲与遗憾。这人生匆匆如白驹过隙，有些事、有些人真的要抓紧。一转身，也许就是百年。36 年后再次踏上学稼楼，是为古田县政协编撰地方文史专辑系列《杉洋讲古·古迹篇》，我们一行专程到杉洋村、夏庄村考察。杉洋是中国历史文化名镇，夏庄村是其中不可或缺的重要组成部分。相传杉洋史上有"三十六庄"，毗邻杉洋村的夏庄村，原本就在一个城池之内。当地人一直把杉洋称"上庄"，夏庄称"下庄"。传说上庄在明朝时修城墙，下庄也要派工，下庄人觉得亏大了，便也开始集资修城墙，有四个城门，可惜现在只剩下一个城门，城墙都没了。至于下庄改称夏庄，据说是李若初先生手笔。夏庄的文化底蕴，从"九巷十书斋"美誉，便可推测一二。宋代李侗《官宅安塔宫志》记载，"蓝田官宅，

李吴余三姓聚居者，二百年间簪缨间出，子孙显荣，仕司徒学士，代不乏人。"官宅，即夏庄旧称。著名的李氏宗祠——凤林祠在夏庄村西南，古田开科进士李蕤墓在夏庄村路口，朱熹的老师李侗是夏庄村人氏。山清水秀的夏庄村还盛产美女，古田民间曾流传有"古田好杉洋，杉洋出美女，美女出夏庄"之说。

虔诚地走进夏庄村，沿着古朴的青石巷道，若初先生后人带着我们打开了紧锁的大门，小心翼翼地登上了学稼楼。几近荒芜的老屋，低矮而暗淡，先生当年居住的书房兼卧室"退思室"已经有些塌陷。为勉励子孙后代继承先业制作的"学稼楼"并题跋的木匾早已失窃，历经岁月洗礼，壁柱上的对联多已模糊不清，只有一副上联"文章鸣上舍，浓桃郁李遍全闽"清晰可见，横梁上的"敬祝毛主席万寿无疆"依稀可辨。厅壁上补壁的山水画，被洗刷得只剩下花白的痕迹。想当初，年逾古稀的先生退休后，独居学稼楼上，撰写《学稼楼题跋》，勉示子侄"继先业，安畎亩"，写字作画赋诗，自得其乐，亲朋好友索要字画从不推辞。杉洋古建筑"槐庙古迹""杉洋文化宫"、基督教"天一堂"及楹联"天何言哉，圣经即帝谓；一以贯之，吾道有真传"都是他的真迹墨宝。凤林祠更是留下了先生笔墨酣畅的长卷《凤林祠全景图》和六幅壁画。闲来长衫步履曳杖从下庄到上庄走走，探亲访友，买买日常用品。时常帮助村民写写婚丧喜庆年节对联，在篮子、土箕、木桶、扁担等农具上写写名字。

若初先生后人给我们展示了一块精心收藏的整幅贴金牌匾，那是民国癸亥年（1923）孟春，先生母亲五十寿庆，霞浦作元学校 60 位门生共同恭祝敬送。"贞筠不老"四个篆体大字，表达了学生对师太母的美好祝愿。其匾跋文曰："若初李师振铎吾校有年矣，循循善诱，吾侪如坐春风也……"可见先生教书育人深受学生敬爱。仔细端详品读，竟然发现，60个学生里面有我祖父和叔公的名字，令我兴奋莫名，原来我祖上也是师出名门。就是诧异于他们怎么会千里迢迢跑到霞浦作元学校读书，查阅资料和询问家族长辈才知道，清光绪二十一年（1895），英国圣公会在霞浦创办作元、培德学校，免费接收基督徒子女就读。虔诚的基督徒太祖母，就把祖父和叔公送去上学了。若初先生平生精书画，工诗词，善篆刻，尤以书法著称。早在 20 世纪四五十年代，就被誉为"闽省书法三绝"之一。1960 年文化部举办全国书法大展赛，他以笔力苍劲老辣的"数风流人物还看今朝"狂草中堂一幅名列第六。我对书法一窍不通，自己的字写得也像"狗咬的"一样，但对先生的字，却是极为欣赏，感觉有如行云流水般自如舒畅，赏心悦目。

一代书画名家李若初先生离世 40 多年了，其故居学稼楼在风雨中愈显破败不堪，令人更生伤古悲今之感。若初先生晚年题画梅诗之一这样写道："底用危桥踏雪寻，写花自慰寂寥心。故园访旧凋零尽，唯有寒梅伴到今。"也许，这就是先生内心世界的真实写照。

佛说，前世的五百次回眸，才换来今生的擦肩而过。我愿用来世的一次擦肩而过，换得今生的五百次回眸！

（2020 年 8 月 25 日《闽东日报》）

魁龙书院：魁星高照龙象生

　　魁龙书院位于古田县城东街道西山村，也称西山书院、径贤庙，初为西山村林氏宗族子弟书斋。明万历版《古田县志》记载："魁龙书院，在县西南十都之白沙，宋时建，后废。"现存建筑为清光绪年间重修，具有清代建筑风格。清朝中叶起，魁龙书院被辟为先贤祠，春秋两季举行祭祀朱熹活动，春祭为三月初九，秋祭为九月初十，祭祀活动承袭朱子清贫节俭古风，一直延续到民国。因宋理学家朱熹曾在此讲学，对研究朱熹活动史具有意义，1990年书院被古田县人民政府列为县级文物保护单位。

　　魁龙书院占地面积500平方米，坐北朝南，土木结构，两进四伞扛梁。前为门墙，大门偏右，砖砌门框，书法家、古田民俗文化学者江山先生拟写门联："魁星垂处群星璨，龙象生时万象新。"

　　跨入门槛，即为前天井，长8米，宽3米，植有一株桂树，一株柚树，两侧各有双层厢房。大厅深9米，宽6.5米，近60平方米。正厅彩绘朱熹神像，上面匾书"魁龙书院"，左右枋梁临摹朱熹墨迹"鸢飞""鱼跃"。厅堂四根原木立柱下半部故意锯断再接续起来，方言读作"续头"，谐音"势头"，意为有势力。正厅覆竹联："日月两轮天地眼，诗书万卷圣贤心"气势恢宏，前厅覆竹联："紫阳教化延一脉，白鹿薪传有二林。""紫阳"为朱熹的号，"二林"即朱熹高足弟子西山村林用中、林允中兄弟。乾隆版《古田县志》载："朱子避地古田，得进学之传者数十人，而择之、扩之（即林用中、林允中）兄弟为最，故至今犹称之曰'二林'"。正梁上书："大清光绪二十六年庚子岁三月二十二甲子日吉时重修魁龙书院上梁大利。"大厅官房，右为"朱熹陈列室"，收藏朱熹及其弟子林用中、林允中史料；左为"藏书阁""墨宝斋"，收藏古田传统文化史料。正厅两旁通往后厅女儿弄（即通道）宽达 3 米，光线充足，不可多见。

后厅枋梁左右依稀可辨"穷理""尽性"字样，语出《易·说卦》："穷理尽心，以至于命。"泛指穷究事理，实乃为学之道。后天井长 11 米，宽 2.6 米，立有两根高 0.75 米，直径 0.35 米石柱。后厅左右厢房各一，中间约 30 平方米为厅。据年已八旬村民林桂梅先生回忆，他小时候听老人说，此处即为朱熹讲学课堂，其建筑也早于前厅书院。20 世纪 50 年代农业合作化时期，魁龙书院成为合作社粮食仓库，一直到 80 年代初，都是生产大队粮食仓库，甚至大厅都堆满粮食，书院原貌也因此得以幸存。

南宋庆元元年（1195），宰相韩侂胄擅权，斥朱熹理学为"伪学"，朱熹等人为"逆党"。第二年，朱熹被弹劾"十大罪"，免去一切职务。庆元三年，正是危难之时，古田籍门人林用中、林允中等人冒险把朱熹从建阳接到古田避难，其女婿黄榦也一同留寓古田。明万历版《古田县志·寓贤》有明确官方记载："宋朱熹，字仲晦，新安人。庆元间韩侂胄禁伪学游寓古田，宗室诸进士与其门人构书院延而讲学。所寄寓处附县治者，匾其亭曰'溪山第一'。往来于三十九都徐廖一大姓。尝书'大学户庭，中庸阃奥，文章华国，诗礼传家'。螺峰、浣溪、杉洋诸所皆其游息而训诲也。文公尝曰：'东有余李，西有王魏。'盖自纪其众乐云。"因林用中、林允中为古田西山人，所以朱熹到古田第一站落脚点便是西山村。大师莅临，怎能不邀请讲学？因此西山的魁龙书院蓬荜生辉，声名远扬。而县志中所谓"宗室诸进士"，指的是宋代有一支皇族南迁，由建州徙居古田，为赵宋皇室后裔诸进士。比如赵汝腾，乾隆版《古田县志》载，赵"素与朱子相友善。"还因西山村距旧城有十里之遥，交通不便，再加上学堂偏小，生源偏少，于是"构书院"，即把旧城东北双溪亭加以整修扩建，朱熹兴之所至，欣然命笔"溪山第一"，由此定名"溪山书院"。清邑人康熙间国子监祭酒余正健《漱芳集》云："双溪亭……昔紫阳夫子讲学是也，

匾为'溪山第一',笔墨淋漓。"此后朱熹便经常往返于古田境内几大书院讲学,谈经论道,培养了一大批再传弟子。如林用中主溪山书院,黄榦主螺峰书院,余偶主西斋(即擢秀斋),余范主兴贤斋。据《古田县志》记载,宋、元、明至清,古田取得进士功名的就有 181 人,出现了张以宁、余正健、甘国宝、曾光斗等一批风云人物,足见朱熹对古田教育文化发展和社会进步的深远影响。

古田民间有流传甚广的"朱子一日教九斋"神话传说,"九斋"即指朱熹在古田讲学过的溪山书院、蓝田书院、魁龙书院、螺峰书院、浣溪书院、谈书堂、西斋、兴贤斋、东华精舍九个较有名气书院。从地域来讲,横贯东西,百来公里,非常人所能及,只是表达民间百姓对文化的崇尚,希望多多得到名师教诲的良好愿望而已。

魁龙书院对面还有一座"虎马将军祖殿",1996 年由"双义祠"改扩建。据说是当年江西参将周江湖、罗协奉命前来古田西山村追捕朱熹,因不忍加害圣人,双双自刎,被西山村尊为拓主,立庙祭祀。山门联曰:"西境钟秀怀二将,山峦毓秀出双贤。"殿中有联曰:"得道成仁碧血凝芳处,濯灵显圣紫阳过化乡。"现修有"双义祠"石牌坊。

当年的西山村还得到朱熹"点化",走进唯一留存的古老门楼——大门头,门边两块巨石,一为长方形,一为元宝形,一阳一阴,俗称公母石,寓为童男童女。林家祖厝正门前用条石铺一条"玄"字形小路,直通门楼。在离祖厝不远处用鹅卵石铺成六爻图案,暗藏"玄妙"。又依据太极图,挖掘两口水井,象征太极双目,村民称为"上井""下井"。从此,西山村人丁兴旺、人才辈出。

西山村还有一个"神笔点蛙"的民间传说故事。话说当年朱熹在魁龙书院白天讲学,晚上辅导,大热天的晚上,田野青蛙叫个不停,影响学习。朱熹便用红笔写一字条放入田中,顿时青蛙变得半死不活,蛙声全失。于是朱熹赶忙叫学生们去把青蛙捞起,用红笔在青蛙头上点一点,就全都活蹦乱跳起来。村支书林斌说:"我小时候经常去钓青蛙,只有这书院附近的青蛙头上有个红点，着实稀奇。"

现西山村新建公园，投资近 40 万元建雕花石凉亭，也取名"思贤亭"。陈灼豪先生撰联并题字："用心教化培桃李，允德遗风育栋梁。"藏头林用中、林允中兄弟之名。因朱熹在给林氏兄弟书信中有"十德衣冠裔，二林理学家"之说，西山村林氏后裔多有以此句制作门联，引以为豪。林用中作为朱熹高足弟子，《八闽通志》载："文公尝称其通悟修谨，嗜学不倦，谓为'畏友'，与建阳蔡元定齐名。"南宋乾道间为尤溪县学政，后回古田掌教，庆元二年被授予邹应龙榜"特奏名"进士。师从朱熹三十余年，跟随朱熹参与了历史上有名的"岳麓会讲""鹅湖论辩"等重大学术活动，并曾执教于朱熹亲手重建的白鹿洞书院。《白鹿洞志》言，林用中"从文公游最久"。朱熹给林用中书信就有 50 余件，唱酬诗超百首。

朱熹去世后，林用中即把溪山书院改为"晦庵祠"，供朱熹神像，表达对恩师的敬仰与缅怀。林用中去世后，县令洪天锡为之在县城立牌坊，原名"通德"，后改为"承流"，其神座也祀于晦庵祠，再续师生之情。明朝古田知县杨德周《田中杂咏》赞道："讲席千秋诵考亭，二林流韵有仪型。可知薪火传无恙，乍试改歌道亦灵。遗像尚留今俎豆，荒祠重落旧丹青。多才蔚起开冠冕，日照文章倚翠屏。"

书院是古代读书人的精神原乡，魁龙书院是历史留给我们古田一代又一代人的美好记忆。正如魁龙书院大门藏头联"魁星垂处群星璨，龙象生时万象新"所言，朱熹这颗魁星降落书院，一定会群贤辈出，星光璀璨；西山村龙脉所经，其形如象，必定会地灵人杰，万象更新。

（2020 年 9 月福建古建筑丛书《文庙书院》，2020 年 11 月 22 日《闽东日报》）

经书致远　善行泽长

——千年古村古田县林峰村的故事

第五届"全国文明村"林峰村地处古田县大甲镇西南部，原名林洋村，距镇区 5 公里，是个千年古村。全村一千八百多人口，以林姓为主，村中近八成房屋是明清古建筑。元朝《林峰村家规铭训》曰："孝父母，睦兄弟，正闺门，慎交游，完国税，崇祀舆，振节香，勤本业，笃宗族，和乡党。"家训涵盖个人、家庭、社会、国家方方面面。因古族谱被火烧毁，现存仅清道光、民国和 1983 年族谱三本。据记载，林峰村有明经及第 1 人，举人 2 人，监生 3 人，文武秀才 9 人，耆宾 15 人，贡生数十人。曾有"一门十贡生""兄弟同科出贡""父子三贡生"佳话。今有博士 6 人，各级各类学校教师、校长近百人，是名副其实的历史文化名村。

一

林姓堪称中华姓氏一大望族，自晋代永嘉年间入闽开基，以莆田为发祥地，唐、宋两代均有一门九兄弟登进士，任刺史之说，史称前九牧、后九牧（刺史也称州牧）。有堂联赞曰："唐代兄弟九刺史，宋朝父子十知州。"唐僖宗乾符元年（874），林姓从莆田北螺村八角井（即今莆田西天尾镇林峰村凤林自然村）迁居林峰，迄今已 1100 多年。开基始祖林庥，小名万罗，份属九牧林家，为唐九牧第八房林迈曾孙，唐左武卫兵曹参军林行谦三子。唐僖宗中和二年（882）明经及第，官至员外郎。林峰村《鹏程林氏族谱》载，林庥从莆田迁连江东乡吐花屯，后移居罗源丰余（罗源原属连江），因匪乱举家迁古田大甲林峰村。传说林庥家族居罗源丰余村期间颇有声望。一日，长子白眉遇一道长，嘱其曰："此地不可久住，需至眠牛卧地居。"白眉跋山涉水，寻找长久居住地。步行到现林峰村位置时，天已昏暗，人也疲惫，便喝口山泉，倚靠着路边石头睡着了。一觉醒来，发现身边有一天然岩洞，形似牛洞，倚靠的石头似牛眠，微黄泉水似牛尿。观察山形，酷似一只卧地眠牛，正合心意，便卜地建屋，举家迁徙，定居于此。整个村庄以林氏祖厝为中心，沿山体等高线呈内凹状布局，落水口处以"龟蛇双会"岩水和风水林锁住水口，以聚财源。族谱记载："明堂广而不散，四水相朝，水聚天心。""乃藏风聚气之地，实宜居宜家之所"。因村后有仙顶山，形如大鹏展翅，故又称鹏程境。山水佳处，凝成"鹏程十景"：石狮大吼、绣虎高眠、坑源澄清、金鸡报晓、前山案雪、塔岭樵歌、古松参天、水湖涌月、云横牛洞、烟锁虹桥。今人感念先祖遗泽，在村口立有神牛雕像一尊。

　　林峰村88岁老人林文雄先生介绍，林峰村地灵人杰，代出人才。始祖林万罗肇基，二代白眉、红眉、赤眉、廿一郎四兄弟。因战乱，白眉、红眉曾又迁往罗源飞竹，廿一郎迁宁德，枝繁叶茂。道光版《罗源县志》记载："飞竹乡溪坪、外坂林姓（始祖白眉、红眉兄弟从古田县三十七都林洋村来）。"白眉在罗源飞竹期间，慷慨好施，造福桑梓。曾乐捐田园、竹林、山场并一切器用家私等，创建功德寺两座，一是旃檀院，另一是普明寺（详见《鹏程林氏族谱·继迁始祖传》）。多年后，因思乡心切，复返林峰村定居，遂成继迁始祖，逝后葬大甲刘洋村。

二

　　林峰村林氏历代重视教育，崇尚经书致远。因明时匪乱，林氏祖厝被焚毁，现存建筑为明朝崇祯年间原址重建，后经多次整修。坐东朝西，三

进院落，进深 37.5 米，面宽 21 米，建筑面积 787.5 平方米。正门联曰："经学传南海，文章绍博陵。"所谓博陵，古冀州地，又称西河郡，是中华林氏第一个发祥地，所以林氏总堂号叫"西河堂"。廊前柱联："祖宗虽远，祭祀不可不诚；子孙虽愚，经书不可不读。"此联录自明末清初著名理学家、教育家朱用纯《治家格言》。树有根，水有源，人有宗，道理相同。中国人讲究天道轮回，饮水思源，祭祀祖宗就要诚心诚意。所谓经书，指的是儒家经典，子孙再怎么愚笨也要读，因为经书能让人明理开智。因而林峰村大户人家都建有书楼，供学童读书。小小山村，书楼众多。有林绍参（其子林葆璋是举人）厝的"怡园"，贡生林绍箕厝的"宜园"，贡生林绍虚厝的"尚盟园"，贡生林绍璧厝的"橘树园"，林绍斗厝的"四芳园"，林中邦厝的"花坪园"，秀才林开莘厝的"坑里洋"等书楼。最有名的"仙顶山房"，是名医、贡生林绍箕建在山顶的豪华别墅，建有凉亭、回廊，兼做医馆和书斋。

廿八世林维桢，字开莘，人称倣周先生，出生于道光十五年（1835），同治戊辰年（1868）秀才。《鹏程林氏族谱·人物传》记载："读书颖悟，尤长于毛诗。"曾为宗师邵亨豫得意门生，中年"设绛授徒"，远近学童纷纷前来就读。大甲邹洋村举人阮琇林，即为其学生。林峰村还留有阮琇林墨迹，倣周先生墓碑铭刻亦为其亲笔题写。倣周先生在乡村声望颇高，"也性慷慨，有鲁仲连风，乐为人解纷排难"，乡邻之间若有纠纷，"得一言立解"。

走进林峰村，还可以看到钦命提督福建学政国子监祭酒吴保泰为乡荐贡元林绍鉴立的"文魁"，清光绪乙未年古田县儒学正堂李朗为耆宾谓雅立的"齿德堪推"，嘉庆二十五年福州府古田县文林郎正堂袁焜为乡耆宾林中诸立"盛朝硕德"等牌匾。谱载林峰村恩赐耆宾家中多有匾额，如林谓标家的"国朝人瑞"，林正波家的"望重乡闾"，林开锦家的"美绍香山"，林开俸家的"瑞世耆英"，林绍冶家的"品重乡评"，林开庇家的"瑞世高年"，林中国家的"寿晋古稀"，林中德家的"商洛耆英"，林绍才家的"闽邦重望"，林开云家的"洛杜耆英"，林谓茂家的"寿耆维祺"，林谓敦家的"创业垂统"。每一块匾额，无不诉说着家族史上的荣光。

三

廿八世耆宾林开祖，字汉卿，清乾隆壬戌年（1742）庶母所生，上有三个嫡母生兄长。汉卿生的晚，其父家业曾"阄定三份均分"，父欲再以四份均分，但嫡母兄不太乐意，年仅八岁的汉卿便知让财于兄，且说："世间无父业，亦可白手起家，何必以区区者致乖骨肉？"早年替杉洋表兄看店，稍有积蓄后赶猪卖猪。一日，汉卿赶猪去宁德，入住彭氏客栈。时已黄昏，女店家素面淡妆，倚靠窗前，汉卿叫她阿嫂，店家很是伤心，原来她三十出头尚未出嫁。又听人说她命带"剪刀爿铁扫帚"，克夫的命，所以无人敢提亲。汉卿心想：我也已年过四旬，反正就一个人，任她怎么剪怎么扫，又能怎样？于是托媒人上门提亲。彭氏夫妇正愁着女儿的亲事，见有人提亲，当即应允。彭氏女嫁过来后，精明能干，早出晚归，日夜操劳，不但没有剪断财路扫掉财源，反而诸事顺利。遇上猪瘟，别人把病猪卖给汉卿，一到手又生龙活虎，一只都没有死掉。原来这汉卿也是命带"剪刀爿铁扫帚"，两口子都是命硬，可谓天造地设的一对，而且彭氏这"铁扫帚"是往里扫。夫妇俩同心同德，勤俭持家，和睦乡里，生意越做越大，没几年就富甲一方。晚年开始收购田产，除自己几十个长工耕种外，余下良田以低租分给乡邻耕作。乡邻们都为他们勤劳致富、乐善好施交口称赞。咸丰元年（1851）年底，彭氏期颐大寿，时任福州府古田县正堂邵荦闻讯，亲授"堂联五代"匾额，以表彰其一生勤俭创业、教子有方、乐善好施，福德泽被同宗，多子多福五代同堂盛事。延至今日，林峰村林氏后人读书上榜、学以致仕者，多为林汉卿派下。

贡生林绍箕（号根东），出生于清咸丰四年（1854），系林汉卿之子林谓敦之孙，乃当年十里八乡名医，家业丰厚，也乐善好施，对贫穷乡邻

就医，都予减或免药费。曾有一贫困村民上山求医，无力支付药费，根东先生不但免费，还让病人将裤子打结装满大米背回。他在周边乡村有很好的声望，在乡村里是个"讲话人"（德高望重主持公道的人）。邻村郭洋一村二姓，因山权纠纷，打架伤人，告状到县里，但均无确凿证据，无法定案，矛盾越来越大。有一天卓姓族长邀请林绍箕出面调解，然数日无果，各说各有理，成了僵局。绍箕认为此事未解，两姓日后必定会大打出手，闹出人命。于是就自己出资买下争议山场，再把山场送给卓厝，钱给余厝，由此平息两姓纷争，这就是"卓厝得山，余厝得钱"佳话缘由。某年正月十五，林峰村做神戏，外村一小偷趁机偷窃，被村中老人发现，慌乱中爬上晒谷坪摔死，家属告上衙门，说是被打死，也是林绍箕出面花钱安抚家属而平息事端。县师爷、贡生余安山看中其慷慨善良，将女儿许配其为媳。族谱记载：林绍箕"每以施与为怀，故平居深得宗族戚友欢……时以歧黄术济人。"林绍箕子林葆璋为举人，林葆琪为庠生，其孙林向可，一直为中共闽东特委的宁古屏中心县委工作，被误杀，后平反。1983年，原福建省军区副司令员陈挺在回忆录中写道："这里特别要指出，在一九三六年后，古田地区统战工作是搞得很好的，有不少伪乡长、伪保长为我们工作，替我们送情报，购买药品、弹药等，给我们很大的支持。这里影响较深的有大甲林峰的伪乡长林向可。程际的伪保长余善道，还有一个商人，名邹时云，是住在一个山厂的人。他们名义上当乡长、保长和搞买卖的，但实际是为我们工作的。"（见陈挺《我的回忆——三五、三六年在古田活动情况》）林峰村是重点老苏区之一，从20世纪30年代到解放战争时期，革命先辈叶飞、陈挺等在林峰建立革命指挥部、联络站，林峰儿女踊跃参加革命，为革命队伍发展壮大献粮献钱，现林峰村"叶飞指挥部"旧址即为林向可厝，村里保存有1937年闽东人民抗日红军第四纵队参谋处给村民林则智开具的银圆、枪支收条。据统计，落实政策后共有50多人参加革命，其中烈士3人，这些志士为党和人民解放事业立下不朽功勋。

四

林间古韵农家乐，峰回路转鹏程行。今日林峰交通便捷，村容村貌整齐洁净，村民行为习惯良好，乡风民风淳朴。近年来获得多项荣誉，2006年，评为古田县第十届"文明村镇"；2008年列为古田县新农村建设示范村；2009年和2012年获评宁德市第十届、十一届"文明村"，2014年被评为福建省"文明村镇"；2015年被列为全省"千村整治、百村示范"美丽乡村建设工程；2016年获国家住建部第四批全国"美丽宜居示范村"称号，福建美丽乡村网热心网友评选为"福建最美乡村"；2017—2018年度获评为第五届全国文明村；由彭小妮作词、蒋才胜作曲的村歌《梦里林峰》获第九届全国村歌大赛"十大金曲奖"。2019年6月，列入第五批中国传统村落名录。2020年12月，知青历史文化展馆落成开馆，又为林峰村增加一处人文景观。

常言道：家是缩小的国，国即放大的家。历经千年岁月积淀的林峰村林氏后人严家教、守家风、勤读书、乐善事，优良传统代代相传。

（2021年4月25日《闽东日报》，收录《古田好家风》）

石壁头山下的珍珠

　　庚子之冬，暖阳惠风。我们乡村振兴文化调研组一行驱车近百公里，来到美丽乡村、中国传统古村落古田县杉洋镇珠洋村。

　　地处古田、罗源交界的珠洋村，是一个典型的山区村落。三面环山，背靠石壁头，面对旗冈，东、西有笔架山。一条小溪，由东向西而过。有诗赞道："两峰插汉，犹如天柱，一为背枕，一为面屏，连冈叠嶂，宛如画轴。"村落房屋总体依山顺势而建，街巷曲折迂回，呈"之"字形贯穿全村。古旧民宅都采用坐北朝南坐向，即使院门朝着道路，但房屋必然也依循着同样的方位，正是理想的宜居格局。珠洋村历史悠久，《珠浦许氏族谱》记载："珠浦许氏系出高阳，稽之令德，由唐光州固始入闽。其间转徙播迁蕃衍于延建福泉间者，支分派别，莫能胜纪。传至彻公，历罗邑濮溪、蕉坑，筚路蓝缕以启山林。遂卜居于玉田珠浦而世家焉。"从宋开宝元年（968），入闽始祖许令环第五代孙许彻（字伯通）携族人从罗源濮溪迁居珠洋，经过300多年发展，"有十二房派，人文蔚起，家敦诗书，户尚礼乐。"元末战乱四起，百姓流离失所，许氏家族由盛而衰。明洪武二十八年（1395），幸存一脉许仕術"祖宗念重，无心仕进"携妻带子回归梓里，重兴珠浦。所以珠洋古称玉田珠浦，乃含合浦还珠之意，只因先祖来了又走，走了又回，但终是故土难离。村民皆为许姓和林姓，林姓与许家有姻亲关系，世代和睦相处，努力耕读，发展壮大，也成名门望族。走进珠洋，最令人瞩目的是宗祠、祖厝，其文化韵味极为浓厚。乾隆中叶，许氏先祖勘察地形，择风水宝地，筹建宗祠，并于戊申年（1788）

竣工。祠堂坐北朝南，雄踞山头，门对笔架，秀水西流，既庄严肃穆、巍峨壮观，又古朴典雅、景象万千。族人设义田（祭田），分房析派，轮流"收其义田之入，春秋岁按一年两祭"，拜祭列祖列宗。由是珠洋许氏财丁并发、根深叶茂、支派昌盛、瓜瓞绵绵。

珠洋许氏现分为三支宗四房祖，许氏宗祠是珠洋村许氏总祠，2015年许氏合族宗亲慷慨解囊，重修许氏宗祠，占地面积 3000 多平方米，建筑面积 500 多平方米，建筑色彩以土坯的土黄色和瓦的青灰色为主，屋檐为单檐歇山顶，细部构件、木雕、斗拱精雕细琢，彩绘颜色艳丽，有古佛像、古牌匾等众多历史文化要素。裔孙许守纪撰《许氏宗祠修缮录》，立碑于祠前，记载珠洋许氏变迁繁衍、族亲修祠善举。勉励族人："在村居者，应常怀感念之心，秉烛焚香，按时祭祀；在外乡亲，不忘根本，常回祖地，瞻仰祖德。"大堂正厅除了高悬牌匾，还列有历朝历代取得功名者名录，激励后人亦耕亦读。各支房枝繁叶茂，人才辈出。也将祖厝、故居辟为纪念场所，许英公祠、许氏智公祠、许氏上宅祖厝、仕術许公故居和林氏祖厝，各具特色。供本族分支后人瞻仰，彰显祖德，褒扬功名。以表不忘先祖创业艰难，子孙后代继承祖训光宗耀祖。因此也具有宗祠部分功能，以启迪教化子孙后代。许英公祠有对联曰："得山水精华灵气，传祖先厚德高风。"许氏智公祠有联曰："珠山巍峨，连绵数里回合浦；浦水蜿蜒，流经九曲转还珠。"仕術许公故居有联曰："入孝出悌承祖训，追根溯本启后昆。""明渊知源不忘桑梓地，礼重报本长怀敬祖心。"许氏上宅祖厝有联曰："先祖开基功德垂千古，子孙创业孝忠兴万家。"林氏祖厝对联曰："西河十德家声远，南闽九贤世泽长。"乡贤、福建师大博导林志强教授亲撰《珠洋林氏祖厝修缮碑记》，碑记曰："……今观院中地面平整如一，无复旧时凹凸；庭前空坪小石钉缀，凝结历史蕴含。街旁近观，门楼巍峨，联语典雅，可添珠洋古村之一景；庭中远眺，群山环护，紫气东来，堪奠家族发祥之良基。为纪念此次修缮盛举，谨列好义乐捐者及按户出资者尊名，以铭记时贤，激励子孙。冀我林家，人才辈出，世泽长传，

福禄永昌。"其表弟许氏为之立匾"文学博士"。对联林林总总，无不表达不忘根本、遵循祖训、启迪后昆之意。热心公益事业是珠洋人的传统美德，1994年新建校舍，海外乡亲为报桑梓之情，慷慨解囊。修建恩美楼，归侨子女、厦门大学教授许乔蓁等四兄弟为其父许敏乐、母黄吉妃乐捐二千七百一十八元。村委会为之刻碑纪念，永志芳名。1998年，海外侨胞、族亲许福乾率子女捐资四万元，建造珠洋基督教堂。始建于清乾隆年间的探珠桥（又名还珠桥），近三百年历史，有长亭二十四堵，历经风雨侵蚀，毁损严重，为保护古道，各级政府下拨资金支持，乡贤许立余、许乃务等大力资助，于2010年重建拱桥。对于修建宗祠、祖厝，村民们更是踊跃，义不容辞。重视民俗文化建设，也是珠洋村历来传统。曾在新中国成立之初就组建"珠洋业余闽剧团"，在本村和到外村演出，每年元宵节举办临水宫分宫——瑞晶宫（供奉临水夫人陈靖姑）灯会活动。

珠洋村森林覆盖率高，葱茏翠绿，山清水秀，风光旖旎，环境优美。有珠洋八景：文峰朝雨，旗冈晴烟，竹林夜月，松墩涛声，珠光家塾，古树鹊巢，虎圻春晖，岩洞归云。村尾龟蛇把口，风水林古树参天，一座廊桥横跨东西两岸，掩映在绿树浓荫之中，美其名曰：听涛亭。一阵风过，涛声悠悠，松针纷纷扬扬，撒落在长亭瓦面上，沿途石阶旁，路边草丛里，一片金黄，赏心悦目，无疑是一道亮丽风景。云归亭居高临下，万千气象，一览无余。

趁着乡村振兴的东风，遗落在石壁头山下的珍珠——珠洋村，正撩开迷人的面纱……

（2021年5月1日《福建法治日报》，有改动）

樟厅，丹桂飘香的村庄

金秋十月，我们省县联合采风团走进丹桂飘香的村庄——古田县鹤塘镇樟厅村。清康熙五年（1666），鹤塘镇路上村余姓一支迁徙定居樟厅肇基，其与"天下师表，两朝帝师"余正健同出一脉，皆为杉洋古镇望族余氏后裔。现樟厅村是福建省美丽乡村，第五批中国传统村落。

樟厅村地处条带状峡谷，后山连绵起伏，前川沃野平畴。村落依山而建，房屋错落有致，呈"丁"字形格局分布。油溪自西北向东南缓缓流过，如玉带穿梭古村，既显宁静又富动感，成为一条环绕乡村景观带。沿岸地势平坦，土地肥沃，养育了一方人。旧时宁古、古罗官道也都穿村而过，商旅不绝，史上极为繁荣。修建于清雍正年间的拓主殿，面积360平方，栋宇飞檐翘角，巍峨壮观，戏台用垂花柱结构，雕梁画栋，中间藻井，如意斗拱，建筑风格仿照临水宫古戏台，在全国为数不多，极具历史价值。"樟厅祖厝"风貌完整，木雕精细，院落开敞，空间明亮，左右香阁，主次分明。中堂供奉"天地君亲师"牌位，这是中国儒家祭祀对象，为古代祭天地、祭祖、祭圣贤等民间祭祀的综合，也是传统敬天法祖、孝亲顺长、忠君爱国、尊师重教的价值观念取向。木刻楹联比比皆是，极具文化内涵。樟厅村民风淳朴，团结友善，待客如宾。人文历史渊远流长，凝聚了一方人。樟新街宽敞整洁，素质文明，农户家门口多种植有花花草草，绿化又美化。

樟厅人遵循"忠厚感恩，勤俭持家"祖训，具有勇于拼搏、不甘落后的精神，家家户户比学赶帮，先富带后富。他们亦耕亦读亦商，有博士，

有厅处级官员，更有一大批企业家，在湖北、新疆、福州、上海等地从事矿山开采、胶合板生产、厨具家具等行业经营，发家致富后，他们不忘回馈桑梓，建校、修路、做溪岸等等，都纷纷踊跃捐款。特别是 2015 年申报美丽乡村，乡贤捐资近 300 万元做基础设施，2018 年重修祖厝，又捐资近 90 万元，为振兴乡村贡献力量。女村民余碧云，年已半百，身挑家庭重担，上有 100 岁、88 岁、81 岁三个老人需要照顾，丈夫又身患癌症，医药费花了 50 多万元，还有其他不幸之事，依然勇敢面对生活。村里安排在"孝老食堂"煮饭，最多时负责村里十七八个老人伙食，也做得井井有条，一丝不苟，家里家外两不误，深得群众好评。在交谈中，我们从她脸上偶尔掠过的一丝苦笑，能分明感受到她的心情沉重，但马上恢复常态，还是充满了淡定、从容与自信。这是一个怎样坚强的女性？生活的磨难没有把她压倒。真是一位好女儿、好媳妇、好妻子、好母亲，是新时代一位"四好"村民。

此时正是立冬前夕农作物收成季节，村里人割水稻的，晒谷子的，挖番薯的，榨番薯做淀粉的……农谚云："立冬立冬满洋空。"立冬过后，农作物就收成完毕，村民们都赶时间干完农活。老人们则三五成群，围坐一起，闲聊晒太阳，怡然自乐。百岁老人端坐门前，面目慈祥，微笑着点头向我们打招呼，大家纷纷上前问好合影。午餐的一碗正宗芋头面，让我们欣喜万分，回味无穷，那是乡村人最高的待客礼遇，拍个视频做抖音，引来数万人围观，因为有乡愁的味道。

随着乡村振兴战略实施，各级党委政府高度重视、大力支持樟厅村建设。2017 年，樟厅村列入县级扶贫开发重点村，市委组织部挂钩，县委组织部牵头组织了五个部门联合推进帮扶工作，市财政局、县国土局选派优秀干部担任村第一书记，助力乡村发展。几年来，樟厅村加强基础设施建设，改善人居生活条件，在保护自然环境的基础上，打造人文景观，提升乡村特色内涵。形成了象峰山森林氧吧、锦鲤池、荷花苑、村尾公园等绿色生态板块。发展观光采摘型农业，如八月瓜、黑老虎、芙蓉李、油茶、柑橘等等，一年四季，瓜果飘香。开发特色文化创意产业，充分展示古村文化元素，推动乡村旅游发展，为古村创造收益，让村民有真正的获得感。一个宜居、宜业、宜游的新农村，美丽、活力、和谐的新樟厅，正在渐渐成为现实。

　　樟厅，一个环村皆桂（花），满地披银（杏）的村庄，弥漫着馨香，遍布着金色，在深秋里显得格外华贵、典雅，充满了希望。陶醉在这世外桃源，轻移细步不忍离。

（2021 年第一期《翠屏湖》）

六十年谷种会发芽

　　古田建县于唐开元二十九年（741），旧城池位于翠屏山下，经过历代改扩建，全城有六保七街十二巷。

　　传说到了明朝中叶，从五保至六保大街，约有半条街店面都是朱姓老板的，沿街挂着的红灯笼都写着"朱"字，人称"朱半街"。久而久之，朱姓老板的真名反而无人知晓。

　　"朱半街"早年家住郊外，读过几年私塾。虽世代农耕，但勤俭持家，有了积蓄，也做点小生意。半生勤劳，未有半子，幸得一女，万分珍爱，取名宝珠。妻子早逝，也未续弦，与女儿相依为命，日子倒也过得自在，把小女视若掌上明珠。小女长成，托人寻得城里一户人家，风风光光嫁了过去。

　　数年之后的一个冬天，正是农闲季节，年近六旬的"朱半街"寻思年关已近，想去看看女儿和小外孙，顺便住上一些日子。毕竟岁月不饶人，将来还是要投靠他们。便带了些农村特产，诸如番薯粉、南瓜、芋头等等，坐上牛车，来到城里。父女相见，甚为欢喜，女儿便去准备饭食，两位亲家坐在大厅闲聊，无非是些客套问询，城乡差别，共同语言不多。

　　掌灯时分，小外孙出来叫道："公喽公，吃饭了。""朱半街"看着外表聪明伶俐的小外孙，高兴地答道："真乖！好，吃饭。"小外孙又道："我不是叫你，我是叫自家的公。""朱半街"听了心里一沉，眉头一皱，颇为不悦。看来内外有别，不是姓朱，这小子又管教不严，将来没什么指望。俗话说："三岁看大，七岁看老。"看来这小子管教不严，将来没什么指望。难怪村里人说："外公，只是冇公。"意思是说，不是嫡系，不是真公。看看亲家、女儿女婿，都不以为然，没有批评教育，也就不好再说什么。

这一夜，"朱半街"心情颇为郁闷，翻来覆去无以入眠。唐罗隐有诗曰："采得百花成蜜后，为谁辛苦为谁甜。"自己辛劳半生，究竟为谁？又如此二日，家中人情惭淡，甚觉无趣。熬到第四日天亮，吃了早餐，就跟女儿告辞，推说家里还有点事没处理好，以后再来。女儿也未一再挽留，也许也有难言之隐。临别之际，"朱半街"说："我的旧棉袄呢？"女儿答道："在猪栏那边挂着呢！""朱半街"说："给我拿来，顺便带回去吧。"女儿看看父亲没有什么表情的脸，有点不解，不就是一件旧棉袄吗？但还是去往猪栏，取下黑乎乎有点沉的破棉袄，递给了父亲，眼眶湿润，眼睛有些发红，轻声说："有空了再来玩吧！"其实，那件旧棉袄，里面缝着珠宝、银圆，是"朱半街"大半生的积蓄。疼爱女儿的"朱半街"，怕女儿将来受苦，特意带来准备赠送他们，以备不时之需。也真是印证古训："有福自然来，没福没处来。"

出了家门，"朱半街"到一保街转了转，看什么都没心绪。便出了城北门，这是县城交通枢纽，一条路往建瓯方向，另一条通过高大木桥（清顺治年间改建为廊桥，取"紫气东来"之意，名紫桥），去往福州。此时桥上已有不少人儿来往，进城来的，出城去的，步履匆匆忙碌于生计。年轻时进城，"朱半街"都会到桥上走走，看看风景，吹吹风，欣赏欣赏旖旎风光，感受感受城里热闹。元宵佳节，也偶有进城，从一保大街走到五保大街，跟着人潮看花灯。端午时节，还会来观看剑溪龙舟竞渡，锣鼓喧天场景。登高俯视溪山第一亭——欣木亭，飞檐翘角掩映在绿树浓荫下，仿佛听见朱熹在溪山书院讲学，书声琅琅。遥望溪中鲤鱼洲（形似鲤鱼，亦称鲤鱼坂），桃花盛开一片殷红，宛若人间仙境。有朱熹《题林择之欣木亭》诗为证："危亭俯清川，登览自晨暮。佳哉阳春节，看此隔溪树。连林争秀发，生意各呈露。大化本无言，此心谁与晤。真欢水菽外，一笑

和乐孺。聊复共徜徉，殊形乃同趣。"

今日看啥都无趣，便转头沿城墙边朝剑溪方向走。流经大桥的东溪与来自平湖方向的北溪交汇于城东北，因笔直如剑，故称剑溪，顺着城墙边缓缓而过。宽阔的剑溪清澈无比，可见鱼儿在水中自由游动。产生了玉田八景中的二景：剑溪渔唱、玉滩夜月。宋邑令李堪有《剑溪渔唱》诗云："水过云津势渐平，双溪汇作剑溪清。渔舟来往无人见，隔竹时闻欸乃声。"初升的太阳照在水面上，波光粼粼，偶有一两艘翘尾船慢悠悠划过，荡起层层涟漪。漫无目的地沿着城墙路走到五保门外，看见一个丫鬟模样的女孩，穿着蓝色碎花旧棉袄，看过去有点臃肿，蹲在榕树下冰冷的剑溪边上埋头洗衣服。"朱半街"正是心情不好到无聊，看看溪对面的鲤鱼洲，冬日里一派萧条，更增添了几多伤感。就顺手从地上捡起了个鹅卵石，朝女孩洗衣服的水面扔了过去，只听扑通一声，水花溅起到女孩脸上，女孩抬起头，用手擦了一下脸，对他笑笑，也不气恼，继续洗衣服。"朱半街"心想，真是好脾气，虽不俊俏，但也五官端正，看着甚为顺眼，便心生好感。便走近问道："妹呀，妹！六十年的谷种会发芽吗？"那女孩不假思索，顺口答道："谷种好，秧坪好，就会呀！"

"朱半街"心想，这莫非是天意。自己虽已近六旬，难道还真有第二春？就去向旁人打听那女孩底细，原来是城里一大户人家花钱买来的丫鬟，对外称作"义女"。"朱半街"思前想后，下定了决心，无论如何，花多少钱都要把她赎出来。大户人家看到有人出高价，也就做个顺水人情，还小赚一笔。

冬去春来，正是百花盛开的季节。"朱半街"明媒正娶了丫鬟，然后在城外的六保街盘下了一家店面，经营粮油等土特产生意。都说穷人的孩子早当家，这女孩嫁过来后，夫妻同心，夫唱妇随，把家里家外打理得井井有条，还给朱家生下四个男丁，这真是应了那句古语："六十年谷子会发芽！"

"朱半街"虽说是老夫少妻，但恩爱有加，为人厚道，而且经营有方，生意越来越好，越做越大，十几年时间，买下了从城外六保街到城内五保街大半的商铺，"朱半街"名号由此叫响。"朱半街"出身贫寒，发达之后，不忘回报桑梓，常有慈善之举，深得左邻右舍赞誉，福享九十有余。历经百年发展，朱氏子孙后代螽斯蛰蛰，瓜瓞绵绵，发展到近千人口，成为名副其实的"朱半街"。

有一年的除夕，朱家人家家户户都挂起了喜庆灯笼。但不管是从城外六保大街往城里看，还是从城里五保大街往城外六保看，都不在一个水平线上，视线都被城墙挡住了。有人提议：把城门移一移，取直如何？大概是财大气粗吧，齐声呼和，大家一致赞同。于是连夜把六保城门拆了，移动位置，重新砌好。两条大街笔直连通起来，一排灯笼街头连着街尾，好生气派，引起全城轰动。

此事惊动衙门，上报朝廷。朱皇帝大为震怒，随随便便移动城门，岂不是要动我王朝根基，而且还胆敢妄称"朱半街"，这不是想做大谋天下吗？立即派遣钦差到古田问罪，钦差经过一番调查，朱家在城里口碑尚好，崇尚程（程颢、程颐）朱（朱熹）理学，也是知书识礼人家，而且也系皇族一姓，拆城门只是一时冲动，未虑后果，并非刻意而为，深入调查，也无其他谋逆之举，遂无赶尽杀绝之意，就提出了两条处理方案：一、满门抄斩；二、举墓（即掘墓）。朱家长辈权衡再三，选择了方案二。方案一虽未株连九族，但毕竟人命关天，况且是近千人口，假如一了百了，就不再有回春之日。

举墓当日，天色阴沉。衙役开道，钦差压阵，直奔城外高头岭方向的凤凰山。只见朱氏家族男女老幼早早都到了"凤墓"现场，伏地长跪，痛哭流涕。同意掘墓实乃天大不孝之举，但也是事逼无奈。"朱半街"墓穴打开刹那，只见6只金色祥鸟冲天而去，地下还挖出一畚箕红泥鳅。原来这墓地是当年受到"朱半街"照顾的风水先生，历经十年才找到的一块称作"凤墓"的风水宝地。俗话说：有形便有穴，形穴紧相连。如能找到确切位置，定当大富大贵。祥鸟如凤，凤凰于飞，至高至大，无所不在；红

泥鳅如龙，蛟龙于野，呼风唤雨，无所不能。凤凰、蛟龙在民间是祥瑞象征，在朝廷则是帝王统治的化身。一旦凤凰成形，必将引来神龙，龙凤相会，将要威胁江山。这朱家本来就是皇族旁系，再有宝地神佑，大有帝王之气。钦差举墓，等于破了风水，断了古田朱家坐大成势根源。都说树大招风，想来也是气数，天意如此。遭此一劫，朱氏家族渐渐式微。为免再招劫难，朱氏族人开始陆续外迁，分别散居凤都、极乐、高头岭、浣溪、建阳、沙县、崇安、闽清等地。所谓"朱半街"六十年谷种会发芽，只留下一段经久不衰，让人津津乐道的传奇故事。

后　记

致谢张本然、阮以清、郑昌云、孙兴潮等先生、女士接受采访，互为补充。新编故事与其他版本重点有所不同，且略有变化，但主干未变，传说故事只是传说而已。故事中注入旧城文化元素，旨在传承古田悠久的历史文明。

据传"朱半街"墓碑立于明成化辛卯年（1471），成化是明宪宗朱见深年号，主人公"朱半街"享年九十有余，以此推断，应该是生于明初洪武（明太祖朱元璋年号）年间。据高头岭人孙兴潮先生介绍，修复后的"朱半街"墓至今还在高头岭翠屏湖畔，有很多朱氏族人墓葬陪伴左右。

2021 年 8 月

前洋，一座绝美的乡愁馆

记不清来古村前洋多少次了，匆匆游览、陪客解说、采写文章、拍摄图片，每一次都有回到儿时老家的感觉，让人流连忘返。那古桥、清溪、池塘，那古井、屋檐、炮台，那客栈、柜台、绣楼，那被时光打磨得滑溜滑溜的鹅卵石古道，掩藏着岁月的痕迹，闪烁着历史的光泽，记录着动人的故事，吟唱着古老的歌谣。静谧的街巷，空旷的古宅，斑驳的老墙，镂空的壁窗，充满了时代的沧桑感，承载着不同历史时期的信息和历史演变的密码。

一

中国历史文化名村古田县卓洋乡前洋村处于群山之中，村落坐西北朝东南，倚靠东门山、马仙岗、虎山岗形成的连绵冈峦，南面遥对金牌山。金水溪从北向南贯村而过，与西南方而来的佛殿溪汇流于东南。全村形成"前挂金牌，背依翠岫""五鲤游洋中，双龟把水口"的山环水抱风水格局。

"五朝齐列一村落，一眼望穿千百年。"是的，就是这么一个世外古村，五朝流韵，历经宋、元、明、清、民国至今。古村依山托势而建，明、清、民国时期的传统建筑从上往下层层递进，集中连片分布，依次错落有致排列，形成西北高处为明代民居建筑，中间大部分为清代建筑，东南较低处则为民国时期建筑的建筑群布局，占地面积近 300 亩。至今保存

完好的有 70 余幢古民居，其规模之大、保护之完好，为县内乃至全市少有。其内部装饰极为精美，厅堂斗拱、走廊花门、屋宇梁托、檐下泥雕等构架都刻有精美的花卉、人物、鸟兽等，所雕刻的形象大多鲜明生动，立体起伏，层次清楚，极具观赏和研究价值。其木雕、泥雕、石雕工艺精湛，被誉为"前洋三绝"。大厅板刻对联比比皆是，极富文化内涵。前洋村的兴盛，源于"文章华国，诗礼传家"之风代代传承。据不完全统计，科举时代，有进士、举人、太学生、贡生、庠生近百名，文脉代代传承，堪称文化名村，其中也有武举人、武贡生，可谓文武双全。

二

从村委会（原小学校）出发，是一条近百米长条青石与鹅卵石铺就的笔直古道（今称和平路），赫赫有名的"余家大院"等清朝时期高宅大院一字排开，整整齐齐，内部结构精雕细琢、严谨华美。门前路下，一口被称为"功名井"的清朝道光年间古井，滋养了半村居民，至今依然有村民在此井打水饮用、洗漱。半月湖现种植荷花，雨后初晴，恰似北宋周邦彦《苏幕遮》所写："叶上初阳干宿雨，水面清圆，一一风荷举。"这里当年是演武的射箭跑马场，场地宽广，视野开阔，曾经马蹄声声响，喝彩阵阵欢。"功名井"边至今还有喂马石槽，方便比武间隙马匹进食。难怪前洋村历史上曾经出过多位武举人，多户人家都有练武石。横跨金水溪的石拱桥是明代建造，连接着东西和平路，全长约 8 米，宽 3 米，曲线形拱圈石砌整齐划一，桥面由长条青石板构建，两边装有石护栏，结构坚固，外形优美。这里曾经是古村前洋最繁华地段之一，村民俗称"广桥头"，是村民闲适时分纳凉闲聊聚集之所，也是古官道必经之处，东往宁德，西接古田，北通屏南。"广桥头"声名在古田大东一带曾经很显赫，可谓妇孺皆知，不但古村家长里短纠纷都在此调解，甚至大东地区的一些重大矛盾纠纷，有的村民也愿意到此寻求帮助仲裁，俨然是民间"司法所"。久而久之，石拱桥的名称由"广桥头"演变成了"讲和头"，即讲和调解之所。村民不想上官府法庭审判，烧钱烧脑还烧时间，更希望在此由村中德高望重长老出面调解，化干戈为玉帛，握手言欢，和谐相处。拱桥边上有一座二层木构商铺，横跨金水溪，依傍着石拱桥，因地理位置绝佳而热闹繁荣。后受经济改革大潮影响，村民外迁等原因，人口骤减，村庄衰弱。商铺楼年久失修腐烂，横跨金水溪上面部分被全部锯掉，只剩下长 8 米，宽 3 米，高约 5 米的双层木板房，架在小河边，倚靠着古民居炮楼，恰似一座吊脚楼。按照最新规划，这座楼将做修复，改为"亲和茶楼"，留住乡愁记忆。拱桥上游原本还有一家小店铺，搭盖在溪边的一棵柿子树下。早年桥边还有围墙、炮楼等等，现均已不存。身临其境，极目远眺，既有"小桥流水人家"之美，又有"古道西风瘦马"之憾。

沿金水溪畔南北走向古驿道而上，坡下溪边，依傍着一口北宋乾德年间挖掘的长方形水井——宋井，其水平面与金水溪水等高，神奇之处是溪水浑浊时，井水依然清澈如许，真可谓"河水也不犯井水"。其上方有 20 世纪 60 年代被推倒的两根立柱架作金水溪桥梁，立柱乃清咸丰三年（1853）所立"节孝坊"构件，旌表抚孤成才的林雪姑感人事迹，古田县教谕为之题写铭文。而宋代遗址——宋园，则因 20 世纪 60 年代失火，只留下一片废墟，被称为"火烧坪"，如今成为葱绿的菜地。再沿古驿道一直往上，最高处是李氏宗祠等一群古建筑，李氏宗祠和余魏宗祠一样，都曾经办过私塾，供本族子弟读书，培养了不少人才。依次而下，古村落建筑群有多条完整、连续的东西走向传统街巷，呈阶梯式分布。街巷阡陌纵横，空间蜿蜒曲折，宽度大约在 2—4 米左右。一左一右两条古官道环绕着古村落，将整个古建筑群贯穿成一个整体。所有街巷路面都以鹅卵石或青石铺砌，中间衬以长形条石，便于路人行走，极富韵味。据传说，这路中间的长形条石是从建于宋乾德三年（965）隆兴寺荒废后抬来的，部分石块确实也能看到寺院标识和文字。多座古民居门前建有轿坪，后厅有绣楼，显明当年是非富即贵的大户人家。由于没有统一规划，古街巷长短不

一，自北往南，由高向底，依现称主要街巷有：团结路、团结路 7 弄、团结路 5 弄、团结路 3 弄、团结路 1 弄、和平路、中兴路东八弄等。

其中团结路老街曾有两家商铺，极具商业气息，李氏祖厝坐落其间，李氏祖厝约建于元大德年间，为前洋先民曾氏家族所建，后赠予李家。因历代修葺，兼具宋、元、明、清、民国五朝风格特征，是民居珍品；团结路 7 弄，全长近百米，余氏祖厝、余文龙（明万历二十九年进士、江西赣州知府兼摄兵备道）故居等明清建筑都在这条古街。这条古街曾有多家明清商铺，有油行、酒肆、客栈、绸缎店、药材铺、糕饼店等等。古官道边的一座双层商铺最大最繁华最具特色，体现了古老文化与商业文明的交融，是多元素的组合。东弄口溪边驿道上便是有名的讲书堂，这里不但有说书的，还有宰牛的，做光饼的，卖零食的……当然最多的是看客，这里是村民闲暇时光的聚集之所，精神乐园，可以说这条古街最富文化内涵；团结路 5 弄 10 号是魏氏祖厝，现已修葺一新，成为前洋革命历史展陈馆，记述在抗日战争、解放战争期间，前洋革命志士为革命事业前赴后继，付出了重大牺牲，做出了伟大贡献，赢得"红旗不倒"赞誉；团结路 3 弄虽然不长，但笔直，且老屋、古道极具年代感、沧桑感，非常适合拍摄老电影，还有一口明永乐元年（1403）挖凿的室内花岗岩护栏圆形古井，在断垣残壁之中，显得愈发突兀而凝重；和平路是唯一从村东贯穿到村西街巷，过金水溪明代石拱桥，道边有双层的"担回头"古客栈，曾经生意兴隆、财源广进，其主要得益于交通便利、位置中心，东家老板又有经营头脑。南来北往客、贩夫走卒常常在此歇脚打尖，留下了许许多多充满欢声笑语的故事。西和平路全长 50 米，还有支路，其中有方形风水池、闽派电影基地（曾为私塾馆）、余魏宗祠、余三江故居、旧教堂等等。史上余魏两家情深义重，视同亲生兄弟，所以合建祠堂，逢年过节必邀请戏班子演出神戏，至今戏台墙壁上还写满了各个剧团演出剧目，记录着 20 世纪八九十年代乡村文艺的繁荣；中兴路东八弄主要有革命烈士余作铭故居，为清初建筑，是前洋村现存规模最大、保存完整的古民居，建筑细部装饰精雕细琢，文化底蕴极为深厚。

三

　　前洋古村另一特色是古炮楼众多，呈"回"字形结构，3—4层建筑，占地面积都在12平方米左右，高10米上下。四周厚墙，有瞭望窗和枪眼，窗口内大外小，易守难攻，有的炮楼顶上还有瞭望塔，可观察四面八方，这是古村的主要防御工事。当年由于兵荒马乱，土匪横行，村民为了防盗防土匪保护村庄平安，建筑了这些最有效的攻防兼备的炮楼。历史上前洋村曾有九座炮楼，显示了古村的富庶与实力。因年代久远而消失了四座，现有五座炮楼保存完好，分别是：和平路15号余养素家一座，炮楼位于后院北侧；中兴路东八弄78号，金水溪边的余仲德家两座，分别位于房子北侧和东侧；中兴路东六弄20号余剑辉家两座，分别位于房子西侧和北侧。余剑辉家大门有青石雕刻对联一副："聚族而居择善以处，依仁成里与德为邻。"横联石刻：春满吾庐。择善以处、与德为邻实乃为人处世之要义。一栋高宅大院，修建有两座炮楼，实为少有。

　　前洋村古民居、街巷、炮楼等建筑能够如此完好地保存下来，首先得益于20世纪80年代末90年代初灵活的农村土地政策，当时很多一栋老屋住有十几户人家，五六十人，已是拥挤不堪。逐渐富裕起来的村民亟须改善人居环境，村干部抓住机遇，划出平坦洋面良田，按人口批给宅基地，供村民另建新居，于是多数村民搬离了古老的民宅，古民居得以幸免于被改造破坏的命运。况且一栋古民居人口众多，意见难免不一，改造后无法分配；其次，古村地灵人杰，人才辈出，受传统思想文化熏陶，村民思念先祖创业维艰，心怀敬畏之心，祖训教导祖宗基业不可损坏，有强烈保护意识，每有破损，都只做零星保护性修缮。即使很多人已外出发展，依然每年带领子女晚辈返乡祭祖，及时修缮缺损老屋；其三，村民生活安逸，喜居世外古村。习惯于"日出而作，日落而息。"不受浮华外界侵扰，

可以每日流连于古街古道，享受乡土乡情。

　　前洋，这是一片看得见青山，留住了乡愁的土地，是一座令人念念不忘的乡愁大观园！

　　　　　　　　　（2021 年 11 月 29 日《中国文旅》, 2022 年第三期《宁德史志》）

济南初夏

济南初夏，花红柳绿，惠风和畅，宛如春光满盈。倘若早起，还是有些许凉意，窗前一棵苍劲的雪松悄悄告诉我，这里是北方。

这齐鲁大地，浸淫孔孟之风，随处可见其历史悠久，文化厚重。饭后漫步历史文化老街区，灯红酒绿，霓虹闪烁。古街古巷，没有高大上的名字，却是充满人间烟火味，芙蓉街、曲水亭街、王府池子街、后宰门街、起凤桥街、金菊巷、鞭子巷、剪刀巷……既有北方街市的喧嚣热闹，又有江南水乡的淡雅洗练。每一条街巷，都有剪不断理还乱的传说故事。青砖小瓦房，"院套街，街连院"，别具韵味。商家小院，民宿小筑，户户门前题刻木制对联，联联彰显两千年历史底蕴，中华民族文化自信。

顺道拐进一家灯笼高挂的四合院，原来是德王府十二号院，磐石泉、蒲苇泉之所在，取名源于汉乐府的《孔雀东南飞》："君当作磐石，妾当作蒲苇。"相传乾隆皇帝当年下江南途径济南，在大明湖畔邂逅温婉美丽的夏雨荷，两人一见钟情、相谈甚欢。乾隆题写"雨后荷花承恩露，满城春色映朝阳。"夏雨荷手绣"君当作磐石，妾当作蒲苇，蒲苇韧如丝，磐石无转移"回赠。由此，雨荷人家的这两眼泉水也便留名磐石泉和蒲苇泉，寓意忠贞不渝，长长久久。这老街区也有了雨荷巷，悠长悠长，让游人去追寻，去遐想，去回味。试想，如果夏雨荷与戴望舒《雨巷》中撑着油纸伞丁香一样的姑娘在这儿相遇，是惺惺相惜，一个惊艳了岁月，一个温柔了时光，抑或是"像梦一般的凄婉迷茫"？

一处静谧的庭院有联曰："绿树蔽天无暑气，清音洗耳是泉声。"是

的，古巷的垂柳，新街的梧桐，绿荫下微风轻拂，令人依依不舍好不惬意。济南号称泉城，据说有上千泉眼，其中比较知名的有七十二泉，包括趵突泉、五龙潭泉、珍珠泉、濯缨泉等，其他多是一口小井，或是一处出水口。然叮咚的泉声，细听起来总是那么清脆悦耳，仿佛远古的琴音绵延不绝。新街区安装的泉水直饮点，"扫码取水"吸引了不少游人兴趣，不但可解一时之渴，也成为济南城一道靓丽的风景线，大家纷纷排队扫码，用双手捧着，喝上一口，甜甜的，稠稠的，透着一丝冰凉。

大明湖为诸泉汇流而成，是济南三大名胜之一，素有"泉城明珠"之美誉，具有"淫雨不涨，久旱不涸"的特点。公园内亭台楼榭，曲径回廊，文人墨迹，错落其间，其中清人刘凤诰题大明湖沧浪亭对联"四面荷花三面柳，一城山色半城湖"，尤为人们所称道。登上城南千佛山，可尽览全城山色。大明湖，又连接着济南城北半座城。初夏时节，荷花尚未盛开，体会不到"出淤泥而不染，濯清涟而不妖"的意味。荷叶或密密簇拥，或随波逐流，幸好有栅栏阻隔，使其无处逃逸，只能在规矩之内潜滋暗长。

解放阁是为纪念济南战役先烈，于 1963 年修建，原华东野战军司令员陈毅元帅于 1965 年题字。济南是连接华东、华北战略要地，济南战役拉开了解放战争战略决战的序幕，具有特殊意义。32 万大军在粟裕总指挥下，决战八天八夜，解放了济南。当年就是从解放阁这个城墙打开缺口，攻入城内的。即便是烈日午时登阁，也是清风扑面，毕竟居高临下。即可凭吊先烈，又能饱览风光。远眺南山郁郁葱葱，俯视黑虎泉绿树掩映。正如明代胡缵宗所赞："金汤沃野还千里，春满齐州花满川。"可以毫不夸张地说，绿意盎然是济南初夏的味道。

二十多年前第一次到济南旅游，是个隆冬季节，目标非常明确，直奔上泰山朝圣，下山拜谒曲阜孔庙。没有雪，天空灰蒙蒙的，感受不到老舍先生笔下《济南的冬天》的山清水秀、美丽如画、温暖如春。更无法想象当年读《济南的冬天》，"薄雪覆盖的小山秀美迷人，像位害羞的少女。""小雪点染后的山色，树尖上顶着白雪，好像日本看护妇。"情窦初开的小小少年，是一种怎样的向往？二赴济南是几年前的初冬，公务匆忙，无暇顾及身边的风景，更谈不上细细品味，过后早就忘到九霄云外。我想，要理解济南，应该找一处老街区的民宿住下，夜色中搬一把矮凳，与邻居团座在门前，泡上一壶茶，摇着蒲扇，听老市民讲老济南的故事。而不是曾经憧憬的"春风得意马蹄疾，一日看尽长安花"。得意之辈，往往容易忘形，容易马失前蹄。只有凝心静气，抛却浮云，才能悟出本真，读懂济南。

此番到济南培训考察一周，晚间就有了充裕时间，可以自由地不紧不慢地游走，仔细瞧瞧。住老城区珍珠泉宾馆，虽然设备陈旧，但闹中取静。出门右拐就是几条赫赫有名的文化老街区，再往外就是大名鼎鼎的大明湖。只因琼瑶小说《还珠格格》改编成电视剧风行一时，大家都记住了林心如扮演的大明湖畔的夏雨荷。其实珍珠泉宾馆也是非同寻常，济南三大名泉珍珠泉就置身其间。旧址是金、元时期高官署衙，明代成化年间德王在此建藩邸，清康熙五年改建为山东巡抚院署，并一直为康熙、乾隆皇帝出巡济南的临时行宫，至今尚存乾隆《戊辰上已后一日题珍珠泉》御碑一座。辛亥革命后，先后成为山东省都督府，督军、督办署以及国民党的省政府。1949年后，成为山东省直机关第一招待所，现今也是山东省人大常委会办公、会议场所。1952年、1957年、1960年，三年间毛泽东主席曾四次到济南，入住珍珠泉宾馆，珍珠泉畔的桂香柳，留有一段佳话，现已成为一处景观。

在老家有个"山东买鸡两头走"的故事，说的是从前有个福建人到山东买鸡，太便宜了，以至于福建人以为有错，拿了鸡扭头就跑，山东人呢？喊了个高价，居然成交了，怕福建人反悔，撒腿也跑了。这个故事在古田民间广为流传，意为皆大欢喜。福建古田方言很多文字保留了古汉语特征，"走"在古汉语中就是跑的意思。即便是今天，山东的生活消费水平也不高。省会城市济南的房价均价也就两万多，很多区县都在万元以

下。骑个单车，起步价也只有 1.5 元。手机摄像头好像坏了，无法对焦，到章丘区的一个手机店维修，小师傅说："拆进去看看，修得来 20 元，修不来不要钱。"此等服务态度，公道价格，让人感受到了山东人的率真。

本想每天睡前写几行文字，不料昨日车马劳顿，睡着了。梦中没有夏雨荷与丁香姑娘，也没有济南著名女诗人李清照的"兴尽晚回舟，误入藕花深处"。只有白天乡间矮小平房前遇见的脸庞黝黑的大爷大娘，满头白发、一脸皱褶的大娘看到我在拍她，大方地摆正了姿势，挺了挺胸，抬头露出一丝久违的笑容，与我在南方乡间经常遇到的拘谨大娘完全不同。梦醒时分已是凌晨三点多钟，在这寂静之夜，斗室之中，透过纱窗，"举头望明月，低头思故乡"……

2023 年初夏于济南

四　诗情话意

《小草》的话[*]

——为班刊《小草》创刊而作

我是棵小草
悄悄地出生
默默地成长
并不为人所乐道

我瘦弱矮小
但不慕富贵荣华
冬去春来
不愿枉走这一遭

我有绿的生命
更有不屈的精神
我是爱的精华
铺满天涯海角

阳光，雨露
让我心醉眉笑
冰雪，风暴
我也不惧不恼

---

[*] 这是目前搜集到时间最早的第一首，姑妄称之为诗吧，那时以为分行就是诗。从教后的第二学期，萌生办个班刊想法，取名《小草》，发布学生习作，每周一期，批改后抄正在框格纸，张贴于教室后墙上。影响了一批学生，也培养了一部分终身爱好写作的学生。

爱我吧

爱我这平凡

不知名的

小草

1982 年 4 月 14 日

五分钟的梦[*]

她回来了。带着泪珠。

轻轻、轻轻地唤了一声。低下了头。

沉默。难忍的寂静、静寂。

扭曲着脸，忽地伸出颤抖的手。

一切重又寂静。

啊！静谧、香甜的夜。

1982 年 9 月 22 日

乡村唱晚[**]

之一

喝一口山泉

润一润歌喉

---

[*] 这是第一篇变成铅字的作品，发表在当年的《古田文艺》。

[**] 写于1983年9月19日，当时农村实行土地承包责任制，大大激发了农民生产劳动积极性，夜色中看到一对夫妻说说笑笑收工回家，有感而作。收录《古田诗歌读本》（游友基编著）。

摔一声羊鞭
唱红西天
响到了村东头

之二

撒一路细语
诉一样情思
挑一担笑浪
涌入门槛
锁进了粮仓

之三

叫一声老哥
尝一碗高粱
谈一阵责任制
搂入梦乡
醉到了天亮

太阳与月亮

我是太阳
你是月亮
永远无法同行
虽然同在宇宙天堂

一夜梦魂的牵绕

我又起了个大早
你却悄悄地隐没
从不体谅我的向往

我的炽热　你的娴淑
我的疯狂　你的端庄
都说有缘为何总是无份
莫非是你爱捉迷藏

是公共汽车上的默默
还是十字路口的徘徊
似乎有过刹那的目光
你的脸上竟写满了诗行

有那么一天
我们都会云消烟散
但我却毫无遗憾
小路的尽头有无尽的向往

那神奇的"日食""月食"
不是阴影
是你的心融进我的心窝
是我的心融进你的心坎

呵　我是太阳　你是月亮
我是太阳　你是月亮

1984 年夏于福建师大暑期现代汉语培训班

山路[*]

山路弯弯

我怡然而上

脚踏坚实的土地

背负苍翠的青山

时趋时缓，时紧时慢

攀"1"走"2"绕"3"

高音低音，崎岖平坦

留下的是音符串串

自有叮咚的山泉

录下一路悲欢

即便是"十"字样路口

也只有向上

向上

（特别鸣谢：以上五首都是首届学生林玉如精心收藏30多年后提供。
当年把自己所写的所谓的"诗"用蜡版刻写油印，装订成册分发学生。多
次搬家，可能是感觉不像诗，都丢弃了，选择几首有特别意义的以纪念。）

假如^{**}

假如你是一阵风，我愿是末梢的笛，

---

* 写于1984年7月17日，发表于当年上海《解放日报》农村版，是第一篇正式
报刊发表诗歌，收录《古田诗歌读本》（游友基编著）。
** 写于2016年12月3日子夜，收录《古田诗歌读本》（游友基编著）。

吹着曲儿陪你走天涯。

假如你是一场雨，我愿是云端的尘，
随着风儿飘落到凡间。

假如你是一棵草，我愿是叶尖的露，
滋润你逐渐蔓延的根。

假如你是一只燕，我愿是蓝天的云，
追逐你冬南来暑北往。

假如没有那么多的假如，
这世间就没有那么多苦难与战争。

假如没有那么多的假如，
这人生就没有那么多情仇与爱恨……

我多想，多想是天边那一抹晚霞，
在山那边璀璨！

古镇杉洋（歌词）[*]

三阳①开泰，龙舞溪②畔好村庄。
宗师朱子过化地，③
先民生息自殷商④。
蝉林祠⑤的积雪，凤林祠⑥的晚霞，

★　发表于2017年6月30日《闽东侨报》，收录《古田诗歌读本》（游友基编著）

蓝田八景⑦美名扬。

八角楼⑧，百廿间⑨，

龙潭亭⑩外水潺潺。

旖旎风光，白溪草场⑪，

看不完天苍野茫。

月爿井⑫里故事多，

文化名镇⑬渊远长。

时光荏苒，

家国情怀永不忘。

八境⑭同安，象峰山⑮下是故乡。

文臣武将状元第，⑯

始祖肇基在盛唐。⑰

横街头⑱的热闹，城墙头⑲的古老，

后街⑳石巷通四方。

文昌阁㉑，乡约堂㉒，

蓝田书院㉓声琅琅。

揽胜探险，三井龙潭㉔，

道不尽山高水长。

引月池㉕旁神思远，

后门洋㉖上稻谷香。

岁月流转，

时代梦想共唱响。

【注释】

① 三阳：杉洋古称，也称蓝田。

② 龙舞溪：绕村溪流，传因木龙游弋其间而得名。

③ 此句意为：理学宗师朱熹（后人尊称朱子）曾两度到杉洋蓝田书院讲学，所以杉洋被称为先贤过化之地。

④ 殷商：据考古发现，殷商时期，杉洋就有先民在此生息繁衍。

⑤⑥ 蝉林祠是始建于宋景德四年的余家宗祠，凤林祠是始建于唐天佑二年的李家宗祠。

⑦ 蓝田八景：杉洋有八景，即凤林栖霞，狮岩积雪，象峰返照，云梯接汉，一线洞天，古洞留云，马首嘶风，天池引月。

⑧ 八角楼：清初余胤永所建，因投靠靖南王耿精忠反清，建硕宽园占地几十亩，园中仿太和殿样式建邻天阁欲为相府，因四角二层结构，俗称八角楼。后靖南王反清失败余胤永不知所终，唯余邻天阁成为历史见证。

⑨ 百廿间：八角楼建于清乾隆年间，是杉洋最大的古民居建筑，占地 2000 多平方米，有大小房间 120 间，故称"百廿间"。

⑩ 龙潭亭：在杉洋村中心地段，康熙末年修建。

⑪ 白溪草场：白溪村原生态万亩草场，有"瑞士风光"美誉。

⑫ 月爿井：在村西，形如半月而得名。

⑬ 文化名镇：杉洋 2014 年获批"第六批中国历史文化名镇"。

⑭ 八境：杉洋余、李、林、彭四姓聚居，由于古代根深蒂固的聚族而居观念，四姓划区分居，逐渐形成了杉洋镇"四姓八境"的街巷格局。

⑮ 象峰山在杉洋村东，因形似奔驰大象而得名。

⑯ 此句意为：杉洋文人多，进士就有 90 人，200 多朝廷命官。宋代状元余复、古田开科进士李蕤、清末爱国将领民族英雄林朝聘等都是杉洋人氏。

⑰ 此句意为：古田是唐开元二十九年建县，杉洋始祖是唐朝望族南迁，肇基于唐天宝十四年。

⑱⑲ 横街头：杉洋街 T 形路口中心地段。城墙头，村西古城墙头，

明代建筑，现有碑石"蓝田古文化下里园城墙遗址"。

⑳ 后街：古村街道名，鹅卵石铺就的小街巷。

㉑ 文昌阁：始建于宋朝建隆年间，雍正十二年重修，分别祭祀孔夫子、朱夫子、关夫子。

㉒ 乡约堂：原为纪念南宋名臣杨易而建的祀庙，民国十五年重建，改名"蓝田乡约堂"，成为地方公众制定乡规民约及处理民事的议事场所。

㉓ 蓝田书院：在杉洋村北，宋代朱熹讲学之所，始建于宋开宝元年，几度被毁，现建筑为 2010 年重建。

㉔ 三井龙潭：在杉洋溪门里村，潭边有宋代摩崖石刻《龙井记》，作者是宋代进士余宋兴，石刻于南宋淳熙十一年（1184），高 3.1 米，宽 3.7 米，是一篇集叙事、写景、抒情于一体的优美散文。

㉕ 引月池：在蓝田书院后山，朱熹曾经书写"引月""茶仙"四字刻于石壁。

㉖ 后门洋：夏庄村与杉洋村接壤洋面，地势平坦宽阔，秋收季节，一片金黄。

乌云追月

我就是那一缕乌云
飘荡在无际的暗夜
孤独无依
却不知深浅苦苦追求

一弯新月
悄悄挂起
那是昨日的残辉么
依然如此销魂

月如钩
勾去了我的梦

总喜欢这样的日子

总喜欢这样的日子
撕下日历一天天等待
数着除夕的压岁红包

总喜欢这样的日子
我在讲台上滔滔不绝
你们会心地点头微笑

总喜欢这样的日子
出差回来带一件礼物
给小女儿一个大惊喜

总喜欢这样的日子
奔波在闽沪的高铁上
只为我们血脉在一起

总喜欢这样的日子
匆匆忙忙疲惫地回家
吃上热饭听暖心的话

总喜欢这样的日子

不论过去的功劳苦劳
都能赢来赞许的目光

总喜欢这样的日子
年终岁尾卸一身担子
痴痴地望着天空发呆

总喜欢这样的日子
放慢脚步坐下来歇歇
让思想清空时间停摆

2020 年 1 月 20 日子时 ①

那一刻

那一年，
驻足闽江之滨，
朝雾晚霞，凝听悠悠的汽笛。

那一次，
遥望龙舟竞渡，
绵绵细雨，载着长长的情思。

那一天，
闽江中流泛舟，

---

① 写完此诗，新型冠状病毒肺炎开始蔓延，未料想时间真的停摆。

清清爽爽，忘了烦恼的俗世。

那一刻，
江面波平浪静，
我与轻舟，静默中融为一体。

生活杂感（短诗一组）

时光

时光好不经用
总在键盘鼠标中
不经意间悄悄流淌
敲打的是流年
点击的是过往
回车键按下新一行

日子

日子总在白粥中绵缠
"油炸桧"① 记忆童年时光
抹不去嘴角余香
荷包蛋里藏着淡淡忧伤
心中的故事金黄金黄

---

① 油条俗称油炸桧。

年

年，悄悄地走了，
正如年悄悄地来。
年，轻轻地弹一弹指尖，
又重重地划了一道痕……

生日感怀

小时候
生日是一碗母亲煮的面
默数着日子等待了一年

长大后
生日是一种成熟的象征
成家立业肩负起了重任

后来啊
生日是一成不变的盛宴
淡然中留下岁月的积淀

而如今
生日是一缕无尽的思念
记忆深处还是那一碗面

辛丑年（2021）农历三月十七日

过年

小时候
过年就是一钵头冻猪脚
美美地吃完猪脚再吃冻

长大后
过年就是一张返乡车票
那里有母亲深情的呼唤

后来啊
过年就是一种天伦之乐
长长的假期阖家能团圆

而现在
过年只是一次浅浅回忆
感叹人生匆匆时光飞逝

走上这高高的高头岭[*]

（歌词）

走上这呀高高的高头岭啊，

我遥望山城啊，

夜幕下气派又辉煌噢，

它是我可爱的家乡噢。

美丽的新丰河蜿蜒穿城而过呐，

两岸景色真迷人哟，

风吹杨柳情依依情依依哟，

在这片多情土地上噢，

生活着都是我的兄弟姐妹们呐，

共同建设新古田哟。

风吹杨柳情依依情依依哟，

在这片多情土地上噢，

生活着都是我的兄弟姐妹们呐，

共同建设新古田哟。

在那印石公园印石公园上，

多么幸福的人们噢，

哎嗨哎，哎嗨哎，哎哎嗨哎！

多么幸福的人们噢！

透过这呀重重的夜幕啊，

---

[*] 高头岭是福建省古田东部地区进城屏障，家喻户晓，居高临下，一岭之隔，一面是城，一面是湖。庚子年春，夜间与同学"才哥"步行高头岭，回家即兴仿吕远先生作词作曲的《走上这高高的兴安岭》而作。

我看见高楼林立啊，
隔着那层层的帷幕噢，
我闻见人间烟火味噢。
从城的西边一直到城的东面，
都是我心爱的地方哟，
一城的山色傍着翠屏湖，
休养生息荣辱与共噢，
我们大家建设共同的家园，
幸福康庄的大道哟。
一城的山色傍着翠屏湖，
休养生息荣辱与共噢，
我们大家建设共同的家园，
幸福康庄大道哟。
我们大家走的是民族复兴之路，
齐心协力振兴中华噢。
哎嗨嗨，哎嗨嗨，哎哎嗨哎！
齐心协力振兴中华噢！

2020 年 3 月

古田夜色美[*]

（歌词）

古田夜色美
光影之间叹流连
新丰河水不舍昼夜啊
彩虹桥上说丰年
啊哈嘀哎啊哈嘀
啊哈嘀哎啊哈嘀
新丰河水不舍昼夜啊
彩虹桥上说丰年

古田夜色美
一轮明月挂九天
印石山栈道似长龙啊
漫步河畔赛神仙
啊哈嘀哎啊哈嘀
啊哈荷哎啊哈嘀
印石山栈道似长龙啊
漫步河畔赛神仙

古田夜色美
秋夜听蛙声一片
金风送爽飘来稻香啊
沁我心脾伴我眠
啊哈嘀哎啊哈嘀

★ 夜行新丰河畔，仿《草原夜色美》歌词而作。

啊哈荷哎啊哈嗬

金风送爽飘来稻香啊

沁我心脾伴我眠

沁我心脾伴我眠

沁我心脾伴我眠

2021 年 1 月 21 日

千年临水情

（歌词）

掬一捧翠屏湖水

品读母亲不变的情怀

携一缕翠屏山风

仿佛听见了亲人惜别的呼唤

那北溪紫桥上熙来攘往

幻化成高铁北站匆匆的步伐

溪山书院先贤的教化

把通往文明的大门轻轻叩响

揽一怀湖畔春色

沐浴娘娘大爱的无上

推一扇湖畔花窗

隐约飘来了极乐钟声的悠扬

那玉田大地上银花绽放
点缀着山野田园红红的脸庞
金翼之家遗存的家风
把历经千年的传统默默递传

呵，千年临水
临水千年
水光里有你曼妙的身影
把吉祥如意深情地吟唱

浪淘沙·冷暖人间

题记：子夜听雨，趣改南唐后主李煜《浪淘沙·帘外雨潺潺》词。

窗外雨绵绵，冬意长长。
羽绒被里三更短。
梦里不知身何方，无言相向。

独自漫思量，雪月风花。
相见不易莫彷徨。
暑往寒来春未至，冷暖人间。

2014 年 12 月 4 日

夜游偶得

数点疏星传吉兆①，
一弯新月照松台②。
此去莲桥③会织女，
新丰④河畔等你来。

2017 年七夕之夜

【注释】
　　①②③④　吉兆、松台、莲桥、新丰是古田县城郊四个相邻村名，且新丰河上有一桥，俗称莲桥。

如梦令 · 秋风未起已寒露

记起秋分才度，不觉已经寒露。
两鬓染霜花，方解少年耽误。
击鼓，击鼓，无惧雨餐风宿。

2019 年 10 月 18 日

忆江南·龙潭好[*]

龙潭好，
古韵自天然。
昨日去雁归塞北，
今朝来鸿会屏南。
何时再携览？

2019 年 11 月 23 日

---

[*] 同窗好友同游屏南县龙潭里村而作。

附录

闲情逸趣

子夜随笔节选

夜深人静的夜半时分，思维敏捷，大脑活跃。时常就会打开手机记事本，写下几小段话，称之"子夜随笔"。有的后来扩展为一篇文章公开发表，有的保留下原貌。

庚子年初，新冠肺炎肆虐，停工停业，每日宅家甚为无聊，便于子夜时分写一篇简短随笔，坚持了一个月，总计约3万字。很多微信朋友圈的亲友说，每晚都等到12点多，看完我发布的子夜随笔，才放心安稳睡觉。我的老师、福建师范大学游友基教授留言说，别小看这些小文章，很有意义，坚持下去可以结集出版。文友欧阳先生也非常赞赏，通过微信说："先生近来短文极好。小文尤可爱，长篇多屁话。情真意切，多多益善，可以结集。写手长文写多，往往个人习气太重。"文友周宗飞也约我整理一篇，在《东湖文学》公众号发布，我把疫情期间小区生活观感《小区漫记之五》修改后取名《春天已在路上》发布。遗憾的是各种主客观原因没能坚持，恢复正常上班后更没时间精力再写。这些小玩意难登大雅之堂，但食之有味，弃之可惜，只能借此节选部分内容附录于书末与您分享。

父亲趣事三则

一

父亲曾经说，养大了六个子女，立业后都没有把工资上缴给他。我说你也有工资啊，为什么要上缴？他说，上缴了再发给你们，体现领导统一管理重新分配，我也没想要你们的钱。想来是当了一辈子小学教师被人管的父亲，也有权力欲。

二

有一年回家过年，父亲对我们说，你们四个兄弟为什么要去外面打麻将呢？四个人在家打不是很好？肥水不流外人田，输赢都在家里。想想有道理，再想想也不对，那不是变成我们亲兄弟自相残杀了？麻将讲的是卡死下家、顶死上家、看死对家！

三

初中毕业，生产大队没有推荐我上高中，虽然在村里成绩属第一，冠冕堂皇的理由是说我家里有高中生。老实巴交的父亲说："我有个做细木学生，木工手艺了得，你跟他学去吧，以后会赚钱。"我已经都做好了心理准备，但母亲说："不行，要读书！"经过努力奔走，迟到了一个月后走进了老家十三中高一课堂。当年假如真的当了木匠，不知道是否可能当上了大师？！不能上高中，大队给的理由其实只是借口，被这条线拦住的多是家庭成分不太好的人。于是乎，杏坛多了个平庸教书匠，手工艺史上少了个技能大师！

2019 年 1 月

傻姆故事四则

小时候听母亲讲过不少傻女婿的故事，也说过不少傻姆（泛指傻媳妇）的故事，都有点傻得可爱，虽然有歧视成分。其实，在我们古田，傻姆也常常是一种昵称，对很亲近、亲密的人也是说："这傻姆！""你这傻姆！"记录几则共享。

一、窝蛋面好吃搓工大

一日，傻姆一边吃着窝蛋（芋头）面，一边一本正经地说："这东西吃是好吃，就是搓工大。"原来她以为一根根的窝蛋面是人工搓出来了，不知道是番薯推（刨菜器）推出的。

二、头转晕了

一日，婆婆叫傻姆去煮窝蛋（芋头）。傻姆问："窝蛋怎么切呢？"婆婆说："切一下，转一下。切一下，转一下。"傻姆高兴地去灶前（厨房）做了。老半天了，婆婆问："还没好？"傻姆答道："还没呢，头转晕了！"原来她不是把窝蛋切一刀，然后转个方向再切一刀，而是切一刀，自己转一圈，难怪她把自己转晕了！

三、粉来水来

一日，傻姆做"切面"，在面盆中放好面粉，加水。搅拌了一会儿，太稀了，赶紧叫婆婆来加点面粉，揉拌一会儿又觉得太稠了，叫婆婆来再加点水。就这样，一会儿加水，一会儿加粉，来来回回折腾。为此留下了"佳话"：傻姆揉面，粉来水来，水来粉来。

四、山东粉串鼻

一日，家里来了个客人，婆婆煮了山东粉（米粉）招待。客人走后，傻姆吃了剩下的山东粉说："山东粉吃是好吃，就是山东粉串鼻做不来。"原来客人吃山东粉的时候被呛着了，一根山东粉从鼻孔穿出来。这傻姆一直就琢磨着，怎么串的呢？

2019 年 2 月

"克服着过"

前些天，陪市里来古田的老乡，和他当大领导的同学在古田一小大门口"蒙古包"吃夜宵，来了几个大领导早年的学生，"50后""60后""70后""80后"都有，坐满一圈，气氛特好，酒酣耳热，舌头活络，话也多了起来，过了12点之后，一"60后"突然站起，谈自己不理想的婚姻，虽非父母之命，确是媒妁之言。为了责任，没有离婚。感慨之余，其总结了一句精炼的肺腑之言："克服着过"。此言一出，举座皆惊，实乃人生至理名言啊！

人的一生中，不论工作还是生活，有顺境也有逆境。有的人对婚姻抱凑合着过的心态，有的人对工作有不称心的心理，有的人对生活有不满意的埋怨……诸如此类，总是感觉事事不顺意。如宋朝诗人方岳诗所言："不如意事常八九，可与语人无二三。"讲真心话，生活肯定不是如朋友圈晒的那么美好而幸福着，而是家家都有一本难念的经，只是大家都不愿意把自己的烦恼、伤悲和不幸在朋友圈表露。因为大家都知道，生活不仅仅是"琴棋书画诗酒花"，更多的是"柴米油盐酱醋茶"，磕磕碰碰，风风雨雨，在所难免。网络上不是流传着这么一个段子，"孩子惹你生气时候，请静下心来默念：亲生的！亲生的！亲生的！随我！随我！随我！爱人惹你生气时候，请静下心来默念：我选的！我选的！我选的！活该！活该！活该！朋友惹你生气时候，请静下心来默念：我交的！我交的！我交的！眼瞎！眼瞎！眼瞎！工作惹你生气时候，请静下心来默念：给钱的！给钱的！给钱的！忍着！忍着！忍着！"想要做到范仲淹《岳阳楼记》中写的："不以物喜，不以己悲。"难！

"克服着过"，于婚姻意味着责任担当与包容，于生活意味着不怨天不怨人，于工作意味着是苦是累自己扛。于是大家都同意回去之后，写一篇同题作文《克服着过》，婚姻克服着过，工作克服着做，酒也可以克服着喝……

2019 年 3 月 23 日子夜

"家葩"与"令椅"

旧时读书人出口喜欢说"家""令",比如"家父""家母","令尊""令堂",以此分清你我,也示尊敬且有文化。一日,有个读了几天书的人去做客,坐在大堂喝茶聊天,突然惊叫一声,站了起来,主人忙问怎么回事?答曰:"家葩被令椅夹了一下。"主人听了一脸茫然。原来,本地方言,阴囊叫"令葩"(音),驾椅(有背靠和扶手的椅子,也叫交椅)叫"家椅",他想,自己的东西应该称"家",别人家的应该称"令",于是就有了"家葩"与"令椅"笑话了!

2019 年冬夜

排队

还在念小学低年级的时候,正是物资极度匮乏时期。

有一年,老家的供销社为庆祝乔迁,搞了一次活动,抓阄发放购买多种货物凭证券,有布匹、糖烟酒等等。晚饭后不久,我就到大街上排队。有人带来了椅子,我只搬了块石头放在地上坐着。上半夜还好,下半夜真难熬,在昏昏沉沉、迷迷糊糊中等着。天刚蒙蒙亮,供销社的工作人员来了,打开了一个窗口,排队的人群一阵躁动,开始依序抓阄,有的抽到了写有五尺"的确卡"布字条,有的抽到了写有几尺"的确凉"布字条,有的抽到了写有一斤冰糖字条,有的……轮到我了,矮小的我把手伸到窗口,根本够不着,工作人员帮我抓了一个纸团,打开后告诉我说,就画了一个圈,是"〇",就是说什么都没有。那一刻,我真的好伤心,眼泪唰地一下子掉了下来。多日的期待,一夜的辛苦,化作了泡影。我是一路哭着回家的,哭着告诉家里的大人们:我什么也没有抽到。母亲安慰我说:

"没有就没有啦，抽到了还要借钱去买。"他们可能觉得可有可无，不然也会全家总动员去排队。但于我而言，却是重任与失望。

从此，那个没有亲眼看见的"〇"就成了我永远的心结，一个永远无法愈合的伤口！从此，对抓阄有一种恐惧，农村人说："皇帝圣旨，百姓阄只。"虽然显示一种无法定夺时的公平，但有时被搞得有点怀疑人生了。前些年，有的城市为了幼儿园、小学学位，家长（或雇人）排队几天几夜，真的是折腾人。听说有人花 300 元雇外地人通宵排队，这个外地人转手卖号 500 元，跟雇主说没排上号。后来改为到学校报名，统一摇码，请纪检（或公证）部门监督，就人性化了。

2020 年 3 月 30 日子夜

脚踏车

脚踏车是古田人对自行车最通俗别称，从使用方法看，叫脚踏车确实更形象，更贴切。

毕业那年，分配回老家的中学，因为是古田最偏远山区，特殊政策，直接拿转正工资，每月 48 元人民币。为了买一辆脚踏车，省吃俭用了好几个月，才买了"武夷牌"的，一辆 120 元。当时最好的是"凤凰牌""飞鸽牌"和"永久牌"，但要凭票供应（华侨券最好用），买不到，也买不起。

我们几个年轻教师都买了"武夷牌"脚踏车，车头还系上红绸带，打个红花一样的结。横杆上也用布包扎起来，保护好。每日都要擦洗一番，宝贝的不得了。

一个周末，读初中的最小弟弟（也是我班上学生）把我脚踏车骑去玩，天都黑了，下起了蒙蒙雨，还没回来。我赶紧去询问，原来是他们几个同学骑车偷偷跑到宁德支提山去玩了，途中摔到，他和另外一个同骑一

辆车同学还在街上维修脚踏车店修车。我跑去把他臭骂一顿，既心疼我的车，也怕他出事，竟然敢骑车去那么远的地方玩。然后让他们先回去吃饭，我看着师傅修。他们还说，修车的钱，他们两个分摊。唉，车比人还重要的年代。当然，我没要他们修车费。

车子坏了，不知道当时他们是怎么回来的，应该是推着走回来的吧？而且他肯定很担心，会怕被我大骂一通。再后来，弟弟到南平读高中，我托人把那辆"武夷牌"脚踏车运上去，送给他使用。不料，还没半年时间就被人偷走了。此事让我很纠结，至今还纠结，不是车被偷，而是摔了没有好好安慰他们。

这是我平生第一辆值得特别记忆的车！

2020 年 3 月 31 日子夜

五境堂

刚毕业那年，分配回偏远的老家中学任教，学校从班主任工作需要出发，要求我们住校，安排两人同住一间。但两个年轻人同住，生活作息时间不同，多有不便。

一年多后，我便申请搬到学校旁边的祠堂——五境堂。这五境堂是大甲村民祖先为了加强不同姓氏之间和睦相处与经济文化交流，于清乾隆三年（1738）共同建起来的祠堂，聚合北境、漳源境、溪源境、潮源境和邹陵境五大境村落阮、陈、余、彭、翁等姓氏。由于历史原因，被征用作为学校食堂，前厅二楼回廊被隔成七间大小不一的房间。我住楼梯口第一间小阁楼，小房间大约不足五平方米，摆上一张一米二的床，一张办公桌，一把办公椅只能紧贴着床边，床尾再摆一张学生桌，放装衣服的箱子、脸盆，整个房间就满了。

五境堂一共住了五位教工和他们的家属，我戏称之为"五老"，其实当时我也才 20 岁。小阁楼取名"花香阁"，用拼音题写在窗户上方。取自刘禹锡《陋室铭》："室雅何须大，花香不在多。"还有多种寓意在其中。

记得一次我发烧，请假没去上课。下课时，学生们都来，站满了房间、走廊和食堂大厅，送上了一声声问候，那一刻，我真的好感动！学校两个工友的女儿也住五境堂，长得都是清新可人，时常向我讨教学习上的问题，我也是认真作答，从不敷衍，一直把她们当妹妹一样看待。

大概是到了 20 世纪 90 年代吧，五境堂还给了原五境村民，修缮后，恢复祠堂功能，每年正月十一都进行"奶娘（林九娘）出巡"民俗活动。

前些年，有近 300 年历史的古建筑"五境堂"竟然被拆毁重建，新建筑连风貌、内部结构都没有仿照，完全是新设计，而且改名"五境宫"。不知道组织者有何用意，难道这"宫"就比"堂"高大上？后来听说，有人讲过去有叫"五境宫"，可数百年民间口口相传是称作"五境堂"已是约定俗成。况且，假如称"宫"，也没人改称为"堂"吧？历史的文物拆了就没了，不可能复原。其实，老家还有宋大儒朱熹讲学过的书院——谈书堂，基督教堂——天祝堂，这三"堂"都很有历史价值，值得探究，可以写一篇《五境谈书天祝福》。

"文革"末期在五境堂大门外墙上看过一张大字报，叫《五境春梦》，不记得具体内容了，反正都是揭发和批判。初中生时代，什么都不懂，把看大字报当作乐趣。每天到处找大字报看，看看要批斗谁，看看有什么花边消息。我想，哪天有空了，回老家采访一下，写一篇文章，就取名《五境春秋》，写写老家五境的历史变迁，社会的发展进步。

2020 年 4 月 1 日子夜

布票、粮票

计划经济时代，物资紧缺，很多生活用品都要凭票供应，供销社店员

是人人羡慕的职业。

刚毕业那年，领到了布票一丈四尺四寸，这是一年的供应量。粮票是每月 28 斤，体育老师 31 斤，当时很想去当体育老师，每月可以多 3 斤粮食。但也很满足了，终于端上了公家碗，吃上了白米饭。因为我们山村水田少，山地多，一年到头基本上都是吃番薯米。感谢改革开放，布票两三年后就取消，因为物资供应上来了，而且当时走私的"台湾布"对我们那一带冲击很大，大家都是买从晋江石狮走私来的"台湾布"做衣服，花色品种多，好看又好洗。粮票的使用时间延续的比较长点，记得 1990 年参加古田团县委组织的夏令营到上海、苏杭，还要兑换好全国粮票带去。1991 年参加中学校长培训，其间到北师大进修一周，也是带了全国粮票去，但已经没用得着了。到了 1994 年工作调动时，除了迁工资关系、户口关系，还要去粮站迁粮食关系。20 世纪 90 年代前居民户是一种荣耀，在社会上的地位简直高人一等。城乡差别是很大的，在知识青年"上山下乡"参加农村生产劳动年代，也分居民户是"插队知青"，后来工作了可以算连续工龄，农民户为"回乡知情"，什么都没算。

怀念是人的本性，因为曾经也有过许许多多的小美好。但没有多少人还想回到过去的日子，谁还愿意回到几个兄弟姐妹睡一间房（有的房里摆两三张床），同睡一张床的日子？半夜里哪个起床撒泡尿（更不用说拉大便），整个房间都是臭烘烘的，虽然还是有盖的那种木头做的马桶。茅厕都是搭在屋子大门外的，有的就在僻舍搭个简易的，有的就在女儿弄摆放几个尿桶。小孩子怕冷又怕鬼，半夜里哪敢去呀！假如是寒冬之夜，更是无法出门，冷得发抖，怎能脱下裤子？

2020 年 4 月 2 日子夜

看电影

　　小时候非常等待每月的一场电影，县电影队下乡放映，那简直就是盛大节日，先围着电影海报看了一遍又一遍，看内容简介，看图片英雄形象。

　　傍晚时分，我们就把家里吃饭坐的长椅搬到大队俱乐部占位子。有时候听说是很好看的片子，我们早上就把长椅搬去占位子了，家里人只能站着吃饭。有时候怕被人加塞，就带一根稻草搓的绳子，一起去的小伙伴把椅子串着绑起来。其实这位子占的并非我们小屁孩们坐的，是为家里大人占位子，他们要下地干活，没有时间。我们都是坐戏台子上看，仰着头看那高高挂着的银幕，看得眼花缭乱，迷迷糊糊。有一次看电影《红灯记》，看着看着迷糊了，李玉和高举红灯的特写镜头伴着高音把我吓了一大跳，差点滚下戏台，从此再也不敢到戏台子前面看。有时候戏台前都坐满了，只好到戏台后面看，字幕是反面的，不过没关系，反正没看懂。一次看阿尔巴尼亚电影《第八个是铜像》，看着七个人轮流抬着一个铜像，一会儿打仗，一会儿抬着铜像，来来去去，搞不懂什么意思，真的也睡着了，后来的后来才知道那叫插叙。等到电影结束，大人们会到戏台上，把我们分别带回家，睡着了的，就背或抱回家。

　　每次电影正式放映前，都要放一些宣传的幻灯，把宣传标语用毛笔写在玻璃上，投影到幕布上。然后放一部纪录片，我们都叫"加演"，现场都是乱哄哄的，没人认真看。"正片"开始，电影制片厂标志一出现，特别是八一电影制片厂五星闪闪出现的刹那，全场都会响起雷鸣般的热烈掌声，因为八一厂拍的多是战斗片，大家喜欢然后场面一下子静下来，全神贯注看电影。

　　有时候是在田野上放电影，冬天里寒风嗖嗖，还没播放一半，人跑了一大半。我这人贪看，有点"臭硬"，一般都会硬撑着，除非是被家里大人赶回去。一次是在大街上公开放映朝鲜电影《卖花姑娘》，邻近公社的

人都跑来看，大人们说，要多准备手帕，她们还真的被女主人公悲惨命运感动，哭得稀里哗啦。我们这些小屁孩们可没感觉，还是战斗片好看。

有时候新电影要买票，我们这些小屁孩们没钱，只好傍晚时就躲进俱乐部（或隔壁的茶厂），爬到二楼房间天花板上藏起来，等晚上人家开始进场了，再爬下来。不记得饿着肚子躲在天花板上的几个小时，我们这些小伙伴们都在干什么，大概是躺着天南海北地聊着，焦急地等着吧。有时候很不幸，被工作人员发现，统统抓住，赶出大门。我和几个勇敢的伙伴，就绕道后面，沿裂开的土墙墙角爬上去，到二楼房间天花板再滑下来，溜进电影场。这其实不算什么，戏台上方的横梁我们都爬过。于是，最高兴的就是有乱砍滥伐、投机倒把、赌博等等违法乱纪的人被抓，罚他们出钱放电影，我们就可以多看几场电影，而且不花钱。

反反复复不知道看过多少遍《地雷战》《地道战》《南征北战》《渡江侦察记》《英雄儿女》《奇袭》等等战斗片，当然样板戏《沙家浜》《红灯记》《白毛女》《智取威虎山》等等也是必不可少。第二天，小伙伴们便会找个地方模仿其中片段演出，大家都不愿意演反面人物，就在队伍里抓个最老实的逼他演，偶尔也有调皮捣蛋鬼自告奋勇出演反派角色……

2020 年 4 月 3 日子夜

看电视

电视机从黑白到彩色，从电子管、晶体管到集成电路，再到如今的智能化，立体化，显示技术发展突飞猛进，高科技给人类带来了完美享受。

在闭塞的山村，第一次听说并看到电视已是读高中的时候。供销社买了一台黑白电视机，可不让外人进去看，大门紧锁，可能是怕楼上人多了不安全，毕竟是木头房子。可有人还会去砸门，或把石头扔进窗户。我曾经混进去一次，人太多了，站在后面根本看不清，心有不甘地走了。有一天晚上，电视台播放《孙悟空三打白骨精》，那可是精彩节目，供销社领导可能是担心人群聚集有危险，把电视搬到大门口公开收看，刚演到打扮得珠光宝气的美女白骨精出场，突然没信号了，工作人员弄了半天没辙，大家只好悻悻不舍回家。

1979 年，考上了大学。学校每个周末晚上都安排看电视，黑白电视机摆放在教学楼前走廊，我们自带椅子，露天观看，假如下雨就撑伞看。当时正值中美建立正式外交关系，电视台在热播美国电视连续剧《加里森敢死队》《大西洋底来的客人》，还真是大开眼界。有次晚上我们班的一个福鼎同学占位椅子被 78 级学长移到旁边去了，发生了争吵，我们跑去帮忙，人还没进入"主战场"，我就被一个学长拦腰抱起，右腹部也不知道被谁狠狠打了一拳，还好我绑了一条宽大的皮带，挡了一下。我们这些应届考入的学生，大多都只有 16 周岁，哪里是那些参加过上山下乡生产劳动的"老三届"对手，个个人高力气大。另一个同学过来帮忙，还被打断了半颗门牙。

毕业后回到老家中学任教，学校也有了一台 12 寸黑白电视机，摆放在教工宿舍楼二楼的楼梯口，晚上闲着的教职工都会集中在那观看，那时候全公社都没私人有电视机的。如果有特别好的电视节目，我们几个年轻人也会把大门紧锁，不让外人进来，也怕人多把木板楼压塌。村民来了，在门外骂骂咧咧一番，只好回去了。在农村，学校还是乡人尊敬的地方，没人扔石头。不知道这是不是鲁迅先生借豆腐西施杨二嫂之口说的"人一阔，脸就变"的民族劣根性？现在想想，还是有那种心理吧！拼命挤上公交车的人，总是对没上去的人说，太挤了，不要上了。

结婚的时候，好不容易攒下来的钱买了一台 14 寸"乐声牌"彩色电视机，1060 块钱，还是通过鹤塘供销社亲戚关系买的，便宜了 100 块。婚后几天，我就把电视机搬到了家里楼下大堂，以便于家人和同村的老人前来观看。当时彩色电视还是不多，村里老人看了都很高兴，净说着我们的好话，我们心里也美滋滋的。当年的电视信号很差，也就两三个台可供

选择，画面经常都是雪花，自带天线没用，都要另外架设天线，用那种铝线和可乐罐罐串着，伸到老房瓦屋上，时不时还要上楼调整一下方向，然后大声问："有信号了吗？"

2020 年 4 月 4 日夜半时分

看 戏

看到古装戏，那是 1978 年春天后的事了。"文革"结束后，这些"才子佳人"封建的东西才被解放出来。当时我还在老家的中学念高一，班上有几个长得高挑漂亮的女同学被招去演戏。在农村，都希望女孩子早点出来"替脚手"（意为接替长辈干活），减轻家庭负担。高考也才刚刚恢复，对闭塞的农村人来说，感觉还是比较遥远的事情。而且也有一种重男轻女思想存在，认为女孩子书读再多也是为别人读的。

想起来第一次去看戏是在高二下学期，为了迎接高考（当时没有高三），我申请住校寄宿。晚自习下课后，年长的同学说，俱乐部有排练，我就跟着偷偷摸摸去了。没看到女同学在排练，也没看明白，站了不久就回学校睡觉了。当时一个邻座的女同学还带给我一本线装本《孟丽君》，故事情节曲折感人，我是利用上课时间偷偷看完，她不让带回去看，怕我弄丢了。第一次完整看过的是闽剧《十五贯》，只记住一个叫娄阿鼠的反派角色。那《穆桂英招亲》，飒爽英姿，令人艳羡。虽然很多古装戏套路无非就是"小姐游花园，公子中状元，悲欢离合大团圆。"但看着那小生、小姐还着实是英俊、漂亮。后来老家很多村都成立了戏班子，有甲竹"老国班"、岩富"克柳班"、国本"承柳班"、邹洋"召开班"、林峰"赞芹班"……，不知道这些戏班子全称是什么，乡人都是以戏班子负责人名字称呼，演戏成为很多乡人谋生的职业。我的一个小学毕业就辍学同学，因帅气逼人，听说后来成为当红小生，很多女孩子喜欢他。高中的几个当过闽剧演员的女同学，至今还活跃在古田街头闽剧爱好者演唱会上呢！

2020 年 4 月 5 日夜半时分

绿军装、海魂衫

生长在全国山河一片红年代，最崇拜的就是军人了，红军、八路军、新四军、解放军都一样。一身军装，是那年月最时髦标配。

是我读初中的时候吧？一个在部队当连长的学生来看望父亲，他每年回乡探亲都会抽空来看父亲，并住上一两天，我们就会缠着他讲部队上的故事。这次他送了一件四个口袋的夏装（排级以上才有，士兵是两个口袋），父母决定给我穿，我成了六个兄弟姐妹中的唯一，那叫一个劲地高兴与自豪啊！天天穿着，梦想也能成为一个真正的军人。以至于大学毕业回乡任教的那年冬天，还去生产大队报名参军，遗憾的是当时不招在职人员。从教十年前后还有穿过那件草绿色军装，今天想起，却不知道几经搬家，那件军装搁哪儿去了？

上大学的时候，还去买过草绿色"的确凉"布做了一条裤子，然后买了海魂衫（我们都叫海军衫）内衣，搭配起来，俨然像个军人，英姿勃发。

过去有种说法，当兵后悔三年，不当兵后悔一辈子。确实如此，很多人还是有军营梦的！

2020 年 4 月 6 日子夜

滑轮车

小时候在农村没有什么玩具，但家家户户基本上都有自制的木质滑轮车。一块木板，安上四个轮子，轮子是用坚硬的树墩锯出来的，中间用凿

子打通，再用一根棍子做轴连接起来，钉死在木板上，就是一辆简易的滑轮车了。系上绳子，可以拉着走。在平路上玩的时候，可以是一个人拉，一个人坐，或者是一个人坐，一个人在后面推，也可以是一个人玩，双脚当动力往后撑，挪动着走。但常常是背着滑轮车，到陡坡上玩。到了坡顶，坐上滑轮车，双脚一撑，滑轮车缓缓启动，随着加速度，滑轮车风驰电掣飞奔而下，比现在的过山车还要刺激。这时候就要拼体力和勇气了，眼睛盯着前方，双脚当刹车兼控制方向，还要考虑拐弯离心力，身体要左右倾斜，因为稍不留神就会人仰车翻，酿成重大安全事故。

后来有人改进做了前面只有一个轮子的滑轮车，可以连接做方向盘，我们叫"把手"，这样子调节方向就方便多了。但当时的农村，很少有平整的路段，特别是水泥路更少，调节方向还要需要靠双脚帮忙。

假如谁家有滚珠轴承做的滑轮车，那简直就是现代版的路虎、保时捷名车，让我们羡慕不已。记得有次年龄稍大的伙伴说，大队茶厂机器上有"钢珠"（即轴承），一起去撬一个，我也跟着去了，捣腾了半天，没有工具人又小，根本弄不下来，只好作罢，还是回去开自己那木头轮子的滑轮车吧！

2020 年 4 月 7 日夜半

通信工具

小时候，听"千里眼""顺风耳"故事，感觉好神奇，也好期待自己也有此功能。"鸿雁传书"的鸿燕，"烽火戏诸侯"的烽火台，都是那个时代最急速的通信工具了。

一次，一群小伙伴们到邮电局门口玩，对着高高挂着的绿色邮箱琢磨，这信投进去后是怎么到遥远的地方呢？挨家挨户来送信的是邮递员，这可没人送呀？年龄稍大点的堂兄自作聪明地说："信投入邮箱后会慢慢变小，然后沿着天上的电线去了。"我们听了也都信以为真。

后来看战斗片，知道有无线电通信，我军联络代码口令是："长江长江，我是黄河。"敌军的是："乌龟乌龟，我是王八。"为我军感到无比自豪，也觉得敌军实在愚蠢，怎么用这么傻的口令……

回老家工作后，上完课还是经常去邮电局玩，把当天的报纸带回学校，顺便帮邮电局朋友当一会儿话务员，电话交换机上铃声一响，会有一块铁片掉下，马上拉起一根电话线插入，询问拨打哪儿，然后拉起另一根电话线，插入需要拨打单位，摇动铃声手柄，直至接通。有时候无聊，也会偷偷地听一会儿他们到底在谈什么？现在来讲，绝对是违规的。

从手摇电话到程控电话，从传呼机到小灵通，再到数字手机、智能手机，通信技术发展是日新月异，谁也无法预测明天是什么样子！

2020 年 4 月 8 日夜半

鞋　子

小时候，都是穿母亲手工做的布鞋。穿着穿着，脚拇指就跑出来了，一是因为玩得疯，踢破了，二是因为脚长了，撑破了。

后来有了回力鞋、解放鞋，好看且牢固多了。但小孩子天天跑来跑去的，出汗多，又不常洗脚，脱下鞋子，总是臭气熏天。

一个父亲在供销社工作的同学曾对我说，他读初中的时候父亲买到了一双塑料泡沫拖鞋给他，上学路上是脱了鞋子赤脚走去，怕穿坏了，因为塑料泡沫拖鞋在当年也是稀罕物。另一个和我同桌坐在最后一排的高中同学，冬天里只穿一条裤子，穿着拖鞋，上课时冷得直打哆嗦，嘴里一直打哼哼，那场景令人终生难忘。虽然我家里也不宽裕，高中时还穿着打补丁的裤子，但里面还是有多穿一条补了又补的裤子，脚上还是能包个严严实实。当年有句很流行的话：新三年，旧三年，缝缝补补又三年。其实，那

也是没有办法的办法。

参加工作后，买了皮鞋，鞋底后跟还要钉上铁板——鞋掌，怕磨损坏了，鞋面用鞋油擦得油光发亮。走起路来咔嚓咔嚓咯噔咯噔响，感觉很有气派。有的学生说，听脚步声就知道是哪位老师来了。

当年的农村，下田劳动打赤脚，也有的农民脚底都结了厚厚的茧子，上山砍柴、割草割菅也是赤脚，都不怕荆棘杂草，有的就穿自己打的草鞋。我去砍柴时也试穿过一次草鞋，但脚趾头被夹得生疼，山上的枯树枝丫还会捅破鞋底，就不敢再穿了。

在老家传统丧俗礼仪中，披麻戴孝穿草鞋是礼俗。父母去世时，草鞋都是套在运动鞋上穿的，虽然不习惯，但礼俗还是要遵循的。每次唱台湾校园歌曲《爸爸的草鞋》，都会情不自禁地想起他们。"草鞋是船，爸爸是帆，奶奶的叮咛载满舱，满怀少年时期的梦想，充满希望的启航启航……船儿行到澎湖湾，多了妈妈来操桨，深情款款撑起疲惫的帆……倦航的船儿快来靠港靠港。"父母就是那港湾，疲倦的儿女是多么期望能在港湾安静地栖息。

2020 年 4 月 9 日夜半

游 泳

小时候，家乡的河水很清，清的可见鱼儿来往。清晨的水特别干净，可以喝的。乡人们都是早早起来，挑几担回去，供一天使用。白天的河水可以洗衣服，农妇村姑都是提一桶衣服，蹲在河边树下洗。我们是一直等着"五月节"（端午节）过后，才可以下河游泳，这是大人们的经验，也是告诫。因为家乡海拔高，水比较冰凉，容易引起感冒发烧，生病还是会怕的，要打针吃药，还要被打。

家乡的小河水量不多，要找个深水潭才可以游泳，或者小伙伴们一起搬石头垒起来蓄水，形成一口潭，所以在我们老家游泳都是叫"游潭"。与古田城关地区方言称游泳为"洗药"或"洗跃"，说法上还是大有区别。

几十年来对这个词语一直困惑不解，前些年才悟出来，原来正确说法是"洗浴"，在方言发音中变种了。

其实家里大人们是反对我们偷偷去游泳的，太危险，我们也只有在中午或傍晚偷偷摸摸地去。脱光衣服放在石头上，跳进水里。有时候觉得不好意思，穿着短裤下水。上岸后，换上长裤，脱下来的短裤放在石头上晒干、烤干再穿上。有时候匆匆忙忙，只能穿在身上慢慢晾干。有时候家长会检查孩子们有没有偷跑去游潭，只要用指甲在手臂或大腿上轻轻一划，出现一道白痕的，就是去游潭的，然后抓住就是一顿好打……

我们也会到中学桥下，小水电站蓄水区和水坝游泳，淤积的泥沙中有不少小贝壳——河蚬，家乡人称"萎仔"，洗净做汤，清甜可口。游泳时趁机摸一些带回去，常常可以免责，理论上讲是去摸"萎仔"，不是去游泳，还解决了一家人的菜汤。

2020 年 4 月 10 日夜半时分

钓鱼、钓青蛙

小时候经常到河边钓鱼，砍一根小小的竹竿，系上一根线，把大头针弯曲成钩状绑上，挖几只蚯蚓，截成一小段一小段，套在钩上即可。每天清晨和傍晚，都可以看到清清的河水中小鱼儿成群结队来来往往，我们静悄悄地坐在河边，看见鱼儿过来了就放下钓弯，等鱼儿上钩。那时候去钓鱼，不是因为有趣好玩，而是为了生计，钓到了鱼，才有鱼吃。虽然只是小鱼儿，能够煎一小盘就是美味佳肴。

还有钓青蛙喂鸡、喂鸭子，一般都是在田头或池塘边，特别是南瓜、葫芦架下青蛙最多。只要在线上绑根酸菜就可以钓到，钓到一只后，就卸下青蛙一条腿绑在线上，钓来更多青蛙。甚至只要绑一小团棉花，放到草丛中，轻轻地拉动几下，都可以引来一群青蛙抢食。一次有只青蛙大大的

狡猾，舔一舔就吐出来，再舔一舔又吐出来，惹得我气恼，一竹竿打下去，哈哈，死了，跳下去直接抓起来！

古田民间有句方言俗语："一懵诸娘囝（女孩子），二懵洋鮕囝（青蛙）。"意思是说，青春期的女孩子比青蛙还好骗，懵逼得很，还排在傻乎乎的青蛙前面，随便什么东西钩两下就骗走了。事实还真是如此！

2020 年 4 月 11 日夜半时分

学校劳动

从小学到高中毕业，学校每周半天劳动课是雷打不动，遇上下雨天，就调课，天晴了再补，特殊情况还有一两天的。

读小学的时候，我们就开始下地劳动了。那时正是"农业学大寨"时期，寒冷的冬天，我们参加平整土地劳动，把小丘的田挖平，整成大丘，以适应农业机械化机器下田。作为学校文艺宣传队成员，我有时候是不要下田劳动，而是到学校广播室或地头唱歌鼓劲。"学习大寨，赶大寨，大寨红花遍地开……"等等歌曲至今记忆犹新。一次到生产队插秧，插完了一丘田，一会儿秧苗全部浮起来了，因为插的不够深，也不知道在秧苗根部轻轻捏一下固定，全倒下了。我们一直期待的傍晚点心，一碗白米稀饭配炒豆子，也没有了。有个农民伯伯生气说："还有的吃？我们还都要重新插一遍了！"就为那一碗稀饭，大家后来一直耿耿于怀。

有时候老师带我们去"勤工俭学"，拾麦穗、砍柴火卖，赚的钱当班费，然后奖励我们每个人一块光饼，那一块光饼我们都舍不得一下子都吃了，掰下来，一小块一小块慢慢地吃，细细地品，简直是美味佳肴。最经常做的就是抬粪浇茶园，男同学要一人带尿桶，一人带粪勺，然后合作抬。由于个子小，一路走着，漾起的粪便常常溅到身上。有个坏坏的调皮同学，干脆一下子把抬到茶园的一桶粪便倒在沟里，回去了。我可不敢，还是认真地一株一株浇完。

读初一那年，为了建校，开学时先劳动一个月。老师带领我们挖掉了半个山坡，建起了一排四间单层简易教室，才开始正式上课。30 天出满勤的同学，学校发给了一张劳动积极分子奖状。我因为其间生病发烧请假一天，没能得到那张奖状，心中无限遗憾。为了完成教学任务，这个学期就不再安排劳动课了，第二学期才转入正常的每周半天劳动，主要劳动是扩大操场，就靠锄头挖，有时是下河捞沙、捡石子。这项劳动直至我回校任教，带领学生依然继续着，可谓愚公移山。此外就是到学校后山的学农基地开荒，砍掉小树，剥去山皮，垒起一丘丘山地种番薯。《农基》老师教我们挖一个一米见方的坑，堆下女同学拔来的青草，倒进男同学抬上山来的一桶粪便，再覆盖上一层土，种上番薯藤。冬天收成季节，还真的挖出了挺大个的番薯。不过这成本太高，实在得不偿失。当时有个特捣蛋的同学故意把番薯藤倒着插，挖番薯的时候，我们都是去找自己种的挖，我特别留意一下那个倒插着种的，发现只长了个把小小的。

第一次去生产队参加"双抢"割水稻劳动，没经验把左手小指头狠狠割了一镰刀，至今还留有疤痕。当时只是用青草缠一下包着，继续割。从那以后就知道，割稻时，左手要紧紧抓住稻秆，抓得太松割不动，右手握紧镰刀，刀口要向下，稳、准、狠一刀割断。

一次学校组织去岩前大队挑"条子"（包装箱木条子），天没亮就出发，到食堂领一个长长的大馒头当午餐，大家都兴高采烈的，有白白的大馒头吃真的是令人兴奋的。有的同学走了一会儿就开始吃了，中午没得吃，只能饿着肚子挑回来。还好，我只吃了半个，剩下半个当午餐。

读高中一个学期后，就开始恢复全国高考。学校的劳动强度和频度都大大减了下来，把工作重心转移到教学工作上来了……

2020 年 4 月 12 日夜半时分

317

拔兔草

拔兔草应该算是小时候劳动中最轻松的活了，不论男孩女孩都可以做。

放学后，提个篮子或土箕到田间地头拔兔草。要学会懂得哪些草兔子喜欢吃，哪些草不能吃，哪些草吃了会拉肚子。等到冬天田里收成结束，兔子也长大了，杀几只炖青草，给劳累了一年的全家人补补身子。妈妈说过，积极拔草的奖励吃兔子腿。

普通灰色、黄色、黑色的家兔纯粹是食用，还可烟熏制成"兔子腊"，是酒席上的一道名菜。后来引进了白色长毛兔，长长的白毛，红红的眼睛，非常可爱，毛剪下来可以卖钱，我们特别珍惜，要经常给它梳洗，不然毛色难看还打结，不值钱。养长毛兔成为当时农民现金收入的主要来源之一。

最高兴的是母兔子生了小宝宝，一大窝，浑身红红的，闭着眼睛。我们负责看着母兔喂奶，老实巴交的母兔子会默默地扒着喂奶，我们只要拿几根青草给母兔吃，它就像慈祥的母亲，静静地让小兔子吃饱睡着了。初为人母的母兔子可不安分，趴着一会儿就想跑，我们要抓着耳朵按着，让它老实地待着喂奶。每天我们都会注意观察一下，看看小兔子宝宝"开目"了没有，"开目"是我们老家方言，意思就是张开眼睛。

周末的时候，小伙伴们会相约到比较远点的地方拔兔草。拔完一篮子后，还有很多时间，就开始赌草，游戏叫"搏锄头团"。挖一个坑，大家都往坑里扔一把草，坑上方架起三根小树枝，然后退到很远的地方划一条线，轮流往坑上方扔拔草用的小锄头——锄头团，先砸中小树枝并倒下者胜，坑里的草全归他。为公平起见，先折几截长短不一的芒草抽签，按从长到短为顺序。有时候是站在三脚架的地方，扔出锄头团，最远的一个先来。不过这种方式个子小的人不划算，总有人不同意，还是农村人习俗：

"皇帝圣旨，百姓阄子"最为合理。几局下来，赢多的人都拿不回去，输的人只好再去拔了。不过，拿出来赌的草都不是好草。有时候拔的少了，只好把篮子一直抖，用手把草弄得蓬松一些，看过去也有满满一篮子的样子。

2020 年 4 月 13 日夜半时分

担口粮

我有六个兄弟姐妹，两个姐姐，一个哥哥，两个弟弟。

小时候，家里人口多负担重，大姐十八九岁就出嫁了，十几岁的大哥辍学到生产队劳动，其余的都在上学。

当时生活过得很拮据，家里没番薯米了，母亲会说："你去生产队仓库，找保管员先支点回来，已经说过了。"水稻收割季节，大哥会说："今天要收割的那片水稻比较好，等傍晚晒干了，你去支一担回来。"我都会提前到生产队晒谷坪等待，然后排队预支回口粮。因为是按人口计算，所以都叫"口粮"。当时觉得这生产队仓库保管员好神气，权力好大，我们的口粮都是从他那儿来的。

有一年的年关，家里来了几个生产队社员，一脸严肃地在老屋大厅或坐或站着，说要把我们家楼上仓间的粮食担回去，吓得我不知所措，那我们吃什么呀？原来是年底生产队结算分红，大哥年龄小，工分低，平时担回来的口粮超过了工分值。小小的我不知道后来是粮食被担走了还是母亲去借钱补上，那场景深深地刺痛了我幼小的心灵！

我深爱着自己的故乡，那里是我的家园，有亲亲的亲人，割不断的情缘。虽然故乡也曾留给了我许多不愉快的记忆……

2020 年 4 月 14 日夜半时分

那些年，我们追过的拖拉机

小时候，在农村只能玩自制木质滑轮车年代，看到有拖拉机的人家，简直就是豪门。

小伙伴们经常埋伏在通往开坡亭方向路边，那是一段陡坡，拖拉机速度慢，瞅个正着，一拥而上爬上去，仿佛《铁道游击队》战士"爬飞车那个搞机枪，闯火车那个炸桥梁……"其实从来都没有目的地，只为过过坐车瘾，中途跳下来，一起步行回家。

对于那些年轻又凶神恶煞般牛逼的拖拉机手，我们是不敢去爬他的车。一是跑得快，跟不上也爬不上去。二是会停下来，把大家臭打一顿。我们都是等待着脾气好的中年人开拖拉机来，然后才一起上。经常地，是我们刚刚爬进拖拉机，司机故意突然刹车，由于惯性作用，还没站稳脚跟的我们就会摔在车斗里。挣扎着爬了起来，司机又一加油门冲了出去，很多又没站稳脚跟的伙伴会栽倒下来，摔倒在马路上。我们有经验的，都知道爬上去后要半蹲着。还好当时的路面都是黄泥土的，比较松软，人也灵活，基本没有发生大的意外事故。

后来，我们公社来了一部大型拖拉机，由一位刚刚退伍的军人开，据说全公社只有他一个人会开。我们除了羡慕，眼睛里充满的是敬佩，太厉害了。但这大型拖拉机太高大了，根本没有落脚点，没法爬，只能是停在那的时候攀爬上去，过过干瘾。

那时候我们都很羡慕能坐在拖拉机手旁边的女人，可以昂首挺胸，春风满面，让长发在风中凌乱飘舞。那车头坐着没有那么抖（震动），但我们知道自己没有资格也没资本坐那位子。如今想象那场景，和现代版"香车美女"有得一拼。

有人说："人生重在过程，不在结果。"我说假如只问耕耘，不求收获，那人生真谛是什么？你可追过午夜的末班车？

2020 年 4 月 15 日夜半时分

草绿色书包

旧时有钱人家的孩子读书，雇个书童陪读挑书箱子。若是纨绔子弟，还在外面拈花惹草招是非。

我们小时候读书没书包，手里抓着当日半天上课的几本书，晃悠悠就去学校了。有时老师调课，没书也无所谓。很羡慕几个有木制书箱的同学，提在手上就像前些年提着笔记本电脑，神气十足，走起路来特意上下摇动着唰唰响。那时候不要天天喊着给学生"减负"，也没有那么多的东西要"进校园"，我们依然在成长着，没有做不完的作业，没有近视，没有驼背，八百、一千米都跑得下来，更不可能楼梯口的拥挤踩踏会死人。

大概是小学三年级吧，一次我们四个同学被语文老师赶出教室，因为作文《决心书》没写，还要罚我们写《保证书》，这不是雪上加霜吗？不是偷懒，而是我们真心不知道怎么写。垂头丧气走出教室，在墙角坐了一会儿的我们实在无聊，一个同学从书包里拿出作业本（这个阔气同学家里有钱，有书包、有钢笔、有崭新崭新的作业本），撕成小纸片，用钢笔画了一副扑克牌，四个人刚好玩了起来。语文老师下课后出来看了，无可奈何地摇摇头，从此不再要求我们补交作文。

有一年大姐要参加县里暑期教师集训一个月，把她家老二送到我们家。要我帮助带一个月，答应送我一个草绿色军用书包。白天都是我小心翼翼很认真地带着小外甥，晚上他跟外婆睡。大姐培训结束回来，兑现给我草绿色书包，那真是高兴极了，双手抚摸着书包，简直是心花怒放，辛苦一个月太值得了。后来二姐还帮我在书包上绣了"为人民服务"五个大字，那是时代特征，更显珍贵。有了这草绿色军用书包，去上学特别自

豪，背着走起路来也是昂首挺胸，格外来劲，分外精神！

2020 年 4 月 16 日夜半时分

焙酥花生红糖丸

老家花桥头是一条石子路老街，沿街都是木板房，商铺林立，柜台连排，是当年最繁华大道与商业中心。

小时候，每日里都在这老街街头巷尾晃荡，看人来人往，听家长里短，小伙伴们也常常一伙人自个儿吵吵嚷嚷，没事找事。最感兴趣的是高高柜台上的零食：焙酥花生、红糖丸、白糖丸、麦芽糖等等，装在大大的玻璃瓶子里，踮起脚尖仰着头，只能看到半个玻璃瓶，但还是看得垂涎欲滴，直咽口水。

老家土地少，又贫瘠，也担心只有极少数人种一些被人偷挖，所以一直都没人去种花生，也就没见过花生树长什么样的。出售的花生都是来自邻近乡村，最有名的是"西洋焙酥花生"，有点咸咸的，香脆可口。平时难得吃到焙酥花生，也只有在全家人一起去看电影、看戏时，才可以买一碟花生，一毛钱十来个，兄弟姐妹们分一两个吃。那俱乐部门口、戏场下，小商贩支个架子，放个竹编簸箕，摆上用木碟子或竹篾圈起来的花生，以及木箱子装的麦芽糖，玻璃瓶子装的红糖丸、白糖丸，在昏暗摇曳的煤油灯下，无时无刻都更吸引着我们的眼光。剥开壳，把焙酥花生仁放进嘴里，轻轻地咬着，慢慢地咀嚼，那醇香味道简直沁人心脾，回味无穷，令人念念不忘。

有时家务活做的又多又好，父母高兴了，会奖励我们一两分钱。拿着硬币，马上就去街上买期待了许久的一个一分钱的红糖丸吃。白糖丸当然好吃，加了薄荷凉凉的，但贵一倍，一个要两分钱，买不起。长长白白的麦芽糖，更是买不起，一根要五分钱。这红糖丸、白糖丸分别是红糖、白糖加水蒸制，半凝固后拉成条状，剪成拇指大小一粒一粒，好看又好吃。

我爱家乡焙酥花生红糖丸，儿时记忆里最美最美的美食，至今依然如故，每每吃着吃着仿佛回到了从前，回到了戏场下热闹的场景……

2020 年 4 月 17 日夜半时分

"丰产"香烟三角牌

"丰产牌"香烟曾经是农村最畅销香烟，主要是因为便宜，一包才九分钱，俗称"九分白"，因为外包装以白色为基调。小时候我也曾偷偷抽过丰产香烟，是小伙伴们一起去看戏时别人分的，感觉不太好，烟熏得直流眼泪，辣得直咳嗽。虽然也学着大人的样子，两个手指夹着香烟，深深地吸一口，再吐出来，或者吞进去，烟从鼻孔冒出来。

更经常的是玩"三角牌（包）"游戏，把香烟包装盒拆开，折成三角形，俗称"三角牌（包）"。找个平坦的地面，把"三角牌（包）"小心摆放平整，另一人拿"三角牌（包）"用力往它边上打，掀起的风把地上的"三角牌（包）"翻过来就算赢了，输的一方"三角牌（包）"就归赢家。若没有翻过来，则由对家来打，如此反反复复，直至一家胜出。于是，找香烟盒就成为我们业余时间最主要工作之一。街头巷尾，田间地头，垃圾堆，甚至厕所，都去找过。对于同村有抽烟的大叔大伯叔公伯公巴结得不得了，指望着他们快快把烟抽完，香烟盒子给我们。当然，有钱人家的孩子是可以花钱买的，十个一分钱。

当年的香烟都是软纸壳包装，便宜的丰产牌香烟盒子薄、纸质差，不适宜拿来"巅峰对决"。我们都会去找纸质硬的好烟盒，比如"金鹿""大前门"等等香烟盒。后来我们学了一招，把"三角牌（包）"放进做面条的机器里压出来，那可是硬邦邦的，战无不胜。有时候，机器调节太紧了，压出来的"三角牌（包）"角都烂变形了，心疼不已，因为没人要了。

2020 年 4 月 18 日夜半时分

那些年，"追过"的男孩女孩

刚参加工作走上讲台时年轻血气方刚，总想着把工作做得更好。虽然没有经验，但付出的是一片真情。除了晓之以理，动之以情，还常常挥之以巴掌。

那时候，还不怎么讲"不能体罚学生"，惩戒也是教育的一个手段。家长把孩子送到学校，也是说不听话尽管打。家长与教师互相信任，没有经济利益，也没有其他矛盾与纠葛。正如旧时先生打手板，即使手掌心被打的通红，回家也不敢吭一声。因为说了有可能是雪上加霜，再打一顿，再受一次皮肉之苦。那时的先生像个先生，爱之愈深，打之愈狠。没有责任心的老师，对学生是不管不问的。

第一次打学生就是打自己的亲弟弟，老实巴交的弟弟下课时被同学画了个花脸，上课时又不注意听讲，把书本翻来翻去，我边讲课边蹀到他面前，打了一巴掌，还把他的整本书撕成两半。此事让我很自责，一直有一种负罪感，打一巴掌就得了，为什么还要把书给撕了？

当时大家还是比较困难，寄宿生带来的多是番薯米，班上学生偷了别人带来的大米，我会配合生管老师查个水落石出，然后追到他家，跟他父母讲清楚，除了配合教育，还赔别人的米。有些调皮捣蛋的男孩，犯了错，看到我来了撒腿就跑，我也会迈开腿大步追赶，抓到的按住他的头转几圈，罚他去打扫厕所。抓不到的就大声吓唬吓唬他，让他下次不敢，第二天再罚。一次有个学生在我追赶下竟然翻出围墙跑了，吓得我赶紧通知家长来学校配合教育。那些被我追过的男孩，至今对我依然敬爱有加。

相对来说，女孩就好管了，在我的煽情教育下，往往就会泪流满面幡然悔改。追过她们是上门家访，当时的农村对教育不很不重视，孩子多，负担重，就觉得女孩子是别人家的，只要求稍微读几年书识几个字，最好是早点回家帮忙干活。所以有的辍学，有点干脆出嫁。对家庭或学习困难女孩，我是防患于未然，一有辍学苗头，马上找她谈心，最直接的一句话就是："你现在不读书，回去就是嫁人，然后一辈子拿鼎擦布！"所谓"鼎擦"是丝瓜的方言，"鼎"是锅的方言，留种的老丝瓜瓢是专门用来擦洗铁锅的，"拿鼎擦布"就是指当家庭主妇的意思。有的就追上门去找家长谈，有的谈成，有的没有，还有一些偏远山村没去家访，学生就此辍学，深以为憾！

这么多年来，那些曾被我"追过"的男孩女孩，都对我很有感情，因为他们都知道那是我真心为他们的好。多年前的一个周末，一个远嫁他乡的女孩来电话问候，说："老师，您在干吗呢？"我说："在拖地板呀！"她非常感慨地说："哇！下辈子要做您的老婆，我家里的从来都不做卫生。"虽然只是一句玩笑话，但正因为曾经所有的付出，才有今天的亲切，想想还是值得！

2020 年 4 月 19 日夜半时分

那一年，打过的假架差点毁了我一生

小时候，上山爬过树，下河游过水。高高的二楼厕所敢往下跳，比赛啊，比比看谁不敢跳，底下是一堆土烧的灰，拌了人粪，盖着破草席，上面还有一坨狗屎。细细的竹子也敢往下吊，顺着竹子爬到半中间，然后打开双脚，双手紧紧抓住竹梢，整根竹子就弯下腰，人就回到地面。假如判断失误，爬的不够高，竹子老而又硬弯不下来，人就会被吊在半空中，此时另有一个伙伴就会马上再爬上去帮助，两个人的重量就可以把竹子弯下来。假如爬太高了，竹子又嫩，就会直接折断竹子，掉到地上，摔得好疼。有的竹子弹性很大，把人吊在半空中极速晃荡，吓得脸都绿了。不是我太调皮，而是在年龄、体格大小不一的这个伙伴群体中，必须表现顽强，不能懦弱无能，不然就是经常被嘲弄欺负对象，比如被竹子吊在半

空中，大家都不会爬上去帮你把竹子压弯下来，故意看笑话，让你吓个半死。

　　大概是小学二年级的时候吧，课间跟一个同班同学手拉手在操场上比赛转圈圈，转着转着无意中手松脱开了，同学摔出去好远，跌倒地上鼻青脸肿。他认为我是故意松手让他摔倒，从地上抱起一块大石头来追我，我慌忙跑进教室，有老师在，他不敢出手了。放学后，他邀了一个同村同学，把我堵在回家的半路上。我见机不妙，脑子一转，迅速上前一步，先抓住一个往路边的田埂上按，然后再推开另一个，跑回家了。可能是他们觉得我也不是善茬，两个人也不一定是对手，此事就此打住，没有再找我麻烦。

　　小学四年级上学期的半期考后，因为值日打扫班级卫生问题，我们同桌的两个男生与上桌两个女生发生纠纷，女同学说她们昨天已经打扫过，今天该轮到我们，我们坚持说没有，要明天才轮到我们，为此拌了几句嘴，然后各自回家。第三天傍晚，这位女同学的父亲（时任生产大队领导），去学校和来我家，说我点了她女儿"六时"（即点穴），因此呕吐，还上纲上线说："这是国民党报复共产党！"他当时是共产党员，而我外公曾是国民党党员。说我外公武艺高强，传授给了我。其实我就见过外公一次，是在六、七岁的时候，没几个月外公就病逝了。在那个年代，话说到这个地步已经没有回旋余地，赔钱吧！后来听母亲说合计赔了90多块钱，那可是我父亲三个月的工资，全家三个月伙食费都没了，为此我心疼不已。还辍学在家反省，别人家的孩子都去上学了，我就一个人茫茫然然地发呆，直到第二学期才跟父亲去他任教的国本小学读书。五年级时返回原来学校就读，幸遇福清知青陈勤国老师的谆谆教诲，再加上自己的发奋努力，小学毕业时，我这个原来的差生，成绩单上除了一科"良"，其他学科都是"优"。

　　本以为"事件"过了，就了了，没想到，初二毕业升高中时还是出了问题。当时没有升学考试，是由各生产大队推荐入学，我被以家里已有高中生为由淘汰。老实巴交的父亲想让我去学木匠，母亲说："不行！我的孩子学习成绩好，为什么不能上高中？"后来经过母亲的奔走和多方努力，迟到了一个月后，我终于走进了老家中学的高一大门。这一步是多么的至关重要，决定了人生走向，甚至也影响着家族史的发展……

其实我从来都没有恨过那个小学女同学，挺漂亮的一个女孩子，还是学习小组长，经常检查我们差生的背诵。所有的幸与不幸，都是时代的产物！

2020 年 4 月 20 日夜半时分

大石臼里欢乐多

老宅子大门边有口青石大石臼，是整个家族共有财产，大家都可以使用。外姓人家要用，跟我们家族的随便什么人打个招呼即可。

在我们整个乡村，没有几个石臼，都是曾经的大户人家传下来的，逢年过节做糍粑、米粿就要排队轮流用。围观者不少，因为是农闲季节，青壮年人都会上去抢几棒槌。木棒槌不太重，但姿势技巧很重要，只有傻力没用，狠狠地一槌下去，根本拔不起来。要顺势往前推一下，把黏住棒槌的米粿分开，留出空隙就容易拔出来了。这是个体力活，几下子就大汗淋漓。不过，东家都会给予帮工的人一小团热乎乎的米粿吃，有人就是冲着这去帮忙的。另一个配合翻动米粿的也很重要，多是女工，棒槌拔起的刹那要趁势把手上的碱水抹在棒槌上，以便在捶打过程中让碱水均匀渗入，还要把边上的米粿往中间按，两人要配合默契，不然就会砸到手。这碱水有钱人家是去买几钱食用碱（家乡人称"草"）融化了用，没钱人家就去山上砍含碱的树枝，拿回来烧成灰，加水过滤后用。我们小屁孩除了看热闹，最主要的是等着看看有没有也分点解解馋，大多是很失望，只有比较亲的族人理解并同情我们的渴望，分了一点点趁热吃，虽然我们不知道千

恩万谢，但简直是感激涕零。有时候挤得太近，还要被干活的大人臭骂："滚开滚开，锄头前，斧头后，碰你没地闹。"就是说锄头和斧头都是不长眼睛的，不能站在拿着锄头或斧头干活的人前面和后面，以免误伤，那是没地方吵闹说理的。这木棒槌和斧头差不多，挥动起来，也是看不到后面的。

平日里大石臼就是我们玩蚶壳游戏的场所，讲起来还是赌。拿三个蚶壳，放在手心一直搓，搓着搓着往石臼里丢，比大小。三个都朝下的最大，叫"老虎"；三个都朝上的第二，叫"明雄"；两个朝下，一个朝上的第三，叫"犬牯"；一个朝下，两个朝上的最小，叫"犬团"。小伙伴们轮着来，一盘输赢一个，几轮下来，赢家兴高采烈，装满一裤袋回去，输者垂头丧气，到处再去找蚶壳。有钱人家的孩子就花钱买，根据蚶壳大小一分钱买 10—15 个。有时候实在没东西玩，就去田里挖一团黏土，放在石臼里加点水，搅拌成可以捏成团干湿度。然后捏出许多各种各样，奇形怪状的食物、动物。

一个老石臼，承载了太多的儿时记忆，有吃的，也有玩的……

2020 年 4 月 21 日夜半时分

拾柴刈芒耙松毛

在农村，拾柴刈芒耙松毛是小孩子必修课，七、八岁就可以跟着大人上山去了。

家乡是一个贫瘠的偏远山区，土薄、石散、沙少、树矮。砍柴的方言叫"拾柴"倒是贴切，因为实在无树可砍，只能拾捡一些小树旁掉落下的干枯枝丫，或者砍下小树分叉的小枝丫。我们知道乱砍滥伐被护林员抓到要罚钱"放电影"，还要写上名字在幻灯片播放示众。也知道不能杀鸡取卵，假如把小树都砍了，下回连枝丫都没有了。

最大最近的一片山林就是中学背后的堡岗山松树林，属于森林特别保护区，据说从前长了很多松菇，我懂事起就较少了。松树林很茂密，松树只有碗口般粗大，大概五、六米高。我们都是爬上去，找那些已经干枯的枝丫，砍下来拿回去不要晒可以烧。爬到树梢就懒得下来再爬上另一棵松树，就直接在树梢跨到另一棵树梢，够不着就伸出砍柴刀钩住另一棵树梢再跨过去。这样就可以一棵连着一棵砍，不要下树了。有一次，从这棵树梢到另一棵树梢距离有点大，伸出砍刀还是够不着，我就在树梢一次次摇动着，趁靠近的刹那，一刀钩住另一棵松树，伸脚跨了过去，没想到力的反弹作用，树梢大幅度摇晃起来，吓得我紧紧抱住树梢，等到树梢稳定，还要砍下枯枝再下来。

由于经常去刈芒，就近山头的芒萁都被大家割得像剃过的头一样，都很短。去太远，又怕挑不回来。大家都喜欢跟堂伯一起去，他敢到墓穴上刈芒，那里的芒萁都很长，我们也就敢跟在旁边刈。有时候就干脆挑粪箕去，刈下短短的芒萁装在粪箕里挑回来。

有时候，我们就挑个篮子，去堡岗或开坡亭的松树林里耙松毛（松针）、捡松毛蛋（松果），挑着篮子，带个竹编的耙子，就像一队小猪八戒扛着钉耙去西天取经。不过这松毛不耐烧，一篮子松毛在灶里呼呼几下就烧完了，用于点火倒是好用。所以民间有俗语说："有赢冇，担强驴，刈芒赢过耙松毛……"也知道了"担荔枝折本，看见松毛蛋都惊了"典故。

2020 年 4 月 22 日夜半时分

松涛鸣涧里的读书声

刚毕业当老师那会儿，没有工作经验，仅凭一股热情，所作所为在今天看来简直是胡作非为。

有时候，我会突发奇想宣布："带上椅子，到后山堡岗松林里上课。"

在炎炎夏日，在绿树浓荫的松树林里，静静地感受风掠过的清凉，听树梢阵阵的松涛。然后我悄悄地打开课本，翻到了《周总理，你在哪里》：

> "我们对着森林喊：
> 周总理———
> 松涛阵阵：
> 他刚离去，他刚离去，
> 宿营地上篝火红呵，
> 伐木工人正在回忆他亲切的笑语……"

声情并茂的朗诵，感动得学生热泪盈眶，深切缅怀"为中华之崛起而读书"、为人民鞠躬尽瘁的周恩来总理。

有时候，我会带着学生到校门口大桥底下，散坐在陡峭的石壁上，看细水飞溅，石动涧鸣，一卷在握，豪气冲天：

> "……
> 有的人
> 情愿作野草，等着地下的火烧；
> 有的人
> 他活着别人就不能活；
> 有的人
> 他活着为了多数人更好地活……"

臧克家先生为纪念鲁迅写的诗《有的人》，在抑扬顿挫声调中，仿佛冲锋号角，调动起了每一根神经，热血沸腾，群情激奋。

老家海拔高，冬天特冷。坐落在山脚下的学校教室，十点多才能照到太阳。教室后面结的冰块，一天都不会融化。我时常带个"火笼"（竹篾制作烧炭烤火器具）到班上，放在讲台桌上烤手，不然没办法拿粉笔写字。有时候干脆叫学生抬上一块黑板，到后操场上课。齐声诵读毛泽东大气磅礴、旷达豪迈的《沁园春·雪》：

> 北国风光，
> 千里冰封，
> 万里雪飘。
> ……
> 数风流人物，
> 还看今朝。

在暖暖的阳光下上课，想象着北国冰天雪地大好河山、旖旎风光，民族自豪感油然而生，激发了学生强烈的爱国主义热情和对未来生活的美好憧憬，可谓一举多得。

怎么样？简直是另类得不可思议了吧？校长没有批评我，家长没有投诉我，同事只是有点异样的眼光，但却是大受学生欢迎。我依然我行我素，真心实意乐此不疲地耕耘着自己的那块"一亩三分地"！

2020 年 4 月 23 日世界读书日夜半

白毛拗

古田民间有关"白毛拗"传说很多，这是一个很神奇的民间故事，说的是一个调皮捣蛋的小鬼经常故意搞一些破坏活动。

所谓"拗"，这里读"ào"。是执拗（niù），也有桀骜不驯之意。就是古田人常说的"拗脾"，即牛脾气，固执不顺从。而所谓"白毛"，说的是小鬼长着一头白发。经常地，它会隐形在村子里转悠，性子上来就开始捣

乱。东家的年糕蒸不熟了，西家的馒头不会蓬松了，等等等等，都是它搞的鬼。如此就只能去叫村里被附身的小孩来，轻轻摸摸，念念咒语，就好了。白毛拗最喜欢摸蛋玩，谁家母鸡抱窝（孵蛋）都得和颜悦色地请白毛拗小孩来摸摸，口中念念"会出会出全部出"，如果小孩心情不好就会使坏说"会出会出出一个"，那就坏了。曾有乡村信奉白毛拗，有其他村的亲戚来访，大人们都如临大敌，必将请他们摸蛋。

过去苎麻织布前要上浆，选用早稻的米糊浆，将麻丝线浆过一遍，晾晒干了之后比较光滑和硬挺，就可以织布了。但经常地会出状况，麻线被"白毛拗"搞缠乱了，它觉得好玩，但纺线的女人可惨了，一根根细小的麻线很难解，要折腾老半天。于是常常看到纺线女人在纺车架上插一把刀，吓唬吓唬"白毛拗"。小时候我经常坐在老家桥头石条上，看村里一位缠足的老太纺线。纺线的架子一个在桥这边，另一个在桥那边，晴天里，长长的麻线一个来回就差不多干了，顺手盘缠在苎篮子里。一次那把砍在架子上的菜刀哐当一声掉了下来，吓我一大跳，从此不敢再去坐在一旁观看。据说"白毛拗"是不敢去惹打铁的，因为有一次被烧红的铁块烫个半死。

常常的，"白毛拗"也被乡民们当作昵称，称自家或别人家的调皮小孩：你这白毛拗！

2020 年 4 月 24 日夜半时分

决　猪

昨晚和老乡吃饭聊天，一个曾为领导干部，现已退休的老乡说，他刚参加工作时在兽医站也干过煽猪的活，手艺不精，只能取出一个，另一个实在不好取。骗猪在老家方言发音叫作"决猪"，为此想起小时候听骗猪人吹呐子的声音，看骗猪那种又怕又惊又兴奋的场景。

用树叶做的呐子，吹起来声音一长一短，旋律非常简单，但农村人一听就知道"决猪"师傅来了。谁家有半大不小的猪仔，就会请师傅到家里来骟猪。因为猪仔一旦性成熟到了发情期，猪栏是关不住，有的爬出高高的栏杆，有的拆毁牢固的猪栏，奋不顾身飞奔而去寻觅佳偶，这就是所谓"爱情"的力量吧？于是乎，在农村，早年常常看到男男女女找猪或追猪的场面，因为"决猪"师傅没有天天来，说不定十天半个月才来一趟。

骟猪即阉割，又称"割骟"，也是三百六十行之一，在旧时江湖行帮中属"搓捻行"，他们供奉汉末名医华佗为行业祖师。"割骟"指割去牲畜的睾丸或卵巢，阉割人叫"去势"，是一种隐晦说法。骟猪时把猪仔绑住，摁在地上，大一点的猪还要几个人来帮忙，用棍子捆住，师傅拿出柳叶斜口煸猪刀，刮去一小块猪毛，连麻药都不打，对准部位，一刀割下去，用手指抠出器官割掉，再用线绑紧创口塞回去。表皮的开口缝上几针，只用锅底的灰油涂抹一下消毒伤口。有的师傅初出茅庐笨手笨脚，抠了老半天找不到器官，猪仔痛得喊爹叫娘一直号哭，有的号到最后都没有了声音，其情其景甚为凄惨。我们这些小屁孩不但不怪师傅心狠手辣，而且还看得津津有味，毫无一丝恻隐之心。农村人骂人说："箍屎榾都有得看。"屎榾即农村厕所装屎尿的大木桶，坏了要用竹篾箍紧。确实如此，当年的农村实在没有其他娱乐节目。不但有我们小屁孩围成一圈看，大人也在看，大家都不怕臭，边看边聊天。

不过，"决猪"人吹呐子的声音，也常常让胆小的小屁孩害怕。因为大人常常吓唬我们，"决猪"师傅来了，你听，那呐子的叫声是说："有猪——决猪，毛猪——决人，再毛就决傀偭堂。"小孩儿方言叫傀偭团，半大小孩叫傀偭堂。没猪就煸小男孩，吓得小屁孩们都不敢调皮捣蛋，怕也被绑起来，判"决"了！

实行计划生育时期，老家很多人都把"结扎"方言称为"决扎"，一直以为是农民没文化，方言口误，今天想起恍然大悟，原来是源于"决猪"，是我意会错了！

2020 年 7 月 11 日子夜

罐　头

　　昨晚二姐一家从福州到古田看望我们兄弟姐妹们，带来的"手信"（礼物）里有一瓶罐头，是枇杷罐头。我以为退休多年的二姐思想还停留在 20 世纪中叶，原来是她同学自己办的罐头厂，这是纯手工制作，没有任何添加剂，瓶子上也没有商标、日期，是上品。

　　老家土地贫瘠，历来不适宜种植水果。当年村民偶有在房前屋后，种上一两棵桃、梨、桔、柚、枇杷等果树，品质不好，果子也小，产量也不高。房前屋后没有空地的，就不栽种，假如去野外山坡种几棵，还没成熟早就被小毛孩们采光了，没有意义。于是水果在我们村里是珍品，少见少吃。就连那"番柿"（西红柿），也是到城关参加高考才第一次见到。

　　小时候，曾有个人挑水蜜桃到我们村里卖，我们一直跟着，看着竹篮子里鲜红的水蜜桃垂涎欲滴，没钱买只能看看。后来捡了一个商人无意中丢落在地上的桃子，高兴得不得了，一直舍不得吃。

　　母亲曾给我们讲闽剧《荔枝换绛桃》故事，这是具有福州特色的中国式悲剧的典型，被誉为福州版"罗密欧与朱丽叶"。端午时节西湖看龙舟赛，书生艾敬郎邂逅邻女冷霜婵，用福州特产荔枝与绛桃互赠，表达爱慕之情。结果冷霜婵被闽王掠入宫中，艾敬郎冒死闯宫。闽王百般威胁，二人拒不相从。闽王无奈，将二人锁入柴塔以死相胁。二人临危不惧，双双跃入火中化作一对鸳鸯腾空而去。当时就想：荔枝是什么样子呢？绛桃又是什么样子呢？好吃不好吃？还真是没见过。更没学过什么："一骑红尘妃子笑，无人知是荔枝来。"只知道家乡有句俗语说："担荔枝折本，看见松毛蛋都惊了。"于是就心想，这荔枝应该就是松毛蛋那个样子。有时还悄悄地想：等我长大了，是不是家对门也有个如花似玉的美少女，从窗口扔几个荔枝过来？哪管它是个爱情悲剧故事。

　　没有新鲜水果，于是在农村走亲访友，看望老人、病人，都是买一瓶玻璃瓶子装的罐头，那是最贵重的礼物，重要人物才送两瓶。选择不一样的，比如枇杷的，梨子的，菠萝的，等等。就说那菠萝罐头吧，老家人菠萝叫"黄来"，不知道是怎么来历，可能是黄梨、旺梨或者旺来演化，吃着口感应该是最好的，因为它保质期长，不容易坏。其他款的罐头，不易保存。还有的可能是不舍得吃，留着做礼物送来送去，最后都变质了。

太太是罐头专业毕业，但真正接触罐头，只有在宁德的闽东罐头厂实习过一段时间，毕业后一直从事财务工作，跟罐头半点关系都没有。大概很多人都类似，所学非所用，浪费时间，浪费青春，也浪费资源。她去年从财政局退休，看神情是颇为伤感，临近退休时，下班经常顺手带些自己的物品回家，吃饭时聊上几句眼圈就发红了。不知道再过几年，轮到我退休时会有什么感觉，看来还是要尽早转型，适应新的生活。毕竟时间还真是过得快，如今所想、所写都是些陈年旧事，好像这一切就在眼前。还好，没有荒废中文学业，可以动动笔，记录一下罐头的滋味，回忆回忆荔枝换绛桃的故事。

2020 年 7 月 12 日子夜

"大甲"地名溯源

据明朝万历版《古田县志》记载："古田，宋分为四乡，统一十三里。曰建东乡者，和平、濑溪、崇礼、保安四里属之；曰恩惠乡者，慕仁、新兴、横溪、新俗四里属之；移风、安乐、顺委三里则属于青田乡；安民、邵南二里则属于平和乡。"这是古田官方正史最早的有关行政区划记载，其时今大甲镇辖区属青田乡顺委里。

元朝全县拆分为四十八都，明朝又析为四乡十二里，城内五个保，城外四十六都（实际为四十四都）。清朝沿明建制，顺委里辖三个都，即

三十七都、三十八都、三十九都。

清乾隆版《古田县志》记载："三十七都茶洋村起，距县一百四十里，共七村。茶洋村、林洋村、焦洋村、漈下村、张地村、国本村、肥源村。"此三十七都即今大甲镇辖区，其时今大甲村属焦洋村（今邹洋）管辖，尚无村级建制，也未知地名。

民国初，沿袭清末行政区。民国 22 年 (1933) 5 月，推行保甲制，析全县为 8 个区公所。民国 24 年改设 7 个区公所。民国 25 年，改区公所为区署，全县设 4 个区署，下设 56 个联保、357 保。民国 26 年续行编查保甲制，全县设 50 个联保、286 保、2739 甲。民国 28 年改为 30 联保、269保、2764 甲。民国 29 年 4 月起撤区、联保改称乡 (镇)，从民国 29 年行政区划表看，全县设 20 乡镇，邹洋乡 11 保，122 甲，1342 户。民国 30年 1 月，全县为 4 个区 20 个乡 (镇)，邹洋乡属三区，辖邹陵保、大甲保、小甲保、毘源保、井潭保、国本保、璋地保、桃源保、泥洋保、林洋保、茶洋保等 11 保。此时大甲才有独立建制。

民国 31 年缩编，全县设大东 1 个区、18 个乡 (镇)、160 保、1957 甲。民国 35 年 5 月改为 14 个乡 (镇)，大甲属邹岭乡。至民国 38 年 6 月，全县为 15 个乡镇。

1942 年民国版《古田县志》记载："大东乡，共七都。三十七都，盖竹村、蕉洋村、溪边里村、山里村、董洋里村、小甲村、林洋村、仓前村、刘洋村、土洋村、坑柄村、斜山村、潘洋村、前桃村、九溪村、茶洋村、漈下村、岩富村、漳溪村、张地村、岩前村、谈书村、上洋村、国本村、岭伊村、肥源村、港里村，计二十七村。"其中"盖竹"即今大甲村前身，这是官方正史第一次出现"盖竹村"之名。

1949 年后，将乡镇改设为民主乡（镇）公所，沿用保甲制，成立行政村，实行乡镇保甲制。1950 年 5 月，进行整编，废除保甲，实行区乡村制。全县设八个区，八区杉洋、大甲，区委会设杉洋，辖 12 个乡。1952年析全县为 11 个区公所，1955 年 9 月统一以政府驻地命名。

1958 年 10 月，实行人民公社化，1963 年成立大甲人民公社，辖 16 个大队、1 个林场、138 个自然村、片场及农点。

1997 版《古田县志》记载，大甲乡辖大甲、小甲、山里、邹洋、漈下、前桃、里桃、林峰、宁洋、茶洋、璋地、上书、国本、村溪、毗源共 15 村。

从以上历史沿革推断，大甲地名应在民国 30 年（1941）推行保甲制后产生。

"蓋"是"盖"的异体字，读 gài，可作名词、动词、副词，释义不同。"盖"字作人名姓氏和地名时读 gě，如著名京剧演员盖（gě）叫天，古代战国地名齐盖（gě）邑，汉置盖（gě）县。作为地名的"盖"（gě）"与"葛""甲"都是古汉语入声字，在方言中发音相同。"盖竹"地名，方言发音即为"甲竹"，但史书并无"甲竹"之称记载。

"盖竹盖竹，镰夹碎竹。"这是一句当年其他乡村嘲笑盖竹村方言俚语，"镰夹"即割稻子的镰刀，"碎竹"即砍竹。意思是说言过其实，盖竹其实没有什么竹，有的也只是小竹子，不要用柴刀，只要用割稻子的镰刀砍。由此可知，盖竹村当年是没有什么上好竹子的。环大甲村仅有两座山峰，院后山及其绵延山脉和堡岗，据了解，堡岗山脚下后坂山地，历史上曾经有过一片竹林，但面积不大。坂筑林（一说半竹林）、下棋岗、覆鼎音等几个小山包，曾经都是很污秽的地方，一般人（特别是小孩）都不敢去。由于大甲海拔较高，又靠近宁德沿海，常受台风侵袭，因而土地贫瘠，几无高大树木，也极少人种植水果，农作物产量也不高，也不适宜毛竹生长。因此并非有人传说的环山皆上好毛竹，因而得名"甲竹""盖竹"。至于衍变为大甲的确切时间、原因尚待考证。

2020 年 11 月 17 日夜半时分

打篮球

每年的新年头旧年尾，县教育局机关工会都会组织一次"迎新"活动，多是游园活动之类。一年了，难得大家有机会嘻嘻哈哈、热热闹闹，比赛、聚餐、领奖品。前些年举行了一次卡拉 OK 比赛，作为男主持的我头一天被动员报名参赛，承蒙评委厚爱，一曲《康熙微服私访记》主题曲《江山无限》，荣获一等奖。

今年的"迎新"活动改变方式，到基层学校古田八中联欢，主要是女子拔河和男子篮球，遗憾的是双双败北。不服气的机关女同胞们临时加了一场撑杆跑，总算挽回了一点面子。百来号人马的局机关，选不出几个人上场。久坐机关，运动少了，体不如人，技也不如人。在机关工作十几年，每日里按部就班，更多面对的是死板的文字和枯燥的数字，少了往日在学校时鲜活的喧闹和欢快的动感。没了课堂上夸夸其谈、喜怒哀乐的宣泄，觉得连脸部表情都有点僵硬了。

从打篮球，想起自己 30 岁以后就不再打了，对抗性运动太激烈，经常受伤。小学时候看到篮球也很痴迷，可惜买不起，有个鹅蛋大的小皮球拍拍就不错了。学校体育课，排队运球、投篮也没能轮上几次。一次周末到中学操场玩，遇见几个大男孩在打篮球，在球场边也捡一个投一下，未料想同村的一个人，抱起球二话不说直接砸向我的腹部，痛得我趴倒地上动弹不得，好一会儿才爬起，回家也不敢告诉大人，痛了好几天。环境告诉我：不如人就要挨打，只有勇敢坚强才能不可欺。

后来一直很努力，通过高考，离开了人称古田"西伯利亚"的家乡——大甲。再后来又回到母校大甲中学任教，只有一座单层六间的教室，一座两层土木结构的师生宿舍兼办公楼，一座单层旧教室改造成学生宿舍，旁边是教师集体食堂，学生食堂还是借用祠堂——五境堂。虽然母校很简陋，但毕竟有个安居之所。有个得天独厚的条件，宿舍楼前就是篮球场，每天早晚都可以打打篮球，甚至课间也可以投几个，很是高兴。虽然那时候学校老师不多，只有十几个人，但都是男的，人人都可以上场，凑足 10 个人基本上没问题，实在没有就打"半界"。经常是选两个队长，出手指头，按拇指、食指、小指比大小挑选队员，或按教研组组合等等。傍晚一放学，就开始组队，打一场球，再吃晚饭。然后去班上看看学生晚自习情况，那时候没有强制安排教师下班，也没有补贴，但作为班主任，我还是都会去看看。也有个别教师个人英雄主义十足，接到篮球就自己冲去了，不愿意传给别人。不是被对手半途劫走了，就是到了三分线以外，哐当一声乱投篮，球又被对方抢走了，所以大家都不喜欢和他同一队。有时候四个人默契地不把球传给他，等于四个人与五个人打，他就只能自己去抢，自己去冲。有时候，有的人气恼了，拿到球也自己冲自己投，几个回合就散场了，大家都觉得不好玩。从打球，我知道了团队合作，互相信任、尊重、配合的重要性，不然真的没人愿意跟你玩。就像村里人打麻将，牌风不好的人先坐上去，其他人都不想上桌，有的人推说没空等下有事情，有的人说没带钱。等那个人一走，大家就一哄而上，抢位置。

教师在农村曾经是一份安定且令人羡慕的工作，那时候除了上课，唯一的集体文体活动就是打篮球了。年轻的我，也是充满青春活力，经常与一位要好同事早上起来两人对打篮球，打到后来觉得半场不过瘾，两个人打全场，各占半场一边篮筐，抢到球就拼命带球跑，另一个在后面追，这大概也算是奇葩了吧？精力旺盛，都发泄在球场。

20 世纪 80 年代初，县教育局组织首届教工篮球赛，我们学校校长也兴致勃勃，和小学联合组队参赛。每天傍晚集训，学校总务去买一塑料桶扁肉回来，大家吃一小碗。有时候也会组织一下，与邻近乡镇学校互相切磋切磋。学校买一套短裤、背心运动服，印上校名、编号，比赛结束后还要收回保管室以后再用。年轻的我独树一帜，印了个"0"号。作为前锋主力队员之一，我的弹跳力挺好的，如能被我跳起投篮，十有七八能投中，不过在正式比赛全场紧逼的情况下就无可奈何了。毕竟县级比赛，

都是高手过招，我们也是技不如人，最终只拿了个"精神文明奖"鼓励鼓励！

参加县级篮球赛回校后，收到了一个很要好的女同学来信："看到你球场上挥汗如雨，怎么不拐来坐坐喝杯水？"我回信答道："你怎么不来请我去喝杯水？"话题就此聊死，性格缺陷使然。表面看随和的我，常常也是固执得很。工作中从来不擅于逢迎，不喜阿谀。这大概是传统读书人的洁癖，于是人生也失去了很多机会。

回想起来，当年一起打篮球的同事多已退休，有几个还已离世。匆匆的岁月，如歌如梭，如泣如诉，都是过客而已！

2021 年 1 月 12 日子夜

傻女婿的故事

古时候，有个傻女婿家里很穷，不知哪辈子修来的福分，娶了个财主家女儿。傻女婿一年到头都在田里忙乎，可还是饥一顿饱一顿，有上顿没下顿。岳父大人很看不起他，还好岳母大人可怜女儿，时常私底下偷偷接济一下。

有一年春耕季节，傻女婿家里又断粮了。亲朋邻里都是穷人家，也没有余粮。没办法，硬着头皮想去岳父家借，但又怕被上门臭骂一通，只好想着写一封信去问，可夫妻俩都不识字怎么办呢？傻女婿想了一宿，第二天想出了个办法，从屎楻（农村茅坑）里抓了几只白色的屎虫（即蛆虫），放在纸上爬来爬去，留下弯弯曲曲的黄色线条，然后抖落屎虫就托人寄去了。

这岳父岳母大人收到无字天书，研究了半天，就是搞不明白什么意思。这岳母大人心疼女儿，以为家里出了什么大事，就催着岳父大人赶紧去女婿家看看。虽然平日里岳父大人不喜欢这傻女婿，但要真出了不幸的事还是于心不忍。岳父大人就马上一路赶去，傍黑时分到了女婿破房子里一看，傻女婿和女儿、小外孙正在吃饭。岳父大人忿然道："一家人好好的，写什么无字天书？害我们担惊受怕！"傻女婿不屑地用方言答道："这都看不会意？弯弯曲曲，问你借谷。曲曲弯弯，年尾就还。"

岳父一脸懵逼。

2020 年 12 月 30 日子夜

鼻屎以为鲶肉干

老家俗语说："鼻屎以为鲶肉干""鼻屎当盐吃"。所谓鲶肉干，即海瓜子干，诸如此类俗语，都是对小气鬼嘲讽之意。

鼻屎能吃吗？肯定不能。但它确确实实是咸的，而且个头还真得有点像鲶肉干。说鼻屎舍不得挖了丢掉，可以当盐使用，当然是对小气到极点的人夸张说法。小时候听说过一个故事：有个财主非常节俭，有一次看到孙子菜吃多了点，就生气地把"ǎi 柜"（蟹身上的壳）打开吃了，本来他每餐只配一个 ǎi 脚。这种方言叫"ǎi"的蟹，现代汉语无字，宁德海边人摆摊用笔拼写作"虫 + 爱"，也有人写作"矮"，也好，大家都能看明白。老家人有句歇后语："ǎi"爬到盐里腌——自己找死。有时是嘲讽他人，有时也是自嘲。"ǎi"这种螃蟹外观有点像是沙蟹，味道不怎么样，常常被加工磨成酱，加上不少盐，叫"ǎi 酱"，小时候经常吃，现时早已忘了是什么味道，只记得很咸很咸。还有一种是蟛蜞酱，蟛蜞个小肉少，只适合磨成酱配饭，还可以做佐料，当年都是农村人的常备菜。农民每日里劳作，流了很多汗，农村人说，多吃点咸的，可以补充盐分，有力气。不过，古代的很多农村财主还真是节俭出来的，并非每天大鱼大肉，需要几代人的积累发展，所以古人很讲究勤俭持家。经历过艰苦日子的人，特别珍惜粮食，即使后来富裕了，还是如此。只有特别吝啬的人，才被称作鼻

屎以为鲶肉干、鼻屎当盐吃。

早年给学生上语文课讲莫泊桑的《项链》，一味地强调资本主义国家的丑恶，批评女主人公的爱慕虚荣，教育学生们要艰苦朴素。此说虽然不无道理，但是其实我们更应该从另一面看到底层劳动人民的艰辛，她们也有追求美好幸福生活的权利，这不能说纯粹是资产阶级享乐主义思想！

曾经艰难困苦的日子，有很多人出门做客，要借一套衣服装装门面，也有借个金戒指、金项链戴戴的。这些个家庭都是困顿的，特别是女主人爱面子，虽然嫁得不好，过得艰苦，但回娘家还是要"装装"，不被街坊邻里耻笑，也不让父母兄弟姐妹牵挂。不是有个故事说，某人在家里挂一块肥猪肉，三餐饭后用肥猪肉擦擦嘴巴，满嘴油油的，意思无非是想告诉别人：我有猪肉吃。国人很看重面子，称作"做面"，好东西摆在明处、亮处、显眼处，叫作"粉拿面上使，不能用在屁股上使。"做面当然是给别人看的，谁能看到屁股呢？于是就有了所谓的"面子工程"，其动机与效果就令人存疑了！

2021 年 5 月 29 日子夜

六十而立

古田人习俗，年龄按虚岁算，这是遵循古人观念，女子受孕结胎之时，便已经算作生命之开始，所以在经过十月怀胎之后，婴儿落地之时，便算作一岁，且虚岁只和过年有关，不论月份，都是从农历大年初一算起。一般是旧历年底几天，或正月十五以内的春节期间。

过去，物质、医疗条件差，50 岁就算"上寿"了，要办酒宴请亲朋好友。"做寿"方言叫"做十"，"十"与方言"蚀本"的"蚀"同音，意思是说做寿要亏本。亲朋好友送礼只能收下一些些，绝大多数都要退还，还要回礼多些，俗称"搭十"。最大的礼节是晚辈送猪蹄，所谓猪蹄，不仅仅是猪爪，是连着大腿肉，十几斤重。一般也是只切下部分，其余退还。假如晚辈很多，猪蹄送的太多，还真愁坏了主人。有的贫苦人家，没钱就去借一个猪蹄送，他知道穷苦的主人不会收，会原样退还。于是有的猪蹄会一个村里或几个村里轮流转，因为每年同龄人都会有几个，甚至于这只猪蹄回到第一个买的人家，因为他也做寿。有钱人家，会把厅堂布置一新，中堂挂上大大的"寿"字，对联写上诸如"福如东海长流水，寿比南山不老松。"横批："子孙满堂"等等之类。宴席之后，做寿主人坐上太师椅，接受晚辈跪拜，然后给一个红包回礼，拜寿者争先恐后。此外，过去上50岁还可以为自己造墓，做棺材，准备后事，这是本事人家做的事。

虽然古人说"五十而知天命"，但现代人50岁基本上不做寿，还是把自己当作中年人，甚至年轻人。因为不论体力、精力，确实不成问题，还是年富力强，在领导干部的岗位上，算是中流砥柱。

60岁基本上都退休或即将退休了，大多还是有点仪式感，至少会组织家族至亲聚聚，答谢大家送来的寿面（意为健康长寿）、鸡蛋（意为平平安安）。这个时候的人生，又走到了一个新的起点。君不见，很多人退休后，在老年大学报名参加各种各样班级学习，音乐、舞蹈、绘画、摄影等等，忙着充电，充实自己，忙着消遣时间，把在职时无法参与的活动补回来。有人把一周的课程排得满满的，和中小学生有的一比。难怪有段子调侃说，最适合的结婚年龄是：男60岁，女55岁。不用上班，不用生孩子，大概率没有婆媳关系，不用买车买房就是玩，最主要是一结婚就白头偕老。但还是有烦恼来了，很多人退休再上岗，为了减轻儿女负担，成为"带薪保姆"。我曾与同学聊天说："古田人一退休就跑没了。平日里都会偶有遇见，退休后就失踪了。"他说："70岁后又都回来了！"是啊，孙辈长大了，他们还是选择回到故土终老，但也有很多人从此离开了故乡。还听说过一个趣闻，有两个老朋友打电话，一个问："最近跑哪儿去了？"一个答："被判刑三个月。"让人吓一跳，原来是去

轮岗当保姆了。有一退休老干部无奈地说："我年届七旬，还要趴在地上跟两岁的孙子弹珠珠！"这大概是痛也快乐着，有道是：什么年龄做什么事嘛！

我想，这"六十而立"，应该是重新开始，要好好规划一下，毕竟这人生已经走过了大半个历程。年轻时为工作、为家庭忙忙碌碌，难得为自己着想。过去为生计精打细算，现在要为日子精打细算，活出一个精彩的自己。一个人退休了，功名利禄一切归零，就连圈子也改变了，即使是你奋斗了一辈子的单位，也会渐渐陌生。有人说是想都不想再踏入，觉得特没意思，心态变了。有人戏谑调侃说：墙上张贴的讣告，每个人都认识，张贴的提拔公示，没一个认识。这就是长江后浪推前浪！

古人说"人生七十古来稀"，现代人平均寿命已经远远超过，2020年国家卫健委公布的人均预期寿命的数据是：2019年我国人均预期寿命为77.3岁。我去过老年大学和退休教师协会参观，这个年龄段的人最多，清闲又能走得动，所以都来参加活动，毕竟人是群居动物，喜欢热闹。像广场这种场所，更是夜以继日，都有人在活动。跳舞、唱歌、盘诗、打牌，还有瞎扯的、研究六合彩的，当然最多的还是看客。有的老人喜欢听闽剧，腿脚又不是很方便，子女是骑车送去，结束后再去接回来。老人有所好，子女应尽孝。正如现今的父母送子女去游乐场，这就是世道轮回！

活到了80、90岁，人真正进入暮年，犹如老树，开始枯萎，这是不可抗拒的规律。历史上有多少帝王将相想长生不老，还是无可奈何。此时，有人清醒，有的已糊涂。清醒的人，清楚地过。糊涂的人，就迷糊着过吧。能寿终正寝是幸福的！

古人云：三十而立。而今，六十开启新生活。

2022年3月8日子夜

后　记

时光荏苒，一如既往，唯有情深度流年；

岁月青葱，爱出爱返，只为人生留回响！

日子清浅，处之安然，低吟轻唱话芳华；

朝花夕拾，温柔以待，皆因情怀忆时光！

读懂了寂寞，也就读懂了繁华；

感受了地，也就感受了天。

感恩所有的遇见，感谢上苍！

从 1981 年到 2023 年，我在教育战线奋斗了 42 年，写作纯粹是业余时间个人爱好。担任过中学语文教研组长、副校长，县教育局中学教研室主任、县教育学会会长。现任县教育系统关心下一代工作委员会副主任、县作家协会副主席，还兼任多家地方文史类研究会专家成员。

多年来，曾获宁德地区"学雷锋先进个人"，古田县"教坛新秀""优秀教师"，宁德市"先进教育工作者"，宁德市关工委"先进个人"，福建省教育系统关工委"先进个人"，福建省关心下一代工作"突出贡献奖"等荣誉称号。

近年来，合作主编有乡土文学作品集《故园深深情满怀》，作为编委参与编写《朱子文化与古田书院》《杉洋讲古》《古田故事》《陈瑸与古田》《中国历史文化名镇——福建杉洋》《中国历史文化名村——福建前洋》《古田知青》等十数种地方文史专著。散文《花桥故里》分别入选《大地上的灯盏——中国作家网精品文选·2018》和《宁德文丛·散文卷》。这次把已在正式刊物

发表和未发表的散文、诗歌、随笔等结集出版，为自己的创作成果做个小结，算是给自己今年花甲之年的一个献礼。

特别致谢年逾八旬的大学时代老师游友基教授的厚爱并倾情作序！

致谢文学创作道路上给予关心提携的宁德市文联原副主席缪华、《闽东日报》原副总编阮兆菁、《闽东日报》文艺副刊主编（高级编辑）徐龙近等先生！

感谢福建人民出版社江典辉副社长在本书编辑过程中的热心指导。

感谢雷鸣先生题写书名。

年轻时老婆问我："认识你之前，听人说你很会写，结婚后怎么都没看到你写东西？"说来话长，一言难尽，今天让作品集说话，这是最好的回答，感谢她的全身心支持！

也感谢从小聪明乖巧的女儿，家业有成，并出资出版，让我没有后顾之忧，努力工作之余，可以专心写作。

致谢所有默默支持我，给我力量与智慧的亲朋好友！

父母的爱与教导影响了我的一生，谨以此书告慰对我寄予厚望的双亲大人！

癸卯年（2023）农历三月十七日于上海

346